Carmen Mayer

# Die Trossfrau



MAXIMUM

Magdalena, die um 1600 geborene Tochter eines protestantischen Hufschmieds nahe der österreichisch-böhmischen Grenze, wird von klein auf misstrauisch beäugt, kann und will sie sich doch einfach nicht in ihre gottgewollte Rolle als Mädchen fügen. Nachdem die handwerklich begabte junge Frau das Pferd eines Durchreisenden beschlägt, wirft ihr Vater sie aus dem Haus. Der Reiter nimmt sie mit nach Krems, wo sie zwischen die katholischen und protestantischen Fronten des beginnenden Dreißigjährigen Krieges gerät. Es gelingt ihr, im Tross verschiedener Heere ihren Lebensunterhalt zu verdienen, und sie nimmt ein stummes Mädchen in ihre Obhut, das als Hexe gebrandmarkt in Gefahr geraten ist. Zwischen Liebe, Krieg und Tod geht Magdalena mutig ihren Weg, auf dem sie nicht nur Freunde, sondern auch Feinde findet. Feinde, die vor keinem Mittel zurückschrecken, Magdalena aus dem Weg zu räumen ...

Carmen Mayer

# Die Tross-Frau

Maximum

Hauptstraße 33
27299 Langwedel
www.maximum-verlag.de

1. Auflage 2019

Lektorat: Bernadette Lindebacher
Korrektorat: Angelika Wiedmaier
Satz/Layout: Alin Mattfeldt
Covergestaltung: Alin Mattfeldt
Cover Font © by Joffre LeFevre, Aboutype, Inc, 2001
E-Book: Mirjam Hecht

Druck: CPI - Clausen & Bosse, Leck
Made in Germany
ISBN 978-3-948346-10-2

*Für Rudi*

# Prolog

*„Keiner, den ich kenne, ist jemals wieder nach Hause zurückgekehrt."*

*Magdalena wischte mit ihrer mageren Hand über ihr von unzähligen Falten durchfurchtes Gesicht. „Nach Hause", wiederholte sie fast tonlos. „Nach Hause."*

*Sie machte erneut eine Pause, in der sie mit beiden Händen ihren zerschlissenen Rock über den dürren Oberschenkeln glattstrich. Ich wartete geduldig darauf, dass sie weitersprach.*

*„Ferdinand." Sie spie den Namen des ehemaligen Kaisers aus wie eine stinkende Kröte. „Er sollte einen Beinamen bekommen."*

*Welchen, sagte sie mir nicht. Schmeicheln würde er ihm keinesfalls.*

*„Meine Heimat ist verwüstet, Tausende Menschen mussten sterben, in den Köpfen der Überlebenden sitzt nach wie vor Angst, Misstrauen, Zorn und Hilflosigkeit. Und warum? Weil ein von Jesuiten erzogener Hundsfott zum Kaiser ernannt wurde, dessen Treiben niemand Einhalt bieten konnte."*

*Magdalena seufzte und machte dann eine ausgreifende Handbewegung.*

*„Ich habe in diesem Marktflecken so etwas wie eine letzte, wenngleich auch erbärmliche Heimat gefunden und werde hier wohl auch mein Leben beenden." Sie verzog dabei den Mund zu einem schmalen Lächeln. „Was für ein Leben."*

*Mit ‚diesem Marktflecken' meinte sie Dürrmenz, eine kleine Gemeinde im Württembergischen, wo ich geboren wurde und bis heute lebe.*

*Wir schrieben das Jahr 1649 nach Christi Geburt. Die Ungeheuerlichkeiten, die den Großen Krieg, von dem sie sprach, ausgelöst und bis im Jahr zuvor begleitet hatten, sind bis heute nicht beendet, und die schwärenden Wunden, die er gerissen hat, noch lange nicht verheilt.*

*Auf ihnen ist Magdalena so etwas wie ein Stückchen Schorf.*

*„Ja, was für ein Leben", wiederholte sie nach einer nachdenklichen Pause. Sie tastete nach meiner Hand und tätschelte sie gedankenverloren, bevor sie die ihre wieder in den Schoß zurücklegte.*

*„Angefangen hat eigentlich alles in Linz", fuhr sie unvermittelt fort. „Ich war damals schon seit einiger Zeit mit einem Haufen Kaiserlicher unterwegs gewesen, weil einer der Männer für kurze Zeit mein Liebster war." Sie hielt erneut kurz inne, schien das Gesagte abzuwägen. „Er ist nicht freiwillig mit ihnen gezogen, er war nämlich so wenig katholisch wie ich." Es klang fast schon entschuldigend. Aber offensichtlich wollte Magdalena nicht, dass es wirkte, als hätte er seinen Glauben verraten. Was er aber wohl in den Augen anderer dennoch getan hatte, wenn er als Evangelischer mit den Kaiserlichen gegen seine Glaubensbrüder gezogen war. „Aber Religion hatte für den Krieg und seine Betreiber schon lange keine Bedeutung mehr, auch wenn man das nicht wahrhaben mochte."*

*Magdalenas Stimme war brüchig geworden. Dann tastete ihre Hand erneut nach der meinen. Vielleicht wollte sie sichergehen, dass ich noch da war und ihr zuhörte. Vielleicht brauchte sie auch etwas, an dem sie sich festhalten konnte.*

*„Das war damals so."*

*Wieder unterbrach sie sich, und ich spürte, wie ihre Hand zitterte.*

*„Die großen Heerführer, die bis heute hochgelobt werden für ihre Verdienste um das Vaterland – das waren und sind doch lauter Geschäftsleute, die am Krieg ihr Geld verdient haben." Magdalena spuckte vor sich auf den Boden. „Denen war es egal, welchem Glauben ihre Söldner angehörten, wie ihnen auch egal war, wie viele von ihnen tagtäglich an Krankheiten, Hunger und Verletzungen wie Vieh verreckt sind." Sie senkte den Kopf und fügte leise an: „Oder erschossen, erstochen, niedergemetzelt wurden. Auf beiden Seiten, nicht nur bei den Soldaten, wohlgemerkt!" Ein kaum hörbarer Fluch kam ihr über die Lippen. Dann fuhr sie fort: „Ich hatte mich*

*eine Zeit lang im Tross dieser Männer als Marketenderin verdingt.“ Ein wehmütiges Lächeln huschte über ihr altes Gesicht. „Mein Liebster … Nun gut. Bei einem Scharmützel hat ihn eine Kugel getroffen. Er war nicht gleich tot. Sie haben ihn mir schwer verwundet gebracht, damit ich mich um ihn kümmere. Aber ich konnte ihm nicht mehr helfen. Er ist wenige Tage später unter elenden Krämpfen am Wundfieber gestorben. Ich musste ihn irgendwo am Wegrand begraben, weil das nächste Dorf, an dem wir vorbeikamen, sich weigerte, einem wie ihm einen Platz auf dem Kirchhof zu geben. Einem wie ihm! Damit meinten sie ‚einem Protestantischen‘, einem Ketzer und Kaiserverräter. Auch wenn er bei den Kaiserlichen gedient hat. Als ob das da noch eine Rolle gespielt hätte. Aber so war das eben.“*

*Sie zog mit der freien Hand ihr verblichenes, an den Rändern ausgefranstes Kopftuch ein wenig in die Stirn. Die Sonne war ihr wohl zu warm im Gesicht geworden, aber ihren Platz verlassen wollte sie ganz offenbar auch nicht. Es tat ihr sicherlich gut, die alten Knochen ein wenig von der Sonne wärmen zu lassen.*

*„Eine kurze Wegstrecke vor Linz hatten wir wenige Zeit danach Quartier gemacht und sollten weitere Befehle abwarten. Es hieß, dass die Bauern unruhig geworden seien.“*

*Magdalena lachte leise. „Als ob sie nicht schon die ganze Zeit über unruhig gewesen wären.“*

*Sie begann zu husten. Ich klopfte ihr sanft auf den Rücken, bis sie sich wieder beruhigt hatte und weitersprechen konnte.*

*Der Rücken tat ihr weh, wenn sie lange so saß, das kannte ich. Dafür war die Salbe aus Beinwell und Arnika gedacht, die ich ihr an diesem Morgen gebracht und womit ich ihr den Rücken eingerieben hatte.*

*„Unruhig, sagten sie. Unruhig. Nein, nicht unruhig! Aufständisch waren sie, aufständisch! Und das waren sie zu Recht.“*

*Wieder dieser trockene Husten.*

*„Am Tag zuvor war uns ein Trupp Bairischer begegnet“, fuhr sie nach einer kurzen Atempause fort. „Nein, kein Trupp. Das war*

*ein zusammengewürfelter Haufen Drecksgesindel, von dem man sich nicht vorstellen kann, dass sie zuvor anständige Leute gewesen wären. Sie zogen unter den Farben des bairischen Statthalters im Land ob der Enns durchs Land, einem Kaisertreuen namens Herberstorff, und raubten Bauern, Händler und fahrende Leute aus oder brachten sie gar um. Dabei hatten sie ihren Spaß am Witwen- und Waisenmachen. Als sie bis zu uns vorgerückt waren, prahlten sie damit, an die südliche Grenze des Landes ob der Enns gezogen zu sein und dort eine kleine Ansiedlung von Bauern überfallen zu haben. Wie ein Heuschreckenschwarm seien sie gekommen und wieder verschwunden, bevor jemand richtig mitbekommen konnte, was sie angerichtet hatten. So erzählten sie uns und lachten dabei, als handele es sich um einen gelungenen Scherz. Dabei wussten alle, dass es sich keinesfalls um einen Spaß gehandelt haben konnte. Zumindest nicht für diejenigen, die diesem Heuschreckenschwarm auf die eine oder andere Weise zum Opfer gefallen waren."*

*Wieder unterbrach sie sich, musste sich räuspern.*

*„Keiner von unserer Seite lachte mit, und so zogen sie schließlich mürrisch weiter. Wir hörten noch, dass sie uns als einen Haufen Memmen und Weiber beschimpften, die das rechte Kriegshandwerk noch lernen mussten.*

*Kriegshandwerk! Die Bairischen hielten das Land besetzt, das Kaiser Ferdinand aus Geldnot an den Münchener Kurfürsten Maximilian I. verpfändet hatte. Für Ordnung sollten sie sorgen, die Leute katholisch machen. Von Krieg und Verwüstungen war nicht die Rede gewesen. Aufstände gab es immer wieder, ja. Die Bauern wehrten sich gegen die Besatzer, weil die sich zu viel herausnahmen und man sie aus verständlichen Gründen wieder loswerden wollte. Da ist viel Unheil geschehen", schloss sie aufgebracht. „Viel, viel Unheil. Und der Kaiser hat es zugelassen, der Hundsfott, der elendige."*

*Lange schwieg sie dieses Mal, und ich blieb ganz still sitzen, um sie nicht zu unterbrechen.*

*„Dabei ist es doch sein Volk! Menschen, die ihm anvertraut sind!*

*Ihm irgendwann aber nur noch gnadenlos ausgeliefert waren."*

*Verständnislos schüttelte Magdalena den Kopf.*

*„Auch die Männer in meinem Haufen waren nicht immer zimperlich, das muss ich zugeben. Aber solche Saukerle wie die gab es bei uns nicht", fuhr sie mit einem kleinen Kopfrucken zur Seite fort, als stünden die dermaßen übel Bezeichneten irgendwo an ihrer Seite. „Sie haben ein junges Weib angeschleppt, kaum mehr als zwölf, dreizehn Lenze zählend, das sie übel zugerichtet hatten. Ich vermutete, dass das arme Kind aus dem überfallenen Tal stammte, von dem sie gesprochen hatten. So, wie sie beieinander war, brauchte ich nicht lange darüber nachzudenken, was mit ihr geschehen sein mochte.*

*Auch ein verstörter Junge mit einer schlimmen Verletzung im Gesicht war dabei, der mich im Vorbeiziehen verzweifelt bat, mich doch um das Mädchen zu kümmern. Sie seien auf dem Weg nach Linz, da würde ich sie bestimmt finden und ihr helfen können."*

*Magdalena verzog das Gesicht zu einem wehmütigen Lächeln.*

*„Bei mir setzten aber kurz darauf die Wehen ein. Ich schaffte es gerade noch, mich zur Seite zu schleppen und mein Kind auf die Welt zu bringen, einen Buben.*

*Wir zogen gleich darauf weiter nach Linz, wo ich zunächst einmal blieb, da sich die Männer, denen mein Tross bislang gefolgt war, inzwischen in der Nähe ein neues Quartier gesucht hatten. Außerdem schien es mir leichter, mich um mein inzwischen schwerkrankes Kind zu kümmern, wenn ich in der Stadt weilte. An das Mädchen, das die Kerle aus dem Ennstal mitgeschleppt hatten, dachte ich nicht mehr. Viel zu sehr war ich mit meinem kranken Kindlein beschäftigt, als dass ein anderes Schicksal noch Platz in meinem Herzen hätte finden können. Ich konnte meinem Buben aber nicht helfen. Auch der alte Medicus vermochte es nicht, den ich in Linz aufsuchte und dem ich viel Geld für nichts bezahlte. Und so folgte der Bub seinem Vater nach ein paar Tagen in die Ewigkeit."*

*Tränen rannen über ihr Gesicht, die sie mit dem Handrücken wegwischte.*

*„Ich ließ eine Holzkiste für den kleinen Leichnam schreinern, damit mein Kind wenigstens anständig begraben werden konnte. Es sollte nicht in einem verschlissenen Tuch irgendwo verscharrt liegen wie sein Vater. Also wartete ich vor dem Kirchhof auf den Burschen, der mir den Sarg bringen sollte. Der Schmerz und die Trauer um meinen Sohn hatten mich völlig im Griff, und es bereitete mir viel Mühe, mein Kind in das Kästchen zu betten und dem Burschen das vereinbarte Geld zu geben."*

*Wieder hielt Magdalena inne, schien den Blick in eine weit zurückliegende Zeit zu wenden.*

*„Etwas stand in den Augen dieses Jungen, das mich anrührte. Etwas, das an den Blick jenes Burschen erinnerte, der mich gebeten hatte, der armen Kreatur zu helfen, die jene Bastarde aus dem Ennstal mitgeschleppt hatten. Im Kummer um den Verlust meines kleinen Buben vergaß ich aber auch das sehr schnell wieder."*

*Sie zog wie fröstelnd die Schultern hoch.*

*„Eine Zeit lang noch blieb ich in der Stadt, bevor ich mich entschloss, zusammen mit einem Häufchen Protestanten in den Westen zu ziehen. Dahin, wo man uns aufnehmen und eine neue Heimat bieten würde. Immerhin gab es noch Landesherren, die sich keinen Deut um das scherten, was der Kaiser ihnen vorschrieb. Sie lebten ihre eigenen Vorstellungen von Freiheit und Würde. Hatten nicht wie einige andere eiligst das Fähnlein gewechselt, nachdem der Habsburger ihnen den Krieg angedroht oder einen üblen Handel angeboten hatte. Der Kampf blieb ihnen trotzdem nicht erspart, wenn auch auf andere, viel schlimmere Weise, als sie sich das wohl vorgestellt hatten. Ganze Landstriche lagen wenige Zeit später verwüstet und entvölkert, ganz gleich, auf wessen Seite ihre Herren standen. Die Bauern und Bürger totgeschlagen von Soldaten aller Couleur, die keine Rücksicht darauf nahmen, dass Unschuldige zwischen die Fronten geraten waren. Darunter so viele alte Menschen, Frauen, Kinder, die ihr Leben einem Ziel opfern mussten, das nicht das ihre gewesen war. Viele starben auch an den Krankheiten, die von den*

*Soldaten mitgeschleppt und über das Land verteilt wurden, und die ihre tödlichen Krallen nach Mensch und Vieh ausstreckten."*

*Erneut schüttelte sie verständnislos den Kopf.*

*„Aber wenn man essen will, müssen doch die Felder bestellt, muss Vieh aufgezogen, Handel betrieben werden! Vielerorts ist das bis heute nicht mehr möglich, weil keiner mehr da ist, der sich darum sorgen könnte. Der unsägliche Krieg hat Löcher gerissen, die wieder gefüllt werden müssen, wenn der übrig gebliebene Rest der Bevölkerung überleben will.*

*Einige kluge Landesherren nutzten und nützen noch immer die Tatsache, dass die vertriebenen oder geflüchteten Protestanten dankbar ihre Arbeitskraft und ihr Wissen zur Verfügung stellen und ihren Gönnern nichts schuldig bleiben würden. Wir waren und sind bei ihnen willkommen. Für die sind wir Menschen, einfach nur Menschen."*

*Ein neuer Hustenanfall hinderte sie am Weitersprechen. Mit einer Handbewegung schickte sie mich nach einem Becher Wasser an den Brunnen neben dem Haus, den ich ihr gleich darauf brachte. Sie nahm einen vorsichtigen Schluck, behielt den Becher in der Hand. Dann fuhr sie fort:*

*„Meinen neuen Wegbegleitern war es wie mir leid geworden, immer wieder den Repressalien der Habsburger, der Baiern, katholischen Pfaffen und all jener ausgesetzt zu sein, die ihren Spaß daran hatten, wehrlose Menschen zu quälen und durch viel zu hohe Abgaben ausbluten zu lassen. Außerdem waren die Soldaten weitergezogen, mit denen ich bislang unterwegs gewesen war, und der Tross mit ihnen. Mein Leben als Marketenderin war zu Ende, ich musste zusehen, wie es mit mir weitergehen sollte."*

*Ihre Hand löste sich nach einem leichten Druck von der meinen, die ich heimlich am Hosenbein abwischte. Sie war schweißnass geworden. Das Weib umschloss den Wasserbecher jetzt mit beiden Händen, trank noch einen Schluck. Dann gab sie mir den Becher zurück, und ich stellte ihn neben mich auf die Bank.*

*Leise fuhr sie fort:*

*„Ich konnte damals nicht ahnen, dass diese Begegnungen Teil meines weiteren Lebens bleiben würden: die mit dem Mägdlein, das die üblen Kerle aus dem Ennstal mitgeschleppt hatten, und die mit diesem Jungen, der mir den Sarg für mein Kind brachte."*

*Magdalena hob kurz den Kopf, drehte ihn in meine Richtung, und ich konnte einen Blick auf ihre blinden Augen werfen. Dass ich hier neben ihr saß und in Ruhe zuhörte, wie sie aus ihrem Leben berichtete, verdankte ich dem Umstand, dass sie unseren Apotheker kannte, der ihr durch mich ab und zu eine schmerzlindernde Salbe bringen ließ. Ich verdiente mir mit solchen Botengängen hin und wieder ein paar Münzen, mit denen ich meine Familie unterstützen konnte. Wir hatten wie viele andere auch nur das, was notwendig zum Überleben war. Da kam jeder kleine Zuverdienst gerade recht.*

*Magdalena hauste zusammen mit zwei zerlumpten Alten in einem Haus unterhalb der vor ein paar Jahrzehnten abgebrannten Burg Löffelstelz, das sich in jenem desolaten Zustand befand, den viele Häuser unseres kleinen Fleckens teilten. Das Haus war gerade noch bewohnbar, und für Magdalena die einzige Möglichkeit, ein Dach über dem Kopf zu haben.*

*Ich hatte Magdalena an diesem Tag gefragt, woher sie den Apotheker kenne, der niemals Geld für seine Medizin von ihr forderte und sich über seine Gründe dafür ausschwieg. Er hatte im angrenzenden Weiler Mühlacker ein baufälliges Häuschen erstanden und hergerichtet, worin er mit seinem Weib und seinen Kindern lebte, so gut es eben ging. Dort richtete er eine Arzney-Küche ein, in der er unter anderem Branntwein destillierte und mit allerlei Kräutern zu Heiltränken, Salben und anderen Mitteln verarbeitete, die er dann verkaufte. Ab und zu behandelte er auch Leute, die mit kleineren Gebrechen, Verletzungen oder den üblichen Krankheiten zu ihm kamen. Einen Arzt hatten wir zu der Zeit nicht, und der nächste Bader hauste im gut drei Wegstunden entfernten Pfortzheim. Der hatte seinen eigenen Angaben zufolge genug mit den Kranken und*

*Siechen seiner Stadt zu tun, und zeigte wenig Lust daran, sich auch noch um Kranke aus anderen Orten zu kümmern. Außerdem liegt Pfortzheim im katholischen Baden. Das durfte der wichtigste Grund sein, weshalb der Mann kaum Interesse daran hatte, sich um die Gebrechen württembergischer Protestanten zu kümmern.*

*An jenem Tag nun hatte ich Magdalena nachdenklich vorgefunden, wie sie auf der grob gezimmerten Bank vor der Hauswand saß. Zuerst hatte ich gedacht, sie würde über die Enz nach Dürrmenz hinüber schauen und über ihr Leben sinnieren. Aber dann fiel mir ein, dass sie ja blind war und so setzte ich mich neben sie, um für eine Weile zusammen mit ihr die Sonne zu genießen.*

*Da hat sie plötzlich begonnen, mir ihre Geschichte zu erzählen. Erst langsam und stockend, dann so, als erlebe sie aufs Neue, was in Tausenden von Bildern hinter ihren blinden Augen vorbeiziehen mochte.*

# 1

Geboren wurde Magdalena ungefähr anno 1600 als mittleres von fünf Kindern eines Hufschmieds und seines Eheweibes.

Ihre Familie lebte in einem Nest in Niederösterreich, dessen Name sie vergessen hat, oder an den sie sich nicht mehr erinnern wollte. Es scheint an einer Straße gelegen zu haben, die gerne von Fuhrleuten und Händlern, später auch von durchziehender Soldateska genutzt wurde, die von Norden nach Süden unterwegs waren – entweder an der Donau entlang nach Westen Richtung Linz oder nach Osten Richtung Wien. Ich denke mir, dass es in der Gegend zur Grenze nach Böhmen gewesen sein muss, vielleicht im Wald-, vielleicht im angrenzenden Weinviertel. Sicher bin ich mir aber nicht, weil ich nie nach Österreich gekommen bin, und sie nichts weiter darüber zu erzählen bereit war als das, was ich hier niederschreibe.

Die Schmiede befand sich am südlichen Ende des Dorfes, wie üblich direkt an der Landstraße neben dem Dorfteich gelegen. Sie war aus grob behauenen Steinen gebaut worden und durch einen schmalen Weg und einen kleinen Gemüsegarten von dem Haus getrennt, in dem Lena mit ihrer Familie lebte. Auch dieses Haus war aus Steinen errichtet worden, und nicht, wie die meisten anderen Häuser des Dorfes, aus Holz. Es war gefährlich, ein Holzhaus neben einer Schmiede zu errichten, von der immer eine gewisse Brandgefahr ausging. Im Haus gab es eine Küche und zwei kleine Kammern. In einer davon hatten die Eltern, in der anderen die Kinder ihre Schlafstatt.

Die Schmiede bestand aus einem einzigen großen Raum. Sie hatte zur Straße hin ein schweres Holztor, das zu jeder Jahreszeit tagsüber offen stand und den Blick auf die beeindruckende Esse in der hinteren rechten Ecke freigab, in der die Schmiedekohle mithilfe eines Blasebalgs zum Glühen gebracht wurde. Darüber führte ein schwarz verrußter Rauchfang aufstiebende Funken und Rauch nach außen. Daneben an den Wänden hatte der Vater sein Werkzeug griffbereit und sorgfältig gesäubert aufgehängt, darunter eine Werkbank mit einem Schraubstock gestellt. Es gab alle Größen an Zangen und Hämmern, Kisten mit verschieden großen Nägeln, die er geschmiedet hatte und bevorratet hielt, und allerlei anderes Werkzeug, das er für seine Arbeit brauchte und zum großen Teil selbst hergestellt hatte.

In der Mitte des Raumes stand der Amboss, sicher einer der wichtigsten Bestandteile der Werkstatt, daneben ein Bottich mit Wasser. Darin wurde das glühende Eisen abgekühlt, wobei laut zischend heißer Dampf aufstieg.

Magdalena liebte die Wärme in der Schmiede ebenso, wie sie auch die beruhigende Melodie der Hammerschläge und den Geruch von heißem Eisen und jenem Öl mochte, mit dem der Vater sein Werkzeug pflegte.

Vor allem aber liebte sie die Pferde, die, an der Außenwand der Schmiede an metallenen Ringen angebunden, die Arbeit des Vaters mehr oder weniger geduldig über sich ergehen ließen. Manchmal strich sie ihnen über die weichen Nüstern und freute sich, wenn die Tiere mit leisem Wiehern antworteten. Sie redete auch hin und wieder heimlich mit ihnen und freute sich darüber, dass sie das ganz besonders gern zu mögen schienen. Dabei ahnte sie mehr als sie wusste, dass sie dabei misstrauisch beobachtet wurde.

Der Schmied beschlug nicht nur die Hufe der Pferde durchziehender Soldaten, er zog auch eiserne Reifen auf die Räder der Karren, die den Fuhrleuten und Händlern auf ihrem Weg mürbe geworden oder gar zerbrochen waren. Er stellte Pflugscharen und allerhand Werkzeug für die Bauern her, aber auch Beschläge für Schränke und Truhen, und kistenweise Nägel. So kam die Familie recht gut mit dem aus, was die Arbeit des Vaters einbrachte.

Magdalena bekam schon als kleines Mädchen zu spüren, wie wichtig dem Vater seine Buben waren, die viel zu früh ihr Leben ausgehaucht hatten. Es tat ihr weh, zu hören, dass er dem Herrgott immer wieder lautstark zürnte, der ihm beide genommen und dafür drei unnütze Weiberleute gelassen hatte. Ein paarmal schon hatte ihn der Pfarrer ermahnt, sich nicht zu versündigen, denn es sei der Wille des Herrn gewesen, die Buben zu sich zu rufen, und daran dürfe er nicht zweifeln. Aber wenn die Dinge nicht so liefen, wie der Vater es sich vorgestellt hatte, vergaß er alle Ermahnungen und verfluchte vor allem den Tag, an dem Magdalena geboren wurde. Magdalena wusste schon sehr früh, dass nicht nur der Vater ihr zürnte, sondern dass auch die Leute im Dorf über sie tuschelten. Es ging lange Zeit das Gerücht, die Hebamme habe gesagt, das Mädchen sei bei seiner Geburt viel zu klein gewesen, als dass es zum Überleben gereicht habe. Sie hätte wohl nach und nach das Leben aus ihren Brüdern gesaugt, weshalb die älteren Buben letztendlich an Auszehrung gestorben seien. Ob der Vater das glaubte, wusste Magdalena nicht. Sie ahnte jedoch, dass sie seine ablehnende Haltung ihr gegenüber auch den abergläubischen Dorfbewohnern zu verdanken hatte.

Sie bemühte sich also von klein auf, diese schreckliche, offenbar gottgewollte Ungerechtigkeit so gut sie eben konnte auszugleichen, und half überall nach Kräften mit, wo in der Familie Hilfe gefragt war, sobald sie einigermaßen stehen und gehen konnte. Dabei hoffte sie, dem Vater wenigstens ein bisschen Wohlwollen abzuringen.

Aber der Vater sah darin nichts Gutes.

„Du kannst meine Söhne nicht ersetzen!“, schrie er sie immer wieder an. „Sieh zu, dass du mir aus den Augen kommst. Wenn es ist, wie die Hebamme gesagt hat, bist du schuld daran, dass meine beiden Buben so früh sterben mussten.“

Was solche Worte mit dem kleinen Mädchen anrichteten, schien niemanden zu interessieren. Magdalena wiederum bemühte sich tapfer weiter, diese kaum zu sühnende Schuld auf ihre Weise zu begleichen.

In der Schmiede durfte sie allerdings nicht mithelfen. Der Vater fand, dass Weiberleute dort nichts zu suchen hatten und es außerdem viel zu gefährlich sei, mit dem glühenden Eisen umzugehen und die manchmal ungeduldigen Pferde zu beschlagen. Ganz abgesehen davon, dass Weibsbilder ohnehin nicht in der Lage waren, etwas von dem zu lernen, was Männern schon in die Wiege gelegt wurde. Deshalb schickte man seiner Meinung nach ja auch besser nur Buben in die Schulen und keine Mädchen. Weil die Töchter vom Herrgott nicht mit so einem großen Hirn ausgestattet worden waren wie die Söhne, wie er sagte.

Das stehe auch irgendwo in der Bibel, behaupteten jedenfalls all diejenigen, die den Mädchen den Gang zur Schule verweigerten, und Lenas Vater stimmte dem uneingeschränkt zu. Ich habe besagte Stelle in der Heiligen Schrift übrigens bis heute nicht gefunden.

Lena, wie sie von klein auf genannt wurde, konnte das mit dem kleineren Hirn und dem Schulverbot nicht einsehen. Sie wurde immer mit Schlägen bestraft, wenn sie dem Vater bei Gesprächen über dieses Thema Widerworte gab. Wenn sie sich das nicht aus dem Kopf schlage, so pflegte er zu sagen, dann müsse er das übernehmen. Aber es änderte offenbar nichts an dem, was in ihrem Gehirn vor sich ging. Er konnte Lena biegen, aber nicht brechen.

Sie brachte sich Rechnen und Lesen heimlich selber bei, vor allen Dingen, um sich den Beweis zu liefern, dass der Vater unrecht hatte. Sie wagte es allerdings aus Angst vor den möglichen Konsequenzen nicht, ihm diesen Beweis vorzulegen. Die Mutter mochte um ihre Bemühungen gewusst haben, äußerte sich jedoch nicht dazu. Wie sie auch nie etwas dazu sagte, wie der Vater seine Tochter behandelte und was er ihr und ihren beiden jüngeren Schwestern zumutete. Die beiden bekamen zwar auch seine Ablehnung zu spüren, aber nicht in dem Maß wie Lena. Vermutlich waren sie in der richtigen Größe zur Welt gekommen und mussten kein Leben aus ihren Brüdern saugen, um selber überleben zu können. Zum Zeitpunkt ihrer Geburt waren die beiden Buben außerdem bereits tot.

Den Verboten des Vaters zum Trotz schlich Lena immer wieder heimlich in die Schmiede, wenn ein Fuhrmann oder Reiter gekommen war, um die Hufe eines Pferdes neu beschlagen oder einen Eisenreifen oder ein anderes verschlissenes Eisenteil an seinem Fuhrwerk auswechseln zu lassen. Als Vorwand dienten die schweren Kohleeimer, die sie in die Schmiede schleppte, und mit denen der Vater die Glut in der Esse am Leben hielt. Dagegen hatte er nichts einzuwenden, war es doch die niedrigste Arbeit, die es zu tun gab. Gut genug für sie.

Lena merkte sich jeden seiner Handgriffe beim Beschlagen der Pferde und beim Aufziehen von neuen Reifen auf die Räder der Händlerkarren, wollte sie dem Vater doch eines Tages beweisen, dass sie durchaus in der

Lage war, ihm zur Hand zu gehen. Irgendwann musste er – auch ohne von ihren Kenntnissen in Lesen und Rechnen zu wissen – einfach einsehen, dass er falschlag mit seiner Meinung, dass Weiber nicht genauso viel Verstand hatten wie Männer, die ihnen vielleicht kräftemäßig überlegen sein mochten. Mit der Größe des Gehirns hatte das alles ihrer Ansicht nach sehr wenig zu tun. Aber auch das behielt sie besser für sich.

Sein Hoffen war indes, dass sich einer seiner künftigen Schwiegersöhne als tüchtig genug zeigte, in der Schmiede mitzuarbeiten und sie später zu übernehmen. Die Eltern sahen es jedoch nicht so gern, wenn einer aus dem Dorf um ihre Töchter herumschlich, weil es Burschen aus den wenigen, nach der Einführung des protestantischen Glaubens übrig gebliebenen Katholikenfamilien waren. Ein Katholischer kam für sie als Schwiegersohn unter keinen Umständen in Betracht. Unter den Protestanten gab es zu jener Zeit so gut wie keine heiratsfähigen Männer im Dorf und der näheren Umgebung. In ihren Jahrgängen hatten mehr Mädchen als Jungen überlebt, die jetzt allesamt im Wettbewerb um die wenigen jungen Heiratswilligen standen.

Die Eltern hatten bereits mehrmals bei Verwandten in den umliegenden Märkten um einen passenden Tochtermann angefragt, wurden aber nicht fündig.

Außerdem wurde Lena von den wenigen Burschen, die infrage gekommen wären, gemieden, oder sie machten sich ihre Späße mit ihr. Einmal hatte ihr einer vorgegaukelt, an ihr interessiert zu sein, sich mit ihr treffen zu wollen. Nur, um sie dann vor allen anderen auszulachen, die zusammen mit ihm zum vereinbarten Treffpunkt gekommen waren.

„Wir wollen nichts von einer wie dir“, musste sie sich anhören. „Vielleicht willst du uns ja auch aussaugen, wenn wir dir zu nahe kommen! Das hier kannst du haben, mehr nicht." Dabei hatten die Burschen ihr Geschlecht aus dem Hosenschlitz genestelt und sie mit Urin bespritzt. Sie hatte sich so geschämt, dass sie niemandem etwas davon erzählte, aber auch nie wieder der Einladung eines Burschen gefolgt war.

Ihr Vater ließ sie immer öfter seinen Unmut darüber spüren, dass sich trotz aller Bemühungen kein Mann für sie finden ließ, der ihr gezeigt hätte, wo ihr Platz war. Dessen nicht genug, musste sie sich mit zunehmendem Alter fast täglich anhören, wie wenig Aussicht in jenen Zeiten darauf bestand, ihre beiden jüngeren Schwestern eines Tages zu verheiraten. Das bedeutete eine große Last für die Familie. Denn Verheiratungen fanden nicht willkürlich, sondern der Reihe nach statt. Zuerst die älteste, dann die mittlere und zum Schluss die jüngste Tochter. Aber wenn sich schon für Lena kein Mann finden ließ …

Ihr inzwischen ausgesprochen scheues Verhalten gab im Dorf Anlass, dahinter etwas Verschlagenes zu vermuten. Man erzählte sich, dass sie nachts heimlich umherschlich und nach Neugeborenen Ausschau hielt, denen sie das Leben aussaugen konnte. Dabei würde sie keinen Unterschied machen zwischen Mensch und Tier. Laut wagte das allerdings niemand zu sagen, da der Schmied seine Tochter trotz allem lautstark und notfalls mit den Fäusten verteidigte. Zum Schutze der Familie, nicht zum Schutze der Tochter.

Es wurde auch darüber geredet, dass sie immer wieder mit den Pferden sprach, die vor der Schmiede darauf warteten, beschlagen zu werden. Jemand, der mit Tieren redete, war auch imstande, sie zu verhexen.

„Sogar unser Herr Martin Luther gibt zu, dass es Hexen und Zauberinnen gibt", klärte der Pfarrer den Vater einmal auf, der ihn darauf angesprochen hatte. „Aber ich halte das für dummes Geschwätz und üblen Aberglauben, und lasse nicht zu, dass in unserer Gemeinde wieder jemand aus diesem Grund sterben muss."

Es war im Dorf vor Jahren vorgekommen, dass eine Alte der Hexerei bezichtigt, verhaftet und ins Loch geworfen worden war. Damals gab es noch keinen protestantischen Pfarrer in der Gemeinde, und der katholische Pfaffe aus dem Nachbarort war bekanntermaßen ein Frauen- und Protestantenhasser, der dem allem tatenlos zugesehen, wenn nicht gar selber dahintergesteckt hatte. Die alte Frau hatte wie Lena mit dem Vieh geredet und behauptet, dieses verstünde sie, was zu allerlei Getuschel führte. Dann war im Stall ihres Nachbarn eine Seuche ausgebrochen, und die Tiere verendeten kläglich. Schuld daran konnte nur die Alte gewesen sein, die das Vieh mit heimlichem Zauber verhext hatte. Denn darum handelte es sich bei ihrem Gemurmel, wie die Leute zu wissen glaubten. Die Alte verstarb ein paar Wochen, nachdem man sie eingesperrt hatte. Ihre Leiche wurde verbrannt und die Asche im Wind verstreut.

Nur der Schmied vermutete etwas anderes hinter dem Sterben der Tiere: Ihr Besitzer hatte heimlich Futter von einem Stück Land geschnitten, auf dem giftiges Grünzeug stand. Das wurde bestenfalls einmal im Jahr mit Feuer gerodet, aber es war aus gutem Grund verboten, sich von dort Futter zu holen. Der Bauer hätte natürlich nie zugegeben, gegen das Verbot verstoßen und sein Vieh mit dem Grünzeug vergiftet zu haben. Er hatte lieber in Kauf genommen, dass eine unschuldige Frau der Hexerei beschuldigt wurde und in der Haft verstarb. Wie er auch nicht zugeben wollte, dass die Alte lediglich versucht hatte, die vergifteten Tiere zu beruhigen und ihnen mit ihren Kräutern zu helfen, wie einige im Dorf vermutet hatten, die dem Unsinn keinen Glauben schenken wollten. Der Nachbar bemühte sich kurz nach dem Tod der Alten ungerührt darum, ihr kleines Häuschen zu übernehmen und an seinen Besitz anzugliedern. Was allerdings daran scheiterte, dass es wenige Tage später niederbrannte und niemand sich mehr auch nur noch in die Nähe der verhexten Ruine wagte.

Bis auf Lena. Es war der einzige Platz in ihrer kleinen Welt, wo sie Ruhe fand und ihren Studien in Lesen und Rechnen nachgehen konnte. Wobei sie sich ihre Lektüre heimlich aus der Sakristei der kleinen Kirche besorgte, nicht ahnend, dass der Pfarrer sehr wohl davon wusste, sie aber gewähren ließ. Wie er auch wusste, wer das Häuschen der Alten angezündet hatte. Dieses Geheimnis nahm er allerdings mit ins Grab.

An jenem Tag, der das weitere Schicksal des Mädchens bestimmen sollte, hatte ein durchziehender Reiter den Vater gebeten, sein Pferd neu zu beschlagen. Es hatte an einem der Hinterhufe ein Eisen verloren, aber auch die anderen drei würden einem Ritt bis Krems nicht mehr standhalten.

Lena war gerade dabei, Kohle in die Schmiede zu schleppen, als der Reiter sein Tier an der Außenwand festband. Sie stellte den Eimer mit der Kohle ab und näherte sich neugierig dem offenen Tor. Inzwischen kannte sie sich gut genug mit Pferden aus, um zu erkennen, dass es sich bei dem Falben um ein sehr wertvolles Tier handelte. Verständlich, dass der Reiter es unterwegs nicht gegen einen der Gäule eintauschen wollte, wie sie an manchen Gasthöfen für Reisende zum Tausch bereitgehalten wurden. Noch weitaus weniger dürfte ihm der Sinn danach gestanden haben, es wegen eines lahmenden Beins erschießen zu müssen.

Während der Vater sich um seine Arbeit kümmerte,

machte sich der Fremde auf den Weg zum einzigen Gasthaus im Dorf.

Lena sah ihm bewundernd nach. Er hatte nicht nur ein prachtvolles, herrlich aufgezäumtes Pferd, er sah auch noch sehr gut aus und war auffallend gut gekleidet. Unter seinem breitkrempigen schwarzen Hut fielen lange, dunkle Haare bis auf die Schultern. Beinahe schwarze, ein bisschen wehmütig wirkende Augen hatten sie kurz gemustert, bevor ein kleines Lächeln über das Gesicht des Mannes gehuscht war, das Lenas Herz schneller schlagen ließ. Er trug ein hochtailliertes, schwarzes, reich mit Goldfäden besticktes Wams über einem weißen Unterhemd und unter einem grünen, weiten Samtrock. Auf seinen Schultern lag ein edler weißer Spitzenkragen. Rote, geschlitzte Hosenbeine fielen locker bis unter die Knie. Aus den Schlitzen lugte grüner Samtstoff hervor. Über weißen Strümpfen trug er Stulpenstiefel aus feinem hellem Leder. Nie zuvor hatte Lena jemanden gesehen, der so elegant und wohl nach der neuesten Mode gekleidet war wie er. An diesen Anblick konnte sie sich noch Jahrzehnte später erinnern.

Der fremde Reiter fiel auch einigen anderen Mädchen auf, die staunend am Wegrand stehen geblieben waren und ihm mit unverhohlener Bewunderung nachsahen. Er schenkte ihnen ein fröhliches Augenzwinkern, das die Bauerndirnen errötend kichern und dann wie aufgescheuchte Hühner davonlaufen ließ.

Lena wusste, dass Männer wie er sich bestenfalls ein Schäferstündchen mit einer Bauerndirne gönnten, aber niemals ernste Absichten für eine von ihnen hegen würden. Die Folgen dieser schicksalhaften Begegnungen hatten die Mädchen auszutragen, die daran nicht selten auf die eine oder andere Weise zugrunde gingen. Bastarde großzuziehen war nicht einfach in diesen Zeiten, und nicht selten mussten die Frauen ein Leben lang dafür büßen, mehr oder weniger freiwillig dem Drängen eines solchen Kerls nachgegeben zu haben. Schon deshalb war es besser, Männern wie diesem Fremden nur einen Blick zu schenken, schnellstens zu verschwinden und kichernd hinter vorgehaltener Hand über verpasste Möglichkeiten zu tuscheln.

Lena wandte sich seufzend ihrer Arbeit zu und schenkte dem Vater ein verlegenes Nicken, das jener mit einem abweisenden Achselzucken quittierte. Er hatte sehr wohl gesehen, mit welchen Augen seine Tochter dem Fremden nachgesehen hatte, wusste aber auch, dass jener sie schon wieder vergessen haben würde, sobald das kleine Grinsen aus seinem Gesicht verschwunden war.

Drei Hufe hatte der Vater bereits mit neuen Eisen beschlagen, als Lena ein zweites Mal an ihm vorbei in die Schmiede ging, um einen Eimer mit Kohlen abzustellen. Gerade als sie die Schmiede betrat, zischte eine riesige Hornisse an ihr vorbei ins Freie, direkt auf das Pferd des Fremden zu. Das warf erschrocken und laut wiehernd den Kopf hoch, vertrieb die Hornisse mit panischem Schütteln der Mähne und keilte fast gleichzeitig mit allen vieren aus. Einer der Hufe traf dabei den Schmied am rechten Bein, ein anderer an der Hüfte. Nur um Haaresbreite entkam er einem Tritt gegen seinen Kopf, als er nach hinten zu Boden stürzte. Während er sich mühsam außer Reichweite der stampfenden Hufe zog, zerrte der Hengst weiter wiehernd und sich immer wieder aufbäumend am Zügel, der um einen Ring an der Wand geschlungen und verknotet war. Einige Nachbarn kamen, von den Schmerzensschreien des Schmieds und dem aufgeregten Wiehern des Tieres alarmiert, angelaufen.

Lena stand zuerst nur erschrocken da und lief dann zu dem Ross hinaus. Sie griff mutig in die Zügel, zog seinen

Kopf nach unten, legte eine Hand auf seinen Hals und beruhigte das Tier, indem sie leise mit ihm zu sprechen begann.

Jemand schrie ihr zu, sofort von dem wilden Vieh wegzugehen, in das der Teufel gefahren sein musste, und von irgendwoher wehte auch das Wort ‚Hexe' zu ihr herüber.

Sie spürte, dass sich das Pferd langsam beruhigte, sah, dass das Weiße aus seinen Augen verschwand, ließ ihre Hand an seinem Hals entlang nach oben zwischen die Ohren wandern und begann, es liebevoll zu kraulen. Ein paarmal noch warf der Hengst wiehernd und am ganzen Körper zitternd den Kopf ein wenig hoch, bevor er sich vollends und leise vor sich hin schnaubend beruhigte. Lena löste die Zügel vom Ring an der Wand und band das Tier ein Stück entfernt von ihrem sich vor Schmerzen am Boden windenden Vater fest, sodass es sich nicht losreißen und weiteren Schaden anrichten konnte.

Erst bei einem Blick auf den Vater wurde ihr bewusst, in welcher Gefahr auch sie sich befunden hatte. Ihre Knie begannen zu zittern, Tränen zogen eine nasse Spur über ihr rußverschmiertes Gesicht, ihre Zähne klapperten, ihre Hände waren schweißnass.

Die Mutter kam laut schreiend aus dem Haus gelaufen und beugte sich über ihren verletzten Mann.

„Hast du den Gaul erschreckt?", fragte sie und warf Lena einen bitterbösen Blick zu, während sie versuchte, den Vater ein wenig aufzurichten.

Lena schüttelte entsetzt den Kopf.

„In den ist der Leibhaftige gefahren!", rief einer der Umstehenden. „Ich hab's genau gesehen."

„Da war eine Hornisse", versuchte Lena von diesem Unsinn abzulenken. „Wahrscheinlich hat die das Pferd erschreckt."

„Der Teufel hat viele Gestalten“, hörte sie einen anderen sagen. „Mich überrascht nicht, dass du ihn aus dem Gaul getrieben hast. Ihr kennt euch wohl?“

„Halt’s Maul!“, schrie ihn der Vater an. Dann wandte er sich mit schmerzverzerrtem Gesicht an Lena. „Und du sieh zu, dass du den Kerl findest, dem das verfluchte Vieh gehört.“

Einer der Burschen, die sich zu den Neugierigen gesellt hatte, fühlte sich angesprochen und lief sofort los.

„Hol auch gleich den Bader“, rief Lena ihm nach. „Er müsste beim Schäfer sein, dessen Frau er einen faulen Zahn ziehen wollte!“

Die Mutter begann, ihrem Mann vom Boden aufzuhelfen, ihn zusammen mit einem Nachbarn ins Haus zu schleppen und auf sein Lager zu betten. Während Lenas jüngste Schwester einen Topf mit Wasser auf dem Herd erhitzte, kümmerten sich Lena und ihre Mutter um das verletzte Bein des Schmieds. Sie hatten ihm die schwere Lederschürze abgenommen und den zerfetzten Beinling aufgeschnitten. In einer stark blutenden Wunde waren Knochensplitter zu sehen.

Den Tritt gegen die Hüfte hatte zum Glück die dicke Lederschürze ein wenig abgefangen. Ein immer größer werdender dunkler Fleck zeigte den Frauen, wo der zweite Huf den Mann getroffen hatte.

„Guter Herrgott hilf, dass nichts weiter gebrochen ist“, murmelte die Mutter. Dann rief sie nach ihrer jüngsten Tochter um das heiße Wasser und saubere Tücher.

Während die Frauen die Beinverletzung vorsichtig auswuschen und dem sich vor Schmerz windenden Vater beruhigend zuredeten, betete Lena inbrünstig darum, dass der Bader schnell kommen und helfen möge.

Sie wusste, das mit dem verletzten Bein würde sich

irgendwie wieder richten lassen, sofern der Vater nicht das Wundfieber bekam. Nicht auszudenken war jedoch, was geschah, wenn der Vater für lange Zeit nicht mehr in der Schmiede würde arbeiten können. Vielleicht sogar nie wieder, wenn das Bein steif blieb oder gar abgenommen werden musste. Dann würde das Geld über kurz oder lang knapp werden und sie würden die Schmiede verkaufen und sich wohl oder übel eine neue Bleibe suchen müssen. Ganz abgesehen davon, wie sich die ohnehin schon missliche Laune des Vaters weiter auf die Familie – und vor allen Dingen auf Lena – auswirken würde, sollte er seinen Beruf nicht mehr ausüben können.

Während sich die Frauen um den Verletzten kümmerten, mussten sie sich anhören, dass jener seinem Herrgott nicht nur für das Unglück zürnte, das ihm widerfahren war, sondern zum wievielten Mal auch dafür, dass er ihm seine Söhne genommen hatte. Die hätten ihm gerade jetzt alle Sorgen abnehmen können, die ihn so sehr quälten wie der Schmerz in seinem Bein.

„Was nur hat sich unser Himmelvater dabei gedacht, als er mir meine beiden Buben nahm und dafür diese unnützen Weiberleute am Leben ließ? Warum“, fragte der Verletzte mit schmerzverzerrtem Gesicht. „Warum hat er mir ausgerechnet dieses gottverdammte Weibsbild gelassen und meine Söhne genommen?“

Er zeigte mit zitternden Fingern auf die leichenblass mit gefalteten Händen neben seinem Lager stehende Lena.

„Aber Vater ...“, begann sie erschrocken. „Machst du mich für das Unglück verantwortlich, das dir zugestoßen ist? Es war doch eine Hornisse ...“

„Eine Hornisse hätte das Pferd erschreckt, sagst du?“, schrie er sie an. „Kein Pferd scheut wegen einer verdammten Hornisse! Es wird viel geredet über dich, und manchmal denke ich, die Leute haben recht mit dem, was sie sagen. Geh mir aus den Augen!“

„Versündige dich nicht“, bat ihn die Mutter leise, aber der Vater winkte unwirsch ab.

Lena wusste, worauf der Vater anspielte, und tat so, als habe sie nicht verstanden, was hinter seinen Worten stand. Aber er schlug wütend ihre Hand zur Seite, mit der sie ihm tröstend über die schweißnasse Stirn streichen wollte.

„Habe ich es dir nicht deutlich genug gesagt?“, fauchte er sie erneut an. „Geh mir aus den Augen!“

Lena biss sich auf die Lippe, strich über ihren Handrücken, der vom Schlag mit der kräftigen Pranke des Vaters schmerzte, wandte sich um und schlich aus der Tür. Ihre zweite Schwester kam ihr entgegengelaufen, die im Garten zu tun gehabt hatte. Nach einem Blick in Lenas verstörtes Gesicht verschwand sie wortlos im Haus.

Lena lief hinüber zur Schmiede und setzte sich auf einen umgestülpten Kübel. Jetzt erst wurde ihr mit aller Macht bewusst, welche Gefühle der Vater tatsächlich für sie hegte. Sie hatte seine Ablehnung immer geduldig ertragen, immer wieder verdrängt, entschuldigt, begriff aber jetzt, dass es weitaus mehr als Ablehnung war.

Er hasste sie.

Er hasste sie, weil sie überlebt hatte, während ihre beiden Brüder sterben mussten.

Er hasste sie, weil sie ihn mit ihren verzweifelten Versuchen, sie ihm zu ersetzen, rührte, was er aber niemals zugeben konnte.

Er hasste sie, weil er sie gegen die Leute aus dem Dorf verteidigen musste, die sie hinter vorgehaltener Hand als Hexe bezeichneten.

Die Gedanken um all das kreisten wie böse Geister durch ihren Kopf und ließen sie laut aufschluchzen. Sie hatte die kleinen Buben doch gemocht, denen nur ein kurzes Leben vergönnt gewesen war. Ihretwegen hätten sie nicht sterben müssen. Vielleicht wäre es wirklich besser gewesen, der liebe Herrgott hätte sie an ihrer Stelle von dieser Erde genommen. Das hätte ihnen allen viel erspart.

Ein Schatten fiel auf sie. Jemand war hereingekommen und vor ihr stehen geblieben.

„Was ist jetzt mit meinem Pferd?", fragte der Mann, zu dem der Schatten gehörte. „Dem fehlt noch ein Eisen. So kann ich nicht weiterziehen."

Lena schaute ihn verwirrt an. Zu sehr war sie noch in den Gedanken gefangen, die ihr durch den Kopf schwirrten.

„Was meint Ihr?", fragte sie.

Der Mann vor ihr hob beide Schultern und breitete ratlos die Arme aus.

„Das Pferd!" Er drehte sich halb um und zeigte nach draußen. „Bist du schwerhörig oder blöde oder beides? Der Schmied hat seine Arbeit nicht fertig gemacht! Was wird jetzt damit?"

Schwerhörig oder blöde oder beides? Das sagte der Mann, der ihr erst vor wenigen Minuten noch ein Lächeln geschenkt hatte, das ihre Knie weich werden ließ?

Lena erwachte langsam aus ihrer Erstarrung. Ihr Blick fiel auf das Ross, das inzwischen ruhig und mit gesenktem Kopf vor sich hindösend draußen angebunden stand und wartete. Natürlich, das Pferd war ja nicht fertig beschlagen worden, bevor es nach dem Vater trat. Dass es den Mann nicht interessierte, was das Unglück für den Schmied und seine Familie bedeutete, war ihm deutlich anzusehen. Falls er überhaupt mitbekommen hatte, was geschehen war. Ein Blick auf den Burschen, der den Reiter hergeführt hatte und der abwartend draußen stehen geblieben war, sagte ihr jedoch, dass jener den Besitzer des Pferdes genauestens über den Vorfall unterrichtet hatte.

Lena erhob sich und strich eine vorwitzige Haarsträhne aus dem Gesicht. Dann stapfte sie wortlos an dem Fremden vorbei hinaus zu dem Tier, das ihr neugierig und leise schnaubend den Kopf zuwandte.

Ihr Blick fiel auf das Eisen, das dem Vater mitsamt seinem Werkzeug aus der Hand gefallen war und zusammen mit einer Handvoll Nägel verstreut vor dem Tor lag. Alles war so weit vorbereitet, dass der vierte Huf nur noch beschlagen werden musste. Lena hob das Eisen auf und wog es einen Augenblick lang nachdenklich in der Hand. Dann suchte sie Nägel und Werkzeug zusammen und wies den immer noch neugierig vor dem Tor stehenden Burschen an, den Blasebalg zu treten. Sie legte das Eisen in die Glut, wie sie es vom Vater gesehen hatte, kühlte es im bereitstehenden Wassereimer ein wenig ab und trat dann neben das Pferd.

„Hoch!"

Das Ross gehorchte augenblicklich und überließ ihr das Hinterbein, das sie an der Fessel umfasste. Mit einem eisernen Haken befreite sie den Huf vom Dreck, der sich bei der wilden Attacke des Tieres darin festgesetzt hatte, und begann mit der Arbeit. Die gestaltete sich für sie weitaus schwerer, als es bei ihrem Vater ausgesehen hatte, und Lena kam ordentlich ins Schwitzen. Vor allem, weil es nicht einfach für sie war, den Huf des Pferdes auf ihrem durch einen Lederlappen geschützten Oberschenkel abzustützen, festzuhalten, mit der anderen Hand das Eisen aufzulegen und mit kräftigen Hammerschlägen die Nägel einzuschlagen. Gott sei Dank hatte der Vater den Huf bereits vorbereitet und das Eisen angepasst.

Der Zorn darüber, dass der Besitzer des Pferdes

keinerlei Anstalten machte, ihr zu helfen, weckte enorme Kräfte in ihr und den eisernen Willen dazu, die Arbeit des Vaters ordentlich zu Ende zu führen.

Als sie nach einer endlos scheinenden Zeit fertig war, erhob sie sich, legte den Hammer zur Seite, wischte mit der schmutzigen Hand über ihre schweißnasse Stirn und streckte sie dann aus, um das mit dem Vater vereinbarte Geld einzufordern. Aber der Besitzer des Pferdes lachte sie aus.

„Ich bezahle nicht für die Arbeit einer Bauerndirne!“, ließ er sie wissen. „Ich werde den nächsten Schmied aufsuchen und nachsehen lassen, ob alles in Ordnung ist und ich mit meinem Pferd gefahrlos weiterreiten kann. Der macht das nicht ohne Bezahlung. Ganz abgesehen von dem Schaden, den das Tier bis dahin genommen haben mag.“

Dabei schlug er Lenas Hand zurück. Es war das zweite Mal innerhalb kurzer Zeit, dass ihr jemand auf die Hand schlug. Zwei Mal zu viel. Das Blut rauschte in ihren Ohren.

„Sei froh, wenn ich die Kosten für das alles nicht von euch zurückfordere“, hörte sie ihn weiter sagen, während er sich zum Gehen wandte.

Es reichte. Erst der Vater, jetzt dieser Kerl, der sie innerlich und äußerlich an derselben Stelle getroffen hatte, an der sie vor wenigen Minuten bereits verletzt worden war.

Sie verstellte ihm mit in die Hüfte gestemmten Fäusten den Weg und beharrte zitternd vor Wut und lautstark auf Entlohnung, was der Reiter erneut kopfschüttelnd ablehnte. Er stieg in den Sattel und wollte losreiten, als Lena das Pferd am Zügel zu fassen bekam und daran hinderte, loszulaufen. Erneut warf das Tier den Kopf hoch, und sein Reiter hielt sich erschrocken am Sattelknauf fest.

„Lass sofort die Zügel los!“, befahl er.

„Ihr schuldet uns Geld“, sagte Lena fest und griff mit

der anderen Hand nach dem Stiefel des Reiters, der nach ihr treten wollte.

Das Pferd begann unruhig zu tänzeln, und sein Besitzer hatte Mühe, es zu beruhigen und die Hand abzuschütteln, die seinen Stiefel vom Fuß zu zerren drohte.

„Noch einmal: Weshalb sollte ich die Arbeit einer Bauerndirne bezahlen, wenn ich nicht einmal weiß, ob das Eisen bis zur nächsten Ortschaft hält?"

„Weil mein Vater das meiste zuvor schon selber erledigt hat und der beste Schmied weit und breit ist", gab sie zurück. „Und ich weiß, dass alle Eisen halten werden."

„Das werden wir ja sehen!"

„Das werdet Ihr. Und dann sehen wir weiter", entgegnete Lena mit einer Sicherheit in der Stimme, die für sie selber fremd klang.

„Gesindel!", knurrte der Reiter mit einem Blick auf die inzwischen dazugekommenen Neugierigen, und schüttelte ihre Hand von seinem Stiefel. Dann stieg er wütend ab, kramte umständlich die vereinbarte Summe aus seiner Geldkatze und warf sie Lena vor die Füße.

Was er dann noch sagte, hörte sie nicht mehr. In ihrem Inneren brodelte es. Sie machte eine schnelle Bewegung in Richtung des Pferdes, das zur Seite auswich, dabei seinen Besitzer mit dem Hinterteil streifte und ihn umwarf. Während Lena ihre Münzen einsammelte, rappelte sich der Mann auf, klopfte den Staub aus seinen eleganten Kleidern und stieg fluchend wieder auf sein Pferd.

„Pass auf, dass dich nicht eines Tages der Teufel holt!", rief er ihr zu, bevor er dem Tier die Sporen gab und davongaloppierte. „Weiberleute wie dich mag er besonders gern!"

Lena stand da und starrte ihm entsetzt nach. Dann aber spürte sie die Münzen in der Hand, wandte sich um und ging auf ihr Elternhaus zu. Dabei streifte ihr Blick die wie versteinert dastehenden Nachbarn, die alles mitverfolgt hatten, und ein leises Triumphgefühl machte sich in ihr breit. Hatten alle gedacht, sie demütig vor dem Fremden kriechen und die hingeworfenen Münzen einsammeln zu sehen, so hatte er letztendlich selber einen jämmerlichen Anblick geboten, und sie hatte ihr Geld bekommen.

Aber sie hatten auch gehört, was der Fremde ihr zugerufen hatte. Das würden sie auch niemals vergessen. Aber das war jetzt nicht so wichtig. Wichtig war, dass sie sich durchgesetzt und den gerechten Lohn für ihre und die Arbeit ihres Vaters bekommen hatte. Gute Arbeit, das wusste sie.

Lena betrat das Haus ihrer Eltern und legte den wohlverdienten Lohn auf den Küchentisch. Jetzt würde der Vater sie anders sehen müssen. Sie hatte allen Grund, sich zu freuen.

Inzwischen war der Bader eingetroffen und kümmerte sich um den Verletzten. Offenbar hatte er den Eltern erzählt, dass sie das Pferd fertig beschlagen hatte, denn als sie in die Kammer der Eltern trat und darüber berichten wollte, winkte der Vater nur mürrisch ab.

Sie hatte nicht erwartet, dass jemand sie über Gebühr dafür loben würde, die Arbeit vollendet und das vereinbarte Geld dafür bekommen zu haben. Aber sie hatte auch nicht mit dem gerechnet, was jetzt kam.

„Was denken wohl die Leute über das, was da draußen geschehen ist?“, fragte der Vater sie mit hochrotem Gesicht. Lena sah, dass die Adern an seinem Hals dick angeschwollen waren und aussahen, als würden sie gleich platzen. „Wenn das Eisen nicht hält, wird der Besitzer zurückkommen und sich für das Lahmen des Tieres entschädigen lassen! Ein wertvolles Tier dazu. Und überhaupt: Was glaubst du“, fragte er weiter. „Was glaubst du, wer du bist, die Stelle meiner toten Söhne übernehmen zu können? Ihnen hätte zugestanden, meine Arbeit fertigzustellen. Dir nicht!“

Lena stiegen Tränen in die Augen. Sie verstand die Welt nicht mehr.

„Weißt du nicht, wie die Leute im Dorf über dich reden?“, fragte er weiter. „Dass du den Buben das Leben ausgesaugt hast, um dich an ihre Stelle zu drängen?“

„Aber ich habe doch keine Schuld daran …“, begann sie vorsichtig, sich zu verteidigen.

„Schuld?“ Der Vater fuhr erbost aus seinem Lager auf, ließ sich aber sofort mit schmerzverzerrtem Gesicht wieder zurückfallen.

„Sie kann nichts dafür, dass unsere Söhne sterben mussten, das weißt du“, wandte die Mutter leise ein. Aber der Schmied gebot ihr zu schweigen.

„Darüber zu urteilen, steht dir nicht zu, Weib.“ Und an Lena gewandt: „Was auch immer diesen Teufelsbraten von einem Gaul dazu gebracht hat, sich wie ein wildgewordener Ziegenbock zu gebärden: Ich glaube, das war ein Zeichen des Himmels.“ Einen Augenblick lang schwieg der Verletzte und starrte Lena hasserfüllt an.

„Machst du mich verantwortlich für das Unglück, das dir widerfahren ist?“ Sie hatte die Hand ihres Vaters ergriffen und starrte ihn entsetzt an.

„Ich will nicht, dass du diese Familie ins Unglück stürzt“, gab der Vater zurück und entzog ihr wütend seine Hand. „Geh mir aus den Augen!“

„Aber …“

Der Bader machte dem Ganzen energisch ein Ende und schob dem Verletzten ein Beißholz zwischen die Zähne, dass jener gezwungen war, mit seinem Schimpfen aufzuhören. Dann richtete er mit geübten Handgriffen das verletzte Bein, bestrich es mit einer Heilsalbe, schiente und verband es vorsichtig. Der Schmied hatte vor Schmerz das Bewusstsein verloren und lag wie entseelt auf seinem Lager, dass den Frauen angst und bang wurde bei seinem Anblick.

„Der wird wieder, der ist zäh", sagte der Bader und packte seine Sachen zusammen. Dann ließ er sich von der Mutter den vereinbarten Lohn in die Hand zählen. Lena sah mit zusammengebissenen Zähnen, dass sie es von dem Geld nahm, das sie vor wenigen Minuten auf den Küchentisch gelegt hatte.

Der Bader wandte sich kurz um und nickte ihr stumm zu. In seinen Augen glaubte sie so etwas wie Mitleid und vielleicht sogar Verständnis zu erkennen.

„Was wirst du …", begann sie vorsichtig, das, was ihr durch den Kopf geschossen war, in Worte zu fassen.

„Nichts werde ich", antwortete der Bader, legte kurz eine Hand auf ihre Schulter und verließ das Haus.

Da hörte Lena erneut die Stimme ihres Vaters.

„Verschwinde! Ich will dich hier nicht mehr sehen."

Lena warf einen verzweifelten Blick zu ihrer Mutter und ihren Schwestern hinüber, die jedoch mit zum Boden gesenkten Blicken dastanden.

„Mutter, bitte. Was habe ich denn getan?"

Die Mutter nahm Lena am Ellbogen und schob sie aus der Kammer.

„Wir haben einen Tochtermann für deine Schwester gefunden, der auch als Geselle für die Schmiede taugt. Aber sie kann ihn nicht heiraten, solange du nicht unter der Haube bist", sagte die Mutter leise. „Das ist einer der Gründe."

„Einer der Gründe?"

„Er ist sehr verärgert darüber, dass du das Pferd beschlagen hast. Du hast es gehört."

„Mutter!“ Lena rang verzweifelt nach Worten. „Ich wollte doch nur helfen! Es lag mir fern, meine Brüder zu ersetzen. Daran habe ich keinen Augenblick lang gedacht. Ich wusste nur, dass ich das kann und habe getan, was ich vom Vater gelernt habe. Heimlich, ich gebe es ja zu.“ Sie schluckte ihre Tränen hinunter. „Mutter, was ist so schlimm daran, wenn ich ihm in der Schmiede helfe? Er wird in der nächsten Zeit jemand brauchen …“

Die Mutter schüttelte seufzend den Kopf und fasste sie mit beiden Händen an den Schultern.

„Er will dich auch schützen, indem er dich wegschickt“, sagte sie leise und legte kurz die Stirn an die ihrer Tochter. „Zu viel wird über dich geredet in letzter Zeit. Die schlechte Ernte in diesem Jahr, die beiden Säuglinge, die nacheinander tot in ihrer Wiege lagen, die Hühner des Dorfältesten, die mit ausgerissenen Federn in ihrem Stall hockten und seitdem keine Eier mehr legen, und letztendlich der Kopf des Ziegenbocks, den jemand an die Tür des Pfarrers genagelt hat …“

„Aber Mutter, das mit den Tieren waren die Streiche der Kerle, die auch …“ Sie schwieg betroffen. ‚Der Kerle, die auch mir so übel mitgespielt hatten‘, wollte sie sagen, ließ es jedoch sein.

„Nach dem, was heute geschehen ist, und so, wie dein Vater beieinander ist, wird er dich nicht mehr beschützen können“, fuhr die Mutter fort, und bestätigte damit, was Lena sich gerade zusammengereimt hatte. „Geh nach Horn, dort wohnen Verwandte von mir. Bei ihnen wirst du unterkommen, bis sich hier alles beruhigt hat. Aber du musst dich beeilen.“

Mit diesen Worten drehte sich die Mutter um und kehrte in die Kammer zurück, in der sich ihr Mann laut stöhnend auf dem Lager wälzte.

Lena stand wie vom Donner gerührt. Hatte die Mutter ihr gerade erklären wollen, dass sie in ihrem Dorf als Hexe galt? Dass nicht viel fehlte, und man griff sie auf und warf sie ins Loch wie die arme Alte damals? Weil die Ernte schlechter ausgefallen war als die Jahre zuvor? Das lag am Wetter, doch nicht an ihr! Und das mit den Hühnern, dem Kopf des Ziegenbocks – das waren doch eindeutig Jungenstreiche! Was hatte das mit Hexerei zu tun?

Sie ahnte in diesem Augenblick, dass diese Streiche darauf abgezielt hatten, ihr zu schaden. Die Burschen wollten die einfältigen Dorfbewohner glauben machen, sie stecke dahinter. Vielleicht wollten sie ihren Spaß daran haben, sie als Hexe brennen zu sehen, wie man das allenthalben von einigen deutschen Städten hörte? War das möglich?

Und ihr Vater konnte sie nicht länger beschützen.

Nein, er wollte sie nicht länger beschützen. Er glaubte ja selber an den Unsinn.

Gottvater, hilf!

Langsam löste sich Lena aus ihrer Versteinerung und lief wie betäubt zur Ruine des Häuschens, das einmal jener Alten gehört hatte, der man Hexerei vorgeworfen hatte. Sie ließ sich vor einer der verfallenen Mauern ins Gras sinken, legte die Arme um ihre Knie und begann, hemmungslos zu weinen.

In diesem Augenblick hatte sie das Gefühl, jemand beobachte sie. Als sie sich umschaute, konnte sie niemanden entdecken.

„Ich bin so wenig eine Hexe, wie du eine warst“, murmelte sie. „Aber ich werde von hier weggehen, bevor sie mir das antun, was sie dir angetan haben.“

Ein Seufzen war zu hören. Aber das war sicherlich der Wind in den Ästen der Büsche, die vor Jahren bereits die Ruine des kleinen Häuschens erobert hatten.

Als sie sich wieder einigermaßen beruhigt hatte, ging sie zum Haus ihrer Eltern zurück und spähte vorsichtig durch die Tür in die Küche. Aus der Kammer der Eltern hörte sie leises Gemurmel. Offenbar waren die Mutter und ihre Schwestern noch immer beim Vater, den sie hin und wieder laut schimpfen hörte.

Einen Augenblick lang stand sie zögernd in der Tür, bis ihr Blick auf die Geldstücke fiel, die nach wie vor auf dem Küchentisch lagen. Sie machte einen Schritt darauf zu, strich das Geld vom Tisch und steckte es in ihre Schürzentasche. Dann warf sie noch einen letzten Blick auf das, was einmal ihr Zuhause gewesen war: den Herd, dessen Feuer erloschen war und auf dem der inzwischen leere Wasserkessel stand, das Bord an der Wand mit den fünf Schüsseln, den Tisch, die fünf Stühle drum herum, die Truhe, in der das Reisigholz zum Anzünden des Herdfeuers lag, eine zweite Truhe mit Lebensmitteln, den Spülstein, auf dem umgestülpt ein paar Trinkbecher standen.

„Du hättest sie schon viel früher wegschicken sollen", hörte sie die Mutter sagen. „Irgendwo hätte sie Arbeit finden können. Jetzt muss es schmerzlich für sie sein, zu erfahren …"

Bevor sie ihren Satz beendet hatte und der Vater antwortete, lief Lena aus der Küche. Hier wollte sie nicht mehr länger bleiben. Im Vorbeilaufen zog sie ihre vom Waschen noch feuchte Jacke von der Leine im Garten, steckte ihre Haare unter dem Tuch fest, das ihr vor der Schmiede vom Kopf gefallen war, als sie die Münzen aufsammelte.

Niemand rief ihr nach, niemand hielt sie zurück, als sie kurz darauf wie ein gehetztes Reh die Straße entlang aus dem Dorf lief. Lena wusste, sie hatte ihre Familie für immer verloren. Es war undenkbar, dass sich alles beruhigen und sie jemals wieder nach Hause zurückkehren konnte.

Lenas Gefühle waren durcheinandergeraten, hatten einen tiefen Riss bekommen. Sie konnte keinen klaren Gedanken fassen, hatte keine Ahnung davon, wohin sie sich wenden oder wie sie ihr weiteres Leben meistern sollte. Sie wusste nur, dass sie es irgendwie schaffen musste, wenn sie überleben wollte.

Es gab keine Hexen.

Sie war keine Hexe.

Sie war einfach nur ein Sündenbock.

Aber sie wollte nicht riskieren, dass man ihr das Gegenteil bewies, auch wenn es nicht stimmte. Sie wusste, wie solche ‚Beweise' von den Frauen erpresst wurden, die der Hexerei angeklagt waren. Darüber hatten fahrende Händler und durchziehende Söldner mit dem Vater gesprochen, während der ihre Pferde beschlug oder frische Eisenreifen auf ihre Karrenräder zog. Es war oftmals so grausam gewesen, dass Lena sich die Ohren zuhalten musste und verstört weggelaufen war, wenn sie zufällig Ohrenzeugin solcher Berichte wurde.

Schritt für Schritt beruhigte sie sich, während Trauer und Entsetzen aus ihrem Kopf wichen und einer Erkenntnis Platz machten, die ihr mehr und mehr gefiel. Möglicherweise hatte sie das Pferd nicht so geschickt und schnell beschlagen wie ihr Vater, aber das Eisen würde halten, und den vereinbarten Lohn hatte sie auch dafür ertrotzt. Sie war also durchaus in der Lage, sich durchzusetzen, ihr Leben zu meistern. Alles, was der Vater ihr an den Kopf geworfen hatte, klang in ihr wie eine Rechtfertigung dafür, dass er sie schon lange aus dem Haus hatte haben wollen. Jetzt hatte ihm wohl das Schicksal dieses Unglück in die Hände gespielt.

‚Ein Wink des Himmels', hatte er gesagt, als habe

er nur darauf gewartet, von irgendwoher ein Zeichen zu bekommen. Ein Zeichen, das ihm den Mut gab, ihr mehr als jemals zuvor zu zeigen, wie wenig er sie in seinem Haus duldete, und wie sehr er sich wünschte, sie wäre nicht mehr da. Nie dagewesen.

Das tat unendlich weh. Hatte sie doch so viele Jahre lang alles getan, um sich ihren Platz in dieser Familie zu erhalten, und nicht sehen wollen, dass es auf Dauer vergebliche Liebesmüh sein würde. Aber was hätte sie sonst tun sollen? Sie war zu jung gewesen, als dass sie ihr Leben allein hätte meistern können. Jetzt war es anders. Ganz anders.

Ihre Sicht auf viele Dinge wurde mit jedem weiteren Schritt klarer als je zuvor, nachdem sie das Dorf hinter sich gelassen hatte und die Tränen versiegt waren. Das sollte auch für alle zukünftigen Zeiten so bleiben, schwor sie sich.

Sie war keine Hexe.

Sie war einfach nur eine junge Frau, die zur falschen Zeit am falschen Ort geboren worden war.

Sie würde ihren Weg finden.

Der sollte sie zunächst nach Horn führen, wo Mutters Verwandte lebten, die hoffentlich noch nichts von allem wussten. Dort würde sie ein neues Leben beginnen.

So war ihr Plan. Doch es kam anders.

# 2

Den Reiter nahm sie erst wahr, als er sich neben ihr hielt.

„Ah, die Bauerndirne aus der Schmiede."

Bauerndirne.

Lena schaute nicht auf. Sie erkannte die Stimme, das genügte. Heißer Zorn kochte in ihr hoch. Was wollte dieser Kerl noch immer hier?

„Ich habe gehört, dass du den Deinen davongelaufen bist." Als sie nicht darauf reagierte, fuhr er fort: „Die Leute reden über dich."

„Worüber?"

„Nun, über so allerlei, was dich betrifft", gab er zurück.

„Was wollt Ihr von mir? Ihr wolltet nach Krems reiten und prüfen lassen, ob die Hufe Eures Kleppers richtig sitzen! Lasst euch nicht von einer davongelaufenen Bauerndirne wie mir aufhalten!", fauchte sie ihn an.

Er lachte schallend, überging die Beleidigung, die sein wertvolles Pferd betraf.

„Wer sagt, dass ich mich von einem davongelaufenen Weibsstück aufhalten lasse? Du scheinst sehr von dir eingenommen zu sein."

Er gab dem Pferd leicht die Sporen, das prompt antrabte.

Lena schnappte nach Luft.

„Kümmert Euch um Euren eigenen Dreck, bevor Ihr wieder in meinen fallt", fauchte sie hinter ihm her. „Und jetzt seht zu, dass Ihr weiterzieht und mich in Frieden lasst. Der Schmied in Krems freut sich über Euren Besuch."

„Du reißt dein Maul ganz schön weit auf für eine

Bauerndirne", knurrte er und hielt sein Pferd an, damit sie aufholen konnte. Sie winkte unwillig ab.

„Geht Eurer Wege, wenn Euch das stört. Und lasst mich in Frieden."

Das mit der Bauerndirne würde sie ihm nie verzeihen. Sie war die Tochter des besten Schmieds weit und breit, auch wenn der sie nie akzeptiert hatte. Den da auf seinem Gaul, mit seinem sicherlich teuren Rock und den modischen Beinkleidern, den ging das schon gleich gar nichts an.

„Es ist gefährlich, sich als Weib allein auf diesen Straßen aufzuhalten, weißt du das nicht?", fragte er.

Überrascht sah sie zu ihm auf. Vielleicht tat sie ihm unrecht mit dem, wie sie über ihn dachte.

„Es gibt genügend Gesindel, das nur darauf wartet, eine wie dich aufzulesen, auszurauben und noch Schlimmeres mit ihr anzustellen. Also pack deinen Stolz zu deinem Geld unter die Schürze und kehr um, solange noch Zeit dafür ist."

Woher wusste er das mit dem Geld?

„Meint Ihr Gesindel, wie Ihr es seid? Immerhin hättet Ihr mich und meine Familie beinahe um den Lohn für gute Arbeit gebracht, erinnert Ihr Euch? Ausrauben oder nicht bezahlen – ich sehe da keinen großen Unterschied."

„Ja, Gesindel wie ich es wohl bin. Und jetzt sieh zu, dass du nach Hause kommst, bevor du erfährst, wie Leute wie ich mit Weiberleuten wie dir umgehen!"

„Nein."

„Nein? Du weißt nichts von der Welt außerhalb deines Dorfes, du dummes, störrisches Weibsbild. Du wirst nicht weit kommen allein." Nachdenklich runzelte er die Stirn. „Entweder du kehrst selber um oder ich bringe dich zurück."

Lena riss erschrocken die Augen auf. Was redete er da?

Das war unmöglich. Egal, ob er sie mit Gewalt zurückschleppte oder ob sie selber in ihr Dorf zurückkehren wollte. Er schien nichts von dem zu wissen, was man sonst noch über sie erzählte.

Oder doch?

Hexe.

Man hatte ihn hinter ihr hergeschickt, um sie einzufangen und zurückzubringen, fuhr ihr durch den Kopf.

„Was kümmert es Euch, was mit mir geschieht?"

„Du bist ein eigensinniges Frauenzimmer", stellte der Reiter fest, der sein Pferd weiter neben ihr hielt. „Wie heißt du?"

„Magdalena", zischte sie zurück. Er sollte ihren ganzen Namen kennen und sie nicht wie alle, die sie in ihrem bisherigen Leben begleitet hatten, Lena nennen. Lena war Vergangenheit. Magdalena Zukunft.

„Ich bin Leonhart", hörte sie den Reiter sagen. „Wenn du unbedingt dein Zuhause verlassen willst und glaubst, dein Glück woanders zu finden, dann lass dich wenigstens ein Stück weit begleiten. Ich nehme an, du willst versuchen, bei Verwandten unterzukommen. Wenn sie am Weg wohnen, nehme ich dich mit."

Hatte er wegen des Unfalls ein schlechtes Gewissen? Oder war er auf etwas anderes aus? Was wollte er von ihr?

„Wie käme ich dazu, mit Euch zu kommen?"

Ihre Hand glitt vorsichtig unter die Schürze, dorthin, wo sie ein kleines Messerchen wusste. Die Mutter hatte es ihr vor Jahren geschenkt und empfohlen, es immer bei sich zu tragen. Sei es, um Gemüse damit zu putzen, etwas abzuschneiden, das im Weg stand, ein Stück Fleisch darauf zu prüfen, ob es gar war, oder kleinere Reparaturen auszuführen. Aber auch, um sich wehrhaft zu zeigen, sollte das notwendig werden.

Sie fühlte sich gewappnet.

Als sie jetzt dem Blick des Reiters folgte, wurde ihr bewusst, in welcher Situation sie sich tatsächlich befand. Aber was sollte sie denn bitte sonst tun? Im Dorf hatte sie nicht bleiben können.

Vor ihr lag ein Weg, den sie nicht kannte und der voller Gefahren war, hin zu einem ungewissen Ziel. Die Erkenntnis tat weh, dass die Mutter geglaubt hatte, ihr das rechte Rüstzeug für ihr Leben mitgegeben zu haben, indem sie ihr dieses lächerliche Messerchen schenkte.

Die Mutter …

Plötzlich sehnte sie sich nach ihr. Sie glaubte, ihre Hände auf ihren Schultern zu spüren, die Stirn an die ihre gelehnt. Glaubte, ihre Stimme zu hören. Ein letztes Mal. Tränen stiegen ihr in die Augen. Der Gedanke an die Mutter bot ihr zumindest gefühlsmäßig die Möglichkeit, umzukehren und sich von dem Reiter trotz zu erwartender Schimpf und Schande nach Hause zurückbringen zu lassen.

Ihre Mutter hatte auf ihre Weise immer zu ihr gehalten, auch wenn es ihr gelegentlich schwerfiel, sich damit gegen den Vater zu behaupten. Sie würde einen Weg finden, die Tochter wieder in ihr Haus aufzunehmen. Sie anschreien und fragen, ob sie nicht gehört habe, was der Vater gesagt hatte. Sie vielleicht für ein paar Wochen einsperren, bis sich alles beruhigt hatte.

Sie weiterhin vergeblich in Schutz nehmen?

Nein.

Da war auch dieser eine Satz, den sie unbeabsichtigt belauscht hatte. ‚Du hättest sie schon viel früher wegschicken sollen …‘

Man wollte sie zu Hause nicht haben. Auch wenn dieser Satz nicht bedeuten musste, dass die Mutter sie nicht liebte, sondern bestenfalls ein Hinweis an den Vater gewesen sein mochte, dass jetzt nicht der richtige Zeitpunkt für einen Rauswurf war.

Nein.

Sie würde nicht nach Hause zurückkehren.

Nichts würde besser werden.

„Wie soll das gehen?“, fragte sie, darum bemüht, möglichst selbstsicher zu klingen.

Leonhart schaute amüsiert auf sie hinunter.

„Steig auf“, sagte er entschlossen und griff nach ihrem Arm.

Sie versuchte, sich seinem Griff zu entwinden, bis ihr Blick auf eine Gruppe Männer fiel, die ihnen den Weg herauf entgegenkam. Es waren Soldaten des Kaisers. Vor denen hatte sie gelernt, sich in Acht zu nehmen. Sie und ihre Familie waren evangelisch, und diese Männer im Dienste der Habsburger gingen nicht zimperlich mit Leuten um, die in ihren Augen den falschen Glauben hatten und damit so etwas wie vogelfrei waren. Nicht nur einmal waren Berittene ins Dorf gekommen, hatten sich mit Lebensmitteln versorgt, ihre Pferde neu beschlagen lassen und waren davongezogen, ohne zu bezahlen. Als Grund gaben sie an, keinem Ketzer oder Juden etwas schuldig zu sein. Sollten sie doch konvertieren, dann sähe die Sache schon anders aus.

Keinem Ketzer oder Juden!

Sie auf eine Stufe mit den Juden zu stellen, war eine Unverschämtheit. Aber es war besser, selbst zu diesen Beleidigungen zu schweigen und die Männer ziehen zu lassen, als sich mit ihnen auseinanderzusetzen oder gar anzulegen.

Wie auch einige der Mädchen aus dem Dorf zu dem schwiegen, was mit ihnen im Heu geschah.

Wie auch alle darüber schwiegen, weshalb zwei von

ihnen für immer aus dem Dorf verschwanden, nachdem herauskam, dass sie von den Kaiserlichen geschwängert worden waren.

*

Magdalena wusste, dass immer mehr sowohl protestantisches als auch kaiserliches Militär von Böhmen her durchs Land zog. Erst vor Kurzem waren Horn und Zwettl Ziele ihrer Auseinandersetzungen gewesen. Die ihnen jetzt entgegenkamen, stammten sicherlich aus deren Reihen. Es war Vorsicht geboten, denn diese Männer hatten nicht immer lautere Absichten.

Leonhart half ihr auf sein Pferd.

# 3

Die Kunde vom sogenannten zweiten Prager Fenstersturz im Mai des Jahres 1618 hatte schnell die Runde unter der Bevölkerung gemacht und nicht nur die Protestanten in helle Aufregung versetzt. Schon lange schwelte das Feuer in Form ständiger Drohungen aus dem Habsburger Herrscherhaus, derer zufolge die Ausübung ihrer Religion entgegen dem 1609 von Kaiser Rudolf II. verfassten Majestätsbrief verboten werden sollte. Als sich der böhmische Adel gegen die Hegemonialpolitik der Habsburger auflehnte, kam es zum Eklat. Der 1617 zum König von Böhmen gewählte Ferdinand hatte sich nach seiner Krönung sofort darangemacht, in seinem Herrschaftsbereich die Rekatholisierung seiner Untertanen in Angriff zu nehmen. Er hatte es angeblich der heiligen Muttergottes bei einer Wallfahrt versprochen und wollte dieses Versprechen mit allen ihm zur Verfügung stehenden Mitteln durchsetzen. Notfalls sollten die Protestanten mit Gewalt an der Ausübung ihrer Religion gehindert und ‚zu Katholiken gemacht werden'. Auch wollte er die Rechte der Stände einschränken lassen, was zu einem dauerhaften Konflikt führte. Der wurde dadurch noch verschärft, dass die Katholische Liga, die von Maximilian I. von Baiern 1609 als Verteidigungsbündnis der katholischen Stände Süddeutschlands angelegt wurde, deutlich Stellung gegen die ein Jahr davor gegründete Protestantische Union bezog. 1617 erreichte die Feindschaft zwischen dem protestantischen und dem katholischen Lager ihren Höhepunkt, als auf Anordnung der Katholischen Liga eine evangelische Kirche in Böhmen geschlossen und eine weitere niedergerissen wurde.

In diesen Aktivitäten erkannten die protestantischen Stände einen Verstoß gegen den Inhalt des Majestätsbriefes Kaiser Rudolfs, der für sie immer noch Gültigkeit besaß. Sie schickten ein Protestschreiben an Rudolfs Nachfolger, Kaiser Matthias, von dem sie Verständnis und Unterstützung erhofften. Der Kaiser reagierte jedoch völlig unerwartet darauf, indem er weitere Standesversammlungen verbot.

Am 21. Mai 1618 versammelten sich entgegen diesem Verbot die betroffenen Stände in Prag. Zwei Tage später begaben sich einige Teilnehmer auf die Prager Burg, um Gespräche mit Vertretern der katholischen Seite aufzunehmen und die Situation zu klären. Das endete nach einem immer heftiger geführten Streitgespräch damit, dass die kaiserlichen Statthalter und der Kanzleisekretär von Vertretern der Stände aus den Burgfenstern geworfen wurden.

Unter den Protestanten wurde später hämisch die Kunde verbreitet, dass die Männer nur überlebten, weil passenderweise ein Misthaufen unter den Fenstern deren Sturz abgemildert habe. Die in die Geschehnisse besser Eingeweihten jedoch wussten zu berichten, dass die drei Betroffenen ihr Überleben anderen Umständen zu verdanken hatten, die weder etwas mit einem Misthaufen noch mit der rettenden Hand der Jungfrau Maria zu tun hatten, wie die – katholischen – Unglücksraben beteuerten. Sie waren wohl eher an der schräg nach außen verlaufenden Mauer relativ unbeschadet in den Burggraben gerutscht, was mehr Glück als göttliche Fügung gewesen war.

Die Folge davon war jedenfalls, dass aus dieser unbedachten Handlung heraus die Konflikte zwischen der protestantischen und der katholischen Seite immer weitere Kreise zogen und dem 1619 neu zum Kaiser gewählten Ferdinand II. dazu dienten, seinen eisernen Willen zur

Rekatholisierung im ganzen Reich durchzusetzen. Den Affront mit dem Fenstersturz katholischer Abgesandter wollte er offenbar keinesfalls so hinnehmen und ließ die Protestanten in seinem Herrschaftsgebiet für die Schmach des Fenstersturzes schmerzhaft büßen.

Ein großer Krieg, der letztendlich das gesamte Kaiserreich mit Tod und Verderben überziehen sollte, war entfacht worden. Viele Adlige beider Seiten behaupteten, der Fenstersturz in Prag sei für Ferdinand ein willkommener Anlass gewesen, seinen Feldzug gegen Anhänger der protestantischen Religion mit gnadenloser Härte verwirklichen zu können. Dem widersprach seltsamerweise niemand.

Niemand ahnte zu diesem Zeitpunkt, welche verheerenden Ausmaße der Hass des Kaisers den seiner Meinung nach religiös Fehlorientierten gegenüber annehmen würde. Großen Einfluss darauf hatte zweifellos die Erziehung Ferdinands durch die Jesuiten im bairischen Ingolstadt während seines Studiums. Dorthin hatte seine streng katholische Mutter den Zwölfjährigen geschickt, ans Gymnasium und anschließend an die Universität, die beide einen ausgezeichneten Ruf genossen. Die unnachgiebige Haltung der Jesuiten gegenüber Andersgläubigen beeinflusste Ferdinand sein weiteres Leben lang. Er war und blieb ein strenggläubiger, alle anderen Religionen ablehnender Katholik und galt darüber hinaus als ausgesprochen prüde. Die Jesuiten behielten Zeit seines Lebens uneingeschränkten Einfluss auf ihn, seine Umgebung und sein politisches Handeln.

Im Grunde genommen war es dem einfachen Volk kaum möglich, die politischen Zusammenhänge in vollem Umfang zu erfassen. Es gab weder glaubwürdige Nachrichten von der einen noch von der anderen Seite.

Was von Mund zu Mund verbreitet wurde, konnte niemand wirklich nachprüfen und war von der Gesinnung und den Absichten dessen abhängig, der die Nachrichten weitergab. Wer lesen konnte, war ihnen gegenüber im Vorteil. Das waren in den meisten Fällen jedoch nur Geistliche und vielerorts lediglich eine Handvoll Studierter, die ihr Wissen aus gutem Grund für sich behielten, und denen ohnehin nicht zu trauen war.

Viele konnten deshalb nur mit Mühe verstehen, was um sie herum geschah, und welche Regelungen einzuhalten waren und warum. Das führte natürlich zu Unmut gegenüber den herrschenden Königshäusern und Fürsten im ganzen Reich, vor allem bei Menschen der niedrigen Stände. Viele liefen förmlich zum Protestantismus über, weil ihnen die in deutscher Sprache geführten Gottesdienste verständlicher waren als das lateinische Gebrabbel katholischer Geistlicher, und weil sie sich mit Menschen dieser Glaubensrichtung eher verbunden fühlten. Das führte schließlich zu immer wieder aufflammenden Auseinandersetzungen zwischen Anhängern der beiden Religionen und zu bunt religiös gemischten Gemeinden, Ländern, ja sogar innerhalb von Familien.

*

Genau zu jener Zeit unaufhaltsam schwelender Konflikte, ungefähr Anno Domini 1619, hatte sich Magdalena also auf den Weg in eine ungewisse Zukunft gemacht.

Sie hatte beim Beschlagen jenes Pferdes vor der Schmiede ihres Vaters mehr denn je begriffen, dass es ihrem Wesen widersprach, nur so zu leben, wie es ihr und anderen Frauen vorgeschrieben wurde. Sie wollte sich keinesfalls mehr an die Vorgaben von Männern halten, die ihr ein Dasein als unterwürfiges, gehorsames Weibsbild aufzwängen wollten. Sie konnte ein Pferd beschlagen, musste seit Kindesbeinen wie viele andere Weiberleute auf dem Acker arbeiten, konnte nicht nur zerrissene Kleidungsstücke flicken, kochen und waschen. Nein. Sie konnte viel mehr, wenn sie nur wollte.

Und sie wollte.

Insofern hatte der Vater zumindest zum Teil recht mit seiner Behauptung. Denn sie hatte die Stelle ihrer toten Brüder nicht übernehmen *wollen*, aber sie hätte sie durchaus übernehmen *können*. Was nichts daran änderte, dass ihr seine Vorwürfe nach wie vor unsinnig erschienen.

Sie war keine Hexe.

Was sie mit dieser Erkenntnis anfangen sollte, wusste sie allerdings auch nicht.

*

Junker Leonhart, wie sich Magdalenas Begleiter nannte, schien hingegen sehr genau zu wissen, was er da auf sein Pferd gehoben hatte. Einerseits amüsierte ihn das störrische Weib, andererseits musste er sich auch überlegen, was jetzt mit ihr geschehen sollte. Denn er war nicht zum Vergnügen unterwegs gewesen, als sein Ross das Eisen verlor. Er wollte nach dem Besuch eines Händlers im Weinviertel den Geschäftspartner seines Vaters in Krems aufsuchen, um diesen zu einem Gespräch in das elterliche Handelshaus im Süden von Wien einzuladen. Dabei war ihm durchaus bewusst gewesen, dass die Wege nicht mehr sicher waren und er aufpassen musste. Gehörte er doch zu denjenigen, die über die politische Lage bestens unterrichtet waren. Mit dieser Frau in seiner Obhut würde es für ihn bestimmt nicht einfacher werden.

Er wusste auch, weshalb sie von zu Hause weggelaufen war. Der Bader hatte nachdenklich vor einem Becher voll Wein gesessen, als er in die Schankstube zurückgekommen war, um seine Zeche zu bezahlen. Der Bursche, der ihn dort aufgestöbert und ihm von dem Unfall vor der Schmiede erzählt hatte, ließ ihm keine Zeit dazu, also wollte er es jetzt nachholen. Der Bader war besorgt um das Schicksal der jungen Frau gewesen und hatte ihm erzählt, was im Haus des Schmieds vorgefallen war. Von ihm hatte er auch erfahren, wie man im Dorf hinter vorgehaltener Hand über das Mädchen redete, und er war entsetzt über den irrwitzigen Aberglauben, der immer wieder unter der Bevölkerung aufflammte. Diese Dirne war vielleicht ein widerspenstiges Weibsbild, aber sicherlich keine Hexe.

Leonhart glaubte nicht an Hexen und war immer schon ein erbitterter Gegner solcher Anschuldigungen gewesen, wie sie gegen Magdalena erhoben wurden. Als er sie vor sich auf der Straße laufen sah, war er sich zwar keiner Schuld an ihrem Unglück bewusst, aber er wollte sie auch nicht ihrem Schicksal überlassen.

All das erfuhr Magdalena allerdings erst sehr viel später.

„Ich werde in Krems erwartet", sagte er, nachdem Magdalena den letzten Krümel seines mitgeführten Verzehrs aufgegessen hatte und ihn fragend ansah. Sie hatten eine kurze Rast am Wegrand eingelegt.

„Von hier aus ist es nicht mehr allzu weit bis Horn, denke ich. Das schaffe ich schon allein." Dabei hatte sie nicht die geringste Ahnung von der Entfernung, war sie doch nie aus ihrem Dorf hinausgekommen. „Verwandte meiner Mutter leben dort. Sie meinte, ich könne bei Ihnen Unterschlupf finden."

Tränen stiegen ihr plötzlich in die Augen. Vielleicht wussten die Verwandten der Mutter inzwischen, weshalb sie von zu Hause weggelaufen war. Manches verbreitete sich wie ein Lauffeuer. Ganz besonders, wenn es sich um üble Nachrede handelte. Sie würden sie nicht willkommen heißen, auch wenn die Mutter es sich vielleicht so gewünscht hatte.

Junker Leonhart, der aus niederem, ursprünglich deutschem Adel stammte, und dessen Familie durch den florierenden Handel des Vaters recht vermögend geworden war, schüttelte den Kopf. Horn war die Hochburg des Protestantismus in Niederösterreich, und damit ein Stachel im katholischen Fleisch des Kaisers. Die Stadt würde über kurz oder lang zwischen die Fronten geraten, dessen war er sich ganz sicher, und das sagte er ihr auch.

„Überleg dir also gut, ob du nach Horn weiterziehen möchtest. Es steht nicht zum Besten mit der Stadt", schloss er. Nach einem Blick in ihr verzweifeltes Gesicht fügte er noch an: „Ich kann aber auch versuchen, dich anderweitig als Magd unterzubringen."

„Als Eure Magd womöglich?", fragte sie und verschränkte dabei trotzig die Arme vor der Brust.

„Ich brauche keine Magd", gab er ungerührt zurück. „Genauso wenig, wie ich Lust habe, mich mit dir dummem Weibsbild noch länger aufzuhalten. Komm mit, oder mach, was du willst."

Er stand auf und schaute abwartend auf sie hinunter.

„Ich muss dieses Angebot wohl annehmen", sagte Magdalena kleinlaut und erhob sich ebenfalls.

„Dann komm. Wir müssen weiter. Es ist auch noch ein gutes Stück bis Eggenburg, meinem nächsten Ziel."

„Wo werden wir denn nächtigen?", fragte sie, stirnrunzelnd den Himmel betrachtend. Es würde nicht mehr lange dauern, bis der Abend hereinbrach. Sie hatte niemals zuvor außerhalb ihres Elternhauses genächtigt und fürchtete sich davor, im Freien schlafen zu müssen.

Junker Leonhart half ihr auf sein Pferd.

„Ich werde mich darum kümmern."

# 4

Das protestantische Eggenburg war ihr erstes Ziel gewesen. Magdalena war zunächst beeindruckt von der wehrhaften Mauer, die dem Ansturm jedes Feindes zu trotzen imstande schien. Allerdings hatte 1618 die Belagerung der Stadt durch Kurfürst Johann Thomas I. von Sachsen und die immensen Anforderungen, die eine 600 Mann starke Einquartierung unter dem Obristen Hieronymus Reichsgraf von Colloredo-Waldsee stellte, die Bürger so gut wie in den Ruin getrieben. Es war ihnen unmöglich, die Schäden zu beheben, die durch die Belagerung entstanden waren, auch, was die Stadtmauer betraf. Als die Stadt kurz darauf Ziel eines erneuten Angriffs wurde, dieses Mal durch den Söldnergeneral Graf Ernst von Mansfeld, der eine nicht genauer benannte Anzahl Soldaten der Protestantischen Union anführte, halfen die einstmals so wehrhaften Mauern nicht mehr. Viele Häuser der Stadt fielen den Verwüstungen der Soldateska zum Opfer, ihre Bürger kämpften verzweifelt ums Überleben. Viele Häuser hatten schwere Schäden erlitten, lagen verlassen. Es schien Magdalena deshalb beinahe unmöglich, dort eine Unterkunft zu finden, zumal sich die Eggenburger verständlicherweise äußerst misstrauisch Fremden gegenüber zeigten. Sie konnten es immer noch nicht fassen, Ziel eines protestantischen Angriffs geworden zu sein, wo die meisten unter ihnen doch selber Anhänger dieser Glaubensrichtung waren.

Dennoch befand Junker Leonhart diese Stadt als die bessere Wahl im Vergleich zu Horn, wie er Magdalena wissen ließ, als diese ihre Zweifel an seiner Wahl anmeldete.

Sie nächtigten schließlich bei einem der Stadträte, den der Junker von früheren Aufenthalten in Eggenburg kannte. Der riet ihnen, so schnell wie möglich Richtung Krems zu ziehen, wenn dies ihr Ziel sein sollte. Krems schien ihm wiederum weitaus sicherer als Eggenburg, wo man beinahe täglich fürchtete, dass erneut Truppen über die Stadt hereinbrechen könnten. Wobei gleichgültig war, welcher Seite sie angehörten: Alle brachten Unheil und Verwüstung mit sich. Die meisten ließen auch noch Krankheiten zurück, die unter der Bevölkerung zu großem Elend und vielen Verlusten führten. Außerdem stand es schlecht um die Verpflegung der Eggenburger, wie seine beiden Gäste am kargen Abendmahl sehen konnten. Das würde bald zu Aufruhr führen, wie der Stadtrat vermutete. Hungrige Bäuche waren immer schon ein Risiko für den Frieden gewesen.

Er warnte sie davor, dem üblichen Handelsweg zu folgen, und riet ihnen, einen Umweg in Kauf zu nehmen und dem Kamptal zu folgen.

Schließlich verkaufte er Junker Leonhart ein Pferd für Magdalena, das dieser später als Packpferd verwenden wollte, wenn er das Mädchen irgendwo untergebracht hatte. Es war eines der letzten Tiere, das in der Stadt aufzutreiben war.

„Ich werde es nicht lange halten können“, erklärte ihm der Mann und tätschelte liebevoll den Hals des Tieres. „Entweder stehlen es mir beim nächsten Überfall die Soldaten, wenn sie die Stadt stürmen, oder ich muss es bei einer neuerlichen Belagerung schlachten, wenn die Lebensmittel knapp werden. Dann weiß ich es lieber in guten Händen.“

*

Der Kamp führte nicht allzu viel Wasser, als sie am nächsten Tag nach einem Ritt über reichlich unwegsames Gelände dem schmalen Weg an seinem Ufer entlang talwärts folgten. Magdalena verlor sich immer wieder im Anblick des Wassers, das gurgelnd über rostbraunen Grund und zwischen bemoosten Steinen zu Tal floss. Sie stellte sich vor, dass ihr weiteres Leben vielleicht auch hin und wieder auf Hindernisse stoßen, trotz allem aber unbeirrt seinen Weg finden würde wie dieses Wasser. Beiden war ihr Ziel vorbestimmt, überlegte sie dabei. Aber sie wusste so wenig wie das Wasser, wo sie letztendlich ankommen würde.

Als ihre Pferde auf dem unebenen Grund öfter stolperten, stiegen sie beide ab. Magdalena behielt das Eisen im Auge, das sie dem Falben aufgezogen hatte, um das Tier sofort anzuhalten, sollte es sich auf dem unebenen, steinigen Weg lockern.

Aber es hielt.

Hin und wieder begegneten sie Menschen, die ebenfalls unterwegs nach Krems waren, wo sie sicher zu sein hofften und vor allem: wo sie Arbeit finden wollten. Immer wieder warnte man sie vor kaiserlichen oder protestantischen Truppen, die sich noch in der Gegend aufhielten.

Es hieß, wachsam zu sein. Wobei Magdalena nicht daran zu denken wagte, was geschehen würde, sollten sie tatsächlich einem Söldnerhaufen begegnen. Ob Junker Leonhart allein mit ihnen fertig würde, wagte sie zu bezweifeln. Sie war froh um jeden, der in der Gegend unterwegs war und ihnen notfalls beistehen konnte, und betete darum, heil in Krems anzukommen.

*

Die Kremser Bevölkerung, die hauptsächlich aus Kaufleuten und Handwerkern bestand, war seit dem vorigen Jahrhundert vorwiegend protestantisch gewesen. Inzwischen jedoch waren viele der wichtigsten Bürger aus leicht durchschaubaren Gründen zum katholischen Glauben konvertiert. Kaiser Ferdinand, der sich über diese Entwicklung ungemein erfreut zeigte, war bestrebt, auch den übrigen, protestantischen Teil der Bevölkerung vom wahren Glauben zu überzeugen, wogegen diese sich jedoch zu seinem Leidwesen heftig wehrte. Die Folge war, dass der bislang eingehaltene Friede unter den Bürgern der Stadt brüchig wurde. Man begann, sich gegenseitig misstrauisch zu beäugen, und, wie sich später herausstellen sollte, auf beiden Seiten heimlich gegen mögliche Übergriffe der anderen Seite zu wappnen.

Davon ahnten die beiden jedoch nichts, während sie sich der Stadt näherten.

Magdalena erfuhr von ihrem Begleiter, dass Krems an der Mündung eines Flusses in die Donau angelegt worden war, der der Stadt seinen Namen gab: die Große Krems. Ganz in der Nähe hätten wohl schon die alten Römer eine Siedlung angelegt, erzählte er ihr. Als sie ihn fragend anschaute, stellte er seufzend fest: „Du weißt wohl noch weitaus weniger über die Welt außerhalb deines Dorfes, als ich angenommen hatte."

„Ich wurde als Mädchen geboren", gab sie bissig zurück. „Das sind Menschen mit einem Hirn, das zu nichts als dem taugt, was Männer ihnen zugestehen. Da braucht es ihrer Meinung nach keine Schule."

„Es gibt durchaus Schulen, die auch von Mädchen besucht werden", antwortete er, und ließ deutlich seinen Unmut darüber anklingen, dass sie seine guten Absichten ständig in Zweifel zog. „Allerdings sind es ausschließlich protestantische Schulen in größeren Städten, soweit ich weiß."

Dann erzählte er ihr, was er über die Römer wusste, und sie saugte alles auf wie ein Schwamm. Niemals zuvor hatte sich irgendjemand die Mühe gemacht, sein Wissen so mit ihr zu teilen wie dieser Mann. Sie verfluchte innerlich jene, die behaupteten, Frauen seien nicht imstande, mehr zu lernen als das, was sie für ihr Leben in Haus, Küche und auf dem Feld brauchten.

Zähneknirschend stellte sie fest, dass es wohl eher in der Natur der Männer lag, Frauen als nicht ebenbürtig zu betrachten, als dass es der Wahrheit entsprochen hätte. Wahrscheinlich, weil es einfacher für sie war. Frauen, die sich dem Diktat der Männer widersetzten, galten entweder als Hexen, oder aber man prügelte sie, bis sie sich gebrochen unter das Joch der Männer fügten.

Magdalena wollte weder die eine noch die andere Sorte Frau sein.

Sie erreichten Krems unbehelligt zusammen mit einer kleinen Gruppe Händler, auf die sie im letzten Teil ihres Weges gestoßen waren und denen sie sich angeschlossen hatten.

Als sie Krems durch das Steinertor betraten, fielen der jungen Frau sofort die imposanten Kirchenbauten auf, deren Türme die Stadt wie Fingerzeige zum Himmel überragten. Links war das Dach der Dominikanerkirche zu sehen, nicht weit davon die gerade im Wiederaufbau befindliche Kirche St. Veit, und rechter Hand die Bürgerspitalkirche, auf die Leonhart geradewegs zusteuerte. Er machte sie auf eine seltsame Inschrift aufmerksam, die über dem Türsturz angebracht war: A.E.I.O.U. und die Jahreszahl 1470.

„Die katholische Kirche wurde auf den Resten jüdischer Häuser erbaut“, sagte er und verzog dabei verächtlich den Mund. „Es wird gemunkelt, dass die Seelen der ehemaligen jüdischen Bewohner an den Jahrestagen ihr Unwesen treiben, an denen jene einstmals angeblich aus ihren Häusern vertrieben und einem unbestimmten Schicksal überlassen wurden.“ Er schüttelte verständnislos den Kopf. „Es waren nur Juden“, sagte er dann. „Aber auch sie sind Menschen.“

Magdalena lief ein Schauer über den Rücken. Die Katholischen wurden ihr in ihrer Konsequenz Andersgläubigen gegenüber immer suspekter, auch wenn sie die Juden nicht unbedingt mochte. Wobei ihr kurz in den Sinn kam, dass sie niemals einem begegnet war. Ihr Urteil gründete ausschließlich auf dem, was in ihrem Umfeld über sie geredet wurde und was auch der Herr Martin Luther über sie gesagt hatte. Vielleicht taten sie ihnen Unrecht damit, und sie waren in ihrer Lage genau so verzweifelt wie die Protestanten.

„Und was bedeuten diese Buchstaben nun?“, wollte sie wissen, nachdem ihr Begleiter sie gedrängt hatte, weiterzugehen.

„Das weiß niemand so genau. Unter anderem heißt es, dahinter sei der Leitspruch Kaiser Friedrichs III. verborgen, der damals das Land regierte und der dem Bau der Kirche an dieser Stelle zugestimmt hat.“

Und damit auch dem Abriss der jüdischen Wohnhäuser und der gnadenlosen Vertreibung seiner Bewohner, ging Magdalena durch den Kopf. Jetzt war jedoch nicht die Zeit, sich darüber weiter Gedanken zu machen.

„‚Alles Erdreich ist Oesterreich untertan‘, soll er alten Überlieferungen zufolge lauten. Ich glaube vielmehr, es hat überhaupt nichts zu bedeuten.“ Er überließ es ihr, sich darauf einen Reim zu machen. „Jetzt komm, wir müssen Arbeit und Unterkunft für dich finden! Ich kann dich nicht weiter mitnehmen."

Magdalena hätte ihn gerne noch nach einer protestantischen Kirche gefragt, beließ es jedoch dabei, als sie merkte, dass er es plötzlich sehr eilig hatte. Vermutlich war er froh darüber, sich nicht weiter in ihrer Schuld fühlen zu müssen. Er hatte alles getan, was er für sie tun konnte, das wusste sie. Wobei sie sich unterwegs hin und wieder Gedanken darüber gemacht hatte, was ihn in Wahrheit dazu bewog, ihr zu helfen. Hatte sie ihn vielleicht verhext?

Unsinn.

Es gab keine Hexen.

Leonhart stellte die beiden Pferde bei einem Wirt ein, den er seit Langem kannte und der auch sein Gepäck verwahren wollte, bis er zurückkam.

Magdalena folgte ihm wenige Zeit später, den Blick aus gutem Grund auf den Boden gerichtet. Die Gasse war mit Pferdeäpfeln und anderem stinkenden, glitschigen Unrat bedeckt. Das kannte das Mädchen weder aus Eggenburg, wo die Straßen breiter und sauberer waren als hier, noch aus ihrem Heimatdorf. Jetzt verstand sie auch, weshalb die wenigen Frauen, die sie in den Gassen getroffen hatten, hölzerne Unterschuhe trugen. Die erhöhten Sohlen schützten ihr teilweise aus Stoff oder dünnem Leder bestehendes Schuhwerk vor Verschmutzung. Allerdings bewahrte es ihre Trägerinnen nicht vor dem Gestank, der von dem Unrat ausging.

„Man nennt sie Holztrippen", erklärte Junker Leonhart, als Magdalena ihn darauf ansprach. „Die findest du in allen größeren Weilern und Städten."

„Also sind die alle so verdreckt wie …" Sie machte eine ausladende Handbewegung. „Das hier?"

Junker Leonhart nickte.

„Die Trippen sind übrigens nicht nur ein guter Schutz gegen den Dreck in den Gassen, sondern im Winter auch gegen kalte Füße." Er blieb stehen. „Wir sind da."

Magdalena hatte einen Zipfel ihrer Schürze vor die Nase gehalten, um sich vor dem Gestank zu schützen, der wie eine unsichtbare Wand zwischen den Häusern stand. Sie befürchtete jeden Augenblick, dass jemand weiteren Unrat oder gar den Inhalt eines Nachtgeschirrs aus den Fenstern auf die Straße kippen würde, der sich dann über sie ergießen könnte. Sie warf einen kurzen Blick um sich. Die Häuser hier wiesen deutliche Spuren von Verfall auf, und die Menschen, die ihnen neugierig entgegenstarrten, gehörten keinesfalls der oberen Bevölkerungsschicht an. Der Reichtum dieser Stadt war ganz offensichtlich Vergangenheit, falls er überhaupt jemals in diesem Viertel Fuß gefasst haben sollte.

Leonhart riss sie aus ihren Gedanken.

„Wir sind da", wiederholte er.

Sie wandte sich dem Haus zu, vor dem er stehen geblieben war. Ein gehöriger Schreck fuhr ihr in die Glieder, und sie warf ihrem Begleiter einen prüfenden Blick zu. Hatte er absichtlich den Haushalt eines Schmieds für sie ausgesucht, oder war es Zufall?

„Das Eheweib des Schmieds sucht eine Magd", sagte Junker Leonhart, als habe er ihre Gedanken erraten. „Das zumindest sagte mir der Wirt, bei dem ich die Pferde untergestellt habe."

Eine Schmiede. Sie hatte die vertrauten Geräusche wahrgenommen, sich jedoch keine weiteren Gedanken darüber gemacht. Daher also die vielen Rossbollen in der Gasse! Allerdings war weit und breit kein Pferd zu sehen, das beschlagen werden sollte. Der Schmied schien an etwas anderem zu arbeiten. Woran, würde sie noch früh genug erfahren.

Heimweh überkam sie und trieb Tränen in ihre Augen.

„Etwas anderes war auf die Schnelle nicht zu finden“, knurrte ihr Begleiter sie an, der ihre Tränen offensichtlich missverstanden hatte. „In diesen Zeiten kannst du von Glück sagen, überhaupt irgendwo Arbeit zu finden.“ Er deutete an der Fassade der Schmiede hoch, die in keinem besseren Zustand war als die übrigen Häuser entlang der Stadtmauer. „Wir sind hier bei Kaspar Höckher, dem hiesigen Hufschmied. Eine durchaus ehrbare Familie.“ „Gläubige Protestanten“, fügte er noch an.

„Ich danke Euch“, brachte sie mühsam hervor, während er an die Haustür pochte, die ein kunstvoll geschmiedetes Eisengitter zierte. Er hatte es nur gut mit ihr gemeint, das wusste sie. Aber es tat gerade alles so unglaublich weh.

Eine rundliche Frau öffnete und sah den beiden neugierig entgegen.

Junker Leonhart erklärte mit wenigen Worten, weshalb sie gekommen waren, und die Frau, die Magdalena von oben bis unten gemustert hatte, bat sie herein.

Sie führte die beiden Besucher durch einen schmalen Gang zur Küche und hieß sie, sich an den blankgescheuerten Tisch zu setzen.

„Kost und Unterkunft kann ich dir bieten, und jedes Jahr ein neues Gewand und eine Schürze“, sagte sie. „Schuhe musst du dir selber kaufen. Gegenüber ist ein Schuster, der einigermaßen brauchbares Schuhwerk herstellt. Außerdem bekommst du denselben Lohn wie die Magd, die vor einer Woche niedergekommen und im Kindbett verstorben ist, das arme Luder. Du kannst auch ihre Trippen haben, die hier noch irgendwo herumliegen.“

Magdalena schluckte, nickte der Frau dann aber dankbar zu. Sie war froh, so etwas wie ein neues Zuhause gefunden zu haben. Alles Weitere würde sich finden.

„Wie darf ich Euch nennen?", wollte sie wissen, darum bemüht, von Anfang an alles so gut wie möglich zu machen.

„Nenn mich wie die anderen auch Frau Meisterin", bekam sie zur Antwort.

Leonhart berichtete ihren neuen Dienstleuten wahrheitsgemäß, sie unterwegs aufgelesen und mitgenommen zu haben, weil sie auf der Suche nach einer Anstellung gewesen sei. Ein Umstand, der keinen Anlass zu Zweifeln gab. Zu viele Menschen waren auf der Suche nach Arbeit, als dass jemand danach gefragt hätte, aus welchem Grund. Magdalena kam der Umstand zugute, dass die bisherige Magd in diesem Haushalt verstorben war, es dem Schmied finanziell recht gut zu gehen schien, und dass sie von jemandem mitgebracht und empfohlen wurde, der in der Stadt offenbar ein gewisses Ansehen genoss.

Junker Leonhart ließ die Frau zudem wissen, dass ihre neue Magd eine Glaubensschwester sei, die er in ihrem protestantischen Haushalt gut aufgehoben sähe. Und das, obgleich die Frau Meisterin ihn wiederum wissen ließ, dass viele Kremser Bürger inzwischen längst zum katholischen Glauben konvertiert, und die verbliebenen Protestanten sich nicht mehr wie noch vor wenigen Jahren in Sicherheit wiegen konnten. Der Rat der Stadt befinde sich völlig in katholischer Hand.

Ein nicht gerade beruhigender Umstand, zumal Magdalena sich viel zu gut an die Mahnungen der Menschen erinnerte, die sie unterwegs getroffen und die sie vor Söldnertrupps beider Konfessionen gewarnt hatten.

Zum Abschied reichte Leonhart Magdalena die Hand und befand, sie vor seiner Rückkehr nach Wien noch einmal aufzusuchen und sich von ihr endgültig zu verabschieden.

Magdalena sah ihm mit gemischten Gefühlen nach, wie er die Gasse entlang in Richtung des Gasthauses ging, in dem seine Pferde und sein Gepäck auf ihn warteten.

Ein wenig schmerzte sie seine Abreise. Auch wenn sie nicht vergessen hatte, dass er die Ursache für ihr Schicksal gewesen war. Wobei sie dies inzwischen durchaus als Fügung Gottes annehmen konnte.

So gesehen stimmte sie mit ihrem Vater überein.

*

Leonhart beendete die Gespräche mit seinen Geschäftspartnern wenige Tage später. Wie versprochen wollte er sich von Magdalena verabschieden und fand sie im Garten zwischen dem Wohnhaus und der Stadtmauer. Der Herbst stand vor der Tür, und sie sollte die Beete für den Winter vorbereiten.

„Wirst du hierbleiben?", fragte er, nachdem er sie begrüßt hatte.

„Ich habe mein Auskommen", antwortete sie und fuhr fort, das Krautbeet zu bearbeiten, ohne aufzusehen.

„Aber?"

Magdalena richtete sich langsam auf, wischte die schmutzigen Hände an ihrem Rock ab und schaute ihn nachdenklich an.

„Ihr wisst, dass man auch in Krems nicht mehr sicher ist?", fragte sie schließlich leise, als befürchte sie, von intriganten Ohren belauscht zu werden.

Leonhart nickte. Die Streitigkeiten zwischen Reformierten und Katholiken im ganzen Land waren inzwischen immer deutlicher zu spüren gewesen, und in den vergangenen Tagen teilweise auch eskaliert. Überall loderten kleine Feuer auf, die vom ungebrochenen Bestreben des Kaisers herrührten, sein Land zu rekatholisieren, und vom Widerstand der Protestanten zeugten, die auf der im Jahr 1555 vereinbarten Religionsfreiheit bestanden.

Vor allem die Bauern ließen die Obrigkeit landauf, landab unmissverständlich wissen, dass sie nicht mehr gewillt waren, sich den immensen Druck von oben weiter gefallen zu lassen. Viele von ihnen standen vor dem völligen Ruin, weil die zu leistenden Abgaben bei Weitem über dem lagen, was sie geben konnten, ohne selber Schaden zu nehmen. Wenn schon die Bauern hungern mussten, wie würde es über kurz oder lang den Bürgern der Städte gehen? Selbst der Kaiser musste doch etwas essen! Aber dem schien es nicht schlecht zu gehen. Wie auch. Er holte sich, was er brauchte. Ob er dabei noch genug für andere hinterließ, kümmerte ihn nicht weiter.

Auch die Bürger größerer und kleinerer Gemeinden sorgten sich inzwischen um die Bauern, da sie von dem abhängig waren, was jene erwirtschafteten und an sie verkauften. Sie ahnten, dass das Wohlergehen der Bauern für ihr Überleben wichtiger war als das Wohl der Landesherren.

Außerdem waren viele Händler und Handwerker von den hohen Abgaben betroffen, die man ihnen unter allen möglichen Begründungen abverlangte. Auch sie wollten sich dem Druck nicht mehr beugen, der auf sie ausgeübt wurde und ihnen schon fast die Luft zum Atmen nahm.

Immer öfter wurden Stimmen laut, die dem Kaiser vorwarfen, die Protestanten mehr zu schröpfen als ihre katholischen Mitbürger – womit sie durchaus richtig lagen.

In Krems hatte sich die Lage in den vergangenen Tagen zugespitzt. Die dort stationierte Kompanie deutscher Söldner sollte hauptsächlich für die Sicherheit der katholischen Bevölkerung sorgen, da man Gefahr von protestantischer Seite befürchtete. Es wurde gemunkelt, dass sich ein 4.000 Mann starkes Heer des protestantischen Generals Ernst von Mansfeld formiere und von Osten auf Langenlois vorrücke. Das endgültige Ziel sei jedoch Krems, das man den Katholischen wieder zu entreißen gedachte, die es geschafft hatten, sich dort breitzumachen.

Die Gründe für das Handeln des Generals mochten lauter sein. Für die Bürger der Stadt jedoch war es ein schlimmes Vorzeichen für das, was auf sie zukommen würde, egal, welcher Religion sie sich zugehörig fühlten.

Der katholisch besetzte Stadtrat hatte bereits Wochen zuvor um Verstärkung der in der Stadt untergebrachten Söldner gebeten, da man schon längere Zeit einen Angriff von Seiten der Protestanten erwartete. Vor allem wollte man Munition und Proviant haben, aber auch Kanonen und Schützenwaffen zur Verteidigung der Stadt. Schließlich war eine Abteilung unter dem Katholiken Maximilian von Liechtenstein angerückt, die sich in der Stadt einquartierte. Jedoch kam sie ohne die dringend notwendige Munition und den erhofften Proviant, was die Versorgung von Bürgern und Verteidigern schwierig machte.

Krems befand sich in einer äußerst prekären Situation, und das war überall in der Stadt zu spüren. Trotz allem versuchten die Bürger ihren Tagesgeschäften so gelassen wie möglich nachzugehen, wenn auch deutlich Spannung in der Luft lag.

Unter den Protestanten gab es einige, die sich heimlich mit dem Grafen Heinrich Matthias von Thurn und seinen Gefolgsleuten in Verbindung gesetzt und diese um ihr Eingreifen gebeten hatten, sollte es zu Auseinandersetzungen mit den Kaiserlichen kommen.

Der Graf hatte mit seinen Truppen zu der Zeit

gegen den Kaiser vor Wien gestanden, musste jedoch binnen Kurzem erfolglos wieder abziehen. Er hatte weder schweres Belagerungsgerät noch genügend Soldaten zur Verfügung, um den Kaiser in die Knie zu zwingen, was wohl auch der Grund dafür war, weshalb er den Bitten der protestantischen Kremser Bevölkerung um Beistand nicht nachkommen konnte. Er wäre erneut vor denselben Problemen gestanden.

Ob Graf von Thurn das Mansfeld'sche Heer gebeten hatte, die gewünschte Hilfe an seiner Stelle zu übernehmen, wusste niemand. Wie sich auch niemand so recht vorzustellen wagte, was die Konsequenz aus der Belagerung Wiens durch den Grafen sein würde. Mit Sicherheit würde der Kaiser die – wenn auch erfolglose – Bedrohung seiner Stadt durch den Protestanten nicht sang- und klanglos hinnehmen.

All das hing wie eine dunkle Wolke über den Anhängern beider Religionen in Krems, die darauf hofften und dafür beteten, vom Geplänkel kaiserlicher und protestantischer Heerführer und Herrscher verschont zu bleiben.

„Ich habe ein Gespräch belauscht, das mir Angst macht“, raunte Magdalena ihm zu, nachdem sie sich vergewissert hatte, dass niemand sie hören konnte.

Leonhart zog die Augenbrauen zusammen und schaute sie abwartend an.

„Mein Dienstherr scheint Kunde zu haben, dass die Protestanten inzwischen tatsächlich bis kurz vor Langenlois vorgerückt sind, um von da aus Krems zu überfallen. Sie wollen die Stadt aus der Hand der Katholiken befreien.“

„Davon habe ich gehört.“

„Wisst Ihr, dass der Schmied Waffen angefertigt, im Haus versteckt und heimlich Verbindung mit einem der protestantischen Heerführer aufgenommen hat?“

Magdalena bewegte den Kopf fast unmerklich in Richtung der Stadtmauer, die direkt an das Anwesen ihres Dienstherren grenzte.

Leonhart schüttelte den Kopf.

„Davon weiß besser niemand etwas."

Sie schaute ihn prüfend an. Ob er sie verstanden hatte?

„Und Ihr?"

„Es gibt Gerüchte."

„Allem Anschein nach steht zu befürchten, dass die Stadt zum Ende des Monats belagert werden soll. Wir Protestanten sind hier nicht mehr sicher", ließ sie ihn ihre Befürchtungen nun doch deutlicher wissen. „Wenn die Katholischen Wind von der Sache bekommen, oder noch schlimmer, wenn die Evangelischen wirklich auf Krems ziehen, sollte ich besser nicht mehr hier sein. Schon gar nicht, wenn unter den Kremser Katholiken bekannt wird, welche Rolle der Schmied dabei spielt."

„Woher weißt du das alles?"

Über Magdalenas Gesicht huschte ein verschwörerisches Lächeln.

„Es gibt Gerüchte", sagte sie. „Wir Dienstboten wissen oftmals mehr, als Ihr hohen Herrschaften glaubt."

„Daran zweifle ich nicht." Leonhart schürzte nachdenklich die Lippen. „Hör zu. Gerüchte dieser Art gibt es täglich. Viele stimmen, viele entspringen schlichtweg der Fantasie von Leuten, die Angst verbreiten wollen. Angst war schon immer ein wirkungsvolles Mittel, ganze Völker zu lähmen und die willenlos Gewordenen anschließend in die ihnen zugedachte Richtung zu lenken."

Das wusste Magdalena. Waren nicht die Ablassbriefe einer der Gründe, weshalb Martin Luther die katholische Kirche reformieren wollte? Was, wenn nicht Angstmacherei stand denn hinter diesen teuer erkauften Zetteln, die nichts bewirken würden?

Aber das war gerade nicht ihr Problem.

Bevor sie noch einmal auf das zurückkommen konnte, was ihr eigentliches Anliegen war, kam einer der Knechte des Schmieds in den Garten gelaufen und bat Leonhart auf ein Gespräch mit seinem Herrn in die Wohnstube. Der folgte ihm, nachdem er Magdalena kurz die Hand auf die Schulter gelegt hatte.

„Pass gut auf dich auf!"

Magdalena warf ihm einen traurigen Blick nach. Er war ganz offenbar viel zu sehr mit seinen eigenen Sorgen und Gedanken beschäftigt gewesen, als dass er verstanden hätte, was sie ihm sagen wollte.

„Ihr auch, Herr!"

*

Noch am selben Abend brach Junker Leonhart Richtung Wien auf. Der Schmied hatte ihm die dringende Nachricht seines Vaters übermittelt, ohne Weiteres zu seiner Familie zurückzukehren. Eilig ging er in sein Quartier zurück, um zu packen.

Er ließ Magdalena am nächsten Tag durch eine Magd ausrichten, dass er sie in jedem Fall aufsuche, sobald ihn die nächste Reise wieder nach Krems führe. Daran, dass sie aus Krems wegwollte, hatte er wohl nicht einen Augenblick lang gedacht. Oder er hatte einfach kein Interesse mehr daran, sich weiter um sie zu kümmern.

# 5

Es war am Mittwoch, dem 27. November 1619, wenige Tage nach Leonharts Aufbruch Richtung Wien, als ein Trupp Söldner bei Nacht und Nebel von Langenlois her auf die Stadt Krems vorrückte. Niemand von der katholischen Seite hatte an diesem Tag mehr mit einem Angriff gerechnet. Die Bürger waren arglos zu Bett gegangen, hatten sich auf den Schutz der katholischen Soldateska verlassen, die man ihnen zur Seite gestellt hatte. Sie hatten angenommen, dass jene gut informiert und gegen jeden Angriff gerüstet waren.

Ein fataler Irrtum.

Nur die kleine protestantische Gemeinde in Krems wusste, was bevorstand. Sie hatten dichtgehalten, wollten das Unterfangen ihrer Glaubensbrüder nicht gefährden, die Stadt aus der Hand der Katholischen zu befreien, wofür jeder seinen eigenen Grund gehabt haben mochte. Manche unter ihnen hatten Nachtwache in ihren Häusern gehalten, da sie zu jeder Stunde mit einem Angriff der Truppen rechneten. Sie waren im Gegensatz zu ihren katholischen Mitbürgern im wahrsten Sinne des Wortes gewappnet.

Der Schmied, in dessen Haushalt sich Magdalena aufhielt, hatte das kleine Türchen offen gehalten, das von seinem Anwesen durch die Stadtmauer nach draußen führte. Auch in seinem Haus war Tag und Nacht jemand damit betraut, Augen und Ohren offen zu halten.

Magdalena konnte in dieser Nacht von ihrem Kammerfenster aus sehen, wie ein paar Gestalten durch den Garten huschten. Sie hatte nicht schlafen können, weil eine seltsame Spannung in der Luft lag, die hauptsächlich vom auffälligen Benehmen des Schmieds herrührte. Er hatte sich an diesem Tag mehr im Haushalt als in seiner Werkstatt aufgehalten und immer wieder Türen und Schlösser überprüft. Deshalb wusste Magdalena auch von dem unverschlossenen Türchen in der Stadtmauer und ahnte, dass etwas Unerwartetes bevorstand.

Starr vor Schreck hörte sie, wie plötzlich ein Höllenlärm losbrach.

Bevor irgendjemand etwas unternehmen konnte, hatten protestantische Soldaten die Stadtwachen überfallen und das erste Tor gewaltsam aufgebrochen.

Bürger und Soldaten innerhalb der Stadtmauern waren von dem Lärm schnell wach geworden. Ein kaum überschaubarer Tumult entstand, als sie begannen, ihre Stadt nach Kräften zu verteidigen. Männer und Frauen stürmten auf die Mauer, um ein weiteres Eindringen der Angreifer mit allen Mitteln zu verhindern. Steine, brennende Strohballen und siedendes Wasser regneten auf die Angreifer nieder, womit sich vor allem die Frauen der Stadt zu wehren versuchten. Die Männer hingegen griffen sich alle Waffen, die ihnen zur Verfügung standen.

Es begann ein Kampf, der bis in die frühen Morgenstunden dauern und viele Opfer auf beiden Seiten fordern sollte. Der Befehlshaber über die Stadtkanonen wurde später beschuldigt, sich mit den Protestantischen verbündet und absichtlich zu weit geschossen zu haben, um sie zu verfehlen. Bevor sein Verrat entdeckt wurde, lief er zu den Angreifern über.

Ruth, mit der Magdalena eine Kammer teilte, war gleich beim ersten Lärm aufgewacht und hatte sie dort am Kammerfenster stehen sehen.

„Magdalena, wir müssen hier weg!“, rief sie ihr zu, nachdem sie bei einem schnellen Blick aus dem Fenster erkannt hatte, was draußen vor sich ging. „Wenn die Katholischen erfahren, dass unser Meister Waffen im Haus gelagert und das Türchen in der Mauer für die Protestantischen offen gehalten hat, wird man ihn verhaften und ins Loch werfen. Was mit ihm und uns Dienstboten danach geschieht, kannst du dir denken. Helfen wird uns keiner. Für die sind wir verräterische Ketzer und gehören an den Galgen. Oder noch Schlimmeres.“

Magdalena starrte Ruth entgeistert an. Sie hatte also auch von den Waffen und dem entriegelten Türchen gewusst.

„Aber wo sollen wir denn hin?“, fragte sie, plötzlich zitternd vor Angst. Sie wünschte sich, dass Junker Leonhart sie mitgenommen und gerne auch wieder zu Hause abgeliefert hätte. Lieber einen erneuten Tobsuchtsanfall des Vaters ertragen, womöglich einen ungeliebten Mann heiraten müssen, als einem ungewissen Schicksal ausgeliefert zu sein wie dem, das ihnen jetzt bevorstehen mochte.

„Nimm deine Sachen und komm mit“, befahl ihr die Magd und sammelte im gleichen Atemzug ihre eigenen paar Habseligkeiten zusammen, die sie eilig in eine Stofftasche packte. „Wenn sie die Stadt brandschatzen, kommen wir nicht mehr lebend hinaus.“

„Wieso sollten sie das denn tun?“, fragte Magdalena. „Es sind doch …“

„Die Unseren?“, fragte Ruth zurück und warf ein letztes Kleidungsstück in ihre Tasche. „Glaubst du denn, denen geht es um die Religion? Um uns? Denen geht es um Macht, meine Liebe. Allen. Den einen wie den anderen.“

„Das glaube ich nicht“, wandte Magdalena ein. „Das sind unsere Leute! Die müssen doch wissen, dass Protestanten hier in der Stadt leben!“

Ruth rüttelte Magdalena an der Schulter. „Glauben oder nicht glauben: Pack jetzt endlich deine Sachen zusammen und dann lass uns hier verschwinden. Wir sind in höchster Gefahr, begreifst du das nicht?"

Mit fliegenden Händen und klopfendem Herzen stopfte Magdalena schließlich ihre Wäsche in einen Stoffbeutel. Dann hastete sie hinter Ruth die schmale Holzstiege hinunter, zur Hintertür hinaus und in den Garten. Dort duckten sie sich hinter einen Holzstapel und spähten mit angehaltenem Atem zur Stadtmauer, wo sie das unverschlossene Türchen wussten.

Ein fürchterliches Geschrei war von der Stadt her zu hören. Schüsse fielen, Menschen riefen um Hilfe, beschimpften sich gegenseitig, fluchten.

Plötzlich war Feuerschein auszumachen, der flackernd von einem der Stadttore herüber ein gespenstisches Licht verbreitete. Die Soldaten hatten das Wienertor gesprengt, sie griffen das Hallertor an. Das Steinertor und einige der umliegenden Häuser brannten schon.

Magdalena spürte einen Stoß in die Seite.

„Los, wir müssen da raus!", hörte sie Ruth neben sich keuchen. Beinahe gleichzeitig sprang die Magd auf und lief in Richtung jenes Durchlasses, den der Schmied für die anrückenden Soldaten unversperrt gelassen hatte.

Wozu soll das gut gewesen sein, wenn sie dann doch die Tore sprengen?, ging Magdalena durch den Kopf. Hatten sie nicht vorher schon Spione in die Stadt eingeschleust, die jetzt von innen her die Kameraden draußen unterstützen sollten? Womöglich waren sie festgehalten worden und konnten ihren Plan nicht durchführen. Oder die Kameraden draußen waren zu ungeduldig geworden und hatten nicht abwarten wollen, bis man ihnen die Tore von innen öffnete. Es war alles so verwirrend.

Sie folgte der Magd stolpernd durch den Garten, der inzwischen von flackerndem Lichtschein erhellt wurde. Ruth drückte die Tür in der Mauer einen Spalt breit auf, als sie Magdalena hinter sich wusste, und spähte hinaus auf die Straße.

„Die Leute werfen Steine und schütten kochendes Wasser von der Mauer", stellte sie fest und zeigte nach rechts, wo ein paar Steinbrocken auf den Boden prasselten, denen unmittelbar darauf kübelweise heißes Wasser folgte. Wie hatten sie das nur in der kurzen Zeit machen können? Also hatten doch mehr Leute geahnt, was ihnen bevorstand, als Magdalena gedacht hatte.

„Wahrscheinlich werden sie noch mehr herunterwerfen, um die Soldaten am Überwinden der Mauer zu hindern." Sie schob Magdalena grob durch die Tür. „Laufen wir, bevor sie das Mauerstück über uns erreicht haben und wir nicht mehr hier wegkommen."

Plötzlich tauchte neben ihnen ein Schatten auf. Magdalena stieß erschrocken einen Schrei aus und klammerte sich an ihre Gefährtin. Die fuhr herum und hatte plötzlich ein Messer in der Hand, das sie gegen den vermeintlichen Angreifer richtete. Auch Magdalena hatte nach ihrem Messerchen getastet, das sie immer bei sich trug.

„Ich bin's, der Rothbauer Nikolaus!", ließ sich jener vernehmen. „Lauft! Los, da hinüber! Da stehen ein paar Soldaten. Zu denen müssen wir hin."

„Zu den Soldaten?", fragte Magdalena entsetzt.

„Ja, das sind Protestantische!", antwortete er ungeduldig und stieß sie in die Seite. „Los, macht, dass ihr fortkommt!"

„Nikolaus, was um des Himmels willen …", begann Ruth, wurde aber sofort unterbrochen.

„Herrgott Sakrament! Weiberleute!", fluchte der Mann.

„Wenn ihr jetzt noch lebend davonkommen und nicht mit den anderen Verrätern am Galgen hängen wollt, dann fragt nicht, sondern lauft!"

„Aber ich bin doch kein ...", protestierte Magdalena.

Im selben Augenblick fuhr etwas zischend zwischen ihr und dem jungen Rothbauer hindurch und schlug krachend in die Wand hinter ihnen. Steinsplitter spritzten durch die Luft. Einer davon traf Magdalena hart am Kopf. Sie taumelte und wäre zu Boden gestürzt, wenn nicht zwei kräftige Hände sie aufgefangen und vorwärtsgedrängt hätten.

„Das kommt von eurer Scheißdrecksfragerei", schimpfte der junge Mann. „Weiber! Statt dass sie handeln, müssen sie erst noch lang reden."

Er hatte Magdalena unter dem linken Arm gefasst, Ruth packte sie unter ihrem rechten. So schleppten sie die junge Frau zur Landstraße, wo sich ein Trupp Soldaten zum Angriff rüstete.

Da tauchte wie aus dem Nichts von Nordosten her im flackernden Licht einiger Fackeln ein Fähnlein Reiter aus dem Mansfeld'schen Lager auf. Mit lautem Geschrei prallten sie auf einen Trupp Wallonen, der vor den brennenden Strohballen und Steinen geflüchtet war, die inzwischen ununterbrochen von den Mauern der Stadt herunterregneten und Kämpfende beider Lager trafen. Es galt für die Kremser, um jeden Preis alle Kampfhandlungen von der Stadt fernzuhalten. Auch wenn ihre jeweils eigenen Glaubensbrüder vor den Mauern standen.

Nach einem kurzen Durcheinander stürmten die wallonischen Reiter samt Fußvolk in Richtung Stadtmauer, ein paar Soldaten blieben mit ihren Gefangenen zurück.

Es war kaum auszumachen, wer auf welcher Seite und gegen wen kämpfte, wer welchen Glauben zu verteidigen vorgab, und wer wem dabei zur Seite stand und weshalb.

Nikolaus Rothbauer bugsierte die beiden Frauen ein Stück an der Stadtmauer entlang, bis sie erneut auf Soldaten stießen. Es war im Dunkeln und dem überall herrschenden Durcheinander nicht zu erkennen, zu welchem Lager sie gehörten.

„Heda!“, rief einer der Soldaten den beiden Frauen mit ihrem Begleiter zu. „Wer seid ihr?“

Bevor die drei etwas antworten konnten, tauchte ein Trupp Reiter unter den Farben des böhmischen Obristen Jaromir Carpezan auf und griff die Soldaten vor ihnen an. Carpezan gehörte zum Lager des evangelischen Mansfeld. Es wären offenbar die Falschen gewesen, zu denen die drei laufen wollten. Die Soldaten der Katholischen Liga setzten sich verzweifelt zur Wehr, mussten aber nach kurzer Zeit gegen die übermächtigen Carpezan'schen aufgeben. Viele von ihnen lagen tot auf der Straße oder im angrenzenden Feld. Wer den Kugeln der Angreifer entkommen war, wurde entwaffnet und gefangen genommen.

Magdalena ließ man am Straßenrand liegen, wo sie bei dem überraschenden Angriff zusammengebrochen war. Da ihre Kopfwunde stark blutete, hielt man sie wohl für tot. Über sie ausgestreckt lag Ruth, der junge Rothbauer keine zwei Schritt daneben.

Der Kampf dauerte bis in die frühen Morgenstunden des 28. November 1619, bevor die protestantischen Angreifer sich unverrichteter Dinge zurückzogen und die Stadt ihren Bürgern und den katholischen Beschützern überließen.

Magdalena spürte, wie jemand sie an den Schultern rüttelte. Es war Ruth, die stundenlang reglos über ihr ausgeharrt und sie mit ihrer Körperwärme am Leben gehalten hatte.

„Wir müssen sofort hier weg", raunte sie der Verletzten zu. „Bevor die Katholischen aus der Stadt kommen und uns hier finden."

Magdalena ließ sich auf die Beine helfen. In ihrem Kopf hämmerte ein unvorstellbarer Schmerz, sodass ihr schwindelte, aber sie ließ sich bereitwillig mitziehen. Dabei bekam sie wie im Nebel mit, dass Soldaten sie schließlich aufgriffen und auf ihrem Rückzug mitnahmen. Jemand verband ihre Wunde und gab ihr zu trinken, bevor man sie in eine halb verfallene Scheune brachte und auf den Boden legte.

„Ruth?"

„Ich bin hier und passe auf dich auf."

Die Magd setzte sich neben Magdalena auf den Boden.

„Ich habe höllische Kopfschmerzen."

„Das glaube ich dir. Du hast Glück gehabt, dass der Stein dich nicht umgebracht hat", antwortete Ruth. „Ich werde versuchen, etwas Essbares aufzutreiben."

„Nicht für mich. Mir ist schrecklich übel."

„Es wird ohnehin dauern, bis ich etwas finden werde, aber ich habe Hunger", entgegnete Ruth und rieb sich die Magengegend.

„Wie lange sind wir denn schon hier?", fragte Magdalena, die jegliches Zeitgefühl verloren hatte.

„Eine Nacht nur."

Ruth erzählte der Verletzten, was seit ihrer Flucht aus Krems geschehen war. Nachdem gegen sechs Uhr in der Früh die Kampfhandlungen beendet waren, hatte Ruth die junge Frau mehr hinter den abziehenden Soldaten hergezerrt, als dass sie selber hätte gehen können. Einer von ihnen half ihr, Magdalena zu tragen, bis sie in diesem verlassenen Bauernhof ankamen.

Magdalena ergriff dankbar die Hand der Freundin.

„Du hast mir das Leben gerettet“, sagte sie leise. Dann schaute sie sich um. „Wo sind wir hier?“

Ruth zog die Schultern hoch.

„Das weiß ich selber nicht. Aber sicherlich ein Stück hinter Langenlois. Den Markt habe ich auf unserem Weg hierher erkannt.“

„Und wo ist der junge Mann, der uns von Krems weggeführt hat?“, wollte Magdalena weiter wissen. „Dieser Nikolaus – wie hieß er noch gleich?“

„Ich weiß nicht, was aus ihm geworden ist“, antwortete Ruth und ging zu dem schief in den Angeln hängenden hölzernen Tor. „Ich habe ihn nicht mehr gesehen, nachdem man uns aufgelesen und von der Landstraße weggeschleppt hat.“

Man.

Katholische?

Protestanten?

Was für ein Irrwitz, sich diese Frage stellen zu müssen. Waren es nicht ganz einfach Christen? Glaubten sie nicht alle an denselben Gott?

„Jedenfalls sind wir im protestantischen Lager“, beantwortete Ruth Magdalenas unausgesprochene Frage. Sie zeigte nach draußen, wo ihr ein milchig weißer Nebel die Sicht nahm. „Die Männer sind mit einem Tross unterwegs gewesen, den sie hinter Langenlois in Sicherheit zurückgelassen haben, bevor sie unter Oberst Carpezan zum Angriff auf Krems aufgebrochen sind“, sagte sie über die Schulter zurück, während sie versuchte, den Nebel mit aufmerksamen Blicken zu durchdringen. Magdalena glaubte, gedämpfte Stimmen zu hören. „Zu dem will ich laufen und versuchen, was zu essen aufzutreiben.“ Sie wandte sich nach Magdalena um. „Zu dem Tross, meine ich. Vielleicht haben wir auch die Möglichkeit, dort unterzukommen und Arbeit zu finden.“

Mit diesen Worten schlüpfte sie aus dem Tor und war sofort im Nebel verschwunden.

Magdalena ließ sich vorsichtig auf ihr Lager zurücksinken.

Ihr Lager! Es bestand aus festgestampftem Boden, auf dem sie, notdürftig mit einer kratzigen, löcherigen Pferdedecke bedeckt, kaum gegen die Kälte geschützt war. Ihren Kopf hatte man auf eine leere Ledertasche gebettet. Im diesig hereinfallenden Tageslicht erkannte sie gegenüber eine Holzwand, in die über leeren Futtertrögen in regelmäßigem Abstand fünf dicke Ringe eingelassen waren. An ihnen waren wohl einmal Pferde angebunden gewesen, die inzwischen wie viele andere auch ihren Weg mit den Soldaten, egal welcher Seite, gehen mussten.

Zweifellos befand sie sich in einem ehemaligen Stall.

Das Dach war beschädigt und würde keinem Wintersturm mehr standhalten, wie auch das restliche Gebäude ihr und Ruth kaum länger Schutz bieten würde, so baufällig wirkte es. Außerdem zog es erbärmlich durch sämtliche Ritzen, sodass Magdalena schützend die Arme um ihren Oberkörper schlang.

Suchend wanderte ihr Blick umher, ohne jedoch das Bündel mit ihren Habseligkeiten finden zu können, in dem sie ihre Kleidungsstücke verstaut hatten. Sie musste Ruth danach fragen.

Vorsichtig tastete sie den Verband um ihren Kopf ab. Dort, wo der Stein sie getroffen hatte, fühlte er sich klebrig an. Vermutlich blutete die Wunde noch immer, und in ihrem Kopf hämmerte es ununterbrochen.

Als Ruth nach einer endlos scheinenden Zeit zurückkam, setzte Magdalena sich vorsichtig auf. Ihr war immer noch schwindelig, und sie war durstig geworden.

„Hier.“ Ruth legte einen kleinen, prall mit Lebensmitteln gefüllten Jutesack neben Magdalena auf den Boden.

Eine Frau trat hinter ihr in den Stall und ging vor Magdalena in die Hocke.

„Zeig!“, befahl sie und deutete auf deren Verband.

Magdalena wechselte einen fragenden Blick mit Ruth, die ihr aufmunternd zunickte.

„Das ist Trude“, erklärte sie. „Vom Tross. Sie kennt sich mit so Sachen aus.“

Mit ‚so Sachen‘ meinte Trude Verletzungen aller Art, die der Krieg mit sich brachte, wie sie Magdalena kurz erläuterte. Sie war eine jener Marketenderinnen, die sich im Laufe der Zeit ein wenig medizinisches Grundwissen zugelegt hatten.

Trude reichte ihr zunächst eine fellumwickelte Flasche mit Wasser. Geduldig ließ Magdalena zu, dass sie ihr anschließend den Verband abnahm und ihre Wunde untersuchte. Sehr zartfühlend war das nicht, aber es lenkte für kurze Zeit von dem Schmerz ab, der nach wie vor in ihrem Kopf tobte.

„Hast Glück gehabt“, stellte Trude fest. „Hätte dir den Schädel einschlagen können.“

„Das war …“

„Ein Stein, der von der Kremser Mauer weggespritzt ist, als sie von einer Kanonenkugel getroffen wurde, ich weiß.“

Trude zog ein kleines Messer aus ihrem mitgebrachten Beutel und schnitt ein Büschel Haare um die Verletzung an Magdalenas rechter Kopfseite ab. Das tat höllisch weh, aber die Verletzte biss tapfer die Zähne zusammen. Dann reinigte Trude mit einem scharf riechenden Lappen vorsichtig die Wunde und legte eine Salbe auf, die sie einem mitgebrachten Gefäß aus wertvollem Weißblech entnahm. Das Gefäß stöpselte sie anschließend sorgfältig zu und steckte es in ihren Beutel zurück.

Dann legte sie einen Verband um Magdalenas Kopf. Sie hatte ihn aus einem Stück Stoff gerissen, das Ruth ihr gegeben hatte. Magdalena glaubte, darin ihr altes Leibhemd wiederzuerkennen, das sie in Krems in ihren Stoffbeutel gesteckt hatte. Aber der Schmerz in ihrem Kopf war viel zu heftig, als dass sie imstande gewesen wäre, einen klaren Gedanken zu fassen. Geschweige denn, dass sie ihn hätte aussprechen können.

Es dauerte nicht lange, bis zumindest der Wundschmerz nachließ. Das Hämmern in ihrem Kopf blieb.

Trude erhob sich.

„Ist dir schwindelig?", fragte sie.

Magdalena bejahte.

„Gehirnerschütterung", stellte Trude fest. „Wird dauern." An Ruth gewandt, sagte sie: „Unmöglich, sie mitzunehmen. Sie muss liegen bleiben."

„Aber ..."

Trude unterbrach sie.

„Wenn wir dich mitnehmen, bist du in zwei Tagen tot."

„Das bin ich auch, wenn ihr mich hier zurücklasst", befand Magdalena ahnungsvoll und warf den beiden Frauen einen bittenden Blick zu.

Alles, nur nicht allein hier zurückbleiben müssen!

Ruth ließ sich neben ihr nieder.

„Der Tross verlässt heute Nachmittag das Lager. Ich habe dir genug zu essen mitgebracht, und Wasser lassen wir dir auch da. Du kannst überleben, bis diejenigen unserer Leute nachrücken, die vor Krems zurückgeblieben sind."

Magdalena schaute die Magd mit großen Augen an.

„Heißt das, du gehst tatsächlich mit ihnen und lässt mich hier allein zurück?" Sie zeigte auf das halb offen stehende Tor, vor dem sie die Soldaten wähnte. Das Sprechen fiel ihr unendlich schwer. „Gibt es keinen Karren, auf den ihr mich legen und mitnehmen könnt?"

Ruth zuckte die Schultern und warf einen schnellen Blick zu Trude hinüber, die wartend und mit gleichgültigem Gesichtsausdruck dastand.

„Ich werde ihr zur Hand gehen. Sie bezahlt mich dafür“, sagte sie und tat so, als wäre das die Antwort, die Magdalena erwartet hatte. „Es dauert bestenfalls einen, zwei Tage, dann sind die anderen da und nehmen dich mit.“

„Aber …“

„Wir müssen los.“

Ruth hob kurz die Hand und folgte Trude hinaus in den Nebel.

Magdalena saß halb aufgerichtet und fassungslos auf ihrem Lager. Sie konnte einfach nicht glauben, dass die beiden Frauen sie ganz einfach so ihrem Schicksal überließen. Was, wenn die Katholischen statt der Protestantischen hier auftauchten und sie fanden? Herausbekamen, dass sie bei dem Schmied gearbeitet hatte, der inzwischen sicher schon dem Gesetz überstellt und verurteilt worden war? So etwas ging sehr schnell, wenn Verrat dahintersteckte.

Ihr war so schwindelig, dass sie sich auf ihr Lager zurücksinken ließ und beschloss, ihren Tod abzuwarten.

Jemand war fast unhörbar in den Stall gekommen und hatte sich neben sie auf den Boden gesetzt. Als sie vorsichtig die Augen öffnete, erkannte sie Junker Leonhart, der ihr halb mitleidige, halb spöttische Blicke zuwarf. Sie spürte, wie er eine kühlende Hand auf ihre Stirn legte, hörte seine beruhigende Stimme. Es ließ sie in einen heilsamen, tiefen Schlaf fallen.

Er war da. Er würde sie beschützen. Er würde …

*

Als Magdalena wieder erwachte, verspürte sie zunächst einmal nur Hunger und Durst. Sie erinnerte sich an den kleinen Jutesack, den Ruth ihr vom Tross mitgebracht hatte. Ein Ranken Brot war darin, ein Stückchen getrocknetes Fleisch, zwei Äpfel, eine Handvoll Nüsse. Die Äpfel und das Fleisch waren angeknabbert. Vermutlich hatte eine Maus sie entdeckt und ihren Hunger gestillt.

Ihr eigenes Bündel konnte sie nirgends entdecken. Wahrscheinlich war es vor der Stadtmauer zurückgeblieben, als sie Hals über Kopf fliehen mussten. Oder Ruth hatte es an sich genommen. Ihr fiel das Leibhemd wieder ein, aus dem Trude einen Streifen Verbandsmaterial gerissen hatte. Unten am Saum hatte sie die beiden Blüten entdeckt, die sie hineingestickt hatte.

Vorsichtig betastete sie ihren Verband. Er klebte nicht mehr, also hatte die Blutung aufgehört.

Vorsichtig, damit der Schmerz in ihrem Kopf nicht schlimmer wurde, schaute sie sich um. Der Lederbeutel, den man unter ihren Kopf geschoben hatte, war leer. Sonst gab es nichts, was sie hätte brauchen können.

Magdalena breitete den Inhalt des Jutesacks vor sich auf der Pferdedecke aus, konnte aber nichts davon essen. Sie verspürte zwar Hunger, aber ihr wurde übel, sobald sie etwas Essbares in die Hand nahm. Also packte sie alles wieder zusammen und nahm nur ein paar Schlucke Wasser, während sie versuchte, sich an das zu erinnern, was in den letzten Tagen geschehen war.

Dabei ging ihr durch den Kopf, dass diese Trude zusammen mit Ruth sie nach der Versorgung ihrer Wunde ihrem Schicksal überlassen hatte. Dass sie verzweifelt eingeschlafen war. Und dass Junker Leonhart sich neben sie gesetzt und über ihren Schlaf gewacht hatte.

Aber wo war er?

Den Proviant hatte er jedenfalls nicht angerührt, das stand fest.

Magdalena erhob sich langsam. Der Kopf brummte noch, der Schwindel dagegen war erträglicher geworden, obgleich sie das Gefühl hatte, sich gleich übergeben zu müssen. Aber ihr Magen war leer, und so beließ sie es bei ein paar würgenden Versuchen.

Sie taumelte zur Stalltür, hielt sich krampfhaft am Rahmen fest und lugte vorsichtig hinaus. Der Nebel war verschwunden, einer kraftlosen Sonne zwischen grauen Wolken gewichen, die über einem halb verfallenen, abgebrannten Bauernhof träge dahinflossen.

Magdalena konnte am zurückgelassenen Unrat erkennen, wo die Leute aus dem Tross und ihre Begleiter gelagert hatten. Vermutlich waren einige von ihnen in die halb verfallenen Gebäude gezogen, die den Hof umgaben. Sicher war, dass sie nicht den Brand gelegt hatten, der das Anwesen weitestgehend zerstört hatte. Dazu waren die Schäden schon viel zu alt, das verrußte Holz schon zu sehr abgewaschen vom Regen des vergangenen Jahres. Fensterlöcher, die mit zerschlissenen Stofffetzen notdürftig verhängt waren, Türöffnungen, aus denen man Rahmen und Blatt entfernt und vermutlich zum Feuermachen verwendet hatte, Reste von verbrannten Möbeln und angerußtem, zerbrochenem Geschirr lagen überall herum und zeugten davon, dass hier Menschen gehaust hatten, die auf nichts mehr Rücksicht nahmen.

Magdalena schaute sich aufmerksam um, lauschte angestrengt in die Stille, die nur von fernem Grollen unterbrochen wurde. Kanonendonner.

Sie überquerte langsam den Hof auf der Suche nach Junker Leonhardt, wobei sie sorgfältig darauf achtete, ob sich nicht irgendwo etwas rührte.

Aber nichts war zu hören. Nicht einmal das leise Piepsen eines Vogels, das Gurren einer Taube.

Ratlos stand sie inmitten des Hofes.

Wenn er sich irgendwo versteckt hielt, musste zumindest sein Pferd zu finden sein.

Abdrücke von Pferdehufen gab es überall, ein Pferd dagegen war so wenig zu sehen wie Junker Leonhart.

Es dauerte ein paar Wimpernschläge, bis ihr klar wurde:

Sie hatte das alles nur geträumt.

Sie war mutterseelenallein.

# 6

Magdalena hielt sich mehrere Tage lang in jenem Stall versteckt, in den Ruth sie gebracht hatte. Langsam wurde das Pochen in ihrem Kopf schwächer, und sie konnte auch wieder ein paar Bissen essen. Den Verband hatte sie abgenommen und durch einen neuen ersetzt. Sie riss ihn aus dem Rest ihres alten Leibhemdes, das sie zusammengeknüllt in einer Ecke des Stalles gefunden hatte. Liebevoll strich sie über das eingestickte Blumenmuster auf dem abgerissenen Streifen Stoff. Tränen rannen über ihr Gesicht, während sie sich daran erinnerte, wie sie es an ihren wenigen freien Abenden im Haus des Schmieds von Krems genäht und bestickt hatte, so lange es noch hell genug dazu gewesen war.

Nach nur einem einigermaßen sonnigen Tag war über Nacht erneut Nebel aufgekommen, dessen kalte Feuchtigkeit wieder in das Innere des Stalls gezogen war. Magdalena fror erbärmlich, wagte jedoch nicht, ein Feuer zu entfachen, um kein Gesindel anzulocken, das sich womöglich in der Nähe herumtrieb. Wobei sie bislang nicht das geringste Anzeichen dafür entdeckt hatte, dass sich außer ihr irgendjemand um das verlassene Anwesen aufhielt.

Sie verfiel in einen unruhigen Schlaf.

Am nächsten Morgen hörte sie Hufgetrappel. Erschrocken eilte sie in die hinterste Ecke des Stalls, zog die zerschlissene Pferdedecke über ihren Kopf und hielt den Atem an.

Waren es durchziehende Soldaten, ein marodierender Haufen Bewaffneter oder anderes Gesindel?

Kaiserliche?

Protestanten?

Ritten sie vorbei oder hielten sie hier an?

Es dauerte nicht lange, da entnahm sie den Geräuschen, dass eine kleinere Schar Männer den verfallenen Hof entdeckt hatte und sich ihm leise näherte. Plötzlich tauchte eine Gestalt im Tor der Scheune auf.

„Jemand da?“, hörte sie eine forsche Männerstimme.

Als keine Antwort kam, trat die Gestalt am Tor ein wenig zur Seite, und gleich darauf fiel flackernder Lichtschein ins Innere der Scheune.

Magdalena blieb starr vor Schreck in ihrem Versteck sitzen, wagte kaum, über den Rand ihrer Pferdedecke hinauszuschauen.

‚Der zündet die Scheune an!‘, fuhr ihr durch den Kopf. ‚Ich werde hier drin lebendigen Leibes verbrennen!‘ Wie es sich für eine Hexe gehört, hallte es weiter in ihrem Kopf nach.

Der Mann am Tor machte einen Schritt ins Innere der Scheune und begann, sie mit seiner Fackel auszuleuchten. Plötzlich verharrte er und hielt das flackernde Licht in Magdalenas Richtung.

„Komm da raus!“, schrie er. „Und mach keine Dummheiten, wir sind viele!“

Magdalena war unfähig, sich zu rühren. Wie festgefroren kauerte sie unter ihrer Pferdedecke. Draußen waren jetzt mehrere Stimmen zu hören, die sich ebenfalls dem Scheunentor näherten.

„Wer ist da?“, wollte eine zweite Männerstimme wissen, während der mit der Fackel in der Hand immer weiter auf Magdalena zukam. Sie hörte ein Klacken, das sie zunächst nicht zuordnen konnte. Langsam ließ sie die Decke sinken, bis sie den Lauf einer Muskete sah, den der zweite Mann auf sie gerichtet hielt.

„Ein Weibsbild!“, rief er und ließ die Waffe sinken. „Die wird uns nicht gefährlich.“ Er lachte. „Aber möglicherweise wir ihr.“

„Wo ein Weibsbild ist, sind auch Mannsbilder“, wiegelte der Fackelträger ab. „Hol sie da hinten raus, dann erfahren wir mehr.“

Magdalena hatte sich inzwischen an der Wand hinter sich hochgeschoben und wartete darauf, dass der mit der Waffe in der Hand erneut auf sie zielte und abdrückte. Da sie keine Ahnung davon hatte, wie so ein Gewehr zu bedienen war, konnte sie auch nicht wissen, dass der Mann sie nicht einmal erschießen hätte können, wenn er gewollt hätte. Auf die kurze Distanz hätte der Stich mit einem Messer den besseren Erfolg erzielt.

Der Waffenträger schob den Mann mit der Fackel zur Seite und kam langsam auf die junge Frau zu.

„Potztausend, wenn das nicht das störrische Weibsbild ist, das ich nach Krems begleitet habe!“, sagte er. Seine behandschuhte Linke schob die Pferdedecke beiseite, die sie um sich gewickelt hatte, fasste Magdalena unter dem Kinn und hob es ein wenig an, um im Schein der Fackel prüfen zu können, ob er recht hatte oder sich irrte.

Junker Leonhart!

Schon wieder ein Trugbild?

Magdalena wandte den Kopf zur Seite, um ihn besser sehen zu können. Noch immer blendete sie der Schein der Fackel.

„Komm da raus, Mädchen“, befahl der Mann, den sie für Junker Leonhart hielt. Was machte der hier?

Als sie einen Schritt nach vorne tat, sah er den Verband um ihren Kopf.

„Da hat es dich ziemlich böse erwischt“, sagte er und winkte nach jemand, der hinter ihm am Tor stand. „Schau dir das einmal näher an, Gregor!“ Und zu den übrigen gewandt: „Wir machen hier Quartier. Macht ein Feuer auf dem Hof und bringt die Pferde in diesen Stall, dann wird es wenigstens warm. Wir werden die Nacht hier drin verbringen.“

Er schob Magdalena, die vor Kälte und Aufregung am ganzen Leib zitterte, zu ihrer Decke zurück und hieß sie, sich darauf niederzulassen.

„Gregor wird sich um das da kümmern“, sagte er und zeigte auf ihren Verband. Dann wandte er sich um und überwachte das Einstellen der Pferde. Es waren sieben Tiere und mindestens doppelt so viele Männer, die sich jetzt in den Stall drängten, um einen Lagerplatz für sich zu suchen. Einer davon kam auf sie zu und hob beschwichtigend die Hand, als sie sich verängstigt an die Wand hinter sich drückte.

„Ich bin Gregor. Kümmere mich um Kopf“, sagte er und zeigte auf den bunt bestickten Lederbeutel, den er mitgebracht hatte. „Kommandant befehlen. Geht nicht hier, zu dunkel. Mitkommen.“

Er fasste Magdalena am Arm und zog sie mit sich hinaus vor den Stall.

„Besser.“

Draußen hieß er sie, sich auf eine Truhe zu setzen, die jemand neben der Stallwand aufgestellt hatte. Sie ließ den Blick über den Hof schweifen. Drei kleinere Fuhrwerke sah sie, an denen sich ein paar Männer zu schaffen machten. Andere waren dabei, über der alten Feuerstelle ein Gestell aufzurichten und ein Feuer anzuzünden. Ein junger Bursche stand mit einem Kessel voll Wasser in der Hand dabei und schien darauf zu warten, dass er ihn über dem Feuer aufhängen konnte.

„Mich ansehen“, knurrte Gregor ungeduldig, der ein

Kästchen mit verschiedenen Phiolen, Blechdosen und tönernen Tiegeln neben ihr auf der Truhe abgestellt hatte. Der schwache Duft getrockneter Kräuter stieg Magdalena in die Nase.

Gregor entfernte ihren Verband und besah sich ihren Kopf. Dabei kam er Magdalena so nahe, dass sie seinen Atem riechen konnte. Der Mann musste getrocknete Pfefferminzblätter gekaut haben.

Er rasierte mit einem scharfen kleinen Messer die Haare weg, die um ihre Wunde herum und teilweise mit ihr verklebt waren. Das machte er sehr viel behutsamer als Trude, und Magdalenas Respekt vor diesem Mann wuchs mit jedem klcinen schabenden Geräusch über ihrem Ohr. Dabei biss sie tapfer die Zähne zusammen, weil es trotz seiner Behutsamkeit höllisch wehtat.

„Salbe heilen", sagte er gerade, und strich vorsichtig eine kleine Menge davon auf die Verletzung, die, wie er ihr erklärte, zu nässen begonnen hatte. Die Salbe roch nach Kamille. „Nix gut nass."

Magdalena erinnerte sich an den Bader in ihrem Dorf, der Verletzungen ebenfalls mit Kräuterauflagen behandelt hatte. ‚Lass dir von niemand Hühnerdreck auf eine Wunde schmieren, davon wird alles nur schlimmer", hatte er ihr einmal gesagt. ‚Unser Herrgott lässt Kräuter gegen allerlei Beschwerden wachsen. Wer mit ihnen arbeitet, dem kannst du vertrauen.'

Gregor legte ein sauberes Stück Stoff auf die Wunde und verband sie anschließend mit einem Streifen Leinen, den er aus seiner bunt bestickten Ledertasche zog.

„Fertig."

Er packte seine Sachen zusammen, erhob sich und gab Magdalena ein Zeichen.

„Kann gehen."

Magdalena bedankte sich und stand ebenfalls auf.

Mit den Augen suchte sie den Hof ab, ob sie Junker Leonhart irgendwo entdecken konnte. Vergebens. Auch im Stall war er nicht zu finden. Die Männer hatten ihre Pferde an den Ringen in der Stallwand festgebunden und Heu aufgeschüttet, das sie offenbar mitgebracht hatten. Drei Männer waren damit beschäftigt, ihre Pferde abzureiben. Als einer davon ihrer gewahr wurde, kam er auf sie zu und blieb mit in die Seite gestemmten Fäusten vor ihr stehen.

„Weibsbilder haben hier nichts zu suchen", blaffte er sie an.

„Ich suche …"

„Nichts suchst du. Bist wohl eine von den Trosshuren, die man hier zurückgelassen hat?", fragte er und griff ihr überraschend an die rechte Brust.

Magdalena schlug seine Hand weg. Das allerdings bewirkte genau das Gegenteil von dem, was sie gewollt hatte. Der Mann machte einen Schritt nach vorne und drängte sie dann an die Stallwand, wobei er beide Hände rechts und links von ihren Schultern auf dem Holz abstützte. Mit seinem Körper hinderte er sie daran, nach vorne auszuweichen, eines seiner Knie schob sich zwischen ihre Beine, sein Gesicht näherte sich dem ihren. Der Geruch von saurem Wein und fauligen Zähnen wehte ihr entgegen, als er versuchte, sie zu küssen.

Sie wollte sich wehren, aber er hielt blitzschnell ihre Arme fest und drehte sie ihr auf den Rücken. Dann senkte er den Kopf und biss sie in den Hals, dass sie erschrocken aufschrie. Eine Faust hielt inzwischen ihre Handgelenke hinter ihrem Rücken fest, die andere Hand fuhr ihr unter den Rock.

Magdalena bekam kaum noch Luft, so sehr drängte sie der Kerl gegen die Stallwand. Sein stinkender Atem fuhr in ihren Mund, als er sie zu küssen begann, dass sie vor Ekel und Angst würgte. Ihr Kopf brummte. Grob drängten sich jetzt beide Knie zwischen ihre Beine und zwangen sie auseinander, um seiner Hand freie Bahn zu schaffen. Sie hatte gerade ihr Ziel erreicht, als der Mann plötzlich nach hinten gerissen wurde und vor Schreck ihre Handgelenke losließ. Eine kräftige Faust hatte seine Haare gefasst und seinen Kopf nach hinten gebogen. Gleich darauf sackte er in sich zusammen und fiel mit einem röchelnden Geräusch auf den Boden. Jemand stieß ihn mit dem Fuß zur Seite.

„Wegschaffen!"

Magdalena, die beide Hände vors Gesicht geschlagen hatte und starr vor Entsetzen an die Wand gelehnt stand, schnappte nach Luft. Zwischen ihren Fingern hindurch sah sie, wie Gregor sich von ihr entfernte. Er wischte ein kleines Messer an einem Tuch ab und steckte beides in seinen Gürtel. Jemand packte ihren am Boden liegenden Peiniger am Kragen und zerrte ihn über den Hof. Hinter ihm zog sich eine Blutspur durch den Dreck.

Magdalena rutschte an der Wand hinunter auf ihre Pferdedecke und begann zu weinen.

Niemand kümmerte sich an diesem Tag weiter um sie. Erst am späten Abend, als die Männer in den Stall kamen, um ihre Nachtlager aufzusuchen, brachte ihr einer von ihnen einen Topf mit Hirsebrei. Magdalena hatte keinen Hunger, löffelte den Topf aber schließlich doch bis auf das letzte Restchen leer.

Sie hätte so gerne gewusst, was weiter mit dem Kerl geschehen war, der sie bedrängt hatte, wollte sich bei ihrem Retter bedanken. Aber sie wagte nicht, einen der Männer anzusprechen, die so taten, als wäre sie überhaupt nicht vorhanden. Da sie weder Gregor noch den Junker unter ihnen entdecken konnte, zog sie schließlich ihre Decke über sich. Schlaf konnte sie keinen finden. Noch immer steckte ihr der Schreck in allen Gliedern.

*

Der nächste Tag begann mit lautem Stimmengewirr und dem Klappern von Geschirr und anderen Gerätschaften, mit denen die Männer hantierten. Die Pferde, die die Nacht über mit im Stall gestanden hatten, schnaubten leise, als ein Bursche Heu hereinbrachte und vor ihnen auf den Boden streute. Kurz darauf kam er mit zwei Eimern voll Wasser wieder, um die Tiere zu tränken.

Magdalena musste wieder ein wenig eingenickt sein, denn als sie die Augen öffnete, drang bereits helles Tageslicht durch alle Ritzen in den Stall. Sie setzte sich auf.

Die Männer hatten den Stall verlassen und schienen sich auf dem Hof zu beschäftigen. Einige von ihnen scharten sich um das Feuer und füllten Töpfe und Schüsseln mit Brei, den sie aus einem Kessel über der Feuerstelle schöpften. Andere saßen auf Kisten oder umgestülpten Fässern und beschäftigten sich mit ihren Waffen, ihrem Geschirr oder ihrer Kleidung.

Magdalena suchte den Hof erneut nach Gregor, Junker Leonhart und dem Mann ab, der sie am vergangenen Abend bedrängt hatte. Da entdeckte sie die Blutspur, die inzwischen angetrocknet war und sich wie ein schmales schwarzes Band von ihrem Nachtlager weg durch den Stall, ein Stück über den Hof und dann in das angrenzende Gebüsch zog. Gerade als sie sich auf die Zehenspitzen stellen und sehen wollte, ob sie den Mann dort irgendwo entdecken konnte, kam Gregor auf sie zu.

„Gut schlafen?“, fragte er und gab ihr einen Teller mit Brei. „Dann essen.“

„Vielen Dank für … für gestern", sagte sie leise.

Gregor zog die Augenbrauen hoch. Sie hatte ihn am vergangenen Tag überhaupt nicht richtig angeschaut, weil zu viel anderes ihr Wahrnehmungsvermögen eingeschränkt hatte. Jetzt sah sie, dass er ein schmales, braun gegerbtes Gesicht mit strahlend blauen Augen hatte, einen sauber gestutzten Bart nach der Mode, und ein paar buschige Augenbrauen, die beinahe unter seinen lockigen dunklen Haaren verschwanden.

„Mann nicht gut", sagte er. „Vergisst Schwur." Dann deutete er auf eine Kiste neben dem Stalltor. „Setzen und essen."

Magdalena gehorchte, tauchte ihren Löffel in den Brei, den er ihr gebracht hatte, und schob ihn sich dann in den Mund. Der Brei schmeckte wässrig.

„Schwur?", wollte sie wissen.

„Bei Musterung gehen unter Joch und machen Schwur. Schützen Frauen."

Magdalena zog die Augenbrauen zusammen.

„Frauen schützen?"

„Frauen in Ruhe lassen. Und Kinder." Er zuckte die Achseln.

Magdalena hatte vergessen, ihren nächsten Löffel voll Brei in den Mund zu schieben. Er tropfte zurück in ihren Teller.

„Ihr müsst bei der Musterung schwören, Frauen und Kinder zu schonen?"

Ungläubig starrte sie ihn an.

„Und mehr."

„Und was passiert mit denen, die sich nicht daran halten?", fragte sie.

„Aufknüpfen."

Das konnte sie fast nicht glauben. Denn bei den

Überfällen in Eggenburg und Krems hatte es nicht danach ausgesehen, als hätten sich die Angreifer zur Schonung von Frauen und Kindern verpflichtet gefühlt. Demzufolge hätte mindestens die Hälfte aller Söldner nicht den Kugeln ihrer Feinde, sondern dem Strick ihrer eigenen Leute zum Opfer fallen müssen. Ihr Peiniger vom vergangenen Abend schien tatsächlich auch nichts von diesem ‚Schwur' gewusst zu haben. Oder waren Trossfrauen ausgenommen? Hatte er sie nicht eine ‚Trosshure' genannt?

Sie deutete mit dem Löffelstiel auf die angetrocknete Blutspur.

„Was ist mit ihm?", fragte sie.

Gregor verzog kurz das Gesicht.

„Alles gut."

Dann drehte er sich um und ging zu den übrigen Männern, die zu ihnen herübergeschaut hatten und sich jetzt wieder ihrem Frühstück zuwandten.

Alles gut. Was auch immer Gregor damit gemeint haben mochte: Magdalena sah ihren Peiniger nie wieder.

*

Am späten Nachmittag packten die Männer ihre Sachen zusammen und brachten alles in den Stall, was sie nicht draußen lassen wollten. Es hatte zu nieseln begonnen. Sie würden eine weitere Nacht hierbleiben.

Magdalena hätte zu gerne gewusst, wo sich Junker Leonhart befand. Sie wollte wissen, wie und warum er zu dieser Truppe gekommen war, hatte sie doch geglaubt, er sei zurück zu seinen Eltern nach Wien geritten. Aber auch der junge Mann war nirgends zu sehen, der sich Gregor nannte, und fragen wollte sie nicht. Dafür war deutlich zu spüren, dass die Männer sie doch mit einigem Respekt behandelten.

Niemand kam ihr mehr zu nahe, es gab nicht einmal anzügliche Bemerkungen. Einer der Jungen hatte ihr mittags ein gekochtes Ei und eine Scheibe Brot gebracht, und gegen Abend verzehrte sie den letzten Apfel aus dem Beutel, den Ruth ihr gegeben hatte.

Das Nieseln war in Regen übergegangen, und bis auf zwei Wachen zogen sich alle in den Stall zurück. Das ehemalige Wohnhaus war während des Tages in sich zusammengestürzt und unbewohnbar geworden. Außerdem war es bei den Pferden wesentlich wärmer, als es in den ehemaligen Räumen des Bauernhauses gewesen sein durfte. Das Dach des Stalles war zwar undicht, aber es bot doch ein wenig Schutz vor dem kalten Wasser, das inzwischen immer heftiger vom Himmel fiel. Magdalenas Schlafplatz war trocken, und so wickelte sie sich in die alte Pferdedecke und schlief kurz darauf ein.

Am nächsten Morgen war es ziemlich frostig, aber der Regen hatte nachgelassen, und die Männer machten sich bereit zum Aufbruch. Magdalena stand ein wenig verloren an die Wand des Stalls gelehnt und schaute zu, wie ein Pferd nach dem anderen auf den Hof geführt wurde und darauf wartete, dass es weiterging.

Gregor kam auf sie zu.

„Packen", sagte er und zeigte hinter sie auf den Stall. „Mitkommen."

Magdalena schluckte. Es war zwar besser, mit diesen Männern zu ziehen, als hierzubleiben und abzuwarten, was noch auf sie zukommen würde. Aber da sie nicht wusste, was die kleine Truppe vorhatte, war sie doch etwas unsicher, ob sie dem Befehl nachkommen sollte.

„Wo ist …", begann sie.

Gregor winkte ab.

„Fertig machen."

Er schob sie durch die Stalltür.

„Aber wo ist ...“

„Vorausgeritten. Jetzt beeilen.“

Damit ließ Gregor sie stehen und ging hinaus zu den anderen.

Magdalena hängte sich den kleinen Jutesack über die Schulter, in dem Ruth ihr die Lebensmittel zurückgelassen hatte, und trat wieder vor den Stall. Ohne Mantel war es ziemlich kalt, weshalb sie die alte Pferdedecke wieder um sich gewickelt hatte. Gregor schaute zu ihr herüber.

Ihr Schuhwerk war nicht geeignet, um trockenen Fußes durch den schlammigen Hof zu laufen, deshalb blieb sie ratlos stehen. Einer der Männer trat neben sie, hob sie hoch und brachte sie zu Gregor, der wartend neben seinem Pferd stand.

„Aufsitzen.“

Ehe sich‘s Magdalena versah, saß sie breitbeinig wie ein Mann auf seinem Pferd. Gerade dass sie sich noch festhalten konnte, bevor es sich in Bewegung setzte und sie auf der anderen Seite herunterfiel. Fragend schaute sie auf Gregor hinunter, der mit versteinerter Miene neben ihr und seinem Tier herging.

„Lässt du das Weib reiten?“, hörte sie jemanden fragen, der hinter ihr ritt. „Die ist noch jung und kann zu Fuß gehen wie die anderen auch! Außerdem ist sie nur ein Weibsbild.“

Magdalena zog die Schultern hoch, als erwarte sie einen Schlag. Während das Pferd ruhig hinter den anderen hertrottete, blieb Gregor stehen und wartete auf den, der ihn angesprochen hatte.

„Vor an die Spitze!“, befahl er. Nach kurzem Zögern gab der Mann seinem Pferd die Sporen und zog an Magdalena und den übrigen Reitern vorbei. Dabei warf er ihr einen feindseligen Blick zu.

„Horn“, sagte Gregor und deutete nach Norden. „Herr warten.“

Horn. Magdalena wusste, wo der Ort ungefähr lag. Die Verwandten ihrer Mutter fielen ihr ein. Wie es ihnen wohl ging? Und den Eltern? Den Schwestern?

Hatte Junker Leonhart nicht vor wenigen Wochen noch zu ihr gesagt, dass Horn im Vergleich zu Krems nicht sicher war? Wie unsicher war Horn jetzt im Vergleich zu Krems?

Sie schüttelte die Gedanken ab, die anfingen, ihren Kopf zu martern.

Herr warten? Meinte er damit wirklich Junker Leonhart? Woher wusste er überhaupt, dass sie ihn mit ihrer Frage gemeint hatte?

Horn.

Magdalena erinnerte sich, dass die Stadt unter der protestantischen Familie Puchheimer zu einem aufblühenden Zentrum der Reformation am Ufer der Taffa geworden war. Das lag hauptsächlich an der auf Schloss Wildberg in Messern betriebenen Druckerei für evangelische Schriften. Da Reichart von Puchheim der Ständeopposition gegen den Kaiser angehörte und sich offen dazu bekannte, hatte der Habsburger Horn und seine Bewohner zu seinem persönlichen Feind erklärt.

Gregor erklärte ihr, dass sich kaiserliche Truppen auf den Weg nach Horn gemacht hätten. Das mochte der Grund dafür sein, dass sich die kleine Gruppe um ihn und Junker Leonhart rüstete, den Protestanten zu Hilfe zu kommen.

Magdalena konnte sich nicht vorstellen, dass sie sich allein gegen ein kaiserliches Herr stellen wollten und hoffte, dass sie vorher auf eine größere Truppe stoßen und sich ihnen anschließen würden. Vielleicht trafen sie unterwegs auf den Tross, mit dem Ruth weggegangen war. Wenn dem so sein sollte, würde sie versuchen, dort ebenfalls Arbeit zu finden und mit ihnen weiterzuziehen.

An die Gefahr, die ein Aufeinandertreffen zweier feindlicher Truppenteile auch für sie mit sich brachte, wagte sie nicht zu denken.

Magdalena zog die Pferdedecke eng um ihren Körper und ignorierte den Schmerz, der langsam ihre Oberschenkel und dann ihre Pobacken heraufkroch. Sie war das Reiten nicht gewöhnt, schon gar nicht in einem Herrensattel, und wäre lieber abgestiegen und nebenher gelaufen. Aber das traute sie sich nicht. Sie konnte sich gut vorstellen, dass der Reiter, den Gregor an die Spitze geschickt hatte, das sofort erfahren hätte. Ganz zu schweigen davon, wie ihr Handeln bei Gregor ankam, der ihr so großzügig und offenbar trotz der verächtlichen Blicke seiner Kameraden sein Reittier überlassen hatte.

Nicht gut, dachte sie und blieb tapfer sitzen.

Nach einer halben Wegstunde hielt Gregor sein Pferd an und schwang sich hinter Magdalena in den Sattel.

„Festhalten“, sagte er und sie gehorchte wortlos, da er dem Tier beinahe gleichzeitig die Fersen in die Flanken gedrückt hatte und es in eine schnellere Gangart gefallen war.

Sie ritten an den übrigen Männern vorbei, und Gregor setzte sich schließlich an ihre Spitze. Mit einem Handzeichen wies er den bislang vorne reitenden Mann an seine Seite und gab ihm einen knappen Befehl, den Magdalena nicht verstand. Der Mann wendete sein Pferd und wartete am Rand des Weges, bis die Kameraden an ihm vorbeigezogen waren, um sich der Nachhut anzuschließen.

Magdalena fühlte sich seltsam befreit, als sie ihn außer Sichtweite wähnte. Allerdings wusste sie auch, dass die anderen Männer sie argwöhnisch beobachteten. Welcher Anführer ritt schon mit einer Frau vor sich im Sattel einer möglichen Schlacht entgegen?

# 7

Die Gemeinde Horn hatte bereits vor vielen Jahren unter den Verwüstungen durch die Hussiten, König Matthias Corvinus von Ungarn und kaiserlichen Truppen gelitten. Deshalb waren inzwischen die Stadtmauern und einige Wehrtürme errichtet und verstärkt worden, um gegen mögliche Anstürme besser gerüstet zu sein.

Trupps der Katholischen Liga hatten sich in jenen nasskalten Novembertagen bereits in der Gegend zusammengezogen und warteten den Befehl ab, die Stadt anzugreifen und den rebellischen Adeligen Reichart von Puchheim in ihre Gewalt zu bringen. Der Kaiser persönlich hatte den Befehl gegeben, ihn tot oder lebendig aus seinen schützenden Mauern zu zerren und seiner Bestimmung zu übergeben. Welche das war, wusste außer den Männern vor diesen Mauern niemand.

Die Bürger Horns hofften verzweifelt auf Hilfe von der Protestantischen Union, deren Truppen sie in der Gegend zwischen Krems und Böhmen wähnten. Dass es sich dabei nur um ein versprengtes Häuflein Soldaten handelte, wussten sie dagegen nicht.

Die Gruppe Söldner, die sich zusammen mit Magdalena auf den Weg nach Horn gemacht hatte, bahnte sich mühsam ihren Weg am Kamp entlang bergauf Richtung Norden. Der ohnehin nicht sehr gut erhaltene Weg war schlammig und teilweise in den kleinen Fluss abgerutscht, sodass sie Mühe hatten, die Fuhrwerke unbeschadet vorwärts zu bringen. Dazu griffen sie immer wieder in die Speichen der Räder, schoben die Karren von hinten an und halfen den Zugpferden, so gut sie konnten, die Last auf dem Weg zu halten. Sie mussten mehrmals rasten, da die Pferde auf dem glitschigen Boden immer wieder ausrutschten und schnell müde wurden. Teilweise mussten die Männer den Weg erst einmal so gut es ging befestigen, bevor sie weiterziehen konnten. Auch Gregor war längst abgestiegen und half, wo er konnte. Die Gefühle, die Magdalena angesichts des munter bergab fließenden Wassers überkamen, ähnelten deutlich jenen, die sie vor Monaten auf einem ähnlichen Weg begleitet hatten. Denn damals wie heute wusste sie nicht, wohin das Schicksal sie führte. Heute wusste sie allerdings, dass zumindest das Wasser ein Ziel hatte. Und noch etwas wurde ihr bewusst: Dass sie sich auf dem Weg nach Krems in Begleitung des Junkers deutlich wohler gefühlt hatte als jetzt, obwohl damals ihre Zukunft genauso im Dunkeln lag wie heute.

Da krachte ein Schuss aus dem Dickicht.

Magdalena saß starr vor Schreck auf Gregors Pferd und sah wie durch einen Schleier, was um sie herum geschah. Schüsse fielen auf beiden Seiten, das Geschrei der Männer gellte Magdalena in den Ohren, das Brüllen verletzter Menschen und Tiere war beinahe unerträglich. Ihr Trupp war so überraschend aus dem Hinterhalt überfallen worden, dass die Soldaten kaum imstande waren, sich zu wehren.

„Gregor!“ Ihr Schrei ging im Lärm unter. Er hatte sich noch bis kurz zuvor neben seinem Tier aufgehalten, und war beim ersten Anzeichen eines Überfalls zwischen den anderen Männern verschwunden, die sich den Angreifern entgegenstellten.

Ihr Pferd scheute, als ganz in der Nähe ein Schuss fiel, und preschte zuerst in Richtung Kamp davon, der zu ihrer Linken talwärts floss. Es überquerte mit ein paar unsicheren Schritten das Flussbett, überwand mit wenigen Galoppsprüngen das angrenzende Feld, und verschwand zusammen mit seiner Reiterin zwischen den Bäumen des dahinterliegenden Waldes. Magdalena krallte sich mit aller Macht am Hals des Tieres fest, das durchs Gebüsch sprengte. Die Pferdedecke blieb an einem Ast hängen und wurde ihr grob von den Schultern gerissen, sodass sie beinahe mit aus dem Sattel gefegt worden wäre. Es war ohnehin ein Wunder, dass sie sich so lange auf dem panischen Tier halten konnte, und sie war froh darüber, nicht im Damensitz auf dem Pferd zu sitzen.

Äste schlugen ihr ins Gesicht, Gestrüpp riss an ihrem Rock, bis er völlig in Fetzen hing, und mehrmals musste sie aufpassen, dass ihre Beine nicht zwischen den Pferdeleib und einen Baumstamm gequetscht wurden.

Langsam beruhigte sich das Tier wieder und fiel in einen langsamen Trab, ließ sich aber trotz guten Zuredens nicht anhalten. Was für ein Ziel es vor Augen haben mochte, konnte Magdalena nicht ausmachen. Um sie herum war nur Wald.

Vorsichtig schaute das Mädchen über die Schulter zurück. Sie hörte nach wie vor Geschrei und Schüsse, konnte aber niemanden zwischen den Bäumen sehen. Offenbar war ihr keiner der Männer gefolgt. Das mochte einesteils ihr Glück sein. Andererseits war sie wieder einmal allein auf sich gestellt.

Schließlich blieb das Pferd mit gesenktem Kopf und schwer atmend stehen. Sie klopfte auf seinen Hals und schaute sich zitternd vor Angst, aber auch vor Kälte, um, bevor sie kraftlos auf den Boden glitt. Sie fasste das Pferd am Zügel, damit es nicht davonlaufen konnte. Dann erst betrachtete sie die Verletzungen genauer, die sie während ihres unkontrollierten Rittes erlitten hatte. Es waren Risse und Schrammen, die Beine und Arme übersäten, wo kein Stoff sie mehr bedeckte, und die teils heftig bluteten.

Leider führte das Pferd keine Satteltasche und somit nichts mit sich, womit sie die Wunden hätte verbinden können. Gregor hatte seine Habseligkeiten auf einen der Karren gepackt, damit sie zu zweit besser Platz hatten.

Ihr Rock hing zerrissen an ihr herunter, ihre Strümpfe bestanden nur noch aus Löchern, und einer ihrer Schuhe fehlte. Lediglich ihre Bluse war noch einigermaßen ganz, wenn man davon absah, dass der linke Ärmel zerrissen war.

Magdalena setzte sich mit den Zügeln des Pferdes in der Hand auf einen umgestürzten Baumstamm.

Ihr Heimatdorf fiel ihr ein. Ob sich dort auch solche Geschichten abspielten wie in Krems oder in Horn? Oder wie hier? Ihr Heimatdorf lag an einer Straße, die von Böhmen südwärts führte und sich kurz hinter dem Dorf Richtung Wien teilte. Es war demzufolge nicht ausgeschlossen, dass es in die Auseinandersetzungen zwischen den beiden Lagern verwickelt wurde. Magdalena hatte eine dunkle Ahnung davon, was mit den Menschen dort in so einem Fall geschehen würde, und sie begann um deren Schicksal zu weinen.

Die Geräusche des Kampfes auf der anderen Seite des Kamps wurden leiser. Ein paar Männerstimmen waren noch zu hören, die um Hilfe riefen, aber keine Schüsse mehr. Schließlich fiel so etwas wie bleierne Stille über das Land. Es fühlte sich unheimlich an nach dem lauten Kampfgetöse zuvor.

Magdalena stand schließlich auf und führte das Pferd in die Richtung, aus der sie gekommen waren. Sie musste wieder auf einen Weg zurück. Hier im Wald fühlte sie sich hoffnungslos verloren.

Der Abend war bereits angebrochen, und sehr kalt geworden. Ohne die schützende Pferdedecke konnte sie die Kälte kaum ertragen. Da sie inzwischen weder den kleinen Fluss noch irgendeinen Weg gefunden hatte, dem sie folgen konnte, musste sie sich hier im Wald einen Platz suchen, der einigermaßen Schutz vor Kälte und Nässe bot. Das war leichter gedacht als getan, denn der Wald bestand hauptsächlich aus hochgewachsenen Bäumen, unter denen es kaum Dickicht gab. Auch das Pferd schien nicht zu wissen, wohin es gehen sollte, und trottete mit gesenktem Kopf hinter ihr her.

Langsam tastete sie sich im Dämmerlicht der schmalen Mondsichel vorwärts. Plötzlich warf das Pferd den Kopf hoch und blieb mit aufmerksam aufgerichteten Ohren stehen. Auch Magdalena hatte etwas gehört. Vorsichtig näherte sie sich der Stelle, von der ein leises Wimmern zu vernehmen war, in der Hoffnung, nicht direkt vor eine auf sie gerichtete Waffenmündung zu laufen.

Sie entdeckte einen Mann, der mit dem Rücken zu ihr zwischen den Wurzeln eines Baumes kauerte. Sie näherte sich ihm langsam von der Seite, nachdem sie gesehen hatte, dass er offenbar unbewaffnet war.

„Wer da?“, hörte sie ihn heiser röcheln.

„Ich bin es nur, eine Marketenderin“, antwortete Magdalena. Sie hoffte, dadurch ungefährlich für den Mann zu klingen. Der wandte den Kopf ein wenig zur Seite, und Magdalena erschrak. Es war derjenige, der gegen sie gewettert hatte, als Gregor sie reiten ließ.

Der Mann hob kraftlos eine Hand.

„Geh weg.“

Magdalena band ihr Pferd an einem Baum fest und ging neben dem Mann in die Hocke. Sein Gesicht war blutverschmiert, sein rechter Arm zerfetzt, seine Kleidung in einem erbärmlichen Zustand, soweit sie das bei der einsetzenden Dunkelheit sehen konnte.

„Ich kann dir leider nicht helfen", gestand Magdalena. „Aber wenn du mir sagst, was ich für dich tun kann, dann versuche ich es."

Der Mann schüttelte nur schwach den Kopf.

„Zu Ende", hauchte er.

„Wo sind die anderen?", wollte Magdalena wissen. „Wo ist dein Pferd?"

Ein gurgelnder Husten entrang sich dem Hals des Verletzten.

„Weg."

„Lebt überhaupt noch jemand?"

Langsames Kopfschütteln.

„Gregor? Wo ist Gregor?"

„Weg."

„Und …" Junker Leonhart, hatte sie sagen wollen. Aber in diesem Augenblick hob der Mann die unverletzte Hand und krallte sich in ihren Blusenärmel.

„Hilf!", röchelte er. „Hilf!"

Dann sank er entseelt zur Seite.

Magdalena löste seine verkrampften Finger von ihrem Ärmel und rückte ein Stück von dem Toten ab.

Es war eisig kalt geworden. Das Mädchen schlang beide Arme um den Oberkörper, aber das half wenig. Ohne nachzudenken, und obwohl der Gestank nach Blut und Exkrementen, der von dem Toten ausging, ihr den Hals zuschnürte, kuschelte sie sich eng an ihn. Sie zog seinen heil gebliebenen Arm über sich und hielt sich an ihm fest, sodass der Leichnam wie eine wärmende Wand hinter ihr lag.

„Verzeih mir", bat sie ihn leise. „Du bist schon tot. Aber vielleicht rettest du mir das Leben, wenn ich dir schon nicht helfen konnte."

# 8

Magdalena öffnete vorsichtig die Augen. Es war noch fast dunkel und nach wie vor eisig kalt. Der Leichnam, der sie vor dem Erfrieren geschützt hatte, war so steif, dass sie den Arm nicht von sich lösen konnte, den sie um sich gelegt hatte.

Sie konnte die Männer nicht sehen, nur hören, derentwegen sie wach geworden war. Bis plötzlich einer von ihnen neben ihrem Pferd stand und es nach einem prüfenden Blick in alle Richtungen losband. Dabei entdeckte er die beiden Körper, die wenige Schritte entfernt neben einem Baum lagen, und ging zögernd auf sie zu. Magdalena schloss schnell die Augen wieder und hoffte, der Mann hielte sie für tot.

Er blieb neben ihr stehen und trat zuerst vorsichtig mit dem Fuß nach ihr, dann berührte er sie mit einer Hand an der Schulter. Magdalena hielt die Luft an und machte sich so steif, wie sie nur konnte. Mit ihrem zerrissenen Rock, der noch nicht ganz verheilten Kopfverletzung und dem Blut des Toten überall sah sie aus wie eine Erfrorene, die in den Armen dieses Mannes gestorben war. Ihre Schultern waren unter der Bluse ohnehin kalt geworden und fühlten sich mit Sicherheit auch mehr tot als lebendig an.

„So, hat euch der Teufel geholt, verfluchtes Ketzerpack!", knurrte der Fremde und zog geräuschvoll die Nase hoch. „Soll euch doch alle der Teufel holen! Je mehr, desto lieber."

Stinkender Schleim traf ihr Gesicht, während er den Toten mit ein paar flinken Handgriffen abtastete, sodass

Magdalena schon befürchtete, er würde sich auch an ihr zu schaffen machen. Offenbar war es nicht das erste Mal, dass er sich in so einer Situation befand, geschickt, wie er dabei vorging. Als er nichts Brauchbares finden konnte, spuckte er erneut aus, traf dieses Mal den Toten und machte sich mit dem Pferd davon, ohne sich weiter um sie zu kümmern.

Magdalena blieb noch eine Zeit lang bewegungslos liegen und lauschte auf das Geräusch der Hufe ihres Pferdes, das sich schnell entfernte. Sie hörte noch einmal die Stimmen der Männer, die sich etwas zuriefen, das sie nicht verstehen konnte, dann war es wieder still.

Der Leichnam hinter ihr war so steif, dass sie ihm den Arm brechen musste, um sich von ihm zu befreien. Inzwischen war es zwar hell, aber dichter Nebel waberte zwischen den Bäumen, der sie die Hand vor Augen kaum sehen ließ. Die Erkenntnis, dass es Winter wurde und sie kaum Überlebenschancen hatte, wenn sie keine Unterkunft fand, schoss ihr wie heiße Glut durch den Kopf.

Während sie sich den Rotz aus dem Gesicht wischte, den der Kerl auf sie gespuckt hatte, starrte sie auf den Toten, der ein wenig nach vorne gekippt war und aussah, als stütze er sich mit dem linken Arm auf dem Boden ab. Einen Augenblick lang überlegte sie, ob sie irgendetwas von seinen Kleidern verwenden konnte. Aber sowohl sein Wams als auch Hemd und Beinkleider waren voller Blut und Schmutz. Nur die Stiefel waren einigermaßen in Ordnung. Die hatte der Soldat ihm wohl deshalb gelassen, weil sie ziemlich klein waren und ihm vermutlich nicht gepasst hätten. Sie zog sie dem Toten mit einiger Anstrengung von den Füßen und streifte ihren kaputten Schuh ab. Ihre Zehen fühlten sich eisig an, und es war unglaublich schwierig, sich die Stiefel überzuziehen, wie es zuvor beinahe unmöglich erschienen war, sie dem Toten abzunehmen. Vermutlich hatte sie ihm die Zehen gebrochen dabei, was sie bei sich selber allerdings nicht riskieren wollte.

Die Stiefel fühlten sich kalt und feucht an, waren jedoch immer noch besser als das, was sie vorher getragen hatte.

Jetzt fehlte nur noch etwas, mit dem sie sich warmhalten konnte. Ihre Pferdedecke fiel ihr ein, aber die hatte vermutlich genauso den Besitzer gewechselt wie ihr Pferd.

Steifgefroren und deshalb sehr unbeholfen stand sie auf.

„Gott befohlen“, sagte sie leise zu dem Toten. „Ich kann dich nicht begraben und muss zusehen, dass ich selber lebend hier rauskomme.“

Rauskommen war leicht gesagt, denn sie wusste nicht einmal, in welche Richtung sie gehen sollte. Der Nebel nahm ihr die Sicht, und die Kälte setzte ihr gewaltig zu. Nach wenigen Schritten stolperte sie über etwas und wäre fast gestürzt, hätte nicht ein überhängender Ast sie daran gehindert. Erschrocken stellte sie fest, dass da am Boden ein weiterer Mensch lag. Er war tot. Der Dieb, der ihr Pferd gestohlen hatte, musste ihn im Nebel übersehen haben, denn er trug noch seine Waffe und einen Lederbeutel mit etwas Proviant bei sich.

Magdalena sah mit einem Blick, dass sich der Mann das Genick gebrochen haben musste, weil sein Kopf seltsam verdreht über dem Rumpf lag. Der Tod dieses Mannes war auf zwei Arten gut für Magdalena. Erstens war er nicht so steif wie jener, mit dem sie mehr oder weniger die Nacht verbringen hatte müssen, und zweitens war ein Großteil seiner Kleidung noch brauchbar. Es dauerte eine Zeit, bis sie ihm das Hemd ausgezogen hatte, das sie über ihre Bluse streifte. Dann überlegte sie, ob es wohl eine Sünde war, wenn sie seine Beinkleider gegen ihren zerrissenen Rock tauschte. Wobei ihr eher sündhaft schien, den Toten ausziehen zu müssen und womöglich seine Blöße zu sehen.

Die Kälte war es schließlich, die sie zugunsten der Beinkleider entscheiden ließ.

Als sie sich umgezogen hatte, fror sie deutlich weniger. Sie deckte den Leichnam mit ihrem zerrissenen Rock zu, nahm den Beutel mit Proviant und die Handfeuerwaffe an sich und machte sich auf den Weg in die Richtung, aus der sie Wasser plätschern hörte. Dort musste der kleine Fluss sein, den sie entlanggekommen waren, der Kamp.

Aber was machte sie, wenn jemand sie tatsächlich fand? Eine Frau mit von einem Toten gestohlenen Männerkleidern? Wobei ihr jetzt erst auffiel, dass der zweite Tote ebenfalls ein Katholischer gewesen sein musste wie derjenige, der ihr Pferd gestohlen hatte, weil sie ihn bei Gregors Truppe nicht gesehen hatte. Vielleicht hatte der Dieb ihn sogar umgebracht, um seine Beute nicht teilen zu müssen. ‚Ketzerpack' hatte er sie genannt. Vielleicht hatte er deshalb keine Lust gehabt, nachzusehen, ob sie noch lebte. Seiner Meinung nach konnte sie auch einfach dort verrecken.

Ob die von der protestantischen Seite in ähnlicher Situation genauso handelten?

Während sie noch in die Richtung marschierte, in der sie den Kamp wähnte, hoffte sie inbrünstig, nicht auf noch mehr Leichen zu stoßen. Was geschehen würde, wenn man sie aufgriff, war ihr mit einem Mal gleichgültig. Sie wollte nur eines: leben.

Die Waffe, die sie in den Hosenbund geschoben hatte, würde ihr wenig nützen. Jeder Soldat erkannte, dass sie nicht geladen war und dass sie weder Pulver noch Blei bei sich hatte. Nach kurzer Überlegung zog sie die Waffe aus dem Rockbund und warf sie in hohem Bogen zurück in den Wald.

Magdalena kämpfte sich mühsam vorwärts, bis sie

das Ufer des Kamp erreichte. Dort sank sie erschöpft und durchgefroren zusammen und verlor das Bewusstsein.

# 9

„Da bist du ja endlich!“

Magdalena verstand nicht.

Jemand berührte sie an der Schulter.

„Willst du nicht die Augen aufmachen und versuchen, einen Schluck verdünnten Wein zu trinken?“

Galt ihr das? Ihre Augenlider waren schwer wie Blei, und ihre Gliedmaßen gehorchten ihr nicht. Vielleicht war sie tot? Aber warum sollte sie dann die Augen öffnen und Wein trinken? Wo war sie überhaupt und wer redete da mit ihr?

„Magdalena!“

Jedenfalls kannte die Frau, die mit ihr sprach, ihren Namen.

Sie spürte, wie jemand mit einem feuchten Tuch über ihre Augen strich und dann versuchte, Magdalena ein wenig aufzurichten. Man schob ihr einen Löffel zwischen die Lippen, und eine warme Flüssigkeit lief zwischen ihren Zähnen hindurch in den Mund. Mühsam schluckte sie. Mund und Hals taten weh. Gleich darauf berührte der Löffel ein zweites Mal ihre Lippen. Dieses Mal öffnete sie ihren Mund bereitwillig und schluckte den wässrigen, leicht angewärmten Wein bereits weniger mühsam hinunter. Ein dritter folgte, und Magdalena spürte, wie ihre Lebensgeister langsam in Kopf und Körper zurückkamen.

Vorsichtig öffnete sie die Augen. Zunächst verschwommen, dann immer deutlicher sah sie ein Gesicht vor sich, das ihr bekannt vorkam. Sie wusste nur nicht, wo sie es schon einmal gesehen hatte.

„Austrinken.“

Magdalena hob schwerfällig die Hand und griff nach dem Becher, den man ihr reichte. Eine andere Hand schloss sich darum und führte so den Becher an ihren Mund. Gehorsam trank Magdalena ihn leer. Dann sank sie erschöpft zurück und fiel erneut in einen tiefen Schlaf.

„Sie wird wieder“, sagte die Frau, die ihr den Wein gereicht hatte, und stellte den Becher neben dem Lager ab, auf das man Magdalena gebettet hatte. „Sie ist zäh.“

„Gott sei Lob und Dank“, seufzte eine zweite Frau, die sich neben Magdalena niederließ und ihr die Stirn mit einem feuchten Lappen abtupfte.

„Ruth, ich muss mich um die anderen kümmern. Sobald sie wach ist, rufst du mich, dann sehe ich nach ihr.“

Die Angesprochene hob kurz die Hand und betrachtete dann nachdenklich das Mädchen, das unter einer Decke lag und friedlich schlief.

„Du hast wieder einmal Glück gehabt“, sagte sie leise. Dann biss sie sich auf die Lippe, weil ihr auch bewusst war, wie viel Glück Magdalena tatsächlich gehabt haben musste, nachdem sie sie allein in jenem Stall hinter Langenlois zurückgelassen hatten.

Als Magdalena endgültig aus ihrem Erschöpfungsschlaf erwachte, war es finstere Nacht. Sie wusste weder wo sie sich befand noch wie sie hergekommen war. Neben sich spürte sie eine Person, die ruhig atmend zu schlafen schien.

Als sich ihre Augen an die Dunkelheit gewöhnt hatten, sah sie eine Plane, die sich über ihr wölbte und durch die matter Lichtschein in ihre Unterkunft fiel.

Vorsichtig richtete sie sich auf. Um sie herum stapelten sich in seltsamer Ordnung die unterschiedlichsten Gegenstände. Decken, Kleidungsstücke und ein paar Holzkisten.

Sie wandte sich um und erkannte im selben Augenblick, wer neben ihr schlief. Es war Ruth, die Magd aus dem Haushalt des Schmieds in Krems.

Durch die Unruhe wach geworden, schlug jene die Augen auf.

„Magdalena?“

„Wie komme ich hierher und wo bin ich überhaupt?“, fragte sie heiser. Dann fiel ihr ein, dass Ruth und diese andere Frau sie in einem Stall hinter Langenlois zurückgelassen hatten. War sie noch immer in diesem Lager? Waren sie zurückgekommen? Hatte sie im Fieber alles nur geträumt? Aber das hier – das war kein Stall, in dem sie sich befand. Das war ein mit einer Plane überdachtes kleines Fuhrwerk. Der Überfall kam ihr wieder in den Sinn, und die beiden Männer, die sie tot im Wald gefunden hatte. Und der Kerl, der ihr Pferd gestohlen und sie hilflos liegen gelassen hatte.

„Ein paar Männer aus unserer Truppe haben dich am Ufer des Kamp gefunden. Du warst halb erfroren. Sie haben dich aufgelesen und zu uns geschleppt. Trude hat sich um dich gekümmert“, bekam Magdalena leise zur Antwort.

Trude. Genau. So hieß die Marketenderin, die sich in jenem Lager bei Langenlois um sie gekümmert hatte. Um sie dann im Stich zu lassen und mit ihrem Tross zu ziehen.

Ein nicht zu bändigendes Gefühl kroch in Magdalena hoch, das zwischen Wut, Verständnislosigkeit und Dankbarkeit lag.

„Wir wussten, dass die Unseren auf dem Weg zu diesem Lager waren, in dem wir dich zurücklassen mussten“, begann Ruth zu erzählen.

Magdalena winkte ab.

„Sie kamen auch ein paar Tage später, aber bis dahin …“ Ihre Stimme klang wie eingerostet.

Ruth berührte vorsichtig ihren Arm.

„Der Tross musste weiter“, sagte sie. „Ich fühlte mich außerstande, zurückzubleiben. Das tut mir seitdem unendlich leid.“ Sie hielt kurz inne und sah Magdalena fragend an. Als diese nur den Kopf schüttelte, fuhr sie fort: „Ich wollte mit Trude und den anderen so schnell es ging weg von dort, und glaubte, dass die Soldaten noch am selben Tag auf dem Hof eintreffen würden und du in Sicherheit wärst. Besser jedenfalls, als wenn wir dich mit deiner Gehirnerschütterung mitgenommen hätten. Ich konnte nicht ahnen, dass die Männer Tage brauchen würden, um zu diesem Gehöft zu kommen.“

„Aber was mit mir geschehen wäre, wenn die Falschen gekommen wären, daran hast du nicht gedacht“, warf Magdalena ein, der plötzlich alles wieder einfiel. „Oder wenn sie überhaupt nicht gekommen wären.“

„Nein“, gab Ruth zu. „Trude ließ mich unmissverständlich wissen, dass du sterben würdest, wenn du mitkommst. Sie versicherte mir, dass die Soldaten anständige Kerle seien, die sie schon länger kenne. Die würden sich um dich kümmern, ich müsse mir keine Sorgen machen. Dass es die Falschen sein könnten, hielt sie für ausgeschlossen, und dass sie gar nicht kommen würden – daran hat wirklich niemand gedacht.“

Magdalena nickte gedankenverloren. Die Soldaten, die sie in dem abgebrannten Hof aufgesammelt und schließlich mitgenommen hatten, waren tatsächlich anständige Kerle gewesen. Ein Gedanke durchfuhr sie.

„Wo sind die Männer jetzt?“

„Dein Haufen wurde auf dem Weg nach Horn überfallen und bis auf ein paar Überlebende haben sie alle niedergemetzelt.“ Ruth starrte einen Augenblick lang traurig vor sich hin. „Die paar wenigen haben uns in der

Nähe von Schönberg am Kamp eingeholt und mit unseren Männern den weiteren Weg Richtung Horn fortgesetzt."

„Und wo sind wir jetzt?", wollte Magdalena wissen.

„Wir haben unser Lager unweit von Horn aufgeschlagen, während unsere Männer versuchen, andere Trupps zu finden, sich ihnen anzuschließen und den Horner Bürgern gegen die Katholischen zu Hilfe zu kommen."

Magdalena fuhr sich mit der Hand über die Stirn. Alles war so verwirrend.

„Wie lange …", begann sie.

„Gut eine Woche", gab Ruth zur Antwort. „Trude hat dich gesund gepflegt", fügte sie noch an, und Magdalena verstand, dass das so eine Art Wiedergutmachung dafür sein sollte, sie in Langenlois ihrem Schicksal überlassen zu haben.

„Jetzt schlaf wieder ein wenig."

Ruth drückte Magdalena an den Schultern zurück auf ihr Lager.

Der Morgen zog schon herauf, als Magdalena endlich in einen unruhigen Schlaf fiel. All die Bilder tauchten in ihren Träumen auf, die sich in ihr Gedächtnis eingebrannt hatten. Gregor, wie er sie auf seinem Pferd reiten ließ. Der Tote im Wald, dessen Körper sie am Leben hielt. Der zweite Tote, von dem sie sich Hemd und Beinkleider genommen hatte.

Die Beinkleider.

Magdalena war mit einem Schlag hellwach. Vorsichtig tastete sie unter ihrer Decke nach den Beinen. Es fühlte sich ganz wie sonst auch an. Keine Beinkleider. Jemand hatte sie ihr ausgezogen und gegen einen Rock eingetauscht. Auch das Hemd des Toten war gegen eine dicke Jacke eingetauscht worden, die sie kratzend warmhielt.

In diesem Augenblick wurde die Plane ein Stück

beiseitegeschoben, und Ruth kletterte in den Karren. Sie brachte eine Schüssel dampfenden Brei mit und reichte ihn Magdalena. Ihr waren die tastenden Bewegungen unter deren Decke nicht entgangen.

„Wir haben dir die Sachen ausgezogen, dich gewaschen und das schmutzige Männerzeug gegen einigermaßen passable Frauenkleider getauscht. Du hast gestunken wie ein Iltis."

Während sie sich neben das Mädchen setzte, begann sie zu erzählen.

„Als wir den Bauernhof hinter Langenlois verlassen hatten, folgten wir der Vorhut des Heeres, das sich Richtung Norden in Bewegung gesetzt hatte. Den Tross interessiert nicht, warum und wohin. Die Menschen, die mit den Heeren ziehen, haben die Aufgabe, sich um die Verpflegung der Männer zu kümmern und ihre Verwundeten zu versorgen. Sie sind so etwas wie die friedliche Seite des Krieges."

Sie seufzte.

„So jedenfalls hat es Trude mir erklärt. Sie ist seit Ausbruch der vielen kleinen Unruhen bei diesem Tross, weil ihr Mann einer ihrer Anführer ist. Alleine konnte sie ihren kleinen Hof nicht weiter bewirtschaften, als sich ihr Walter entschloss, bei den Söldnern ein Auskommen zu finden. Es lohnte ohnehin nicht. Die Ernte war schlecht ausgefallen, die paar Stücke Vieh, die ihnen gehörten, mussten sie verkaufen. Für die beiden gab es nur eine Möglichkeit, sich durchzuschlagen: indem sie sich den Söldnern anschlossen. Trude hat sehr schnell gelernt, sich inmitten der Leute zu behaupten, die dem Heer folgen. Sie hat sofort Arbeit gefunden, weil sie sich gut mit der Behandlung von Kranken und Verletzten auskennt. Ihr Mann befehligt den Tross, und ist somit einigermaßen sicher, da er nicht selbst kämpfen muss. Er führt ein strenges Regiment, aber er ist auch gerecht und achtet sehr auf Anstand und darauf, dass niemand über die Stränge schlägt."

Ruth nahm Magdalena die Schüssel ab, die jene leergelöffelt hatte.

„Wir waren in Raan, ein gutes Stück östlich vom Kamptal, wo Walter sich mit ein paar Leuten aus dem Tross um Verpflegung kümmerte."

Sie warf Magdalena einen schnellen Blick zu. Aber diese hörte nur regungslos zu.

„Auf dem Rückweg sind ein paar unserer Männer über den Kamp geritten, weil sie auf der anderen Seite die Reste eines Überfalls in Augenschein nehmen wollten, und da haben sie dich gefunden. Halb erfroren und in tiefer Bewusstlosigkeit. Den Rest kennst du."

Magdalena nickte nachdenklich.

In diesem Augenblick tauchte Trude auf. Sie schob die Plane ein wenig zur Seite und musterte ihre Patientin aufmerksam.

„Sie hat was gegessen", sagte Ruth zu ihr und schlüpfte an der Frau vorbei nach draußen.

„Wie geht es dir?"

Magdalena zuckte die Schultern. Was auch immer diese Frau bewogen haben mochte, sie gesund zu pflegen, so war Magdalenas Schicksal ihr doch vor einiger Zeit noch völlig gleichgültig gewesen.

Unbeeindruckt untersuchte Trude Magdalenas Kopf, tastete Arme und Rücken ab, fühlte ihren Puls.

„Wenn du noch ein, zwei Tage Ruhe hast und etwas isst, bist du bald wieder auf den Beinen", sagte sie schließlich. „Du hattest ziemlich hohes Fieber, und ich habe befürchtet, dass wir dich verlieren."

„Und dann? Was mache ich dann?", fragte Magdalena, die sich mehr Sorgen um ihre Zukunft als um ihre Gesundheit und die Befürchtungen dieser Frau machte.

„Das sehen wir dann schon", gab Trude zur Antwort und verschwand wieder aus dem Wagen. Bevor sie die Plane hinter sich schloss, sagte sie: „Du kannst so lange in meinem Wagen bleiben und dich ausruhen, bis du wieder zu Kräften gekommen bist."

# 10

Magdalena erholte sich recht schnell. Sowohl Ruth als auch Trude kümmerten sich noch ein paar Tage lang um sie, wobei die erfahrene Marketenderin ihr immer wieder einen stärkenden Saft zu trinken gab und ihr versicherte, dass sie keinen bleibenden Schaden erlitten habe.

„Du hast gut daran getan, dir Beinkleider und Stiefel der toten Soldaten anzuziehen, sonst hättest du mit Sicherheit schwere Erfrierungen erlitten“, sagte sie zu ihr, als Magdalena ihr die Geschichte mit den beiden Toten anvertraut hatte. „Wir haben dir die Beinkleider abgenommen und gegen die warme Frauenkleidung getauscht, damit es vor allen Dingen keine dummen Schwätzereien gibt. Die Stiefel haben wir dir gelassen, du wirst sie brauchen.“ Sie lachte leise vor sich hin. „Männer sind, was Frauen angeht, manchmal seltsam“, ergänzte sie ihre Aussage. „Frauen auch.“

Magdalena musste über die Blicke der Frauen schmunzeln, die ihrer ansichtig wurden, als sie endlich ihr Lager auf dem Fuhrwerk der Marketenderin verlassen konnte. Welche Gerüchte auch immer über sie im Tross erzählt worden waren, die neugierige Haltung der Männer, Frauen und Kinder ihr gegenüber ließ schnell nach, als sie begann, Ruth und Trude zur Hand zu gehen.

Sie half beim Brotbacken und Zubereiten der Mahlzeiten für die Menschen im Tross, die sich gegen Bezahlung ihre Portion bei den drei Frauen abholten. Auch beim Versorgen Verletzter oder Kranker half sie mit, die Trude beinahe täglich vorbeigebracht wurden. Nicht allen konnten sie helfen. Viele starben am Wundfieber oder an den Krankheiten, gegen die Trude kein Heilmittel wusste. Umso mehr schätzte Magdalena, dass sie selber überlebt hatte.

Walter, Trudes Mann, lernte sie erst nach einigen Tagen kennen, da er ständig irgendwo zwischen dem Tross und dem eigentlichen Heer unterwegs war. Sie empfand ihn als einen Menschen, der sich seiner Aufgabe und der damit verbundenen Verantwortung bewusst war, und alles tat, um seinen eigenen hohen Ansprüchen gerecht zu werden.

Weihnachten und damit auch der Jahreswechsel verstrichen, ohne dass sich der Tross weiterbewegt hätte. Fast hatte es den Anschein, die Menschen würden bald dort sesshaft, wo sie sich vor Wochen niedergelassen hatten. Aber der Schein trog – die Bedingungen, unter denen sie lebten, waren mehr als provisorisch und nicht dazu angetan, länger als notwendig zu bleiben.

Es war sehr kalt geworden. Schnee bedeckte die notdürftigen Unterkünfte der Menschen. Alle froren, und selbst die sonst so rüstigen Pferde und Maultiere hatten Schwierigkeiten mit Eis und Schnee. Man hatte Unterstände für sie errichtet und von irgendwoher Streu und Futter für sie besorgt, denn die Tiere waren wertvoll für ihre Besitzer. Wenn sie ihr Hab und Gut nicht auf dem eigenen Rücken tragen wollten, mussten die Tiere in guter Verfassung sein, sollte sich der Tross in Bewegung setzen.

Magdalena hatte sehr schnell einige Handgriffe erlernt, die notwendig waren, wenn jemand verletzt zu den Frauen kam. Einen Verband anlegen, eine Salbe auftragen, sogar eine Schulter einrenken gehörte inzwischen zu ihren Aufgaben. Ruth hatte sich einer kleinen Familie angeschlossen, die aus drei Frauen und fünf Kindern bestand.

Der Bruder einer der Frauen hatte es der ehemaligen Magd besonders angetan, und um in seiner Nähe sein zu können, war sie nach einem langen Gespräch mit Trude zu der Familie gezogen.

Da kam es für die Marketenderin gerade recht, dass Magdalena bei ihr blieb und ihr zur Seite stand.

„Hast du keine Kinder?“, fragte Magdalena eines Abends, als sie sich an ein Feuer gesetzt hatten, um sich ein wenig aufzuwärmen.

Trude schüttelte den Kopf.

„Zwei Kinder habe ich geboren, aber beide sind an der Auszehrung gestorben. Seitdem bin ich nicht mehr schwanger geworden.“

Der Blick, den sie Magdalena dabei zuwarf, schien ihr etwas sagen zu wollen, was die junge Frau erst bei längerem Nachdenken verstand.

„Du kannst das?“, fragte sie dann.

Trude nickte.

„Aber das bleibt unter uns“, sagte sie und reichte Magdalena einen Becher mit heißem Würzwein.

Ich bin keine Hexe, stand in ihren Augen.

Magdalena nickte ihr beruhigend zu.

Seit sie im Tross war, hatten ein paar junge Männer versucht, sich ihr auf eine Weise zu nähern, die sie vehement zurückwies. Der Söldner, der in jenem Stall bei Langenlois versucht hatte, sie zu vergewaltigen, war ihr noch viel zu präsent, als dass sie bereit gewesen wäre, dem Werben irgendeines Mannes nachzugeben. Jedes Mal, wenn einer von ihnen anzügliche Bemerkungen machte, kroch Ekel in ihr hoch. Trude bemerkte das eines Tages und unterhielt sich lange mit ihr darüber.

„Wenn es so weit ist, dass du deine Angst überwunden hast und dir einer der Burschen gefällt, dann sagst du es mir. Ich kann dir helfen, dass du nicht gleich einen dicken Bauch bekommst.“

Es gab allerdings keinen Mann im Tross, der Magdalena so gut gefiel, dass sie sich ihm hingeben wollte.

Der Winter verging, das Frühjahr zog über das Land, der Sommer nahte.

Eines Tages tauchten ein paar Reiter auf, bei deren Anblick ihr fast das Herz stehen blieb. Denn einer der Männer war Gregor.

Trude bemerkte, dass Magdalena beide Hände vor die Brust legte und vor lauter Aufregung einen roten Kopf bekam.

„Kennst du die Männer?“, fragte sie.

Magdalena musste sich räuspern. Sie konnte den Blick nicht von Gregor wenden, der auf seinem Pferd einen so stattlichen Eindruck machte, dass alle umstehenden Frauen bewundernd zu ihm aufsahen.

„Ihn kenne ich“, sagte sie. „Er hat mich in Langenlois versorgt und beschützt.“ Sie biss sich auf die Unterlippe. Nachdem ihr mich im Stich gelassen hattet, dachte sie weiter, behielt es aber für sich. „Als wir überfallen wurden, flüchteten alle in unterschiedliche Richtungen, wurden aber von den Angreifern verfolgt, und viele sind umgekommen, wie du weißt. Ich dachte, er sei auch tot.“

„Ich kenne ihn“, sagte Trude und sah zu, wie die Ankömmlinge von ihren Pferden stiegen und zu einer Gruppe Männer gingen, die offenbar auf sie gewartet hatten. Auch Trudes Mann Walter war darunter. „Als er vor einiger Zeit mit seiner Familie zu uns kam, hat er mir zunächst noch beim Versorgen von Verletzten und Kranken geholfen. Ich weiß nicht, woher er gekommen ist, und habe ihn auch nicht danach gefragt. Aber dann ist seine Frau am roten Bauchfluss gestorben, und die Kinder folgten ihr in kurzem Abstand. Er hat das nur schwer verwinden können, den Tross verlassen und ist zum Heer übergewechselt."

Sie hatte Magdalenas Blick erhascht und lächelte.

„Gregor ist ein guter Kerl. Einer von denen, auf die man sich hundertprozentig verlassen kann. Allerdings", sie legte eine Hand auf Magdalenas Schulter. „Allerdings hat er seit dem Tod seiner Frau kein Interesse mehr an einem Weib gezeigt."

Magdalena senkte beschämt den Blick. Sie fühlte sich ertappt. Dabei war ihr selbst nicht bewusst gewesen, wie sehr ihr die Begegnung mit diesem Mann unter die Haut gegangen war. Allerdings anders, als Trude es vermutet hatte. Es war vielmehr die Freude darüber, dass er noch lebte, und die Erinnerung daran, wie sehr er sich um sie und ihre Gesundheit – aber auch ihre körperliche Unversehrtheit – gekümmert hatte.

„Hast du mal was von einem Junker Leonhart gehört?"

Schon lange lag ihr diese Frage auf der Zunge. Allerdings wusste sie nicht mehr genau, ob sie ihn tatsächlich auf jenem Hof hinter Langenlois gesehen hatte, oder ob das Teil der Fantasien war, mit denen sie aufgrund ihrer Kopfverletzung immer wieder zu kämpfen gehabt hatte.

„Junker Leonhart? Nein. Den kenne ich nicht. Aber ich kenne auch nicht alle Männer, die im Heer mitziehen."

Magdalena nickte, wandte sich um und suchte nach einer Beschäftigung, die sie für den Rest des Tages in Anspruch nahm.

Die Männer um Gregor verließen den Tross nach wenigen Tagen wieder. Magdalena erfuhr von Trude, dass er ihrem Mann Anweisungen gegeben hatte, wohin sie dem Heer folgen sollten. Es stand ein Angriff auf Schloss Rosenburg im oberen Kamptal bevor, nachdem der Kampf um Horn im vergangenen Jahr fehlgeschlagen war. Davon hatte der Tross um Walter und Trude aber nicht viel mitbekommen, wenn man von den Verletzten absah, die bei der Heilkundigen und Magdalena Hilfe gesucht hatten.

Der kaiserliche Oberst Max von Liechtenstein unter Charles Bucquoi hatte Horn inzwischen in einer kurzen Schlacht eingenommen. Der Schlossherr, Reichart von Puchheim, musste sich ergeben und wurde in seinen eigenen Kerker gesperrt. Als neuer Schlossherr wurde der kaiserliche Rat Vinzenz Muschinger ausgerufen. Der Horner Bund galt als aufgelöst, von Puchheim wurde als Rebell angeklagt.

Vinzenz Muschinger war bekannt dafür, dass er im Laufe der Zeit protestantische Besitzungen aufkaufte und sie zu einem weithin sichtbaren Ausdruck seiner Macht ausbauen ließ.

Die Anführer ehemaliger Trupps aus dem Horner Bund hatten den Plan, Schloss Rosenburg aus der Hand des Katholiken zu befreien, indem sie es stürmten und seinen Bewohnern dadurch wieder zu ihrem ursprünglichen Glauben verhalfen.

Der Tross setzte sich am darauffolgenden Tag hinter dem Heer Richtung Norden in Bewegung. Übrig blieb eine kaum überschaubare Fläche voll Unrat und anderen üblen Hinterlassenschaften.

Magdalena saß neben Trude auf dem Bock ihres Wagens, der, von zwei gut genährten Maultieren gezogen, schaukelnd den übrigen Wagen folgte.

Einesteils hatte sie sich in den vergangenen Monaten sehr gut in das Leben innerhalb des Trosses eingefügt, zumal es hier nicht darauf ankam, ob Mann oder Weib etwas tat. Alle hatten eine Aufgabe zu erfüllen, und keiner scherte sich darum, welchen davon sich Frauen, und welchen sich Männer widmeten. Alle waren gleichermaßen gefordert.

Magdalena hatte bereits mehrmals geholfen, die Hufe der Trosspferde zu beschlagen, und niemand hatte sie deshalb beschimpft oder gar bestraft. Im Gegenteil. Ihre Arbeit hatte unter den Trossleuten große Anerkennung gefunden. Es war genau so, wie Magdalena es sich immer gewünscht hatte.

Andererseits machte sie sich Gedanken darüber, dass der Tross ja einem Heer zugeordnet war, dessen Aufgabe darin bestand, andere Heere zu bekämpfen. Das brachte wiederum Tod und Verderben für viele Menschen mit sich, Städte und Dörfer wurden dem Erdboden gleichgemacht. Unschuldige wurden erschlagen, erschossen, vergewaltigt, verschleppt. Das hatte sie bislang nicht selber miterlebt, kannte es aber aus Berichten der Männer ihres Heeres, die man verletzt zu ihnen gebracht, und die darüber berichtet hatten.

Der Sinn dieser ganzen Kämpfe jedoch erschloss sich Magdalena ganz und gar nicht. Als sie auf ihrem Weg Richtung Rosenburg mit Trude darüber sprach, pflichtete diese ihr zunächst bei.

„Der Kaiser nimmt sich heraus, über sein Volk auf eine Weise zu bestimmen, die es nicht mehr hinnehmen kann", verteidigte sie dann jedoch das Eingreifen protestantischer Kriegsherren. „Woher hat er das Recht, uns zu sagen, welcher Religion wir angehören sollen? Warum schickt er Soldaten los, die ganze Dörfer niedermetzeln, nur damit die übrig Gebliebenen vor Angst und Schrecken doch katholisch werden? Eine unehrliche, erzwungene Ausübung der Religion des Kaisers ist nichts wert. Aber das schert ihn nicht. Für ihn zählt nur, dass er gewonnen hat, dass er die Ketzer, wie er sie nennt, in die Knie zwingen kann. Und damit die katholische Kirche wieder zu Geld kommt, das ihnen durch die ausbleibenden Ablässe fehlt." Sie schüttelte den Kopf und holte dann tief Luft. „Für ihn mag es nach einem lobenswerten Dienst an seiner Kirche aussehen, wenn er Protestanten zum katholischen Glauben zwingt. Für die Betroffenen ist es Demütigung, Unterdrückung, Vergewaltigung. Es wird nicht bei den Scharmützeln bleiben, die wir hier erleben, Magdalena. Ich fürchte, der Hass des Kaisers auf die Protestanten wird deren Herren im ganzen Land und darüber hinaus auf den Plan rufen, und das wird das ganze Kaiserreich in Leid und Elend stürzen."

Magdalena sah sie erschrocken an. Sie hatte gedacht, dass die Kämpfe aufhören würden, sobald beide Seiten deren Sinnlosigkeit erkannten. Jetzt begann sie zu befürchten, dass keine der beiden verfeindeten Parteien von ihrem Glauben ablassen würde, und beide diesen unsinnigen Krieg bis zur völligen Erschöpfung weiterführen würden.

Es würde keinen Sieger geben. Nur Besiegte.

Bei allem, was sie gehört hatte, schien ihr eines langsam ohne Zweifel: Es ging nicht nur um die Religionsfrage, sondern um Geld, Macht und Besitz.

Hatte das nicht Ruth damals in Krems zu ihr gesagt?

Damals wusste sie nichts damit anzufangen. Jetzt war ihr klar, dass die Magd recht gehabt hatte.

Der Tross blieb weit hinter dem Heer zurück, das zusammen mit anderen evangelischen Truppenteilen am 9. Juli 1620 um Schloss Rosenburg kämpfte. So erfuhren Trude und Magdalena nur durch die Verletzten, die man zu ihnen brachte, was geschehen war.

Die katholischen Herren des Schlosses und ihre Soldaten hatten erbitterten Widerstand gegen die Angreifer geleistet, denen es dennoch gelang, das Schloss zu stürmen. Der anschließende Kampf war auf beiden Seiten gnadenlos gewesen. Offenbar hatte die tatenlos verstrichene Zeit seit der versuchten Befreiung von Horn den Söldnern aus Magdalenas Heeresverband so zugesetzt, dass sie jetzt mit aller Macht und Wut zuschlugen. Wie viele Menschen, darunter Frauen und Kinder, während dieser Kampfhandlungen ihr Leben ließen, wusste niemand zu sagen. Die Männer, die zum Tross gebracht wurden, damit man ihre Verletzungen behandelte, sprachen von unbeschreiblichen Gräueln, die beide Seiten zu noch mehr Brutalität und gnadenlosem Gemetzel aufstachelten.

Erst Tage später erreichte den Tross die Nachricht, dass die Protestanten die Besetzung des Schlosses aufgegeben und sich den Kaiserlichen ergeben hatten. Die Söldner liefen entweder zur Gegenseite über, um einer Gefangennahme und anschließenden Erschießung zu entgehen, oder flohen und suchten in anderen protestantischen Regimentern einen Neuanfang.

Der Tross um Magdalena und Trude löste sich langsam auf. Die Frauen folgten ihren Männern, und diejenigen, die ungebunden waren, zogen mit. Es war verwunderlich, dass das kaiserliche Heer sie nicht ebenfalls angriff und aufrieb, wie man es von anderen Fällen gehört hatte.

Trudes Mann war beim Versuch verletzt worden, eine Handvoll Söldner aufzusammeln und in den Tross zurückzubringen, wo sie versorgt werden sollten. Ein Schuss hatte sein Bein zerfetzt, und er starb wenige Tage, nachdem er zum Tross zurückgebracht und von seiner Frau und Magdalena versorgt worden war.

Die beiden Frauen begruben ihn irgendwo am Rand ihres sich in Auflösung befindlichen Lagers und überlegten sich dann, wem sie folgen wollten.

Während Trude sich einer Handvoll Frauen anschloss, die sich Richtung Böhmen auf den Weg machten, verabschiedete sich Magdalena von ihr und zog mit ihrem Bündel auf dem Rücken in den Süden. Sie hatte gehört, dass sich Gregor mit ein paar Mann Richtung Linz auf den Weg gemacht hatte. Vielleicht fand sie bei ihm und seiner Truppe Arbeit. Bei Trude hatte sie genug gelernt, um bei gleich welchem Heer als Trossfrau oder vielleicht sogar als Marketenderin mitgehen zu können. Sie musste nur einen Tross finden, der sie aufnahm.

Ruth hatte sich mit der Familie, in der sie ihren Liebsten gefunden hatte, mit unbekanntem Ziel auf den Weg gemacht.

Reichart von Puchheim, der ehemalige Schlossherr in Horn, so erfuhr Magdalena noch, war inzwischen als Rebell verurteilt und von den Katholischen auf Befehl des Kaisers hingerichtet worden.

Gregors Truppe unterstellte sich kurz darauf dem Oberbefehl des Grafen Heinrich Matthias von Thurn. Der war nach der verlorenen Schlacht am Weißen Berg bei Prag, an der er als Regimentskommandant teilgenommen hatte, von Kaiser Ferdinand geächtet worden, und hatte infolgedessen seinen ganzen Besitz verloren. Seine Söldner jedoch waren nach wie vor bereit, unter seiner Führung gegen die Katholischen zu kämpfen. Da sie jedoch nicht damit rechnen konnten, weiterhin Sold ausbezahlt zu bekommen, war die Truppe um Gregor darauf angewiesen, sich mit Überfällen und Plünderungen am Leben zu halten.

Magdalena traf einen kleineren Tross auf halbem Weg nach Linz, dem sie sich anschloss. Sie hatte unterwegs einen Karren mit gebrochenem Rad gefunden, ihn notdürftig hergerichtet und mitgenommen. Allerdings musste sie ihn selber ziehen, weil sie nicht einmal einen Hund fand, den sie davor spannen konnte. Sie konnte ihr weniges in dem Gefährt unterbringen und begann, ihren Lebensunterhalt als Marketenderin zu verdienen. Musste sie Mehl und Salz zunächst völlig überteuert bei einem der Händler kaufen, der den Tross begleitete, so fand sie sehr schnell Kunden, die ihr Brot haben wollten, das sie jeden Tag frisch buk. In einem kleinen Dorf, durch das sie zogen und das völlig verlassen und menschenleer war, fand sie ein paar nützliche Gerätschaften und in einem der Häuser sogar Kleidung und ein paar Vorräte, die seine Besitzer zurückgelassen hatten. Mit dem Verkauf ihrer Beute füllte sich ihre Geldkatze so gut, dass sie in der nächsten Ortschaft Mehl, Zucker, Salz und sogar ein paar Eier zu einem guten Preis kaufen konnte. Ein Bauer verkaufte ihr zwei Hühner, ein anderer tauschte Speck und ein paar Würste gegen Kleider für seine Frau und die Kinder.

Dieser Handel mutete Magdalena seltsam an, war es doch meistens umgekehrt, dass die Bauern Lebensmittel gegen Kleidung und sogar gegen Schmuck tauschten.

„Wir werden nicht hierbleiben", gestand der Bauer, als sie ihn darauf ansprach. „Wir haben alles gepackt und werden morgen losziehen. Ein paar Kleider für meine Frau haben noch gefehlt. Ich mag ihr damit eine Freude machen und das Wegziehen erleichtern."

Magdalena verstand und hoffte, dass die Familie anderweitig eine neue Heimat fand.

Sie selber fand kurze Zeit später einen Esel für ihren Karren, der herrenlos und abgemagert auf einem leer geernteten Feld stand, und um den niemand mit ihr feilschte. Vermutlich waren seine Besitzer ebenfalls losgezogen und hatten ihn einfach zurückgelassen. Oder er war ihnen davongelaufen. Warum sich aus dem Tross niemand um das Tier kümmern wollte, blieb ihr ein Rätsel. Es gab so viele Ungereimtheiten um Magdalena herum, dass sie irgendwann aufhörte, sich darüber Gedanken zu machen.

Dann, eines Abends, stand plötzlich Gregor vor ihr. Sie hatte ihn seit seinem kurzen Aufenthalt im Tross um Walter und Trude nicht mehr gesehen. Hochrangige Soldaten wie er kümmerten sich nicht um die Ordnung im Trossgefolge. Es reichte, dass einer der Hauptleute den Tross betreute, der dafür entweder mit angemessenem Sold entlohnt wurde oder sich an den Beutezügen seiner Leute beteiligte.

„Ich habe gehört, du hast dich tapfer durchgeschlagen, seitdem wir dich verloren haben“, sagte er, nachdem er sie begrüßt hatte.

Magdalena war nicht fähig, irgendetwas zu sagen, so sehr überraschte sie sein Besuch. Gregor war inzwischen zum Leutnant aufgestiegen und befehligte eine eigene Truppe, die Ernst von Mansfeld unterstand.

Magdalena hatte es sich in ihrem Tross so eingerichtet, dass sie überleben konnte, und beschlossen, sich keine weiteren Gedanken um die Folgen dessen zu machen, was um sie herum geschah. Denn auch ihre Truppe gehörte inzwischen zu denjenigen, die sich selbst versorgten, wenngleich sie zumindest anfangs so gut wie nie Gewalt gegen die Bevölkerung anwandten, sondern sich eher aufs Handeln verlegten. Nur dann, wenn Hunger und Not zu groß wurden, verlagerten sie sich auf Erpressungen. Im schlimmsten Fall fanden die Bauern nach dem Durchzug des Trosses ihre Scheunen und Keller leer, ohne selber an Leib und Seele Schaden genommen zu haben. Wenn sie aufgrund dessen anschließend hungern mussten, geschah das zumindest nicht mehr in Sichtweite des Trosses.

Diese Gedanken schossen ihr durch den Kopf, während

sie um eine Antwort rang. Sein plötzliches Auftauchen hatte Magdalena die Sprache verschlagen. Inzwischen war sein Deutsch so gut geworden, dass nur noch in Ansätzen seine Herkunft zu erkennen war, von der Magdalena im Übrigen nicht die geringste Ahnung hatte. Trude hatte einmal erwähnt, dass er aus Ungarn stammte, oder zumindest aus einer Gegend an der ungarischen Grenze.

„Ich bin so froh, dass du lebst", hörte sie sich sagen. Sie erinnerte sich daran, wie sie ihn gesucht hatte und wie erleichtert sie war, ihn damals in ihrem Tross gesehen zu haben.

„Du hast auch überlebt", antwortete er und zeigte auf die Stelle an ihrem Kopf, an der sie vor Krems der Stein getroffen hatte.

Sie hatte Brot gebacken und war gerade dabei gewesen, ein Stück Fleisch auf den Rost über ihrem Feuer zu legen. Mit einer Handbewegung forderte er sie auf, weiterzumachen. Während sie sich mit dem Braten beschäftigte, erzählte er von seinem Leben, aber auch davon, wann sie sich das letzte Mal begegnet waren. Magdalena war erstaunt: Sie hatte gedacht, er habe sie damals nicht einmal wahrgenommen, als er sich mit Walter unterhalten hatte. Jetzt erfuhr sie, dass sie ihm sehr wohl aufgefallen war.

„Ich war erleichtert, zu sehen, dass du im Tross meines damaligen militärischen Verbandes untergekommen warst. Walter war ein guter Mann. Er hatte seine Leute immer fest im Griff. Ihr wart alle sicher bei ihm." Er ließ sich ein Stück Brot geben, in das er hungrig hineinbiss. „Ich mag nicht, wenn den Menschen durch uns noch mehr Leid zugefügt wird, als sie ohnehin schon erleiden müssen." Er zog amüsiert eine Augenbraue hoch, als er Magdalenas skeptischen Blick sah. „Klingt nicht sehr glaubhaft, nicht wahr?"

Magdalena erfuhr von den Schikanen, mit denen Kaiser

und Klerus Bauern, Handwerker und Bürger protestantischer Städte und Gemeinden nach wie vor mit brutaler Gewalt zu Boden drückten. Es hieß, dass sie entweder zum katholischen Glauben konvertieren oder das Land verlassen sollten. Das allerdings unter der Auflage, dass sie zuerst ihre Schulden zu begleichen hatten. Diese Forderung war den niedrigen Ständen und den Bauern jedoch kaum möglich, die meistens hoch verschuldet waren, und so gab es immer wieder gewaltsame Auseinandersetzungen zwischen ihnen und den Kaiserlichen. Es hieß, dass das Land ob der Enns an Kurfürst Maximilian I. von Baiern verpfändet würde oder bereits wurde, weil dem Kaiser das Geld ausging und Maximilian ihm großzügig Hilfe angeboten hatte. Das, so mutmaßte Gregor, würden sich die Menschen dort nicht lange gefallen lassen. Man wusste noch aus der Zeit, als die Truppen des Passauer Bischofs Leopold V. einst unter Laurenz de Ramée das Land mit Gräueltaten überschwemmten, dass die Bairischen nicht zimperlich waren. Und dass der Kurfürst bestimmt nicht seine Elitetruppen losschicken würde, um das Land zu besetzen. Im Gegenteil: Er würde das ganze Land mit Leuten überschwemmen lassen, die er in seinem Kurfürstentum nicht haben wollte.

Magdalena erschauerte bei all dem, was sie erfuhr.

Das Fleisch war fertig, und sie reichte ihrem Gast ein großes Stück davon. Bis spät in die Nacht hinein blieb Gregor bei ihr, und sprach im Laufe der Zeit auch begeistert dem Wein zu, den sie erst vor wenigen Tagen einem Bauern abgekauft hatte. Als er sich verabschieden wollte, wagte Magdalena, ihm die Frage zu stellen, die ihr bereits den ganzen Abend über auf der Zunge gelegen hatte.

„Warum bist du zu mir gekommen?“

Gregor, der gerade aufstehen wollte, ließ sich wieder zurücksinken.

„Was denkst du, warum?“, fragte er anstelle einer Antwort.

Magdalena hob die Hand und strich vorsichtig über sein bartloses Gesicht, bis er sie festhielt und zurückschob. Magdalena wollte sich gerade für ihr unüberlegtes Handeln entschuldigen, als er sich zu ihr herüberbeugte und mit beiden Händen ihren Kopf festhielt.

„Wenn du es wissen willst, dann komm mit mir.“

Als sie kurz darauf unter der Plane von Magdalenas Wagen verschwanden, sahen ihnen ein paar neugierige Augen nach. Nicht wenige Ohren lauschten auf das, was kurz darauf aus dem Wagen zu vernehmen war und eindeutige Rückschlüsse zuließ.

Nicht, dass so etwas an sich ungewöhnlich gewesen wäre. Ungewöhnlich war lediglich die Tatsache, dass Gregor dafür bekannt war, keine Frauengeschichten zu haben. Und jetzt diese Marketenderin, die wiederum dafür bekannt war, keinen Mann an sich heranzulassen?

Gregor war tatsächlich der erste Mann, den Magdalena ohne jeden Widerspruch bei sich liegen ließ. Als er ihre Röcke hochschob und zuerst seine Hände, dann seine Männlichkeit ihr Ziel suchten und fanden, war da nichts mehr von dem Ekel, der sie bislang bereits beim Gedanken an diese Art des Zusammenseins befallen hatte. Im Gegenteil. Sie wünschte sich, Gregor bliebe für immer bei ihr und dies wäre nicht das letzte Mal, dass er bei ihr lag.

# 11

Fortan gehörte Magdalena zu den Leuten um Gregor, mit denen er sich besprach und die unter seinem ganz besonderen Schutz standen.

Die Auseinandersetzungen zwischen den Kaiserlichen und den Protestanten hatten sich auf weitere Landstriche ausgeweitet. Der Kaiser hatte die Reichsacht über Kurfürst Friedrich V. von der Pfalz verhängt, die Protestantische Union war aufgelöst worden, ein Heerführer namens Tilly war seit der Schlacht am Weißen Berg immer mehr in den Vordergrund gerückt, die Schweden hatten sich eingemischt. Ein Generalissimus namens Wallenstein machte mit seinen Fähigkeiten als Kriegsführer von sich reden. Dem standen Männer wie Ernst Graf von Mansfeld, Gábor Bethlen und Heinrich Matthias von Thurn gegenüber. Die kriegerischen Auseinandersetzungen zwischen den beiden sich unversöhnlich gegenüberstehenden Parteien überzogen Deutschland inzwischen von Riga im Norden bis an den Rand der Alpen im Süden und auch bis in den äußersten Zipfel von Österreich. Spanien und Frankreich mischten sich ein, Italien, England, Dänemark. Es war ein heilloses Durcheinander von Scharmützeln und blutigen Schlachten, die vielen Menschen das Leben kostete. Vor allem zu beklagen waren diejenigen, die unschuldig zwischen die Fronten gerieten oder die von inzwischen auf eigene Rechnung die Lande durchstreifenden Marodeuren angegriffen wurden. Denn etliche Söldnerhaufen wurden nicht mehr entlohnt, weil ihre Kriegsherren kein Geld mehr hatten. Also fühlten sie sich berechtigt, sich selbst zu versorgen, und das immer auf Kosten der Bevölkerung.

Die Jahre zogen ins Land. Magdalena hatte zwei Kinder geboren, die jedoch beide bereits nach wenigen Wochen starben. Als sie zum ersten Mal schwanger gewesen war, bat Gregor sie um ihre Hand, und sie wurden in einer kleinen protestantischen Kirche im Land ob der Enns getraut, in das es sie inzwischen verschlagen hatte. Gregor war ein umsichtiger Führer seiner Truppe und hatte schon deshalb wenige Verluste zu beklagen, wenn es zu Kampfhandlungen kam. Auch achtete er sehr streng darauf, dass seine Söldner sich an ihren Schwur hielten, demzufolge es galt, die Bevölkerung der Gemeinden zu schonen, durch die sie zogen. Frauen und Kinder sollten besonders geschützt sein. Das, so rief er seinen Männern immer wieder ins Gedächtnis, sei Teil des Schwurs, den sie bei der Rekrutierung geleistet hätten, nachdem sie unter dem Joch hindurchgelaufen waren.

Magdalena wusste inzwischen, dass Gregor Jahre zuvor auf der Rückkehr von einer geschäftlichen Reise in die Pfalz von einem Trupp Soldaten der protestantischen Union aufgegriffen worden war, die ihn schließlich nötigten, sich ihnen anzuschließen. Ausschlaggebend dafür war nicht nur das Geld, das er als Händler bei sich führte, sondern vor allen Dingen sein Pferd. Das nahm sich der Anführer des Trupps und schickte Gregor zum Tross, wo er sich nützlich machen sollte.

Gregor hatte zu jener Zeit überall im Land nach Spezereien gesucht, die er im Auftrag einflussreicher ungarischer Apotheker kaufen sollte. Er hatte genug Erfahrung im Umgang mit allen möglichen medizinischen Gerätschaften, Kräutern, Salben und Tränken, sodass er der Frau des Trossleiters zur Hand gehen und sich so für einige Zeit durchschlagen konnte. Als Junker Leonhart zum Heer stieß, fand er in ihm einen Vertrauten, da jener wie er nicht freiwillig dazugekommen war. Auch er war auf der Rückkehr von einer Geschäftsreise kurz vor Wien überfallen und schwer verletzt worden, hatte Magdalena inzwischen erfahren. Ein paar Soldaten aus dem Regiment, in dessen Tross Gregor untergekommen war, hatten ihn aufgelesen und medizinisch versorgt. Bereits nach kurzer Zeit war Leonhart als Bote zwischen Tross und Truppe eingesetzt worden, und nahm so auch am Angriff auf Krems teil. Wenig später fanden sie Magdalena in jenem Stall bei Langenlois, wo ihr gemeinsamer Weg mit Gregor begann.

„Und wo ist Junker Leonhart jetzt?“, hatte sie ihren Mann eines Abends gefragt, als sie über diese Zeit sprachen.

„Das weiß ich nicht. Nach der Belagerung von Horn habe ich ihn nicht mehr gesehen.“

Magdalena erzählte ihm nichts davon, woher sie den Junker kannte. Irgendwie hatte sie das Gefühl, dass es Unfrieden in ihre Beziehung brächte.

Eines Tages merkte Magdalena, dass ihr Mann immer besorgter wurde und ahnte, woran es lag. Die Bezahlung der Truppe blieb aus, es war schon länger kein Geld mehr in der Kasse. Nachdem sich die Protestantische Union im April anno 1621 aufgelöst hatte, musste jeder Truppenführer zusehen, woher er das Geld für seine Söldner bekam. Als ihn seine Männer drängten, beim nächsten Angriff nicht nur die Gefallenen der gegnerischen Seite, sondern auch die Ortschaften ausplündern zu dürfen, wusste er, dass er handeln musste. Ihre Einsätze beschränkten sich längst nicht mehr auf Österreich. Sie hatten sich den pfälzisch-protestantischen Truppen angeschlossen, und zogen mit Christian von Braunschweig-Wolfenbüttel gegen die Kaiserlichen. Unter diesem Feldherrn, der inzwischen als ‚Wilder Herzog‘ bekannt geworden war, gab es zunächst genug Geld für alle. Denn der Braunschweiger hatte aus Beutegut eigene Münzen prägen lassen, die nach Gewicht und Silbergehalt dem Reichstaler entsprachen und als Zahlungsmittel anerkannt wurden. Diese Taler wurden – je nach Gesinnung derer, die ihn in die Hand bekamen – Pfaffenfeind- oder Gottesfreund-Taler genannt.

Nach dem Sieg anno 1623 bei Göttingen geriet Gregors Truppe in ein weiteres Gefecht in der Nähe von Coesfeld zwischen den Männern um Christian von Braunschweig-Wolfenbüttel und den siegreichen Ligatruppen Johann T'Serclaes Graf von Tillys.

Danach verliefen sich die einzelnen Trupps, und Gregor zog mit seinen Männern samt dem angeschlossenen Tross beinahe unbehelligt wieder in den Süden.

Beinahe. Denn eine Abteilung aus dem Umfeld von Graf Tilly lauerte ihnen bei Heidelberg auf, und da Gregor die Wahl hatte zwischen dem Verlust seiner Leute und bedingungsloser Kapitulation, entschied er sich für Letzteres. Inzwischen war ohnehin schon fast gleichgültig geworden, zu welcher Seite man gehörte. Unter seinen Männern befanden sich sowohl katholische als auch evangelische Söldner, und auch im Tross waren, was die Religionszugehörigkeit betraf, beide Seiten vertreten. Außerdem hatten sie erleben müssen, dass katholische Dörfer, Kirchen und sogar Klöster von katholischen, evangelische wiederum von evangelischen Truppen angegriffen, niedergebrannt und geplündert wurden. Es war einerlei, welcher Seite man angehörte. Wichtig war inzwischen nur noch, irgendwie zu überleben.

So ergab er sich mit seiner ohnehin schon geschrumpften Soldateska den katholischen Angreifern und wechselte nach stundenlangen Verhandlungen zur Gegenseite über.

Magdalena war entsetzt. Wie konnte er nur!

„Weißt du, wie viele Heerführer dem einen Glauben angehören, aber für den anderen kämpfen?", fragte er sie, als sie sich nicht mehr beruhigen wollte. „Ich werde protestantisch bleiben, solange ich lebe. Aber ich möchte nicht, dass meine Männer zu Plünderern und Mördern an wehrlosen Menschen werden, nur weil ich ihnen ihren Sold nicht mehr bezahlen kann!"

Das leuchtete Magdalena zwar ein, aber sie war fassungslos darüber, was dieser Krieg den Menschen abverlangte. Ganz abgesehen von den vielen Opfern, die er inzwischen gefordert hatte, von dem Leid und Elend, das ihr unterwegs begegnete. Und der Sinnlosigkeit, die nicht nur sie in dem allem sah.

Gregor zog mit seinen Leuten weiter in den Süden. Die hatten sich schnell damit abgefunden, inzwischen zur Katholischen Liga zu zählen. Wichtig für sie war, dass sie ihren Sold pünktlich ausbezahlt bekamen. Darauf achtete Gregor auch ganz bewusst und kümmerte sich darum, dass der Zahlmeister sich nicht allzu sehr verspätete.

Mehr als einmal musste er seine Männer davon abhalten, es anderen Haufen gleichzutun, die aus reiner Willkür ganze Felder niedertrampelten oder anzündeten, um den nachfolgenden Truppen keine Möglichkeit zu lassen, sich mit Proviant zu versorgen. Dass sie damit eine kaum aufzuhaltende Hungersnot auslösten, die auch noch von der schlechten Wetterlage unterstützt wurde, kümmerte sie nicht.

Einmal erwischte er ein paar Männer aus seiner Truppe dabei, wie sie gerade Feuer an ein Getreidefeld legen wollten, auf dem eine ohnehin recht dürftige Frucht auf die Ernte wartete. Als Grund gaben sie an, dass die Bauern des Dorfes, zu dem das Feld gehörte, sich geweigert hatten, ihre Keller zu öffnen, damit sie sich daraus bedienen konnten.

Er ließ sie ohne Weiteres an einem der nächsten Bäume aufhängen.

Nie wieder gab es in der Folge einen ähnlichen Vorfall.

Inzwischen schrieb man das Jahr 1624. Gregor und seine Leute waren wieder in Österreich angekommen und sollten die Bairischen in ihrem Bemühen unterstützen, die Bauern zu bezähmen, wie es hieß. Schnell erkannte er allerdings, dass es darum ging, sie notfalls mit Gewalt zum Übertritt in die katholische Kirche zu bewegen.

Es hatte sich also nichts geändert.

Seine eigentliche Truppe hatte sich längst aufgelöst. Gregor stand inzwischen an der Spitze eines kleinen Haufens, der im Land ob der Enns ein Lager aufgeschlagen hatte und auf weitere Befehle wartete.

Unterstützt wurden sie von einem der katholischen Kriegsunternehmer, dem wiederum geschäftstüchtige Kaufleute finanziell unter die Arme griffen. Einer davon war Hans de Witte, Ritter von Lilienthal, in Prag lebender Finanzier aus Flandern, der unter anderem von Ferdinand II. zusammen mit Karl von Liechtenstein, Albrecht von Wallenstein und Paul Michna die gesamten böhmischen, mährischen und Teile der österreichischen Münzsysteme übernommen hatte. Längst wurde gemunkelt, dass diese Herren inzwischen steinreich geworden waren, ihre Münzpolitik jedoch unweigerlich in eine verheerende Inflation münden musste, die dem Volk großen finanziellen Schaden zufügen würde. Was das wiederum für das ohnehin schon arg gebeutelte Land bedeuten würde, wagte niemand offen auszusprechen.

Aber das waren ohnehin nur Gerüchte, denen man unter den Landsknechten und Söldnern der verschiedenen militärischen Verbände kaum Bedeutung zumaß. Es sei denn, dass plötzlich der zugesagte Sold ausblieb, wenn die Finanzierung nicht mehr möglich war. Das kannten alle unter ihnen zur Genüge und es war oftmals der Grund dafür, weshalb die Söldner ohne zu zögern ihre Truppe verließen und sich zahlungskräftigeren Führern zuwandten. Natürlich war dabei völlig nebensächlich, ob diese nun katholisch oder evangelisch ausgerichtet waren.

Der Krieg war so etwas wie ein universeller Arbeitgeber für unzählige Männer und Frauen geworden. Für sie galt es, zu überleben. Dass die Gefahr groß war, das nicht zu schaffen, wussten alle. Trotzdem gab es niemanden unter den Leuten um Magdalena, die sich vorstellen konnten, etwas anderes zu machen als mit ihrem Heer, ihrer Truppe, ihrem Haufen zu ziehen oder im Tross ihren Geschäften nachzugehen.

„Der Krieg ernährt den Krieg!" Dieser Spruch war in aller Munde, und jeder wusste, was er bedeutete.

Eines Tages nun zogen Haufen und Tross um Gregor an der Enns entlang Richtung Linz, wohin sie der bairische Statthalter von Oberösterreich beordert hatte.

Magdalena war ein weiteres Mal hochschwanger und hatte sich auf den Weg in ein Dorf gemacht, in dem sie einige Dinge einkaufen wollte. Das Dorf, einstmals protestantisch, war inzwischen katholisch geworden, was in jenen Zeiten nicht ungewöhnlich war, wie sie aus eigener Erfahrung wusste. Die wenigen Protestanten, die sich nicht rekatholisieren lassen wollten, waren weggezogen. Magdalena gab sich als brave Katholikin aus, die zu einem Trupp kaiserlicher Soldaten gehörte, und bekam auch anstandslos, was sie zu haben begehrte. Es war dem Bauern anzusehen, dass er ihr kein Wort glaubte. Aber er brauchte offenbar das Geld, und so richtig ‚katholisch' war er vermutlich auch nicht, wie so viele andere, die sich aus den unterschiedlichsten Gründen gezwungen gefühlt hatten, zu konvertieren.

Als sie zu ihren Leuten zurückkam, war man dort in heller Aufregung. Sie waren aus dem Hinterhalt angegriffen worden, und eine Kugel hatte Gregor in die rechte Schulter getroffen. Er lag heftig blutend in ihrem Wagen. Magdalena kümmerte sich sofort um ihn, wusste aber bereits beim ersten Blick auf die Verletzung, dass es schwierig werden würde, ihm zu helfen. Die Kugel hatte von vorne kommend seine rechte Seite unterhalb der Schulter durchschlagen und war irgendwo im Rücken stecken geblieben. Nur ein Wundarzt hätte sie ihrem Mann herausschneiden können, aber den gab es in ihrem Haufen nicht. Der Bader, der sie eine Zeit lang begleitet hatte, war im vergangenen Winter den schweren Erfrierungen erlegen, die er erlitten hatte, weil er sich von der Truppe entfernt und nicht mehr zurückgefunden hatte.

Gregor wachte aus seiner tiefen Bewusstlosigkeit nicht mehr auf, die wohl unter anderem durch seinen hohen Blutverlust begünstigt wurde. Das Wundfieber gab ihm den Rest. Nach wenigen Tagen verstarb er in Magdalenas Armen.

Sie konnte ihn nicht auf einem ordentlichen Friedhof begraben, da der in jener Gemeinde neu eingesetzte katholische Pfaffe dem Protestanten die letzte Ruhestätte in seinem Friedhof verweigerte. Dass er protestantisch war, hatte Magdalena dem Geistlichen nicht verschweigen wollen. Wenngleich er seine Männer auf der Seite der Katholischen aus dem Norden bis nach Österreich geführt und unterwegs das eine oder andere Geplänkel mit ihnen gegen protestantische Angreifer durchgefochten hatte, so war er im Inneren wie versprochen doch immer evangelisch geblieben und hatte daraus auch nie einen Hehl gemacht.

Mithilfe einiger seiner Kameraden begrub Magdalena ihren Mann schließlich, indem sie ihn, in ein Leinentuch gewickelt, in ein am Straßenrand ausgehobenes Grab legte. Einer von ihnen hielt eine rührende Grabrede, bevor die übrigen Männer zum Aufbruch drängten.

Kurze Zeit später begegneten sie einer Gruppe Bairischer, die ein Mädchen und einen halbwüchsigen Jungen mit sich schleppten. Sie erfuhr, dass die Männer ein Tal irgendwo an der Grenze zwischen dem Land ob der Enns und der Steiermark überfallen und mehrere Höfe angezündet hatten. So, wie das Mädchen aussah, war es ihren Grobheiten zum Opfer gefallen. Warum man sie und den Jungen mitgenommen hatte, konnte Magdalena nur ahnen.

Als sie an ihr vorbeizogen, kam der Junge ganz nahe an sie heran.

„Helft ihr", flüsterte er. „Bitte helft ihr. Wir ziehen nach Linz, da findet Ihr sie bestimmt."

Er wurde von Magdalena weggerissen, während seine Begleiter sie grölend wissen ließen, was sie von einem Haufen wie dem ihren hielten. Schlappschwänze seien sie, Taugenichtse, österreichische Weichlinge, die nicht wüssten, wie man mit den protestantischen Teufeln umzugehen habe. Um die sei es nicht schade. Nicht einmal dann, wenn es sich dabei lediglich um Bauern handele, die nichts mit dem Kriegshandwerk zu tun hätten.

Kriegs*handwerk*!

Sie waren Handwerker des Todes, fuhr es Magdalena durch den Kopf, während die Bairischen sie weiter beschimpften.

Wenn die Männer um sie herum nicht so besonnen gewesen wären und die anderen einfach ziehen hätten lassen, wer weiß, was geschehen wäre. So schauten sie alle nur reichlich betroffen hinter den Bairischen her, die nicht einmal als Soldaten, sondern einfach nur als eine Horde Wüstlinge zu bezeichnen waren.

Magdalena bekam wenige Zeit später Wehen und gebar ihr drittes Kind, einen Jungen.

Sie beschloss, ihr Leben als Marketenderin aufzugeben, und verkaufte den Wagen und ihren Esel an eine der Frauen, die bislang mit Gregors Tross mitgezogen waren. Dann packte sie ihre paar Habseligkeiten in eine Kraxe auf dem Rücken, band ihr Kind in ein Tuch geschlagen vor den Bauch, und machte sich allein auf den Weg Richtung Linz. Dort fand sie auch ziemlich schnell Unterschlupf bei einem Wirt, in dessen Gaststube sie als Magd ein Auskommen fand.

Ihr kleiner Sohn wurde wenig später schwer krank, und Magdalena fand kein Mittel unter ihren Vorräten, mit dem sie ihm helfen konnte. Da sie ihn nicht auch noch verlieren wollte, suchte sie einen Medicus auf, den man ihr empfahl, und der sich um den Jungen kümmern sollte.

Der Medicus, ein kleiner Mann, der sich in Magdalenas Augen nur durch sein wieselflinkes Gehabe auszeichnete, aber kaum Ahnung von dem zu haben schien, was dem Jungen fehlte, wollte den Kleinen zur Ader lassen. Aber das verwehrte ihm seine Mutter. War der Junge doch ohnehin schon geschwächt, was sollte da noch ein Aderlass? Zumal bei so einem kleinen Kind! Das hatte sie ja noch nie gehört. Dabei hatte sie während ihrer Zeit als Marketenderin und Trossfrau einige Dinge erlebt, die hart an die Grenze des Erträglichen gingen. Aber einen Aderlass bei einem wenige Monate alten Kind? Niemals!

Der Medicus gab schließlich auf. Er empfahl ihr, dem Jungen in Gottes Namen einen Trank aus Lungenkraut einzuflößen, da er beinahe ununterbrochen hustete.

Der kleine Gregor starb nach wenigen Tagen wie sein Vater in den Armen Magdalenas, die inzwischen dem Himmel zürnte, der ihr so ein schweres Schicksal zumutete. Dabei fiel ihr der Vater ein, der den Verlust seiner Söhne niemals verwinden hatte können. Ein wenig verstand sie ihn, wobei sie ihrem Söhnchen eher deshalb nachtrauerte, weil er auch ein Stück von Gregor gewesen war. Die Liebe zu ihrem Mann war mit der Zeit immer mehr gewachsen und sie vermisste ihn sehr.

Manchmal kam ihr der Gedanke, das alles sei als Strafe für den Frevel geschehen, den Gregor mit seinem Überlaufen zu den Katholischen begangen hatte. Aber dann hätten wohl sehr viele wesentlich bedeutendere Männer als er längst einen grausamen Tod sterben müssen. Unter ihnen Männer wie Pappenheim oder Wallenstein, die beide evangelisch getauft wurden und dann zu den Katholiken übergewechselt waren. Selbst der bairische Statthalter in Oberösterreich, Adam Graf Herberstorff, der am Traunsee geboren wurde und einer evangelischen Familie angehörte, war katholisch geworden. Es hieß, dass einer seiner engsten Verwandten, ein gewisser Karl Freiherr von Herberstorff aus dem steiermärkischen Radkersburg, bis zu seinem Tod als einer der bedeutendsten Verfechter des Protestantismus galt.

Inzwischen bekämpfte Adam von Herberstorff seine ehemaligen Glaubensbrüder und -schwestern, indem er den bairischen Besatzern in Oberösterreich keinen Einhalt in ihrem Tun gebot. Er war mit der katholisch gebliebenen, um etliche Jahre älteren Witwe des protestantischen Freiherrn Veit zu Pappenheim verheiratet, und damit unter anderem Stiefvater des ebenfalls zum katholischen Glauben übergetretenen Reitergenerals Gottfried Heinrich Graf von Pappenheim geworden.

Der Schankwirt, in dessen Haus Magdalena untergekommen war, empfahl ihr auf Drängen seiner Frau einen Schreiner, als Magdalenas Kind verstorben war. Der Junge sollte nicht wie sein Vater in einem Leinentuch verscharrt eine letzte Ruhestätte finden, hatte seine Mutter der Hausfrau anvertraut. Deren Mann kümmerte sich schließlich auch um eine Grabstelle für das Kind am Rande des Linzer Hauptfriedhofs. Dafür versprach Magdalena, auf unbestimmte Zeit nur gegen Kost und Logis in seiner Schankstube zu arbeiten.

Magdalena wartete mit dem Bündel im Arm auf den Burschen, der den kleinen Sarg bringen sollte, und der auch pünktlich zur verabredeten Zeit kam. Sie hatte ihren Buben in ein Hemd seines Vaters gewickelt, das sie aufgehoben hatte, und legte ihn in die kleine Kiste, die ihr der Bursche entgegenhielt. Dann schloss sie vorsichtig den Deckel über ihrem toten Kind. Dicke Tränen liefen über ihr Gesicht, als sie dem Boten die vereinbarten Münzen in die Hand drückte.

Gerade als sie sich zum Gehen wenden wollte, traf sie der Blick des Jungen. Einen Augenblick lang war sie geneigt, ihn anzusprechen, aber dann wurde sie von der Trauer um den Tod ihres Kindes mit solcher Macht überrollt, dass sie sich hastig umwandte und mit dem Sarg in den Armen davonlief.

Sie fand das kleine Grab erst nach einigem Suchen in der Nähe der Friedhofsmauer, und stellte den Sarg auf dem Boden ab.

Einige Zeit blieb sie stehen und schaute gedankenverloren auf ihre gefalteten Hände. Beten konnte sie nicht, der Weg zum Herrgott schien ihr verwehrt. Zugemauert mit schweren Steinen, die man ihr in den Weg gelegt hatte und deren Sinn sie einfach nicht verstehen konnte.

Sie begrub ihr Kind schließlich selber, denn es war weder ein Totengräber noch ein Pfarrer aufzutreiben gewesen, der den Jungen auf seiner letzten Reise begleitet hätte. Nachdem er ihn vor ein paar Tagen notgetauft hatte, war der Pfarrer nicht mehr aufzufinden gewesen. Man erzählte ihr, dass er kurz nach der Zeremonie aus dem Land geflüchtet war.

Bei dieser Gelegenheit hatte Magdalena auch erfahren, dass man viele evangelische Geistliche genötigt hatte, entweder zu konvertieren oder das Land zu verlassen. Das bedeutete, dass inzwischen einige protestantische Gemeinden ohne Seelsorger waren, und die herrenlosen Kirchen katholischen Pfaffen zugeteilt wurden. In den meisten Fällen führte das zu Aufruhr und nicht wenige der katholischen Geistlichen wurden mit Schimpf und Schande aus den Gemeinden vertrieben.

Wie lange der Statthalter in Linz dem noch tatenlos zusehen würde, war abzusehen. Denn das wussten alle: Er stand den Druck nicht mehr lange durch, den der Kaiser auf ihn ausübte. Das Heilige Römische Reich Deutscher Nation sollte vollständig katholisch werden, und Herberstorff hatte dafür zu sorgen, dass das störrische Land ob der Enns diesem Befehl endlich und ausnahmslos folgte.

Magdalena ging nach der Beisetzung ihres Sohnes zu ihrer Unterkunft zurück und verbrachte die kommenden Tage weinend in ihrer kleinen Kammer. Es war einfach alles zu viel für sie geworden und sie wollte weder etwas essen noch mit jemandem sprechen. Die Trauer um ihren Mann und ihre drei verstorbenen Kinder drückte ihr fast die Brust zusammen. In manchen Stunden betete sie darum, der Herrgott möge sie zu sich rufen und mit den liebsten Menschen vereinen, die sie je gekannt hatte.

Aber der Herrgott hatte wohl anderes zu tun, als auf die Bitten einer verzweifelten Frau zu hören.

Sie war nur eine unter so unendlich vielen.

# 12

Der Wirt, bei dem Magdalena für kurze Zeit wie vereinbart gegen Kost und Logis tätig gewesen war, hatte mit seiner Familie Hals über Kopf die Stadt verlassen. Während sie versuchte, in Linz wieder Arbeit zu finden, gab es im Land ob der Enns die ersten Anzeichen für Aufstände.

Die Bauern begannen, sich gegen die erdrückende Last ihrer Abgaben zu wehren. Dem Kaiser waren die Menschen in diesem Teil seines Landes längst ein Dorn im Auge. Sie hatten ihn mehrmals unmissverständlich wissen lassen, was sie davon hielten, an den bairischen Kurfürsten verpfändet worden zu sein. Abordnungen hatten versucht, den Habsburger davon zu überzeugen, dass sie sich auf eigene Faust von dem bairischen Gschwerl befreien wollten, um ihm sein Land zurückzugeben. Lieber wollten sie Untergebene des Habsburgers sein, als sich von den Bairischen ausbeuten und erniedrigen zu lassen.

Vergeblich.

Dem Kaiser war lieber, dass ihnen die erzkatholischen Baiern notfalls mit Gewalt auf die Pelle rückten und sie in die katholische Kirche oder außer Landes zwangen, als dass er eine Notwendigkeit gesehen hätte, sie von den zusätzlichen Plagen zu befreien, denen sie inzwischen ausgesetzt waren. Dass es im Volk langsam gärte, schien ihn nicht weiter zu beunruhigen. Er wusste starke Kräfte um sich, die möglichen Revoltegelüsten seiner Bauern und Bürger einen Riegel vorschoben.

Nach einem relativ ruhigen Jahr 1624 kam die Kunde, dass der dänische König Christian IV. zum niedersächsischen Kreisoberst ernannt worden war. Was das letztendlich bedeuten sollte, würden die Menschen im Heiligen Römischen Reich Deutscher Nation noch früh genug und äußerst schmerzlich erfahren.

Maximilian von Baiern besetzte die Oberpfalz, Generalleutnant Tilly zog erfolgreich gegen drei in den Diensten des inzwischen geächteten Kurfürsten Friedrich von der Pfalz stehende Einheiten zu Felde. Es war das Ende des böhmisch-pfälzischen Aufstands. Christian von Dänemark erklärte sich zum Schutzherrn der Protestanten und stellte ein Heer auf. Das wiederum veranlasste den Kaiser, Albrecht von Wallenstein mit der Anwerbung von über zwanzigtausend Söldnern zu beauftragen, und ihm den Oberbefehl über sie zu geben. In der Folge hörten die Menschen landauf, landab immer wieder die Namen der beiden Feldherren Tilly und Wallenstein, und sie bedeuteten für beide Seiten, gleichermaßen katholisch oder evangelisch, nichts Gutes.

Inzwischen waren also nicht mehr nur die Fürsten des Heiligen Römischen Reiches Deutscher Nation, sondern auch weitere Nachbarländer auf die Auseinandersetzung zwischen Katholiken und Protestanten aufmerksam geworden. Es brannte und schwelte überall, der Flächenbrand der Auseinandersetzungen hinterließ Schneisen der Verwüstung – und Ferdinand II. sah nach wie vor keinen Grund, dem allem Einhalt zu gebieten.

Dann kam die Nachricht, dass sich die Bauern aus dem Land ob der Enns offen gegen den Druck auflehnten, der ihnen von Kaiser, Kirche und vor allem von den Baiern auferlegt worden war. Außerdem hatte man, wie es anderswo schon öfter vorkam, auch in der Pfarrei Frankenburg einen katholischen Pfaffen eingesetzt. Einen aus Italien, der nicht einmal die Sprache seiner Gemeinde beherrschte.

Ein ungeheuerlicher Affront gegen die vorwiegend protestantischen Gemeindemitglieder, die ihre Kirche für sich behalten wollten. Er wurde verjagt, und der Pfleger der Grafschaft musste sich vor den aufgebrachten Menschen auf Schloss Frankenburg in Sicherheit bringen.

Magdalena kam zu Ohren, dass es am 15. Mai 1625 zu einem furchtbaren Schauspiel gekommen war. Grausamer Urheber war niemand anderer als Graf Herberstorff. Sechsunddreißig mutmaßliche Rädelsführer der Beschwerden gegen die zwangsweise Einführung des katholischen Geistlichen, darunter Ratsherren und Richter der umliegenden Gemeinden, mitsamt fünftausend Bürgern und Bauern waren auf einem Feld in der Nähe von Frankenburg zusammengerufen worden. Über die angeblichen Rädelsführer sollte Gericht gehalten werden. Aber es blieb nicht bei einer Zurechtweisung, wie die Menschen angenommen hatten, und wie es bereits bei anderen, ähnlichen Verhandlungen der Fall gewesen war. Herberstorff selber erschien unter der Linde auf dem Haushamerfeld und ließ immer zwei Männer, Rebellen, wie er sie nannte, gegeneinander würfeln. Wer verlor, wurde entweder sofort und unter den Augen der entsetzten Menschen an einem der umstehenden Bäume aufgeknüpft, oder wenig später in seiner Heimatgemeinde aus dem Fenster des Kirchturms gehängt.

Niemand setzte sich zur Wehr, denn der Befehl hatte gelautet, man solle unbewaffnet zu jener Linde kommen. Hatten die Menschen darauf vertraut, dass die Anführer des Protests bestenfalls für ein paar Tage in Haft genommen würden, wie es schon öfter in anderen Fällen geschehen war, so sahen sie sich plötzlich übel hintergangen.

Herberstorff hatte mit seinem Handeln die Lunte an ein Pulverfass gelegt, wobei er die Wirkung der unweigerlich folgenden Detonation nicht einmal ahnen konnte. Denn nach dieser, später als Blutgericht in die unrühmliche Geschichte Österreichs eingegangenen Strafaktion hielten sich die Bauern zunächst noch mühsam zurück. Sie hatten trotz allem nach wie vor ausschließlich die Absicht, Missstände im Land ob der Enns beizulegen und das an die Baiern verpfändete Land für den Kaiser zurückzuerobern. Es sollte anders kommen und Tausende von Menschen das Leben kosten.

Kriegerische Auseinandersetzungen hatten längst ganz Europa erfasst. Spanier, Franzosen und Italiener fochten ihre eigenen Kämpfe aus, Gustav II. Adolf von Schweden war siegreich gegen das polnische Heer gezogen, Wallenstein stand Mansfeld in erbitterten Kämpfen gegenüber.

Die österreichischen Bauern erhoben sich schließlich zum offenen Widerstand gegen die Katholischen, nachdem der Kaiser sich geweigert hatte, ihre Vorschläge zur Beilegung ihres Konflikts mit den Baiern anzunehmen. Konnten sich die Protestanten gegen die Männer um Herberstorff 1626 noch erfolgreich zur Wehr setzen, verloren sie noch im selben Jahr ihren Kampf zunächst bei Linz, dann bei Eferding und Vöcklabruck. Der Rest der Aufständischen verlor am 9. November 1626 das Leben im vergeblichen Kampf gegen eine Übermacht an Söldnern der Katholischen Liga im Emlinger Forst bei Eferding.

Mitten in diese Unruhen hinein beschloss Magdalena, zunächst Linz und dann Österreich zu verlassen, sobald sich eine Möglichkeit dazu bieten würde. Es war unerträglich für sie geworden, in diesem Land leben zu müssen, solange die Haltung ihres Herrschers seinen Bewohnern gegenüber dermaßen unnachgiebig und menschenverachtend blieb.

Die Familie, bei der sie nach längerem Suchen auch wieder nur gegen Kost und Logis als Magd arbeitete, hatte nach einigem Zögern beschlossen, ihr Haus zu verkaufen und sich in Richtung Regensburg abzusetzen. Regensburg und Nürnberg galten neben Ulm als Städte, die bereit waren, protestantische Flüchtlinge aufzunehmen. In Regensburg lebten Katholiken und Protestanten nach wie vor friedlich nebeneinander. Obwohl die Stadt eher evangelisch ausgerichtet war, blieben katholische Klöster und Kirchen unangetastet, und die katholischen Geistlichen konnten unbehelligt ihrer Arbeit nachgehen.

Das Haus in Linz wurde weit unter Wert verkauft, da nur katholische Bürger in der Lage waren, Grundbesitz zu erwerben. Für Protestanten gab es keinen Anlass dafür, da sie in ständigem Zwiespalt waren: auswandern oder konvertieren und dableiben? Viele unter ihnen hatten sowieso nicht die finanziellen Mittel für den einen oder anderen Weg. Das nützten die Kaufwilligen natürlich aus, und so mussten viele Menschen Haus und Hof zu Preisen abgeben, die in den Jahren zuvor als übler Scherz verstanden worden wären.

Magdalena beschloss, sich ihren Herrschaften und einer Gruppe von Evangelischen anzuschließen, die sich zusammengefunden hatte, um gemeinsam in den Westen zu ziehen. Obwohl man ihnen einen Reiseschein ausgestellt hatte, nachdem sie sich schuldenfrei zeigten, war es doch gefährlich, in diesen Zeiten nur in kleinen Gruppen unterwegs zu sein. Zu viel Pack lauerte neben den Straßen, um Reisende zu überfallen und ihnen Hab und Gut abzunehmen, wenn nicht gar, sie für eine kleine Beute umzubringen.

Die Ausreisewilligen trafen sich im Haus von Magdalenas Herrschaft und besprachen alles Weitere.

So kam es, dass sich nach Ostern im April anno 1626 eine Gruppe Menschen von Linz her kommend an der Donau entlang Richtung Regensburg auf den Weg in eine ungewisse Zukunft machte.

Am zweiten oder dritten Tag ihres Marsches fiel Magdalena eine junge Frau auf, die ihr seltsam bekannt vorkam. Ihre ehemalige Dienstherrin erzählte ihr hinter vorgehaltener Hand, dass sie dank einer kleinen Ungesetzlichkeit mit ihnen unterwegs sei. Worum es sich dabei handelte, wollte sie nicht verraten oder wusste es ganz einfach nicht.

Als sie irgendwo kurz vor der Grenze zu Baiern Rast machten, musterte Magdalena die junge Frau erneut. Sie saß bleich, teilnahmslos und abgemagert neben ihrem Ehemann, der sich wie die restliche Familie keine Mühe gab, sie aufzumuntern oder wenigstens zum Essen zu bewegen.

Magdalena beobachtete die Szene nachdenklich. Waren rings um sie her alle darum bemüht, einander den Marsch ins Ungewisse auf die eine oder andere Weise zu erleichtern, so fiel die Haltung jener Familie der jungen Frau gegenüber als recht unverständlich auf.

Was nur mochte die kleine Ungesetzlichkeit zu bedeuten haben, von der Magdalenas ehemalige Herrin gesprochen hatte?

Gerade als sie die Reste ihrer Mahlzeit zusammenpacken und sich zum Aufbruch rüsten wollte, traf sie der Blick der jungen Frau. Es war der leere Blick jenes Mädchens, das damals von den Baiern Richtung Linz geschleppt worden war, und für das ein junger Bursche sie um Hilfe gebeten hatte. Die Begegnung hatte sich zwar tief in ihr Unterbewusstsein eingebrannt, tauchte aber jetzt erst wieder in allen Einzelheiten vor ihr auf.

Da hatte das Mädchen also in Linz eine Familie gefunden, die sich um sie kümmerte, und sogar, wie es schien, einen Ehemann. Trotzdem stimmte etwas nicht. So sehr Magdalena auch wollte, dass alles gut lief mit der jungen Frau, so sehr nagten Zweifel an ihr, dass dem tatsächlich so war.

Die junge Frau hielt den Blick schon wieder gesenkt, als Magdalena noch einmal zu ihr hinübersah. Da es nicht so aussah, als würde sich irgendjemand aus ihrer Familie die Mühe machen, sie aus ihrer Versunkenheit herauszuholen, glaubte Magdalena nicht daran, dass alles in Ordnung war.

Aber was sollte sie tun?

Als sie sich darüber weitere Gedanken machen wollte, kamen ein paar Kinder angelaufen und lenkten mit ihrem Lachen und ihren unbekümmerten Scherzen ihre Stimmung in eine andere Richtung.

Kinder.

Wie gerne hätte sie ihre eigenen großgezogen, ihnen zugeschaut, wie sie mit diesen Kindern hier herumtollten, mit ihr zusammen in eine wenn auch unsichere Zukunft blickten.

Der Anblick der kleinen Rasselbande tat ihr unglaublich weh. Sie packte ihr Bündel, stand auf und machte sich zusammen mit denen auf den Weg, die wie sie zum Aufbruch bereit waren. Sie musste ihre Gedanken auf die Zukunft ausrichten. Die Vergangenheit hinter sich lassen.

Das war nicht leicht, aber für ihr Seelenheil dringend notwendig …

Kurz vor Regensburg löste sich die Gruppe auf. Sie hatten unterwegs mehrmals ihre Reisepapiere vorzeigen müssen, und Magdalena war ihrem verstorbenen Mann immer noch dankbar dafür, dass er noch vor ihrer Hochzeit Dokumente für sie hatte ausstellen lassen, mit denen sie sich ausweisen konnte. Bei ihrer Flucht von zu Hause hatte sie ja nichts dergleichen mitgenommen, falls es so etwas im Haushalt ihrer Eltern überhaupt gab. Kirchenbucheinträge, ja, die gab es. Aber sonst wusste sie nichts von irgendwelchen Unterlagen über Geburt und Taufe.

Das Papier, das Gregor für sie anfertigen ließ, war bei genauem Hinsehen alles andere als amtlich zu nennen. Aber es sah echt aus und trug die ach so wichtigen Stempel und Unterschriften. Wie auch immer das Dokument entstanden sein mochte: Zum Ausstellen ihres Reisepapiers und zur Vorlage bei denen, die es unterwegs sehen wollten, reichte es völlig aus.

Die Familie, mit der sie seit Linz unterwegs gewesen war, verabschiedete sich noch vor den Toren Regensburgs von ihr. Sie wollten zu einer Verwandten ihres ehemaligen Dienstherrn in die Gegend um den Bodensee ziehen, und da Magdalena sich nicht mehr anschließen wollte, zogen sie ohne sie weiter.

Einige aus der Gruppe versuchten, bei Bekannten oder Verwandten irgendwo im Umfeld Regensburgs eine Bleibe zu finden, andere hatten sich vorgenommen, in Regensburg selber Fuß zu fassen oder nach Nürnberg weiterzuziehen. Ein paar Männer waren unterwegs von Werbern darauf angesprochen worden, in ihr jeweiliges Regiment einzutreten, und teilweise auch mitgegangen. Selbst Magdalena hatte sich überlegt, ob sie sich nicht wieder als Marketenderin einem der Trupps anschließen sollte, die ihnen unterwegs begegnet waren. Aber auf keinen Fall wollte sie einem katholischen Heerführer folgen. Das war für sie schon nach dem Überlaufen von Gregor und seinen Männern zu den Katholiken schwierig gewesen, aber da musste sie mehr oder weniger freiwillig mit. Jetzt würde sie sich, wenn überhaupt, ausschließlich für die protestantische Seite entscheiden. Das war sie dem Glauben schuldig, dem sie seit ihrer Taufe angehörte. Aber es gab keine protestantischen Werber, und so gab es da auch nichts weiter zu überlegen.

Zunächst stand sie ratlos vor den Toren Regensburgs, weil sie nicht wusste, wohin und warum. Als einige Nachzügler neben ihr auftauchten, folgte sie ihnen in die Stadt, wo sie zunächst in einem Gasthaus eine Bleibe fand. Sie war körperlich völlig ausgelaugt und wollte zunächst nur etwas essen und dann schlafen.

Ein paar Tage hielt sie es in Regensburg aus, dann schloss sie sich einer Exulantengruppe an, die Richtung Nürnberg ziehen wollte. Der wichtigste Grund für sie war, dass sie sich in den großen Städten nicht sehr wohl fühlte. Hatte Regensburg anfangs noch enormen Eindruck auf sie gemacht mit den wundervollen Patrizierhäusern, dem Dom mit seinen Zwillingstürmen, der mächtigen steinernen Brücke, die mit ihren sechzehn Bögen seit Jahrhunderten Stadtamhof mit der Altstadt verband, so bedrückte sie der Gestank in den Gassen und die Unruhe, die um sie herum herrschte, immer mehr.

Auf dem Weg von Regensburg nach Nürnberg stieß die kleine Gruppe unversehens auf einen Trupp bairischer Söldner, die Magdalena in ihrem Auftreten an jene erinnerte, denen sie damals vor Linz begegnet war, das Mädchen im Schlepptau. Leider hatte sie die Familie um das inzwischen zur jungen Frau herangereifte Mädchen aus den Augen verloren.

Gerade als die bairischen Söldner über Gebühr frech gegenüber den Flüchtlingen werden wollten, kam jenen eine Schar Berittener zu Hilfe. Ihre Kleidung war abgerissen, ihren Pferden sah man die Strapazen an, denen sie ausgesetzt gewesen sein mochten, aber ihre Haltung war straff und ihre Waffen waren zweifelsfrei einsatzbereit –und tödlich.

Bevor sich's die ungehobelten Baiern versahen, wurden sie von ihren Angreifern förmlich über den Haufen geritten. Die Schreie der Verletzten und das wütende Rufen der Reiter, das aufgebrachte Wiehern der Pferde gellten Magdalena in den Ohren. Die Flüchtlinge hatten sich beim ersten Ansturm vor lauter Angst förmlich aneinandergekrallt, versteckten sich einer hinter dem anderen, versuchten, sich hinter den wenigen Karren in Sicherheit zu bringen, die sie mit sich führten.

Der Spuk dauerte mehrere Vaterunser lang, die Magdalena verzweifelt betete. Keiner der Berittenen schien zu Schaden gekommen zu sein, dafür lagen viele Verletzte und Tote aus dem Haufen der Bairischen zwischen den nach wie vor unruhig stampfenden Hufen der Gäule. Als ob es nicht genug wäre, schlugen die Reiter mit ihren Waffen auf jeden ein, der noch ein Lebenszeichen von sich gab, bis die letzten Schreie, das letzte Wimmern der Baiern verstummt war.

Das blanke Entsetzen stand in den Gesichtern der Flüchtlinge, die Zeugen dieses Massakers geworden waren. Magdalena war neben den Hinterrädern eines Karren zu Boden gesunken, hielt die Hände vors Gesicht geschlagen. Der Geruch nach Blut, Fäkalien und Urin stach ihr in die Nase, löste ein Bild in ihr aus, das sie längst vergessen zu haben glaubte: das Bild jenes Soldaten, der in einem Wald in der Nähe des Kamptals mit seinem toten Körper ihr Leben gerettet hatte.

Sie zitterte am ganzen Körper, ihr Herz schlug bis zum Hals. Ihr war sterbenselend geworden.

Jemand zog sie an den Armen hoch.

„Es ist vorbei."

Eine Männerstimme.

„Ihr seid in Sicherheit. Wir begleiten euch ein Stück

des Weges, denn hier lauern überall noch Kerle wie die …"

Magdalena nahm die Hand vom Gesicht und wagte einen scheuen Blick an der Plane des kleinen Karren vorbei, hinter dem sie sich verborgen gehalten hatte.

Heilloses Durcheinander herrschte rings umher. Die Angreifer hatten begonnen, den erschlagenen und von den Hufen ihrer Pferde zertrampelten Baiern alles abzunehmen, was ihnen brauchbar erschien. Auch ein paar aus der Gruppe der Exulanten machten sich daran, Gegenstände aufzusammeln oder gar den Toten abzunehmen.

Der Tod war laut gekommen und jetzt fast lautlos wieder verschwunden. Was er hinterließ, war eine Mischung aus Dankbarkeit und ungläubigem Entsetzen.

„Ihr seid protestantische Flüchtlinge", sagte die Männerstimme neben ihr. Magdalena schaute kurz auf und schüttelte dann müde den Kopf.

„Ja. Aber vor allem sind wir wie die und ihr einfach nur Menschen."

Sie wusste selbst nicht, warum sie das sagte. Es war ihr einfach so in den Kopf gekommen.

„Damit hast du allerdings recht", sagte der Mann neben ihr. Noch einmal warf sie einen Blick auf sein Profil. Auch er sah müde und mitgenommen aus. Seine Gesichtszüge verrieten nichts davon, ob er von ganzem Herzen Soldat oder in diese Rolle aufgrund irgendwelcher misslichen Umstände hineingeraten war.

Wie Gregor.

Wie Junker Leonhart.

Und wie sie selber.

Er hatte sie losgelassen und ging jetzt zu einem der Pferde hinüber, die reiterlos dastanden. Dann half er den anderen, sich um die restlichen Leichen zu kümmern, die sie wie leere Säcke in das angrenzende Feld warfen.

Es schien, als wäre keiner der Angreifer ernsthaft verletzt oder gar getötet worden. Zu überraschend waren sie aufgetaucht, hatten zudem von ihren Pferden herunter die besseren Chancen gehabt und gnadenlos ausgenützt. Im Gegensatz zu den Baiern, deren Uniformen ihre Leichen auch jetzt noch in einigermaßen brauchbarem Zustand bekleideten, waren ihre Angreifer lediglich an ihren Waffen und den Farben an Sattel und Zaumzeug der Gäule als Söldner zu erkennen. Uniform trug keiner von ihnen.

„Sie gehören zu den Protestantischen. Zu uns", sagte eine Frau halblaut zu Magdalena, die nach wie vor zitternd wie Espenlaub dastand und sich nicht vom Fleck rühren konnte.

„Wenn die nicht gekommen wären, wer weiß, was die Baiern mit uns gemacht hätten", wisperte die Frau und hakte sich bei Magdalena unter. Magdalena konnte riechen, dass jene vor Angst unter sich gelassen hatte.

„Ob die Baiern so mit uns umgegangen wären wie die Söldner, die uns rausgehauen haben, mit ihnen umgegangen sind?", fragte Magdalena leise.

„Oh ja", kam die Antwort. „Wir sind hier in der Oberpfalz. Das hat sich Maximilian von Baiern schon vor ein paar Jahren unter den Nagel gerissen, um es gewaltsam zu rekatholisieren. Seine Männer finden sich im Recht, wenn sie protestantische Reisende oder gar Flüchtlinge wie uns überfallen. Wenn die Männer mit ihren Pferden nicht gekommen wären, lägen wir jetzt an ihrer Stelle dort auf dem Feld."

Magdalena schluckte. Vermutlich hatte die Frau recht. Trotzdem war das, was in der letzten Stunde geschehen war, einfach nur grauenvoll.

„Die hier sind sicherlich Mansfeld'sche", mutmaßte ein Mann, der sich wie Magdalena und ein paar andere hinter einem der Karren in Sicherheit gebracht hatte. „Eine protestantische Streifschar. Die sind überall."

Er klopfte sich den Staub aus den Kleidern und legte dann den Arm um die Frau, die neben Magdalena stand.

Die Söldner waren wieder aufgesessen und winkten den Flüchtlingen zum Aufbruch.

„Wir müssen hier weg", sagte ihr Anführer. „Bevor jemand merkt, was hier geschehen ist.

In diesem Augenblick rief ihn einer seiner Männer zu sich. Magdalena sah, wie er in das angrenzende Feld zur Linken deutete und der Anführer sein Pferd langsam in die angezeigte Richtung lenkte. Kurz darauf verschwanden Pferd und Reiter hinter Gebüsch aus dem Blickfeld der Wartenden. Als sie wieder auftauchten, hatte der Reiter ein Bündel über den Rücken seines Tieres gelegt, das er am Zügel zurück auf den Weg führte.

Er gab Magdalena, die ihm am Nächsten stand, ein Zeichen, herzukommen, und sie folgte ihm zögernd. Ein weiterer Soldat war von seinem Pferd gestiegen und half dem Anführer, das Bündel vorsichtig neben den Weg zu legen. Als Magdalena dazukam, sah sie, dass es sich um eine Frau handelte. Sie war in zerrissene Lumpen gehüllt und starrte die Umstehenden mit weit aufgerissenen Augen an.

Magdalena beugte sich zu ihr hinunter und befühlte ihren Hals. Sie wusste, dass man dort den Herzschlag spüren und so herausfinden konnte, ob ein Mensch noch lebte oder diese Welt bereits verlassen hatte.

„Sie lebt", sagte sie, an den Anführer der Soldatentruppe gewandt.

„Dann kümmere dich um sie", bekam sie zur Antwort.

Sie strich die verklebten Haare der Frau ein wenig aus deren Gesicht und tupfte es vorsichtig mit einem feuchten Tuch ab, das ihr jemand reichte. Die Ärmste war völlig verdreckt, der Hals und die übrigen sichtbaren Hautstellen waren mit Flohbissen übersät. Die zerfetzte Kleidung der Frau deutete darauf hin, dass ihr grobe Gewalt angetan worden war.

„Die Bairischen", brachte Magdalena mühsam hervor. „Die Dreckskerle haben sie so zugerichtet!"

„Dann geschieht ihnen recht mit dem, was ihnen jetzt widerfahren ist", knurrte eine ältere Frau, die neben Magdalena in die Hocke gegangen war und ihr half, die Verletzte aufzurichten und ihr ein wenig Wasser einzuflößen. „Die hat der Teufel geritten, die Drecksäcke!"

Die junge Frau richtete ihren Blick auf Magdalena. Erschrocken ließ sich Magdalena zu Boden sinken. Sie hätte sie beinahe nicht erkannt: das Mädchen vor Linz!

Die junge Frau aus der ersten Exulantengruppe, um die sich niemand aus ihrer Familie gekümmert hatte.

„Großer Gott", flüsterte sie.

Gemeinsam hoben sie die Frau hoch und betteten sie auf einen der Karren. Niemand sagte etwas, alle waren entsetzt über das, was sie sich mühelos ausmalen konnten.

„Nicht nur österreichische Protestanten flüchten aus ihrer Heimat", sagte die Alte. „Der bairische Kurfürst zwingt die Oberpfälzer seit Jahren, sich katholisch machen zu lassen. Er will das Land annektieren, habe ich gehört. Wer das nicht mag, sucht woanders nach einem Platz zum Leben. Wir werden wohl noch weitere finden wie die hier." Sie wies mit dem Kinn auf die verletzte Frau und seufzte. „Hat das denn nie ein Ende?"

Magdalena zuckte die Schultern.

„Wir müssen los, und ihr kommt mit!", kommandierte der Anführer der Söldner, nachdem er sich vergewissert hatte, dass die Verletzte in guten Händen war.

Ein paar seiner Männer ritten voran, die anderen

bildeten die Nachhut. Magdalena, die in der ganzen Aufregung ein paar ihrer Habseligkeiten verloren hatte, sammelte sie wieder ein und steckte sie in ihren Tragekorb, den sie in Regensburg erstanden hatte. Eine Zeit lang lief sie neben dem Karren her, auf dem die verletzte Frau lag. Die Alte, die ihr zuvor geholfen hatte, winkte ihr zu.

„Ich kümmere mich um sie."

Magdalena drückte ihr dankbar die Hand.

„Sie ist solchen Schweinen schon einmal in die Hände gefallen", sagte sie leise.

„Einmal ist schon zu viel", gab die Alte zurück und strich der reglos Daliegenden über die Stirn. „Zweimal überleben ist die Hölle. Und jetzt geh."

Magdalena drückte ihr noch einmal die Hand, dann schloss sie sich einer Familie mit zwei kleinen Kindern an, die gerade an dem Karren vorbeizogen. Die Frau konnte vor Schwäche ihren kleinen Sohn nur mühsam auf den Armen halten, während der Vater das größere Kind auf den Schultern trug. Beide hatten außerdem noch Beutel und Taschen zu schleppen.

„Gib mir den Kleinen", schlug Magdalena vor und streckte ihre Hände aus.

Die Frau schaute sie zuerst verschreckt an, reichte ihr dann aber das Kind. Es legte seine dünnen Ärmchen um ihren Hals und schlief augenblicklich an sie gekuschelt ein. Magdalena war für ein paar Stunden glücklich, obwohl schon nach kurzer Zeit ihre Arme schmerzten. Es war nicht ihr Kind, aber es fühlte sich so gut an.

Der Gedanke an die Frau, die so übel zugerichtet im Karren der Alten lag, ließ sie trotz allem nicht los. Immer wieder warf sie einen Blick unter die Plane, bekam jedoch jedes Mal ein Zeichen der alten Frau, sich keine Sorgen zu machen.

Müde und von tausend Gedanken geplagt, die ihr durch den Kopf schossen, hielt sie sich tapfer auf den Beinen. Und während sie so lief, wurde ihr das Herz schwer über die ungelebte Zeit mit ihren eigenen Kindern.

# 13

Am Abend schlugen sie ein Lager auf, und Magdalena gab den Kleinen an seine Eltern zurück, die sich mit einer Abendsuppe bei ihr bedankten. Dann suchte Magdalena nach dem Karren mit der Alten, in dem sich die Verletzte befand. Man hatte ihr etwas zum Anziehen gegeben, das ein paar Frauen für sie herausgesucht hatten, da ihre eigenen Kleider nur noch aus Fetzen bestanden.

„Wie heißt du?“, fragte Magdalena sie, nachdem sie sich neben ihr niedergesetzt hatte.

Kopfschütteln.

„Kannst du mich nicht verstehen?“

Anstelle einer Antwort irrten die Blicke der Frau unruhig über die Menschen, die damit beschäftigt waren, sich für die Nacht vorzubereiten. Die Soldaten hatten einen Ring um sie gebildet, um sie vor möglichen Überfällen schützen zu können.

„Suchst du jemanden?“

Ohne Magdalena anzusehen, nickte die Frau.

„Deinen Mann?“

Die Frau zuckte sichtlich zusammen und starrte Magdalena dann entsetzt an. Ihr Mund formte einen Laut, der sich wie ein ersticktes ‚Nein!‘ anhörte.

„Kannst du nicht sprechen?“

In diesem Augenblick tauchte die Alte neben ihnen auf. Sie hatte einen Becher mit verdünntem, angewärmtem Wein in der Hand.

„Sie hat die Sprache verloren“, erklärte sie Magdalena und reichte der jungen Frau den Becher. „Diese Teufel haben sie so übel misshandelt, dass sie nicht mehr sprechen kann."

„Weißt du, wie sie heißt?"

Eine kalte Hand legte sich über Magdalenas Handgelenk. Die junge Frau beugte sich ein wenig nach vorn, damit sie ihr ins Gesicht sehen konnte. Dann formte sie ein paar Silben mit dem Mund, aus dem dabei nur ein unverständliches Krächzen zu vernehmen war.

„Das hat sie schon ein paarmal gemacht", erklärte die Alte. „Aber ich kann sie nicht verstehen."

Magdalena hob die Hand der jungen Frau ein wenig an, in der sie ihren Becher hielt.

„Trink."

Doch diese drehte Magdalenas Gesicht mit der freien Hand zu sich herum und versuchte noch einmal, sich verständlich zu machen.

Die Alte lehnte sich seufzend an das Wagenrad hinter ihr und begann, sich um die zerrissenen Kleider der Frau zu kümmern. Plötzlich hielt sie etwas hoch, das einmal ein Leibhemd gewesen sein mochte.

„Sie heißt Regine", sagte sie. „Hier ist ihr Name eingestickt."

Sie reichte das Hemd zu Magdalena hinüber, die sich die Stickerei genauer ansah. „Da steht noch was", sagte sie. „Langmeyer."

Sie wandte sich zu der Frau um, deren Blick wieder so leer geworden war, dass Magdalena schon befürchtete, sie verliere das Bewusstsein. „Du heißt Regine Langmeyer."

In diesem Augenblick verdrehte die Angesprochene die Augen und kippte zur Seite. Gerade dass die Alte sie noch auffangen konnte.

„Ich bin übrigens Rachel. Bin mit meinem Mann Franz unterwegs ins Württembergische. Ulm. Da sollen Leute wie wir noch willkommen sein."

Leute wie wir. Das hörte sich nach Abschaum und geächtet an. Wie weit waren sie gesunken? Was hatte dieser gottverdammte Kaiser aus ihnen gemacht? Waren sie nicht Menschen wie er, auch wenn er angeblich von Gott zum Kaiser bestimmt worden war? Von welchem Gott eigentlich? Gab es einen protestantischen und einen katholischen Gott? Was für eine unglaubliche Dummheit war das!

Magdalena stellte sich ebenfalls vor.

„Hier ist noch etwas", sagte Rachel und reichte Magdalena ein Geldstück, das golden in ihrer Hand schimmerte. „Hat sie eingenäht in ihrem Rocksaum getragen. Ist ein Wunder, dass die Drecksbande es nicht gefunden hat."

Im Schein des Lagerfeuers, das in ihrer Nähe brannte, betrachtete Magdalena die Münze. Es musste eine fremde Währung sein, denn so etwas hatte sie bislang noch nie in den Händen gehalten.

Vielleicht war es eine Münze aus einem der östlichen Länder? Oder aus diesem Dänemark, von dem inzwischen so viele redeten?

Auf der Vorderseite war ein seltsames Tier zu sehen, auf der Rückseite Zeichen, die ihr nichts sagten. Unterhalb des oberen Randes war ein Loch gebohrt worden, durch das man ein Band fädeln konnte.

„Jemand hat aus dieser Münze einen Anhänger gemacht", sagte sie nachdenklich. „Vielleicht, damit sie ihn unterwegs nicht verliert."

Die Alte nickte.

„Ein sehr merkwürdiger Anhänger", sagte sie. „Ich nähe ihn wieder in ihren Rocksaum ein. Vielleicht ist es ein Andenken an jemanden."

„Oder ein Schutzzeichen", sagte eine Stimme neben ihr.

Rachels Mann war aufgetaucht, Franz. Er ließ sich bei den Frauen nieder und streckte die Hand nach dem Anhänger aus.

„Er gehört uns nicht“, sagte Rachel und nahm es ihm wieder weg, nachdem er es eine Zeit lang betrachtet hatte. „Pass auf, dass keiner was davon mitbekommt und es ihr wegnimmt. Vielleicht ist es ihre Aussteuer.“

Magdalena war sprachlos. Diese alten Leute hatten so gut wie nichts mehr, nur noch das, was sie in ihrem kleinen Planwagen mitnehmen konnten. Wobei dieser Karren noch das Wertvollste davon war. Ziehen mussten sie ihn selber. Und dann bot sich ihnen die Gelegenheit, ein Goldstück an sich zu nehmen, ohne dass es jemand merkte, und sie behielten es nicht. Die alten Leute waren in Magdalenas Augen weit mehr Christen als der angeblich gottgewollte Habsburger in Wien! Wo blieb da Gottes Gerechtigkeit?

Regine kam wieder zu sich und richtete sich mühsam auf. Rachel reichte ihr erneut den Becher mit dem verdünnten Wein, den sie die ganze Zeit neben sich stehen hatte.

„Trink, Mädchen. Es wird dir guttun.“

Dann streckte sie ihr die Hand mit dem Anhänger entgegen.

„Das gehört dir. Ich nähe es in deinen Rocksaum ein.“

Regine schloss kurz die Augen und nickte, bevor sie den Becher an ihre Lippen hob und vorsichtig ein paar Schlucke trank.

Magdalena hatte dadurch die Möglichkeit, einen Blick in ihren Mund zu werfen. Sie hatte befürchtet, dass man der Frau die Zunge herausgeschnitten hatte, weshalb sie nicht mehr sprechen konnte. Eine brutale Strafe für Leute, die falsch Zeugnis wider jemanden gegeben hatten. Die etwas gesagt hatten, was sie nicht hätten sagen sollen.

Oder die einer Horde wildgewordener Marodeure in die Hände gefallen waren. Aber alles schien in Ordnung zu sein. Also hatte Regine die Sprache verloren, nachdem man sie zum wievielten Mal auch immer übel geschändet hatte. Sie legte ihr vorsichtig eine Hand auf den Rücken.

„Es tut mir leid", sagte sie, aber Regine reagierte nicht darauf.

Am nächsten Morgen bat Rachel Magdalena, nach Regine zu sehen.

„Sie fiebert", sagte sie. „Ich habe ihr schon kalte Wickel gemacht, aber es hilft nicht. Kennst du hier jemand, der Ahnung davon hat?"

Magdalena schüttelte den Kopf. Sie hatte ihrem Söhnchen nicht helfen können und traute sich nicht zu, es erneut zu versuchen.

„Nein, aber ich kann ja herumgehen und fragen."

„Mach das."

Unter den Exulanten gab es niemanden, der auch noch so geringe Kenntnisse in der Heilkunst gehabt hätte. Erst als sie unter den Soldaten nachfragte, erklärte sich einer von ihnen bereit, sich die Frau zumindest einmal anzusehen. Das allerdings war nicht so einfach, denn Regine wehrte sich entsetzt mit Händen und Füßen, als er sich ihr näherte.

„Sie hat Angst", stellte Rachel hilflos fest. Dann, an Regine gewandt, sagte sie: „Er tut dir nichts. Magdalena und ich beschützen dich."

Es half alles nicht. Obwohl Regine vom Fieber geschwächt war, rutschte sie im Karren der beiden Alten immer weiter zurück, bis sie an der Rückseite anstieß.

„Ich habe genug gesehen", sagte der Soldat. „Kocht das hier auf und gebt es ihr zu trinken." Er reichte der Alten ein paar getrocknete Blüten, die er aus einem mitgebrachten

Beutel in seine Hand geschüttelt hatte. „Lindenblüten. Sie wird schlafen und stark schwitzen, aber das Fieber lässt schnell nach.“ Er kniff die Lippen zusammen. „Was auch immer sie hat: Lasst uns hoffen, dass es nicht die Pest ist.“

Damit wandte er sich um und ging zu seinen Kameraden zurück.

Die beiden Frauen starrten ihm mit weit aufgerissenen Augen hinterher.

Die Pest.

Es *klang* nicht nur wie ein Fluch.

Es *war* ein Fluch.

„Beten wir, dass es weder die Pest noch das Wundfieber ist“, sagte die Alte und löste sich aus ihrer Erstarrung. „Ich koche die Blüten und dann sehen wir weiter.“

Die Pest!

So leise der Soldat das auch gesagt haben mochte: Das Wort machte innerhalb kürzester Zeit die Runde im Lager. Es dauerte nicht lang, bis ein paar Leute bei den Alten und ihrem Karren auftauchten. Mit in die Hüfte gestemmten Fäusten schob sich eine Frau nach vorne, die Magdalena bislang noch nicht aufgefallen war.

Sie reckte das Kinn in die Richtung der Alten, die auf dem Karren saß und Regine gerade einen Becher des Lindenblütentranks gegeben hatte.

„Was hat das junge Weib, dass es noch immer in eurem Karren liegt?“, fragte sie.

„Die Bairischen haben sie so zugerichtet, dass sie fiebert“, gab die Alte zurück, und Magdalena konnte sehen, dass sie sich nur mühsam beherrschte.

Sie stand auf und ging auf die Rädelsführerin zu.

„Was willst du?“, fragte sie und stemmte ebenfalls die Fäuste in die Hüfte.

„Wir haben das Wort ‚Pest' gehört", gab ihr Gegenüber zurück und baute sich drohend vor ihr auf. Die, mit denen sie gekommen war, rückten ein Stück nach.

„Wir wissen nicht, was sie hat. Aber wir denken, dass sie lange dort im Gebüsch gelegen und sich erkältet haben muss", versuchte Magdalena eine plausible Erklärung. Ihr war bewusst, dass von diesen Leuten etwas ausging, das schnell auf das ganze Lager übergreifen konnte. Mit einem unruhigen Blick suchte sie den Rand des Lagers ab, konnte aber in der aufziehenden Dunkelheit keinen der Söldner ausmachen.

„Wenn das Weib die Pest mitgebracht hat, sollten wir sie hier zurücklassen", hörte sie die Frau vor sich geifern. „Die bringt uns allen sonst noch den Tod!"

Ein Tumult brach plötzlich los, und Magdalena wich erschrocken zum Karren der beiden Alten zurück.

„Lasst uns doch erst einmal abwarten, wie es ihr morgen geht! Das hat auch der Soldat gemeint, der nach ihr geschaut hat", sagte sie und hob beschwichtigend die Hände. „Sie hat gerade einen Fiebertrank bekommen. Wenn sie die Pest hat, hilft er ihr nicht. Also lasst uns bis morgen warten und dann entscheiden, was mit ihr weiter geschehen soll!"

Gerade als der Tumult zu eskalieren drohte, bahnte sich der Anführer der Söldner einen Weg durch die aufgebrachten Leute und stellte sich vor Magdalena.

„Was ist denn hier los?", wollte er wissen. Da alle durcheinanderredeten, musste er schließlich laut um Ruhe bitten.

Magdalena erzählte ihm kurz, was geschehen war. Der Soldat, der sich Otmar nannte, schüttelte missbilligend den Kopf.

„Geht schlafen. Ich werde Samuel herschicken, der

sich mit Krankheiten auskennt." An Magdalena gewandt, sagte er: „Er war vorhin schon da."

„Ja, und hat was von ‚Pest' gesagt. Das haben wohl ein paar Leute gehört und missverstanden", mutmaßte sie.

Otmar nickte.

„Samuel wird sich die Kranke morgen ansehen. Bis dahin verhaltet euch ruhig, oder ich muss das Lager auflösen", sagte er, an die aufgebrachten Umstehenden gerichtet.

Murrend zogen sich die Leute zurück.

Magdalena schüttelte müde den Kopf.

„Das ist denen doch egal", sagte sie leise. „Die wissen, dass Ihr das Lager nicht auflösen könnt …"

„Doch, das kann ich", erwiderte er. „Und ich kann sie auch ohne unseren Schutz weiterziehen lassen. Es ist nicht unsere Aufgabe, euch zu begleiten."

Das wusste Magdalena, die sich ohnehin wunderte, warum sie das taten. Als hätte er ihre Gedanken erraten, sagte er: „Wir müssen nach Ulm, dort in der Nähe wartet eine weitere Truppe auf uns. Also haben wir ein großes Stück weit denselben Weg." Er klopfte ihr mit der Hand auf die Schulter. „Ohne euch wären wir längst dort, und so, wie es bisher lief, wäret ihr auch ohne unsere Begleitung in Sicherheit gewesen. Aber nun sind wir schon mal da, also begleiten wir euch auch so weit, wie wir einen gemeinsamen Weg haben. Ich schicke euch zwei meiner Männer."

Dann verließ er sie, und kurz darauf erschienen die angekündigten Söldner und ließen sich neben dem Karren der Alten nieder.

„Legt euch schlafen", sagte der, dessen Name Samuel war und der sich mit Krankheiten auszukennen schien. „Wenn es die Pest wäre, hätte sie schwarze Beulen auf der Haut. Davon habe ich aber nichts sehen können."

Er nickte in die Richtung, in der Otmar davongegangen war. „Er erklärt es den anderen gerade.“

In der Nacht hatte es zu regnen begonnen. Magdalena, die unter dem Karren der Alten Schutz gesucht hatte, fror erbärmlich. Sie war aber nicht die Einzige, die nicht schlafen konnte, und setzte sich irgendwann zu denen ans Feuer, die Wache hielten oder wie sie keine Ruhe fanden.

„Setz dich lieber ein Stück von uns weg“, sagte einer der Männer, der keine Handbreit zur Seite rücken wollte, um ihr Platz zu machen. „Vielleicht ist das Weib verflucht, was wissen wir denn über sie? Nachher sind alle hier verpestet! So lange wir nicht wissen, was sie hat, ist es besser, du hältst dich von uns fern.“

Ein Zweiter richtete sich auf und machte ein Zeichen, das Magdalena einen Schauer über den Rücken laufen ließ. Es war das Abwehrzeichen gegen Geister und den Teufel.

Da mischte sich einer der Soldaten ein, der zum Schutz für die Kranke und ihre drei Betreuer abgestellt worden war.

„Gebt's eine Ruh!“, sagte er und schob Magdalena in eine Lücke zwischen den Leuten um das Feuer. „Niemand hat hier die Pest. Aber alle haben ein bisschen Wärme nötig. Also benehmt euch anständig und lasst die Frau dazusitzen.“

Magdalena ließ sich zögernd nieder.

Die Männer murrten nur, doch die Frauen, die ebenfalls am Feuer saßen, ließen ihrem Unwillen freien Lauf. Es dauerte nicht lange, und das ganze Lager war hellwach und die Leute kamen schimpfend zum Feuer.

„Was ist denn los?“, fragte einer.

„Nichts, geht wieder schlafen!“, forderte der Soldat sie auf, der bereits zuvor versucht hatte, Ruhe in den Haufen zu bringen.

„Nichts?“, fauchte eines der Weiber ihn an.

„Ja, nichts!“, gab er zurück. „Und wenn nicht sofort Ruhe herrscht, werdet ihr ab morgen ohne uns weiterziehen, verstanden? Ihr glaubt, das Mädchen sei euer größtes Problem? Dann habt ihr wahrlich nicht viel zu schimpfen.“ Er hob die Hand an sein Ohr. „Hier in der Gegend gibt es Wölfe. Ihr habt vielleicht nicht darauf geachtet, aber ich habe sie bereits gehört.“

„Wölfe?“

„Ja, Wölfe.“ Er schaute zornig von einem zum anderen. „Oder aber es sind Bairische, die sich mit solchen Lauten untereinander verständigen und nur darauf warten, über uns herfallen zu können.“ Er machte eine auffordernde Bewegung mit der Hand. „Also verhaltet euch lieber ruhig, bevor man auf uns aufmerksam wird.“

Murrend zogen sich die Leute zu ihren Nachtlagern zurück. Allerdings nicht, ohne noch ein paar üble Drohungen gegen Magdalena und vor allem gegen die Kranke auszustoßen, in der sie ein wehrloses Opfer für ihre aufgestaute Unzufriedenheit gefunden hatten.

Otmar war zu Magdalena und den beiden Soldaten getreten.

„Sie sind völlig am Ende“, sagte er. „Die meisten von ihnen haben nicht einmal ein Ziel. Sie laufen nur den anderen hinterher und hoffen, dort, wo einer eine neue Heimstatt findet, finden die anderen auch eine.“ Er seufzte. „Die Württemberger sind protestantisch geblieben und nehmen diejenigen auf, die das Land als Handwerker oder Bauern unterstützen können. Die Pest“, er unterbrach sich kurz. „Die Pest und andere Krankheiten haben inzwischen unter den Menschen schon viele Opfer gefunden. Die Ernten waren so schlecht, dass die Menschen hungern mussten. Und wo hungrige Menschen sind, hat Gevatter Tod leicht die Sense schwingen.“

Magdalena hatte ihm stirnrunzelnd zugehört.

„Ihr kennt euch gut aus“, sagte sie.

„Ich komme aus Ludwigsburg“, antwortete Otmar. „Das ist im Württembergischen.“ Ein dünnes Lächeln glitt über sein Gesicht. „Ich bin Leineweber.“ Seine Rechte landete klatschend auf seinem Oberschenkel. „Und jetzt ziehe ich mit einem Haufen abgerissener Söldner durch die Lande und hoffe, dass dieser elende Krieg irgendwann ein Ende hat.“

Magdalena holte tief Luft.

„Das hoffe ich auch.“

„Wir werden aufbrechen, sobald es hell wird.“ Er lachte leise. „Wobei ich befürchte, dass der Regen anhalten wird, und wir bestenfalls auswürfeln können, wann der Tag angebrochen ist. Sehen werden wir kaum was davon.“

Magdalena hatte noch eine Frage: „Das mit den Wölfen, stimmt das?“

Otmar zuckte die Schultern.

„Wölfe oder die Baiern. Ich habe jedenfalls etwas gehört, das mich beunruhigt.“ Als Magdalena mit zusammengezogenen Augenbrauen in sein Gesicht schaute, lächelte er und legte beschwichtigend seine Hand auf ihre Schulter. Er warf einen bedeutungsvollen Blick auf die Karren der Exulanten. „Mir bereiten Leute wie die hier allerdings hier mehr Sorgen als die Wölfe da draußen.“

Dem konnte Magdalena nur mit einem Nicken zustimmen.

Der Regen wurde zum Morgen hin immer heftiger. Wer keinen Karren hatte, in dem er zumindest ein wenig im Trockenen sitzen konnte, oder ein notdürftiges Zelt aufgebaut hatte, war innerhalb kürzester Zeit nass bis auf die Haut.

Gerade als sie aufbrechen wollten, trat der Alte neben Magdalena.

„Sie ist wach“, sagte er. „Das Fieber hat nachgelassen.“

Magdalenas Herz machte einen Sprung.

„Das ist ja wunderbar!“

Da sah sie, dass Samuel aus dem Karren gekrochen kam. Er wandte sich zu Magdalena um und sagte: „Sie ist fürchterlich erkältet und entsetzlich zugerichtet, aber die Pest hat sie nicht.“ Nach einem abgrundtiefen Seufzer ergänzte er: „Sie ist verstummt, weil es nach dem, was ihr zugestoßen ist, keine Worte mehr für sie gibt. Kein Krieg der Welt rechtfertigt Gräuel, wie sie jetzt geschehen.“

Die Nachricht davon, dass die Kranke nicht die Pest hatte, machte so schnell die Runde durch das Lager, dass die Stimmung spürbar umschlug. Selbst das Weib, das sich am Abend zuvor noch wütend gegen Magdalena gewendet hatte, zeigte sich friedlich und brachte sogar einen Kanten Brot und ein paar getrocknete Apfelstücke mit.

„Für die da drin“, sagte sie und deutete auf den Karren. Sie wollte sich gerade umdrehen und gehen, als ihr noch etwas einfiel. „Woher kommst du?“, wollte sie wissen.

Magdalena zuckte die Schultern.

„Österreich“, antwortete sie unbestimmt.

„Österreich“, echote die Frau. „Ich komme aus dem Mostviertel.“ Sie holte ein paar Apfelkerne aus ihrer Jackentasche. „Wir haben viel Obst gehabt daheim. Wer sich jetzt um unsere Bäume kümmert, weiß ich nicht.“ Ihre Stimme wurde leise. „Wohin uns das Schicksal auch verschlagen wird, die hier werden mit uns zusammen ein neues Leben beginnen.“

Sie schüttelte die Apfelkerne in ihrer Hand.

„Es wird dauern, bis aus denen dieselben wunderschönen Bäume gewachsen sind wie die, von denen sie stammen.

Aber sie *werden* wachsen, und unsere Kinder und Kindeskinder werden eine Zukunft mit ihnen haben.“

Magdalena fiel ein Spruch ein, den man sich von Martin Luther erzählte. Dessen Lehre hatten sie es letztendlich zu verdanken, dass sie in dieser schrecklichen Zeit leben mussten. Auch wenn er an den Folgen nicht schuld war.

„Und wenn ich wüsste, dass morgen die Welt untergeht, so würde ich doch heute noch ein Apfelbäumchen pflanzen“, rezitierte sie den ehemaligen Mönch.

Die Frau vor ihr lachte.

„Das hat der Herr Luther gesagt, ich weiß“, sagte sie und drückte Magdalena ein paar von ihren Apfelkernen in die Hand. „Aber noch müssen wir warten, bis wir den Boden gefunden haben, in dem unsere Bäumchen Wurzeln schlagen können.“

Magdalena betrachtete die braunen Kernchen in ihrer Hand und nickte der Frau dankend zu.

„Wir werden den Boden finden“, sagte sie und freute sich, dass trotz des immer schlechter werdenden Wetters die Stimmung unter den Menschen um sie herum besser geworden zu sein schien.

*

Der Weg, den sie einschlugen, wurde immer beschwerlicher. Der Regen hatte den Boden völlig aufgeweicht, und obwohl das Frühjahr schon reichlich fortgeschritten war, wurde es immer kälter. Die zweite Nacht mussten sie in einem verlassenen Gehöft verbringen, weil es unmöglich geworden war, die Menschen weiterhin im Freien schlafen zu lassen. Die Kleidung klebte den meisten bereits seit Stunden auf der Haut, und außer Regine lagen inzwischen noch ein paar weitere Menschen mit Fieber auf den Karren.

Das Gehöft erinnerte Magdalena an jenes, in dem Ruth und Trude sie damals allein zurückgelassen hatten. Während sie sich in einer Ecke des völlig heruntergekommenen Wohnhauses so gut es ging zum Schlafen bettete, fiel ihr auch wieder ein, dass sie damals von Junker Leonhart geträumt hatte.

So viel war geschehen, seitdem sie im Grunde genommen seinetwegen von zu Hause fortgeschickt worden war. Aber es war nicht seine Schuld, früher oder später wäre es ohnehin genauso gekommen. Ihr kam wieder in den Sinn, was die Mutter zu ihrem Vater gesagt hatte, bevor Magdalena von zu Hause weggelaufen war. Dass er sie schon viel früher fortschicken hätte sollen. Je mehr sie darüber grübelte, desto mehr wurde ihr bewusst, was sie damals einfach verdrängt hatte. Dass ihr Vater schon längst darüber nachgedacht haben musste, sie loszuwerden. Entweder durch eine passende Heirat – was ja leider nicht zu bewerkstelligen gewesen war – oder indem er sie als Magd in irgendeinem Haushalt weit weg von zu Hause untergebracht hätte. Dabei lag es nicht einmal unbedingt nur daran, dass er sie hätte durchfüttern müssen bis an sein Lebensende. Es lag eher daran, dass er ihr Wesen als unerträglich, wenn nicht gar völlig gegen die Natur empfand. Seine Meinung über den Wert von Weibern kannte Magdalena von klein auf. Aber dass sie mit ihrem Wesen seinen Zorn so sehr geschürt hatte, dass er sie eines Tages aus dem Haus weisen würde, hätte sie nie geglaubt.

War sie wirklich so unerträglich, nur weil sie sich nicht vorstellen konnte und wollte, weniger wert zu sein als ein Mann? Weil sie genauso viel können wollte wie ein Mann?

Sie erinnerte sich wieder daran, wie man sie im Dorf heimlich als Hexe bezeichnet hatte. Als Nachfolgerin jener Alten, in deren verfallenes Haus sich Magdalena immer wieder zurückgezogen hatte, wenn ihr das Herz zu schwer geworden war.

Wieder tauchte der Gedanke an Junker Leonhart in ihrem Kopf auf. Sie sah sein spöttisches Grinsen, als er sie von der Straße auflas, nachdem der Vater sie aus dem Haus geworfen hatte. War sie ihm später tatsächlich noch einmal begegnet, oder hatte sie das nur geträumt?

Mit diesen Gedanken schlummerte sie schließlich ein.

*

Am nächsten Tag wartete das Wetter mit einer unglaublichen Überraschung auf die kleine Gruppe: Es hatte geschneit. Über Nacht war es so kalt geworden, dass Pfützen eine Eisschicht trugen und der Schnee eine halbe Handbreit hoch liegen geblieben war. Ein paar Frauen sammelten ihn mit Bechern und Krügen ein, um ihn über ihren kleinen Feuern zu wärmen und eine der dünnen Suppen damit zu kochen, die mangels Zutaten schon fast nicht mehr als solche zu bezeichnen waren.

Gerade als Magdalena sich daran machte, ihre letzten Lebensmittel aufzuessen, kamen vier Soldaten auf den Hof. Sie wurden jubelnd empfangen, und Magdalena stellte sich auf die Zehenspitzen, um sehen zu können, was die Ursache dafür war.

„Die haben tatsächlich ein Wildschwein mitgebracht!“, rief Rachel, die sich neben Magdalena gestellt hatte.

Es stimmte. Die vier Männer legten das Wildschwein in der Mitte des Gehöfts ab. Sofort wurde das Tier aufgebrochen, ausgenommen, gehäutet, zerlegt und schließlich über dem Feuer gebraten.

„Zu früh“, sagte Magdalena zu Rachel und ihrem Mann. „Es wird nicht schmecken, wenn sie es nicht ein paar Tage liegen lassen.“

Rachel nickte.

„Aber wenn sie das täten, würden die Leute sie umbringen“, sagte sie, und Magdalena wusste, dass sie recht hatte.

Es dauerte ein paar Stunden, bis das Tier durchgegart war und an die Menschen verteilt werden konnte. Magdalena wunderte sich nicht, dass es dabei zu teilweise üblem Gerangel kam, bis Otmar sich einmischte und die Verteilung selber übernahm.

„Wie geht es unserer Patientin?“, wollte Magdalena wissen, nachdem sie auch in den fragwürdigen Genuss eines kleinen Stückchens Fleisch gekommen war. Rachel und ihr Mann hatten sich neben sie gesetzt und kauten auf ihrer Ration herum. Es war ziemlich zäh, schmeckte so übel wie es roch, aber wenigstens hatten sie etwas zwischen den Zähnen.

„Sie hat kein Fieber mehr“, antwortete Rachel. „Aber gut geht es ihr nicht.“

„Sagt sie denn inzwischen etwas?“

Rachel schüttelte den Kopf und zog ein Stückchen Flachse aus dem Mund, das sie weder kauen noch schlucken konnte.

„Nein. Ich denke, sie hat wirklich die Sprache verloren.“

Magdalena dachte an den seltsamen Anhänger, den die junge Frau bei sich getragen hatte. Als könnte Rachel Gedanken lesen, sagte sie: „Dieses Medaillon, das ich in ihren alten Sachen gefunden habe, habe ich wieder in den Saum ihres Leibhemdes eingenäht. Nur, falls ich irgendwann einmal nicht mehr in der Lage sein sollte, es ihr zu sagen.“

„Weiß sie es denn nicht?“

Rachel zuckte die Schultern.

„Gesagt habe ich es ihr, aber ich weiß nicht, ob sie mir

überhaupt zugehört hat. Sie ist immer so weit weg." Rachel presste die Lippen zusammen. „Wahrscheinlich ist es ihre einzige Möglichkeit, dieser Welt zu entkommen."

„Ich hoffe, das ist wirklich der einzige Grund, warum sie schweigt", sagte ein Mann, der sich neben sie gesetzt hatte und einen Knochen abnagte. „Nicht, dass sie womöglich mit dem Teufel im Bund ist."

„Sei still, du Narr!", fuhr Rachel ihn an. „Wir können keinen Unfrieden brauchen. Was wir erleben, ist schlimm genug, da muss keiner auch noch so einen Blödsinn daherreden!"

Der Mann zuckte die Schultern.

„Soll es aber geben."

Sein Gesicht erinnerte Magdalena an einen Wolf, der nur darauf lauerte, seine Beute reißen zu können.

„Ach was", setzte Rachel zu einem Einwand an, aber der Mann unterbrach sie.

„Hast du nicht selber gesagt, dass es der Teufel gewesen sein muss, der sie geritten hat, bevor unser Kamerad da vorne sie aus dem Gebüsch gezerrt hat?", wandte er sich an Rachel.

„Ich sagte, sie mussten vom Teufel geritten sein", gab diese zu. „Aber damit meinte ich die Baiern!"

Der Mann hatte seinen Knochen fein säuberlich abgefieselt und warf ihn so geschickt, dass er prasselnd im Feuer landete.

„Die Leute haben etwas anderes gehört", sagte er noch, bevor er aufstand und wegging. „Ihr solltet gut auf das Weib aufpassen!"

Sie mussten mehrere Tage auf dem Gehöft ausharren. Inzwischen hatten die Soldaten immer wieder allerlei Wild erlegt und mitgebracht, das eilig gehäutet, zerlegt und über den Feuern gebraten wurde, die man inzwischen an verschiedenen Ecken des Gehöfts entfacht hatte. Gruppen bildeten sich, die inzwischen auch nachts zusammenfanden.

Magdalena hatte einen der Söldner gefragt, ob es nicht gefährlich war, marodierende Truppen mit diesen Feuern auf sich aufmerksam zu machen. Der hatte genickt und geantwortet, dass sie längst überfallen worden wären, gäbe es solche Horden in der Gegend. Die Leute seien außerdem laut genug, um auch ohne die Feuer Aufmerksamkeit zu erregen. Das leuchtete ihr in gewisser Weise ein, beruhigte sie aber keinesfalls.

„Wir haben unsere Späher", sagte der Soldat. „Die Bairischen haben sich zumeist in die Städte zurückgezogen. Bei dem Wetter sind sie nicht bereit, ihre schützende Unterkunft zu verlassen und frierend und hungrig durch die Gegend zu ziehen. In den Städten müssen sie um nichts kämpfen. Deren Bürgern bleibt nichts anderes übrig, als die Kerle auszuhalten und mit allem zu versorgen, was die von ihnen verlangen." Er schaute einen nach dem anderen in der Runde an und schenkte dann Magdalena ein verschwörerisches Lächeln. „Außerdem hält das Feuer die Wölfe von uns fern."

Magdalena hatte kein Interesse daran, sich einem der Grüppchen anzuschließen, die um die Feuer herumstanden. Sie blieb bei Rachel, ihrem Mann und der inzwischen zumindest von ihrem Fieber genesenen Regine.

Diese traute sich nur aus dem Karren, wenn die meisten anderen schon schliefen. Da die beiden Alten ebenfalls in ihrem Karren übernachteten, war Magdalena allein in ihrer Ecke im alten Wohnhaus und versuchte zu schlafen. Das war leichter gesagt als getan. Außer ihr befanden sich noch sieben andere in dem Raum, dem einzigen, der ein dichtes Dach über ihren Köpfen bot. Allerdings war es auch der kleinste davon. Mehr Menschen passten beim besten Willen nicht hinein. Das bedeutete zwar, dass es einigermaßen warm war, aber auch, dass die Geräusche der anderen nicht zu überhören waren. Schnarchten die einen, so flüsterten die anderen miteinander oder trieben es ungeniert direkt neben ihr.

Irgendwann in dieser Nacht wurde es ihr zu viel. Sie stand auf und stieg über die anderen hinweg nach draußen. Ein paar Männer und drei der Soldaten saßen unter dem Dach eines provisorisch errichteten Unterstands. Sie unterhielten sich halblaut, während sie das kleine Feuer, das vor ihnen brannte, immer wieder mit dürrem Holz am Leben hielten. Magdalena wollte gerade zu ihnen gehen, als sie hörte, worüber sie sprachen.

„In Aychstätt und Reichertshofen soll es schon mehrere von den Weibern gegeben haben", sagte einer der Männer gerade. „Ihre verderbten Seelen wurden alle durch das Feuer geläutert."

„Nicht nur dort. Auch in Bamberg und Würzburg scheinen die Hexen ihr Unwesen zu treiben, wie ich gehört habe."

„Recht so. Diese Weiberleute richten so viel Schaden an, dass es nur richtig und gut ist, sie aufzustöbern und ihrer gerechten Strafe zuzuführen."

„In Aychstätt soll ein gewisser Bischof Johann Christoph von Westerstetten gerade in der heutigen Zeit wiederholt Frauen als Teufelsbuhlinnen erkannt und der weltlichen Gerichtsbarkeit vorgeführt haben. Er und der Fürstbischof Fuchs von Dornheim aus Bamberg, das sind die Fleißigsten unter den Hexenjägern", sagte der Erste.

„Du kennst dich gut aus!", sagte ein anderer.

„Ich habe in besseren Tagen sowohl mit den Bambergern als auch mit den Aychstättern Handel getrieben, da ist mir einiges zu Ohren gekommen."

Einer der Soldaten mischte sich ein.

„Was redet ihr da? Das sind Katholische, die so etwas tun! Was haben wir damit zu schaffen?“

Der Erste lachte laut auf.

„Dann kennst du die Schriften unseres verehrten Herrn Martin Luther nicht, was? Selbst er ist dafür, dass Zauberinnen und Hexen aus der Welt geschafft und mit Feuer geläutert werden müssen!“

„Ah ja, und Herren wie diese Bischöfe können erkennen, wer der Hexerei und Zauberei mächtig ist?“ Er lachte krähend. „Ich nehme an, das Hexenvolk erkennt sich untereinander! Es ist wie mit dem Vieh.“

„Was willst du damit sagen?“, fragte ein anderer. „Dass die Bischöfe ...“

„Nein“, unterbrach der Erste das Gespräch, das begann, hitzig zu werden. „Das machen nicht die hohen Geistlichen. Die Weiber werden von Richtern und Leuten befragt, die sich damit auskennen. Die haben ein Buch an der Hand, mit dessen Hilfe sie leicht herausfinden, ob jemand der Hexerei angeklagt werden kann oder nicht.“

„Du sprichst vom Hexenhammer“, gab ein anderer sein Wissen kund.

„Genau das meine ich. Und wenn die Weiberleute zugeben, dass sie Hexen sind, dann werden sie dem Feuer übergeben, das ihre Seelen reinigt. Wenn sich dagegen herausstellt, dass sie unschuldig sind, dann werden sie wieder freigelassen.“

Bis dahin hatte Magdalena noch mit leisem Schauer auf der Haut zugehört. Sie wollte sich gerade abwenden, als sie den Ersten mit leiser Stimme sagen hörte: „Ich bin mir sicher, das Weib, das wir unterwegs aufgelesen haben, ist auch so eine. Hat die Alte nicht gesagt, sie sei vom Teufel geritten worden?“ Eine kurze Pause entstand, in der nicht das geringste Geräusch zu vernehmen war, wenn man vom leisen Knistern des Holzes in den Flammen einmal absah. „Und mit wem treibt es der Teufel, hä?“

Magdalena gefror fast das Blut in den Adern.

„Wir müssen zusehen, dass wir das Weib loswerden“, sagte der Erste weiter. „Bevor sie noch großes Unheil über uns bringt.“

„Tut sie doch schon“, hörte sie eine Stimme sagen, die bislang geschwiegen hatte. „Man sagt, dass diese Weiber imstande sind, das Wetter zu beeinflussen. Männer, der Frühling ist schon weit ins Land gezogen, und es hat geschneit!“ Ein leises Lachen folgte. „Ich sehe euch an, was ihr denkt. Es ist ohnehin schon schwierig, etwas Essbares aufzutreiben. Aber dieses Wetter macht die gesamte Ernte kaputt, ihr werdet sehen, was daraus entsteht.“

„Die Stumme“, hörte sie den Ersten wieder sagen. „Der Teufel hat sie davor bewahrt, an der Pest zu sterben. Dafür tut sie ihm den Gefallen, dieses Mistwetter über uns zu bringen und uns zu vernichten.“

Einer der Soldaten erhob sich.

„Ihr geht jetzt besser schlafen“, sagte er. „Morgen reden wir wieder über das alles.“

Bevor die restlichen Männer ebenfalls aufstanden und ihre Schlafplätze aufsuchten, huschte Magdalena zu dem ihren zurück. Sie wollte auf keinen Fall, dass jemand erfuhr, dass sie dieses besorgniserregende Gespräch – wenn auch völlig unbeabsichtigt – belauscht hatte.

Schlafen konnte sie nicht, denn das, was sich da zusammenbraute, war keinesfalls gutzuheißen.

Sie musste etwas unternehmen, damit das Mädchen auf dem Karren der beiden Alten nicht in Gefahr geriet. Sie wäre ein unschuldiges und wehrloses Opfer.

Aber was konnte sie tun?

# 14

Der nächste Tag begann ruhig, wenngleich die Exulanten und ihre Beschützer nach wie vor sorgenvolle Gesichter wegen des Wetters machten. Es hatte zwar seit Stunden nicht mehr geschneit, aber es war noch immer eisig kalt. Das war allerdings auch ein Vorteil, denn der gefrorene Boden machte ein Fortkommen leichter. Es war auch an der Zeit, weiterzuziehen, denn die Nahrungsmittel waren aufgebraucht. Das Wild, das die Soldaten anschleppten, reichte kaum für alle und gerade mal für einen Tag. Man gierte schon langsam nach Brot oder Gemüse, das jedoch niemand mehr mit sich führte oder zu verkaufen hatte. Es gab kein Mehl oder auch nur ein Körnchen ungemahlenes Getreide, das man kauen oder zu Brot verbacken konnte.

So brachen sie am frühen Morgen auf. Magdalena behielt die Leute argwöhnisch im Auge. Das Gespräch aus der vergangenen Nacht – die Männer würden es nicht bei Worten belassen, dessen war sie sich absolut sicher. Da war ein böses Korn gesät worden, das unter den unzufriedenen Menschen schnell aufgehen und giftige Früchte tragen würde. Sie wusste, dass ein Sündenbock gesucht wurde, sobald etwas nicht so lief, wie man es sich vorgestellt hatte. Doch sie war auf der Hut.

Regine trottete teilnahmslos neben ihr her, den Blick auf den Boden gerichtet. Jeder Versuch, sie zu irgendeiner Gemütsregung zu bewegen oder ihr gar einen Laut abzuringen, der auf die eine oder andere Weise verständlich gewesen wäre, scheiterte.

Dabei hatte Magdalena es geschafft, ihr ein paar Zeichen beizubringen, die sie mit den Händen machen konnte, um ihr etwas mitzuteilen. Hören konnte sie ja, nur sprechen nicht. Magdalena hatte sich gefreut, dass Regine auf diese Weise in der Lage sein würde, sich vielleicht auch anderen verständlich zu machen. Bislang machte es dem Mädchen auch Spaß, und sie hatte das Gelernte so oft es ging bei Rachel und ihrem Mann angewendet. Aber nicht einmal dazu ließ sie sich heute bewegen.

Magdalena hegte den Verdacht, dass Regine das Gespräch der Männer vom Vorabend mit angehört und sich aus Angst wieder in ihr Schneckenhaus zurückgezogen hatte. Denn im Gegensatz zu dem, was allgemein über Regine behauptet wurde, war sie zwar stumm, aber keinesfalls taub.

Zudem war Magdalena aufgefallen, dass sich Regine fast immer nur dann mit ihr ‚unterhielt', wenn sie sich allein mit ihr wähnte. Sobald jemand anderer in ihre Nähe kam – was ja bei der Enge, die in ihrer Gruppe zwangsläufig herrschte, sehr oft der Fall war –, verfiel sie sofort in eine Art Sprech- und Gebärdenstarre. Vielleicht hatte sie Angst, dass man sie für verrückt hielt.

Am späten Nachmittag trafen sie auf den Trupp Söldner, von dem Otmar gesprochen hatte, und der auch einen eigenen Tross mit sich führte. Niemand konnte Magdalena sagen, wohin die Männer ziehen würden, denn sie warteten allem Anschein nach auf weitere Befehle.

Der Kontakt zu ihren Befehlshabern jedoch schien sich schwierig zu gestalten.

Magdalena hatte nicht gewusst, dass sich das Hauptheer Mansfelds zwischen Ländereien weit im Norden und der Pfalz den katholischen Heerführern Tilly und Wallenstein in den Weg stellte, und ihm das Kriegsglück längst nicht mehr so hold war, wie es immer geheißen hatte.

Der Tross, der den Hauptheeren folgte, war immer um

ein Mehrfaches größer als das Heer – und er versorgte sich auch selbst. Diese Heere bestanden schon lange nicht mehr nur aus Männern, die das Kriegshandwerk gelernt hatten. Der Großteil unter ihnen waren Mörder und anderes Gesindel, das sich jedem Heerführer anschloss, wenn dieser ihnen nur das richtige Auskommen garantierte. Das wiederum mochte der Grund dafür sein, dass Berichte über Gräueltaten während des Kriegsgeschehens inzwischen kaum noch auszuhalten waren.

Es war Magdalena außerdem zu Ohren gekommen, dass sich einige Söldner bei verschiedenen Heeren verdingten, ihr Handgeld einstrichen und dann zum nächsten Trupp weiterzogen. Wenn man dieses Betrugs gewahr wurde, knüpfte man die Männer allerdings am nächsten Ast auf.

Dass die Söldner, denen sie sich angeschlossen hatten, nur ein versprengter Haufen des Hauptheeres waren, der irgendwann im Süden den Anschluss verloren hatte, erfuhr Magdalena auch erst viel später. Es wäre ihr darüber hinaus auch gleichgültig gewesen, hätte sie es früher erfahren.

Sie hatte wie viele andere im Tross keine Möglichkeit, sich anderweitig durchzuschlagen, und fragte schon lange nicht mehr nach Ziel, Sinn und Zweck egal welcher Gruppe Söldner.

Der Krieg war inzwischen ihr Arbeitgeber geworden.

Da keine Befehle mehr zu erwarten waren, zog ihre Gruppe auf genau dieselbe Weise durch das Land, wie Magdalena es vor Jahren von den Bairischen im Land ob der Enns erfahren hatte: Sie plünderten, brandschatzten und mordeten, denn niemand bezahlte ihnen ihren Sold, niemand kümmerte sich darum, dass sie genug zu essen hatten. Ihnen blieb nichts anderes übrig, als sich selber um ihr Überleben zu kümmern. Sich irgendwo sesshaft zu machen, um die inzwischen verwüsteten, brach liegenden

Felder zu bewirtschaften, schien ihnen unmöglich. Zu sehr hatte sich das Kriegshandwerk in sie eingebrannt, zu wenig Lust verspürten sie, ein anderes Leben zu führen als das, das sie inzwischen kannten, zu wenig Ehrfurcht hatten sie noch vor dem Leben, dem Besitz anderer, vor dem, was aller Hände Arbeit hervorbringen konnten. Ihre Berufung war der Krieg. Wenn es keinen gab, mussten sie eben einen anzetteln. Erfolg versprachen Konflikte mit den Bewohnern kleiner Städte und Dörfer, da sie sich nicht großartig zur Wehr setzen konnten. So einfach war das.

Nachdem viele Feldherren die Parole ausgegeben hatten, den nachrückenden feindlichen Truppen nichts als verbrannte Erde, ausgelöschte Dörfer und zerstörtes Leben zu hinterlassen, war in vielen Landstrichen ein Neuanfang ohnehin schwierig. Das sollten diejenigen übernehmen, die trotz Krieg und Verderben in ihrem Innersten noch Bauern geblieben waren. Oder Handwerker. Oder Kaufleute. Falls es sie noch gab. Auf keinen Fall aber Söldner.

Waren solche Dinge für Magdalena anfangs noch unvorstellbar gewesen, so wusste sie inzwischen, dass sie zum Alltag gehörten. Wobei es völlig gleichgültig war, ob es sich um katholische oder protestantische Heere handelte. Da war kein Unterschied zu sehen.

Sie hatte entsetzt zugehört, als von Plünderungen katholischer Frauenklöster berichtet wurde, und was man mit den Nonnen gemacht hatte. Es waren sowohl katholische als auch protestantische Söldner gewesen.

Sie hatte auch gehört, dass protestantische Truppen evangelische Gemeinden überfallen und ihre Kirchen geplündert oder gar niedergebrannt hatten, die, kaum wieder aufgebaut, von Katholiken erneut verwüstet wurden.

Es gab fürwahr keinen Unterschied mehr. Nur noch der blanke Kampf ums Überleben, und oftmals auch einfach die Lust am Plündern, Töten und Zerstören regierte die Soldaten.

Ob der Kaiser das so gemeint hatte, als er zum Kampf gegen die Protestanten aufrief? War ihm nicht in den Sinn gekommen, dass er dabei die Kontrolle verlieren könnte? Würde das alles irgendwann einmal zu einem Ende kommen?

Eines war ihr klar: Ein gutes Ende würde es nicht geben. Dazu geschah viel zu viel Unrecht. Auf allen Seiten.

Magdalena beschloss, sich dem Tross des noch bestehenden Hauptheeres anzuschließen. Wohin sollte sie auch sonst gehen? Die beiden Alten hatten ihr gesagt, dass sie in Ulm zu einer Base von Rachel ziehen wollten und Regine nicht mitnehmen konnten.

„Meine Base hat sicherlich kaum genug zum Leben für sich selber und für uns, ein weiteres Maul kann sie nicht stopfen", sagte Rachel. Es klang betrübt, aber Magdalena verstand. Da sie sich irgendwie für das Mädchen verantwortlich fühlte, blieb ihr nichts anderes übrig, als sie unter ihre Fittiche zu nehmen. Sie erzählte den beiden von ihren Plänen, sich im Tross nach Arbeit umzusehen, woraufhin sie ihr den Karren unter der Voraussetzung überließen, dass sie sich weiter um Regine kümmerte und sie darin wohnen ließ.

Magdalena war einverstanden. Als sie sich unbeobachtet fühlte, informierte sie die beiden auch über das Gespräch, das sie nachts heimlich belauscht hatte.

„Dann ist es fürwahr besser, wenn sie bei dir und den Soldaten bleibt", befand Franz. Er warf einen Blick zu denen hinüber, die Magdalena ihm gedeutet hatte. „Leute wie die richten mehr Unheil an als die Hexen, an die sie glauben."

„Da hast du sicherlich recht", gab Magdalena zurück, die

sehen konnte, dass eine kleine Gruppe Exulanten tuschelnd zusammenstand und böse Blicke zu ihr herüberwarf.

„Ich hoffe, ihr beide findet im Tross einen Platz und könnt überleben“, sagte Rachel mit Tränen in den Augen. „In der heutigen Zeit ist Überleben das Einzige, was man sich wünschen kann.“

Magdalena schloss kurz die Augen, hinter denen sich all das, was sie inzwischen erfahren hatte, wie eine drohende Gewitterfront aus wütenden, geschändeten, verletzten und hoffnungslosen Menschen aufbaute. Davon erzählte sie den beiden allerdings nichts. Sie wollte, dass sie sich nur um sich selber kümmerten, aber keine Sorge um sie und Regine hatten.

Rachel umarmte Magdalena und ging zusammen mit Franz zu ihrem Karren, um ihn auszuräumen.

Magdalena eröffnete Regine noch am selben Abend den Plan, beim Tross zu bleiben, und das Mädchen willigte nach längerem Zögern ein. Soldaten machten ihr nach wie vor Angst, obwohl sie unter dem Schutz der Söldner, die sie bis hierher begleitet hatten, nichts zu befürchten gehabt hatte. Aber noch mehr schien sie sich vor den Männern aus der protestantischen Flüchtlingsgruppe zu fürchten, die sich jetzt zum Aufbruch rüsteten. Darauf angesprochen, bedeutete das Mädchen ihr, dass die Männer böse seien und sie befürchte, dass sie ihr etwas Schlimmes antun könnten.

Magdalena erfuhr von den Männern, dass die Truppe unterwegs mehrmals auf bairische Söldner gestoßen war, von denen sie aber angesichts ihrer eigenen Überzahl nichts zu befürchten gehabt hätten.

„Die sind aber immer noch eine Gefahr“, sagte Otmar, der sich zu den vieren ans Feuer gesetzt hatte. „Ihr seid im Tross gut aufgehoben, und ich denke, die anderen schaffen es ohne weitere Vorkommnisse bis Ulm.“

„Werdet Ihr bei diesem Trupp bleiben oder mit Euren Männern weiterziehen?“, fragte Magdalena, als die Gespräche verstummten.

„Ich habe mich bereits von meinen Männern verabschiedet“, antwortete er. „Die Verwandten meiner Mutter leben in Ludwigsburg, wo ich auch geboren wurde.“

Magdalena zuckte die Schultern. Sie wusste weder, wo Ludwigsburg noch wo Ulm lag. Otmar schmunzelte, als er sich dessen bewusst wurde. Er zeichnete mit einem Stock einen ungefähren Plan in den nassen Boden, den Magdalena eine Zeit lang aufmerksam studierte, nachdem er ihn ihr erklärt hatte.

Wenn sie eines Tages irgendwo sesshaft wurde, dann würde sie versuchen, all das zu lernen, was es außer Lesen, Schreiben und Rechnen noch zu wissen gab. All das, was Männer wie Otmar gelernt hatten, und das für Mädchen und Frauen unerreichbar schien.

Sesshaft werden.

Was nur ging ihr da durch den Kopf?

„Ich muss wissen, wie es den Meinen geht, die ich seit über einem Jahr nicht mehr gesehen habe“, hörte sie ihn in ihre Gedanken hinein sagen.

„So verlasst Ihr den Trupp endgültig?“, fragte Magdalena, der in diesem Augenblick erst so richtig bewusst wurde, wie sicher sie sich unter seinem Schutz gefühlt hatte.

„Ja. Aber ihr werdet bei den Männern gut aufgehoben sein, die euch weiter mitnehmen. Nur …“ Er zögerte kurz. „Sie wollen morgen aufbrechen und sehen, dass sie sich einem anderen Heer anschließen.“

„Einem anderen Heer?“

„Wenn sie nicht ihre eigenen kleinen Kriege führen wollen wie so viele andere Söldnerbanden, die herrenlos umherziehen, müssen sie das tun.“

Der Krieg war für Magdalena in den vergangenen paar Tagen und mit der Sorge um das eigene Überleben in weite Ferne gerückt gewesen. Jetzt holte er sie wieder ein.

„Ich werde die Exulanten noch bis Ulm begleiten", sagte Otmar. Er stand auf und zeigte auf die Karte, die er in den Sand geritzt hatte. „Ist derselbe Weg."

Es tröstete Magdalena ein wenig zu wissen, dass die beiden Alten unter der Obhut Otmars gut aufgehoben waren.

*

Rachel und Franz hatten ihren Karren so weit ausgeräumt, dass nur noch ein paar Decken übrig geblieben waren. Den Rest luden sie in Magdalenas Korb um, den sie ihnen geschenkt hatte, und den die beiden abwechselnd tragen wollten. Dann verabschiedeten sie sich von ihr und einer ziemlich aufgelösten Regine.

„Magdalena bleibt bei dir und passt auf dich auf", sagte Rachel zum Abschied und nahm sie in den Arm.

Auf beiden Seiten rannen Tränen, bis Franz dem Ganzen ein Ende setzte und seine Frau drängte, aufzubrechen. Die anderen warteten schon ungeduldig.

Otmar hatte sich auf sein Pferd gesetzt und gab seinen Schutzbefohlenen noch ein paar Anweisungen, dann setzte er sich zusammen mit ihnen in Bewegung.

Magdalena winkte dem Häufchen nach und schaute sich dann suchend um. Regine war verschwunden. Sie lief das ganze Lager ab, fragte alle nach dem Mädchen. Niemand hatte die Stumme gesehen. Sie fand sie schließlich in der Karre der beiden Alten zusammengekauert auf einer Decke sitzend. Reglos. Mit diesem leeren Blick, den Magdalena inzwischen so gut kannte.

„Wir bleiben hier", sagte sie und legte ihren Arm um die mageren Schultern des Mädchens. „Ich war schon einmal in einem Tross unterwegs und werde alles tun, damit wir überleben können."

Sie spürte, dass Regine zitterte wie Espenlaub.

„Was ist mit dir?", fragte sie.

Regines Hände beschrieben unbeholfen, was sie bewegte, und daraus und aus den gestammelten Lauten, die sie von sich gab, glaubte Magdalena zu verstehen: Sie hatte große Angst davor, als Hexe gesehen zu werden. Also hatte sie mitbekommen, was und wie man über sie redete.

Magdalena erschauerte. Sie wusste genau, wie sich das Mädchen fühlte, und für ein paar Augenblicke holten sie ihre eigenen, alten Ängste wieder ein. Das Gefühl, verloren und etwas ausgeliefert zu sein, gegen das man sich nicht wehren konnte. Es war unmöglich, jemandem in diesem Fall das Gegenteil von dem zu beweisen, was einem unterstellt wurde.

„Du bist keine Hexe", sagte sie zu ihr. „Es gibt nämlich keine."

Regines Kopf flog von einer Seite zur anderen.

Magdalena fing ihn ein, hielt ihn fest und schaute ihrer Gefährtin in die Augen.

„Es gibt dumme Menschen, die so etwas behaupten. Aber kannst du das Wetter ändern? Kannst du jemanden krank machen? Oder kannst du ein Pferd lahmen lassen?"

Regines Kopf zuckte in Magdalenas Händen ein wenig zur Seite.

„Kannst du nicht. Das kann nur Gott, wenn er glaubt, dass es für irgendetwas in seinen Plan passt. Aber Menschen können so etwas nicht."

Sie ließ Regines Kopf los und setzte sich neben das Mädchen auf die Decken, die im Karren lagen.

‚Ich habe gehört, was die Männer am Feuer gesagt haben. Sie denken, ich bin eine Hexe', bedeutete Regine ihr mit den Händen. Tränen rannen über ihr Gesicht. ‚Nicht alle denken wie du!'

Magdalena kniff die Lippen zusammen und nickte. „Ich weiß. Aber diejenigen, die so über dich geredet haben, sind weg. Wir sind hier sicher."

Regines Kopf sank an ihre Schulter.

‚Ich bete dafür', sagten ihre Hände, und Magdalena tat es ihr gleich. Zum ersten Mal seitdem sie von zu Hause weggegangen war, betete sie.

‚Wir werden nicht nach Nürnberg ziehen?', fragte Regine wenig später.

„Ich weiß nicht, wohin wir ziehen werden", gestand ihr Magdalena. „Ich weiß nur, dass wir noch lange nicht zur Ruhe kommen werden."

## 15

Der Söldnerhaufen stand unter der Führung von Hauptmann Daniel Kürzinger, der es recht gut verstand, seine Männer zusammenzuhalten. Den Tross wiederum leitete ein altgedienter Feldwebel, den es auf recht verworrenen Wegen aus dem katholischen Heer eines gewissen Generalissimus Johann T'Serclaes von Tilly zu den Protestanten verschlagen hatte. Es hieß, seine Kameraden hätten ihn nach einer Schussverletzung irgendwo hilflos zurückgelassen, was ihn veranlasst habe, sich von ‚Leuten dieses Schlages' abzuwenden und den Glauben derer anzunehmen, die ihn aufgesammelt, gesund gepflegt und ihm eine neue Aufgabe gestellt hatten.

Protestanten.

„Viele bedeutende Männer sind vom evangelischen in den katholischen Glauben übergewechselt, weil sie dachten, dort besseres Geld verdienen zu können", gab er einmal zum Besten, als man ihn darauf ansprach. „Pappenheim, Wallenstein, Herberstorff, um nur drei von ihnen zu nennen. Weshalb nicht auch einmal umgekehrt?"

Magdalena wusste, dass nicht nur im Tross, sondern auch bei den Söldnern beide Konfessionen anzutreffen waren. Wie sich auch immer mehr Leute darunter befanden, die aus aller Herren Länder kamen und sich in den unterschiedlichsten Sprachen und Dialekten verständlich machten. Ein bunt zusammengewürfelter Haufen, in dem sich niemand daran störte, woher jemand kam oder welcher Religion er angehörte. Der Krieg hatte sie zu einer Gemeinschaft zusammengefügt, für die letztendlich nur eines wichtig war: zu überleben.

Der Anführer des Trosses nannte sich Frieder. Er besaß einen alten Klepper, den er sorgfältig pflegte und dem er das beste Futter zukommen ließ, das er auftreiben konnte. Wer bei ihm gut angeschrieben sein wollte, kümmerte sich nicht nur um Frieders leibliches Wohl, sondern vor allem um das seines Gauls.

„Der ist bei mir geblieben, wie alle anderen abgehauen sind und mich im Dreck liegen gelassen haben", sagte Frieder gerne über sein Pferd. „Der ist mein Freund, niemand sonst."

Dazu erzählte man sich im Tross, dass die Söldner den Mann halbtot irgendwo neben einem Pferd liegend gefunden hätten. Ohne das Tier, dem ihr eigentliches Interesse galt, hätten sie ihn überhaupt nicht gesehen. Weil weder an der Kleidung noch an irgendetwas anderem zu erkennen war, zu welcher Truppe der Alte gehörte, nahm man ihn schließlich mit. Die Waffen, an denen vielleicht noch zu sehen gewesen wäre, unter wessen Befehl er unterwegs gewesen war, hatten seine flüchtigen Kameraden mitgenommen. Was zunächst wie ein großes Unglück aussah, wendete sich für Frieder zum Besseren, wie er immer wieder beteuerte.

Sein Pferd verteidigte er mit allen ihm zur Verfügung stehenden Mitteln, als er einigermaßen genesen war. Das Tier hatte sich im Übrigen geweigert, sich von ihm zu trennen, als man es den anderen Trosspferden zuführen wollte. Es biss und schlug um sich, bis man es bei seinem Herrn ließ.

Zwei Trossbuben scharwenzelten ständig um Herrn und Pferd herum. Hinter vorgehaltener Hand bezeichnete man die beiden als Spione und faules Gesindel, das zusammenraffte und fraß, was von ihres Herren Tische fiel. Es war aber trotz oder gerade wegen ihres schlechten Rufes besser, es sich nicht mit ihnen zu verderben, da niemand so genau wusste, was sie ihrem Herrn zutrugen, und was daraus entstehen konnte.

Im Tross gab es jedoch nicht nur Marketenderinnen wie Magdalena, die hauptsächlich vom Handel mit allerlei Erbeutetem, Getauschtem und Gestohlenem ihren Lebensunterhalt verdienten. Es gab neben Zimmerleuten, Büchsenmachern, Wagnern, Schmieden und einem Sattler auch einen Bäcker, einen Metzger, einen Schankwirt und einen Hirten, der die mitgeführten Ochsen, Schafe und Schweine zu beaufsichtigen hatte. Dass die Tiere von überfallenen Bauernhöfen stammten, stand außer Zweifel. Auch die Hühner, Enten und Gänse, die sich im Besitz der mit dem Tross ziehenden Familien befanden, waren meist bei einem der Überfälle auf ein Dorf entwendet worden.

Da nicht nur unter den Söldnern, sondern auch im Tross die unterschiedlichsten Dialekte und gar Sprachen gesprochen wurden, hatte Regine plötzlich einen ungeahnten Vorteil. Sie hatte zusammen mit Magdalena ihre ganz eigene Sprache mit den Händen weiterentwickelt, sodass sie sich inzwischen nicht nur mit ihr, sondern auch mit einigen anderen im Tross unterhalten konnte.

Magdalena freute sich darüber und hoffte, das Mädchen fände auf diese Weise auch ihre tatsächliche Sprache wieder.

Wohin genau sie zogen, war inzwischen nicht mehr so wichtig. Der Tross folgte dem Haufen, und der schien nur ein Ziel zu verfolgen: Bauernhöfe und Dörfer zu finden, die es auszuplündern galt. Während Soldaten die Menschen verscheuchten oder in Schach hielten, drangen Trossleute in ihre Behausungen ein und nahmen mit, was sie brauchen konnten, um es später an die Söldner zu verscherbeln.

Dazu gehörten neben Kleidungsstücken auch Töpfe, Pfannen, Krüge, noch brauchbares Geschirr und

Trinkgefäße. Aus den Vorratskammern wurde ohnehin alles mitgenommen, was darin zu finden war.

Magdalena achtete streng darauf, dass den Menschen, denen sie ihr Hab und Gut wegnahm, so viel blieb, dass sie zumindest eine Zeit lang überleben konnten. Sie wusste allerdings, dass nicht alle so dachten und handelten wie sie, und viele der arg geplagten Bauern hungers sterben mussten, wenn sie nicht erschlagen wurden, weil sie ihr Hab und Gut verteidigten.

Als die Männer eines Tages ein Dorf überfielen und begannen, die kleine Kirche zu plündern, stellte sich Magdalena ihnen in den Weg.

„Seid ihr wahnsinnig geworden?“, schrie sie die Söldner an, die Feuer an das Kirchlein legen wollten.

„Wir nehmen uns, was wir brauchen können“, knurrte einer der Männer sie an.

„Das ist ein Gotteshaus, du Hornochse!“, gab Magdalena entrüstet zurück. „Habt ihr denn vor nichts Respekt? Löscht sofort das Feuer!“

„Respekt?“, fragte der Söldner und kam mit einem brennenden Ast auf sie zu. „Wovor Respekt? Wir wollen überleben, was kümmert uns da ein Gotteshaus?“

„Zum Überleben könnt ihr euch bei den Bauern was holen, aber ihr müsst nicht auch noch die Kirche abbrennen. Ihr habt sie geplündert, das muss reichen.“

„Scher dich zum Teufel, du verdammtes Weibsbild“, schrie der Söldner und stieß sie so grob an, dass Magdalena strauchelte und rücklings zu Fall kam. „Gotteshaus hin oder her: Wenn ich will, dass es brennt, brennt es. Du weißt doch, dass Feuer alles läutert, nicht wahr? Ich brenne dieses Scheißhaus nicht einfach nur nieder, ich läutere es!“ Er lachte dröhnend, hob den brennenden Ast und stieß damit nach ihr. „Und wenn du mir nicht sofort aus dem

Weg gehst, erfährst du am eigenen Leib wie das ist mit dem Läutern!“

Schützend hielt sich Magdalena die Arme vors Gesicht. Ein paar Funken stoben auf sie herab und verfingen sich knisternd in ihren Haaren. Magdalena wandte sich zur Seite und entkam dem Angriff des Söldners gerade noch rechtzeitig, bevor jener tatsächlich mit dem Ast auf sie einschlug.

Es kam auch vor, dass die Bauern und Handwerker nicht einfach nur überfallen und ausgeraubt wurden. Oftmals gab es einen regen Handel mit ihnen, und sowohl Kleidung als auch Küchenutensilien und manchmal sogar Waffen fanden einen neuen Besitzer. Aber vor allen Dingen gehörte Wein zu den beliebtesten Diebes- oder, im besten Fall, Handelsgütern. Da der Frieder sehr gerne und oft dem Wein zusprach, und sich alle gut mit ihm stellen wollten, hatte er ständig einen ansehnlichen Vorrat davon.

Von Plackerei lebten sie im Tross, also von Straßenraub, und von Kontribution, wenn sie eine Stadt belagerten und diese lieber die verlangten Abgaben bezahlte, als sich niederbrennen zu lassen. Auch verlangten sie hin und wieder Ranzion von den Besitzern größerer Bauernhöfe, die durch das Lösegeld ihre Frauen, Kinder und Mägde freikaufen konnten. Wörter, die Magdalena vorher nie gehört hatte, mit deren Bedeutung sie jedoch schnell umzugehen lernte.

Es war ein Leben, das ihr zunächst völlig zuwider war, weil sie es von ihrem allerersten Tross her nicht so kannte. Sie musste sich dem im Laufe der Zeit jedoch fügen, wollte sie nicht als Trosshure ihren Unterhalt verdienen müssen oder irgendwo zurückgelassen werden, um einem anderen Haufen Soldaten als Beute in die Hände zu fallen. Was mit solchen Beutefrauen geschah, kannte sie aus ihrem eigenen Tross. Auch wenn ihr nicht gefiel, wie man mit ihnen umging, so hatte sie entgegen ihrer sonstigen Art inzwischen weder die Kraft noch den Mut, etwas dagegen zu unternehmen.

Magdalena hatte in den mühsamen Versuchen, sich mit Regine zu unterhalten, von ihr erfahren, dass deren Familie damals tatsächlich von marodierenden Baiern überfallen worden war, wie Magdalena schon vermutet hatte. Die Eltern wurden ermordet, sie selber flüchtete in den eiskalten Bach hinter der Mühle, nachdem ein paar Söldner über sie hergefallen waren und sie brutal vergewaltigt hatten. Dort fand sie ein Junge aus der Nachbarschaft, der vor den Söldnern behauptete, ihr Liebster zu sein. Er wolle mit ihnen ziehen und sein Liebchen mitnehmen. Damit der Bursche wusste, was die Stunde geschlagen hatte, zog ihm einer der Söldner sein Messer übers Gesicht, was es für immer entstellte.

„Hast du keine Verwandten, bei denen du dich in Sicherheit bringen konntest?“, wollte Magdalena wissen.

Regine schüttelte den Kopf.

‚Ich hatte einen Bruder, weiß aber nicht, was aus ihm geworden ist. Er war bei dem Überfall nicht zu Hause. Aber sonst kenne ich niemanden‘, verstand Magdalena aus dem, was ihr Regine mit den Händen zu verstehen gab.

‚Sie haben uns bis Linz mitgeschleppt‘, bedeutete Regine weiter mit den Händen. ‚Dort hat Jakob dafür gesorgt, dass ich nicht bei dem Haufen bleiben musste. Er sagte, er bringe mich zu einem der Frauenhäuser, damit die mich gesund pflegen. Dann könne ich den Männern wieder zu Diensten sein, wie er ihnen sagte.‘

Magdalena hatte längst verstanden, was dem Mädchen die Sprache verschlagen hatte. Aber dass ihr einstiger Retter sie in ein Haus bringen wollte, in dem sie als Hure arbeiten musste, machte sie sprachlos.

Tatsächlich hatte Jakob einen anderen Plan verfolgt.

Er brachte sie zwar zunächst zu den Huren in Linz, wie er gesagt hatte. Aber während sich die Frauen noch um das geschändete, schwer verletzte Mädchen kümmerten, machte er eine protestantische Familie ausfindig, die aus Österreich wegziehen wollte. Das junge Eheweib des einzigen Sohnes war vor wenigen Wochen verstorben, und Regine sollte an ihrer Stelle mit der Familie aus Linz verschwinden und mit ihnen nach Regensburg ziehen. Dazu gaben sie nach längeren Verhandlungen dem Mädchen die Papiere der Verstorbenen und brachen mit ihr zusammen ein gutes Jahr später in eine ungewisse Zukunft auf.

Magdalena war sich sicher, dass die Familie das nicht aus purer Nächstenliebe getan, sondern dass ein gehöriger Batzen Geld den Besitzer gewechselt hatte. Woher das Geld kam, konnte sie nicht herausfinden. Ein einfacher Bauernbursche wie dieser Jakob hatte bestimmt nicht die Mittel dafür. Es sei denn, er hatte sich das Geld auf unlautere Weise besorgt. Darüber wusste das Mädchen nichts zu sagen. Sie hatte den Jungen nicht mehr wiedergesehen, und die Familie, zu der er sie bringen hatte lassen, redete nicht mit ihr darüber.

„Dann heißt du gar nicht Regine?", fragte sie.

Sie schüttelte den Kopf, wollte aber nicht sagen, wie sie tatsächlich hieß.

Auch das verstand Magdalena. Alle um sie herum kannten das Mädchen unter dem Namen Regine, und selbst in dem wenigen, das sie bei sich trug, war dieser Name zu finden. Es wäre möglicherweise zu erneuten Angriffen gegen sie gekommen, hätten die anderen herausgefunden, dass sie unter falschem Namen unterwegs war. Das mit der Hexe stand immer irgendwo im Raum, wenn auch niemand es bislang angesprochen hatte. Da musste man nicht auch noch Öl ins Feuer gießen.

Jakob, der das Mädchen gerettet hatte, war nicht wieder aufgetaucht, nachdem er Regine bei Nacht und Nebel in die Obhut der Familie Niedermeyer übergeben hatte. Sie wiederum fühlte sich bei ihnen zwar geduldet, aber keinesfalls als das aufgenommen, was sie Papieren und allem anderen zufolge war: als Ehefrau ihres Sohnes.

Doch das war ihr ganz recht so.

Der junge Mann hatte einmal versucht, mit ihr etwas zu tun, das er als Ehevollzug bezeichnete. Denn, so sagte er ihr, wenn sie schon als sein Weib mit ihnen komme, dann müsse sie auch die Pflichten einer Ehefrau übernehmen. Als er jedoch sah, was die Baiern mit ihr angerichtet hatten, ließ er es sein.

So kam es, dass sie zwar mit der Familie zog, aber darüber hinaus völlig allein gelassen wurde. Das, so verstand sie sehr schnell, war hauptsächlich dem Willen der Mutter geschuldet.

Es war nicht ungefährlich gewesen, Regine in die Rolle der Verstorbenen schlüpfen zu lassen, das ließ ihre ‚Schwiegermutter' das Mädchen immer wieder wissen. Allerdings fiel der Schwindel in den allgemeinen Wirren nicht weiter auf, die damals in Linz herrschten. Man hatte genug mit sich selber zu tun, und die Verantwortlichen waren mit wichtigeren Dingen beschäftigt. Niemand fragte etwas, niemand kümmerte sich weiter darum. Man war froh, die Ketzer loszuwerden, solange nur die Papiere in Ordnung und etwaige Schulden beglichen waren.

Regine verfiel in eine so tiefe Traurigkeit, dass sie kaum etwas aß, geschweige denn sich bemüht hätte, durch kleine Gefälligkeiten das Wohlwollen der Hausfrau zu erlangen. Der es wiederum ganz gelegen kam, dass sich ihre ‚Schwiegertochter' immer weiter zurückzog. So hatte sie allen Grund, sie mehr und mehr zu verachten. Warum sich das Mädchen so verhielt, und dass sie ihr bestimmt hätte helfen können, wäre sie ihr gegenüber umsichtiger gewesen, interessierte sie nicht.

Dann aber geschah etwas sehr Seltsames: Der junge Mann überreichte Regine eines Abends ein goldenes Amulett, das er auf seiner letzten Geschäftsreise in einem Pfandhaus erstanden hatte und ursprünglich seiner rechtmäßig angetrauten Ehefrau hatte schenken wollen. Dazu war es aber nicht gekommen, weil jene verstarb, ehe er von seiner Reise zurückgekommen war. Er hatte es die ganze Zeit über aufbewahrt, unschlüssig, was er damit machen sollte.

Regine wollte das Geschenk zunächst nicht annehmen, da sie genau wusste, dass er es nicht für sie ausgesucht und gekauft hatte. Es war, als stehle sie es der toten Frau. Außerdem erschreckte sie das merkwürdige Tier, das auf einer Seite zu sehen war, und noch mehr die unheimlichen Zeichen auf der anderen Seite. War das ein Hexenamulett? Wollte ihr die Familie damit etwas antun, das noch schlimmer war als das, was die Baiern mit ihr gemacht hatten?

Aber ihr angeblicher Ehemann beteuerte, dass es sich um eine sehr alte Münze aus purem Gold handle, die er ihr überlassen wolle, falls sich eines Tages ihre Wege trennten. Sie habe ja keinerlei Anspruch auf Unterhalt von Seiten seiner Familie, da wolle er sie wenigstens auf diese Weise unterstützen. Das Amulett hätte seiner Frau auf dieselbe Weise gedient, wäre ihm etwas zugestoßen. Jetzt gehöre es ihr. Aber er legte ihr eindringlich nahe, niemandem etwas davon zu sagen. Schon gar nicht seiner Mutter.

„Du kannst diese Münze verkaufen und davon eine Zeit lang leben“, sagte er und sah zu, wie sie das Amulett schließlich in den Saum ihres Unterkleides einnähte.

In dieser Nacht legte er sich zu ihr, ohne dass sie sich wehrte.

Während er ihren mageren Körper mit Küssen bedeckte und schließlich in sie eindrang, fühlte sie sich für eine winzige Ewigkeit als Geliebte, als Frau. Nicht als Hure, nicht als brutal Geschändete. Während sie seine Stöße in ihren Schoß duldete, hoffte sie, dass er doch Gefallen an ihr gefunden hatte, sie bei ihm und seiner Familie bleiben und ein ganz normales Leben als Ehefrau und Mutter führen konnte. Dafür würde sie erdulden, dass er jede Nacht von ihr verlangte, die Ehe mit ihm zu vollziehen. Es schien ihr immer noch besser als eine Zukunft, die immer ungewisser für sie wurde. Aber insgeheim war sie sich darüber im Klaren, dass seine Mutter alles dazutun würde, genau das zu verhindern.

In der Nähe ihres ‚Ehemannes' hatte Regine gelernt, wieder ein wenig zu sprechen. Sie begann auch, etwas mehr auf sich zu achten und vor allen Dingen mehr zu essen. Das freute ihren ‚Ehemann', der offenbar tatsächlich Gefallen an ihr gefunden hatte, sie immer wieder wohlwollend betrachtete und aufzumuntern versuchte. Inzwischen schlief er jede Nacht mit ihr, und sie mochte es sogar, wenn er ihren Körper mit dem seinen bedeckte und einen Teil von sich in sie stieß.

Bis sie eines Abends hörte, wie seine Mutter über sie redete. Sie hatten vor ein paar Tagen Linz verlassen und befanden sich auf dem Weg Richtung bairische Grenze.

Dass es ausgemacht gewesen sei, sie über die Grenze zu bringen, bis Regensburg allenfalls, sagte sie. Mehr sei für das bezahlte Geld nicht vereinbart worden. Und dass damit ihre Aufgabe erfüllt sei. Dass sie nicht mit einer Stummen herumziehen und allen erklären wolle, was es mit der Dirne auf sich habe. Wer verheiratete denn seinen einzigen Sohn mit einer wie der? Einer Dahergelaufenen. Da gab es andere Möglichkeiten. Seine verstorbene Ehefrau sei schließlich aus anständigem Hause, wohlerzogen und mit einer ansehnlichen Aussteuer versehen gewesen. Aber die hier? Man wisse ja nicht einmal, wer ihre Eltern waren und was sie getrieben habe, bevor sie der Bursche mit der hässlichen Visage zu ihnen gebracht habe. Geschändet sei sie worden? Na, also das wisse sie besser. Weiber wie die wurden nicht geschändet, die boten sich den Männern freiwillig an. Gegen Geld. Von so einer, über die wer weiß wie viele Hurenböcke gestiegen seien, wolle sie keine Enkelkinder haben. Was, wenn von einem der Kerle noch etwas in ihr war, das die Kinder schon im Mutterleib verdarb? Das hatte es schon öfter gegeben! Er möge sich bitte anderweitig die Lenden stoßen, wenn es denn unbedingt notwendig sei.

Anderweitig die Lenden stoßen.

Regine weinte die halbe Nacht. Denn am selben Abend noch war ihr ‚Ehemann' zu einer anderen gegangen, die in der Gruppe mitreiste und sich den Männern tatsächlich gegen Geld anbot. Sie hatte ihr Zelt ganz in der Nähe ihres eigenen Lagers aufgeschlagen, und als Regine besorgt durch das Lager strich, um ihn zu suchen, hörte sie die andere stöhnend seinen Namen sagen. Und sie hörte, dass er dieselben Worte für sie gebrauchte, die er Regine in ihren intimsten Stunden zugeraunt hatte.

„Ich würde dich sehr gerne bei mir behalten, weil ich Gefallen an dir gefunden habe", gestand er, nachdem sie in der kommenden Nacht noch einmal seinen Annäherungen nachgegeben hatte in der Hoffnung, ihn an sich binden zu können, wenn sie sich gefügig zeigte.

‚Was ist mit der anderen Frau, bei der du gestern Abend gelegen hast?', wollte sie auf die Art von ihm wissen, die zwischen ihnen vertraut geworden war.

„Nichts. Ich wollte meiner Mutter zeigen, dass ich verstanden habe. Sie möchte das mit dir nicht, und ich muss ihr gehorchen."

Es war das letzte Mal, dass er sich ihr näherte.

Regine musste kurz darauf zusehen, wie er sich um ein anderes Mädchen bemühte, das wohl eher dem Geschmack seiner Mutter entsprach und mit dem er nach kurzer Zeit bereits direkt neben Regine sein Lager teilte.

Als sie kurz darauf überfallen wurden, kümmerten sich alle nur um sich selbst. Ihre Familie beschützte die Bettgefährtin ihres Sohnes, Regine überließen sie den Söldnern.

Nachdem Magdalena das alles aus dem herauslesen hatte können, was Regine ihr verständlich machen wollte, nahm sie die Freundin schweigend in die Arme. Unnötig, weiter darüber zu reden. Es war alles gesagt.

*

Dann kam der Tag, vor dem sich alle gefürchtet hatten und an dem sie wie aus dem Nichts von einem Haufen Kroaten angegriffen wurden. Die Söldner verteidigten sich und den kleinen Tross tapfer, hatten aber keine Chance gegen die berittenen Männer, die wie die wilde Jagd alles niederritten, was ihnen unter die Hufe kam. Wer überlebte, wurde erschossen, erschlagen, niedergestochen. Es war ein gnadenloses Gemetzel, dessen Grund nur darin bestand, einen feindlichen Haufen auszulöschen. Beute zu machen.

Am Ende dieses grauenhaften Tages lagen viele Männer, Frauen und Kinder tot auf der Straße und in den angrenzenden Feldern. Die meisten Karren des Trosses waren zerstört, ausgeplündert, verbrannt; die restlichen wurden mitgenommen, wenn sie gut beieinander waren. Lebensmittel, Kleidung und allerhand anderes Brauchbares verschwand mit den Männern. Sie hatten die Weiber vergewaltigt, erschlagen oder, wenn sie den Männern gefielen, als Beutefrauen mitgenommen. Selbst vor den Kindern schreckten die Kerle nicht zurück. Die größeren nahmen sie als Beute mit, die kleineren packten sie an den Füßen und schlugen sie mit den Köpfen gegen die Räder der Karren oder die Stämme der umstehenden Bäume.

Magdalena war von einem Hieb gegen den Kopf niedergestreckt worden, ein Pferdehuf hatte sie am Rücken getroffen. Vielleicht hatten die Männer geglaubt, sie sei tot, weil sie blutüberströmt und völlig reglos am Straßenrand zu liegen gekommen war. Wahrscheinlich hatten sie auch keine Lust mehr gehabt, dem Weib nötigenfalls den Rest zu geben.

Als sie zu sich kam, war mit milchigem Dämmerlicht ein neuer Tag angebrochen. Ihr brummte der Schädel, dass sie meinte, er würde platzen. Sie erinnerte sich daran, das schon einmal erlebt zu haben und wünschte sich, Ruth oder Trude kämen zurück, um ihr zu helfen wie damals. Sie hätte in diesem Fall auch nichts dagegen gehabt, wenn die beiden sie wieder im Stich gelassen hätten. Nur einfach jemanden haben, der da war und half!

Mühsam rappelte sich Magdalena auf und schaute sich um. Viel konnte sie nicht erkennen. Überall leblose, geschundene Körper zwischen rauchenden, glimmenden Karren, die schaurig anmutendes Licht verbreiteten. Sie hörte leises Stöhnen, das verzweifelte Wiehern eines verletzten Pferdes ganz in ihrer Nähe. Es war der Gaul des Trossführers. Dem Alten hatte man den Schädel eingeschlagen und alles weggenommen, was er auf dem Leib getragen hatte. Sein Pferd hatten sie angeschossen, dass es halb auf seinem Herrn zu liegen kam und langsam und qualvoll verendete. Selbst im Tod verließ das Tier seinen Herrn nicht, wenn auch völlig ungewollt.

Was für ein Wahnsinn!

Magdalena ließ sich zurück auf den Boden sinken, lehnte sich an die Reste eines der Trosskarren und starrte auf das Grauen vor sich. Der Rücken schmerzte, dass es kaum auszuhalten war, der Schädel brummte noch immer – aber sie lebte.

„Regine?", flüsterte sie, erhielt aber beinahe erwartungsgemäß keine Antwort. „Herr im Himmel, was soll das alles nur werden?"

„Ein feste Burg ist unser Gott …"

Magdalena hob überrascht den Kopf. Jemand sang dieses Lied, das die protestantischen Bauern in Österreich vor den erwarteten Angriffen katholischer Soldaten sangen. Martin Luther hatte es verfasst. Lange nicht gehört. Wie sie auch schon lange keinen evangelischen Gottesdienst mehr erlebt hatte.

Vorsichtig und mit schmerzverzerrtem Gesicht rappelte sie sich auf und begann, nach dem Ursprung dieses Lebenszeichens zu suchen. Dabei schloss sie immer wieder die Augen vor dem, was um sie herum zu sehen war. Sie wollte weder die Toten sehen noch die Verwüstungen, die ihre Angreifer hinterlassen hatten. Sie richtete alle Sinne auf den Ursprung des Gesangs.

„Ein gute Wehr und Waffen …"

Sie stimmte in die wohlbekannten Verse mit ein:

„Er hilft uns frei aus aller Not,
die uns jetzt hat betroffen.
Der alt böse Feind
mit Ernst er's jetzt meint,
groß Macht und viel List
sein grausam Rüstung ist,
auf Erd ist nicht seinsgleichen."

Dann ließ sie sich neben dem Jungen ins Gras sinken, der, an einen Baum gelehnt, vor sich hingesungen hatte. Es war einer der beiden Burschen, die sich um Frieder und sein Pferd gekümmert hatten. In seinen Armen hielt er den leblosen Körper einer jungen Frau, den er sanft wiegte.

Magdalena schob einen Arm um seine Schultern und sang mit, bis der Junge immer leiser wurde und sein Kopf erschöpft an ihre Brust sank. Sie strich ihm sanft über sein struppiges Haar. Dann bettete sie ihn vorsichtig an den Fuß des Baumes und zog die schrecklich zugerichtete tote Frau aus seinen Armen, um sie ein Stück von ihm entfernt abzulegen, bevor sie sich wieder neben den Jungen setzte und leise weitersang.

„Mit unsrer Macht ist nichts getan,
wir sind gar bald verloren;
es streit' für uns der rechte Mann,
den Gott hat selbst erkoren.
Fragst du, wer der ist?
Er heißt Jesus Christ,
der Herr Zebaoth,
und ist kein andrer Gott,
das Feld muss er behalten.
Und wenn die Welt voll Teufel wär
und wollt uns gar verschlingen,
so fürchten wir uns nicht so sehr,
es soll uns doch gelingen.
Der Fürst dieser Welt,
wie sau'r er sich stellt,
tut er uns doch nicht;
das macht, er ist gericht':
ein Wörtlein kann ihn fällen."

Ein Wörtlein.
Nicht tausend Waffen und noch mehr Tote.
Ein Wörtlein!

„Das Wort sie sollen lassen stahn
und kein' Dank dazu haben;
er ist bei uns wohl auf dem Plan
mit seinem Geist und Gaben.
Nehmen sie uns den Leib,
Gut, Ehr, Kind und Weib:
lass fahren dahin,
sie haben's kein' Gewinn,
das Reich muss uns doch bleiben."

# 16

„Ich heiße Thomas“, sagte der Junge, nachdem er aus einem so tiefen Schlaf erwacht war, dass Magdalena schon befürchtet hatte, er sei in der Nacht verstorben.

Er hatte eine kleine Stichwunde am Arm, mehrere blaue Flecken im Gesicht und eine Beule am Hinterkopf.

„Wer ist die Frau dort?“, fragte Magdalena und zeigte auf die Tote, die der Junge in den Armen gehalten hatte. Sie verband die Wunde an seinem Arm mit einem Stück Stoff, das sie aus ihrem Rock gerissen hatte.

„Ich weiß es nicht. Sie lag da, hat geweint, und ich habe sie festgehalten, bis sie tot war“, antwortete Thomas. Er zeigte auf den Bauch der Frau. „Sie haben ein Kindlein aus ihr herausgeschnitten und ihm dann den Kopf abgeschlagen. Was machen wir jetzt?“

Magdalena starrte auf die Tote.

„Grundgütiger, in was für einer Welt leben wir?“ Sie strich dem Jungen vorsichtig über die Wangen. „Wir ziehen weiter.“

Dann stand sie auf und begann, ein paar Habseligkeiten zusammenzusuchen, die sie zwischen den Toten und den verbrannten Karren fand. Auch ihre eigene Karre war verbrannt worden. Nichts von dem, was sich darin befunden hatte, war noch zu retten.

Außerdem suchte sie überall verzweifelt nach Regine, konnte sie aber nirgends finden. Vielleicht hatte sie davonlaufen können, sich irgendwo versteckt, und würde wieder auftauchen, sobald Ruhe eingekehrt war.

Ruhe.

Inzwischen waren Krähen aufgetaucht, die sich laut kreischend über die Toten hermachten. Magdalena glaubte, in der vergangenen Nacht auch das Heulen von Wölfen gehört zu haben. Vielleicht hatte sie das auch nur geträumt. Seltsamerweise beunruhigte sie die Vorstellung nicht, dass Wölfe in der Nähe waren. Wenn die tatsächlich auf dieses Schlachtfeld kamen, hatten sie genug zu fressen, da brauchten sie sich nicht mit einem wehrhaften Menschen herumzuplagen.

Sie schämte sich abgrundtief für ihre Gedanken und legte sich weinend neben den Jungen, der wieder eingeschlafen war.

„Hast du irgendwo Regine gesehen?“, fragte sie ihn, als er erwachte.

Er schüttelte den Kopf.

„Die Stumme? Nein.“

Magdalena hatte irgendwo noch ein paar Brotreste und im Feuer geschmorte Äpfel gefunden, die sie mit dem Jungen teilte.

„Wir müssen versuchen, ein Dorf zu finden, Thomas. Hier können wir auf keinen Fall länger bleiben.“ Sie zeigte auf die kreischenden Vögel, die sich um den Kadaver von Frieders Pferd stritten. „Ich weiß nur nicht, wo wir sind. Du?“

Thomas schüttelte erneut den Kopf.

„Ich bin einfach nur mitgezogen“, gab er zu. „Wohin, hat mich nicht weiter gekümmert.“

Magdalena biss sich kurz auf die Unterlippe. ‚So wie ich selbst‘, dachte sie.

Und wahrscheinlich nicht nur sie, sondern auch die anderen, die dem Trupp gefolgt waren.

„Die Toten hier – das sind nicht alle, die im Tross dabei waren“, sagte sie. „Wo sind die anderen, weißt du das?“

Der Junge zeigte dorthin, wo die Sonne hinter dem Feld heraufzog, das wohl einmal Getreide getragen hatte. Es war verbrannt wie so vieles um sie herum und übersät von den Überresten dessen, was einmal ein Tross gewesen war.

„Komm, lass uns versuchen, ihnen zu folgen."

Die Toten überließen sie der Natur, sie konnten nichts mehr für sie tun.

Als sie an dem toten Gaul vorbeikamen, unter dem der Frieder ausgestreckt lag, scheuchten sie einen Schwarm Krähen auf, der sich kurz erhob und sofort wieder auf seiner Beute niederließ. Überall waren die schwarzen Vögel zu sehen, und dazwischen entdeckte Magdalena die schwarzbraunen Rücken eines kleinen Wolfsrudels, das sie umgekehrt jedoch nicht wahrzunehmen schien. Zu sehr waren sie mit dem reichhaltigen Nahrungsangebot beschäftigt, das sich ihnen kampflos bot.

Magdalena erbrach ihr ohnehin karges Frühmahl wieder. Thomas stand mit geschlossenen Augen neben ihr, unfähig, auch nur einen Schritt weiterzugehen.

„Frieder", sagte er leise. „Wir müssen ihn doch begraben!"

Überlebende aus ihrem Tross fanden sie nicht mehr. Geschweige denn, dass sie auch nur die geringste Spur der restlichen Truppe gefunden hätten, zu der er einmal gehörte. Dafür stießen sie gegen Mittag auf eine Gruppe Söldner, die auf einer kleinen Anhöhe am Rand eines Waldes lagerte. Den Zeichen zufolge, die ihre Pferde trugen, gehörten sie zu den Kaiserlichen.

Magdalena fuhr der Schreck in alle Glieder.

Gehörten sie zu den Männern, die sie überfallen hatten? Kroaten waren ziemlich oft Teil katholischer Truppen, wie sie gehört hatte.

Bevor sie überlegen konnte, was zu tun war, hatten die Männer sie bereits entdeckt.

„Heda!“, rief einer den beiden zu. „Wohin?“

Vier Männer kamen auf sie zu und rissen Thomas von Magdalenas Seite, der sich erschrocken an sie geklammert hatte.

„Wir wurden überfallen“, stammelte der Junge. „Sind die einzigen Überlebenden.“

Der Anführer der vier baute sich vor Magdalena auf und verzog verächtlich den Mund.

„Um euch zwei wäre es auch nicht schade gewesen“, sagte er und packte Magdalena grob um den Hals. „Aber dann hätten wir keine Freude mehr an dir gehabt.“ Er wandte sich an die übrigen. „Wir teilen sie uns.“

Magdalena wehrte sich und biss den Kerl in die Hand. Dafür fing sie sich eine derart saftige Ohrfeige ein, dass sie zur Seite taumelte und fast gestürzt wäre. Der Schmerz in ihrem Kopf war noch nicht vorbei gewesen, sie hatte ihn nur ganz einfach nicht mehr wahrgenommen. Jetzt pochte er wieder hinter ihren Schläfen, dass ihr schwindelig wurde.

Sie hörte, wie Thomas um Hilfe rief, den die Männer gepackt und ein Stück den Hügel hinaufgezerrt hatten.

„Was haben wir euch getan?“, schrie er.

„Ihr seid uns in die Hände gefallen, das habt ihr getan“, knurrte der Soldat, der Magdalena festhielt.

Dann packte er sie an den Haaren und zog sie so lange nach hinten, bis sie das Gleichgewicht verlor und zu Boden fiel. Magdalena wehrte sich mit Händen und Füßen, als der Kerl ihre Röcke nach oben schob und sich zwischen ihre Beine drängte.

„Dafür bist du noch gut genug“, knurrte er, während er grob in sie eindrang.

Plötzlich wurde er zur Seite gerissen und landete unsanft neben Magdalena im Gestrüpp. Aufheulend griff er sich zwischen die Beine, während Magdalena versuchte, ihre Blöße zu bedecken.

„Aufstehen!"

Magdalena gehorchte. Der Soldat, der ihren Peiniger zur Seite gerissen hatte, packte sie am Ellbogen und zog sie hoch. „Beutefrauen gehören zuallererst dem Kommandanten", sagte er und zerrte sie zwischen den anderen Männern hindurch den Hügel hinauf.

Der Kommandant saß mit dem Rücken zu ihnen auf dem Boden und flickte das Zaumzeug seines Pferdes, das ein Stück von ihm entfernt ruhig graste. Seine Waffen lagen griffbereit neben ihm. Er wandte nur kurz den Kopf nach ihr um.

Magdalena erfasste mit einem Blick: Sein Pferd hatte ein Hufeisen verloren. Bilder tauchten vor ihr auf, die ihr Tränen in die Augen trieben. Wie es ihr wohl ergangen wäre, hätte sie ihr Zuhause nicht verlassen müssen? Ob ihre Eltern, ihre Schwestern noch lebten? Stand ihr Dorf noch oder war es niedergebrannt worden wie so viele andere?

„Kannst du es noch?", hörte sie eine Stimme sagen, die ihr eine Gänsehaut über den Rücken jagte. Der sie hergeschleppt hatte, schaute sie stirnrunzelnd an.

Der Anführer der Truppe deutete auf sein Pferd, ohne sich erneut nach ihr umzudrehen.

„Ja."

„Dann steh hier nicht rum, sondern zeig, was du kannst."

„Uns allen!", dröhnte einer der Männer und nestelte bereits an seinem Hosenschlitz. „Ich hatte schon lange keinen Weiberarsch mehr vor mir, und die anderen hier auch nicht.

Also beeil dich mit ihr, und lass uns noch was von ihr übrig!"

Der Anführer hob die Hand.

Magdalenas Mund war trocken geworden. Außerstande, sich zu rühren, starrte sie den Mann an, der vor ihr auf dem Boden saß und jetzt das Zaumzeug neben sich ablegte, an dem er gearbeitet hatte. Er stand langsam auf und kam auf sie zu.

Junker Leonhart.

Magdalena wurde schwarz vor den Augen.

Krampfhaft hielt sie sich am Arm dessen fest, der wie angewurzelt neben ihr ausharrte und offenbar die Welt nicht mehr verstand.

„Das Pferd hat ein Eisen verloren, wie du siehst. Kümmere dich darum. Heinrich wird dir helfen."

Der sie hergeschleppt hatte stellte sich mit in die Hüfte gestemmten Fäusten vor Magdalena.

„Männer, hier ist eine, mit der wir unseren Spaß haben werden! Erst beschlägt sie den Hengst, dann beschlagen wir sie."

Junker Leonhart streckte den Arm aus. Seine Hand stand wie ein Schild zwischen dem Söldner und Magdalena.

„Niemand fasst sie an, verstanden?"

„Beutefrauen gehören allen", wandte einer der Männer ein und bedachte Magdalena mit einem teuflischen Grinsen. Auch der war wieder zur Gruppe gestoßen, der sie vergewaltigen wollte.

„Ich steckte mit meinem blanken Schwert schon zwischen ihren Schenkeln, bis der Saukerl mich von ihr runtergezogen hat!", klagte er. „Ich bin zuerst dran. Ich werde das zu Ende führen, was ich angefangen habe! Nach mir will sie nie wieder von einem anderen Hengst bestiegen werden!"

Einer der Soldaten lachte laut auf und stieß ihn grob

auf seine Kameraden zu.

„Wenn du nach deinem Sturz noch kannst, mein Freund!“, ließ er sich verlauten. Zu den übrigen gewandt, sagte er: „Der ist nämlich mit seinem gezogenen Schwert in die Brennnesseln gefallen.“

Brüllendes Gelächter war die Antwort. Magdalena sah aus den Augenwinkeln den bösen Blick, den der auf diese Weise im wahrsten Sinne des Wortes Bloßgestellte ihr zuwarf.

Erneut hob Junker Leonhart die Hand. Er hatte keine Sekunde lang seinen Blick von ihrem Gesicht gewandt.

„Wenn sie mein Pferd beschlagen kann, lasst ihr sie ein für alle Mal in Ruhe, und sie und der Junge können mit uns ziehen. Wenn sie es nicht schafft, gehören sie beide euch, dann macht mit ihnen, was ihr wollt.“ An Magdalena gewandt fügte er an: „Du hast zu tun.“

Thomas, der sich losgerissen hatte und inzwischen neben ihr stand, starrte sie mit aufgerissenem Mund an.

„Das kannst du nicht!“, flüsterte er entsetzt. „Wie soll das gehen?“

Magdalena legte ihm beschwichtigend eine Hand auf den Arm.

„Keine Angst, es wird schon gut gehen.“

„Guter Herrgott, hilf!“, jammerte Thomas. „Man weiß doch, was diese Unmenschen mit Leuten wie uns machen!“

Leonhart, der ihn gehört hatte, nickte ihm aufmunternd zu.

„Du weißt nicht, was Weiberleute alles können. Wenn du nicht möchtest, dass sie denen da zu Gefallen sein muss, und du denen, die bei ihr nicht zum Zuge kommen, für den Rest deines Lebens den Arsch hinhalten musst, geh ihr lieber zur Hand.“

Damit wandte er sich um, bückte sich und beschäftigte

sich wieder mit dem Zaumzeug, an dem er bereits gearbeitet hatte.

„Gut“, sagte der Söldner, der sich erneut vor Magdalena aufgebaut hatte, und der von Leonhart Heinrich genannt worden war. „Dann soll sie Euch zeigen, was sie kann, Herr. Oder“, er leckte sich die Lippen. „Oder sie wird *uns allen* zeigen, was sie kann.“

„Das wird sie“, hörte Magdalena Junker Leonhart sagen. „Das wird sie.“

Magdalena hatte längst erkannt, dass es sich bei den Soldaten nicht nur um die wenigen handelte, die sich vor dem Hügel niedergelassen hatten. Dahinter hatte sie Rauch aufsteigen sehen und die Stimmen unzähliger Menschen gehört. Das konnte nur bedeuten, dass es sich um einen größeren Trupp handelte, dem auch ein Tross angeschlossen war.

„Ich brauche ein Schmiedefeuer, einen Amboss, Hammer, Nägel …“, rief sie den Männern zu, die abwartend herumstanden.

Junker Leonhart streckte kommentarlos den Arm Richtung Hügel aus.

„Dahinter findest du alles, was du brauchst. Und jetzt geh an die Arbeit, wir wollen hier nicht festwachsen.“

Magdalena fand gleich darauf bestätigt, was sie sich schon gedacht hatte. Hinter dem Hügel breitete sich eine Grasfläche aus, auf der grob geschätzt an die dreihundert Mann lagerten, umrahmt von einer Unzahl Karren, die den begleitenden Familien gehörten. Sie sah, wie ein paar Frauen um einen aufgeschichteten Steinhaufen herumstanden. Der Duft von frisch gebackenem Brot strich Magdalena um die Nase. Erst jetzt bemerkte sie, wie sehr ihr Magen knurrte.

Ein Stück weiter zerteilten zwei Männer ein Schwein, das sie über einem Spieß gebraten hatten, und auf das schon eine ungeduldige Menge Leute warteten. Magdalena kannte das: Wenn das Fleisch nicht schnell genug unter die Hungrigen kam, gab es umgehend ein kaum zu bewältigendes Gerangel.

Dann entdeckte sie, was sie gesucht hatte: eine provisorische Schmiede.

Sie packte Leonharts Pferd an der Mähne, da es kein Zaumzeug hatte, bis es sich schließlich in Bewegung setzte, und zog es mit sich den Hang hinunter. Zwischen neugierig dreinschauenden Männern, Frauen und Kindern hindurch führte sie das Tier zur Schmiede, die aus einer gemauerten Feuerstelle, einem Kübel Wasser und einem Amboss bestand. Ein kräftiger Kerl war gerade dabei, mit dem Blasebalg das Feuer aufbrennen zu lassen, als Magdalena mit dem Pferd neben ihm zum Stehen kam.

„Was willst du mit dem Viech hier?", fragte der Mann. „Ich habe schon ein paarmal gesagt: Das kann keiner beschlagen."

Dann erst sah er, dass er eine Frau vor sich hatte und blieb mit aufgerissenem Mund stehen.

„Jetzt schlägt's dreizehn", sagte er und zeigte laut lachend auf Magdalena. „Ein Weib!"

Magdalena stieß ihn in die Seite.

„Vergiss den Blasebalg nicht", schnarrte sie ihn an. „Sonst geht das Feuer aus. Hast du ein passendes Eisen?"

„Was?"

„Ob du ein passendes Eisen hast!", schrie Magdalena ihn an. Ein paar Neugierige gesellten sich zu ihnen.

„Ein Eisen?" Der Mann funkelte sie zornig an. „Was denkst du, wer ich bin?"

Magdalena schob ihn zur Seite und schaute sich an, was der Schmied neben dem Amboss liegen hatte. Dann zog sie ein Eisen aus einer Kiste, in der alle möglichen Werkzeuge durcheinanderlagen, und gab es dem Schmied.

„Das."

Der Schmied runzelte fassungslos die Stirn.

„Heiß machen." Magdalena reichte ihm eine Zange, die neben der Feuerstelle auf dem Boden gelegen hatte. „Na, wird's bald?"

Während sie weitere Werkzeuge und Nägel aus dem Durcheinander zusammensuchte, das der Schmied in seiner Kiste hatte, legte jener kopfschüttelnd das Eisen ins Feuer.

„Wer kümmert sich um den Blasebalg?", fragte er und zeigte dabei grinsend seine fauligen Zähne.

„Thomas."

Der Junge kam hinter dem Pferd hervor und begann zuerst vorsichtig, dann, nachdem Magdalena ihm gezeigt hatte, wie es richtig ging, kräftig den Blasebalg zu treten.

Immer mehr Leute kamen herbei, um dem seltsamen Schauspiel zuzusehen. Es gab Anfeuerungsrufe, aber auch solche, die deutlich machten, dass sie nichts von dem Ganzen hielten.

Es dauerte nicht lange, da hatte auch der Letzte begriffen, dass diese Frau entschlossen war, das Pferd ihres Anführers zu beschlagen. Das, wie jeder aus Erfahrung wusste, sich weder von einem anderen als dem Junker reiten noch von irgendjemand beschlagen ließ, weshalb bislang auch das fehlende Eisen nicht aufgezogen worden war. Und das jetzt völlig ruhig dastand und abzuwarten schien, was aus dem allem werden sollte.

„Der Gaul hat ja nicht einmal ein Zaumzeug um den Schädel", ließ sich einer vernehmen, der in Magdalenas Nähe stand.

„Der tritt die tot, wartet's ab", prophezeite ein anderer.

„Hauptsache, man kann das Weib hinterher noch zu was brauchen", hörte sie die Stimme dessen sagen, der sie fast vergewaltigt hätte.

Sie drehte sich nach ihm um.

„Wenn ich mit dem Pferd fertig bin, bist du dran“, sagte sie und zog das glühende Eisen aus dem Feuer. „Du hast noch kein Brandmal auf dem Arsch.“ Schallendes Gelächter war die Antwort. „Ich schwöre dir, das geht leichter als das Beschlagen eines scheuen Pferdes.“

Unter den wachsamen Augen des Schmieds begann sie mit ihrer Arbeit. Thomas hatte dem Hengst einen Strick um den Hals gebunden und hielt ihn so gut es ging ruhig. Magdalena zog den Kopf des Tieres zu sich herunter und kraulte es hinter den Ohren. Dabei redete sie ruhig auf das Pferd ein.

Niemand um sie herum sagte auch nur ein Wort. Alle hielten förmlich den Atem an.

„Zieh das Bein hoch“, befahl sie dem Schmied, der ohne zu murren gehorchte und den Huf auf seinem Oberschenkel ablegte.

Während Magdalena den Huf reinigte und mit einer groben Feile bearbeitete, hielt Thomas tapfer den Strick fest. Magdalena schwitzte. Sie hatte zwar nach ihrer Flucht aus dem Elternhaus nicht die Hände in den Schoß gelegt und auch das eine oder andere Mal unterwegs ein Pferd beschlagen, aber diese Arbeit hier war trotzdem außergewöhnlich anstrengend. Zumal es schien, als habe sich inzwischen der ganze Trupp mitsamt den Trossleuten um sie herum versammelt, aus deren Reihen hin und wieder spöttische Bemerkungen zu ihr drangen.

Der Schmied, der gesehen hatte, dass sie wusste, was sie tat, half ihr, so gut es ging. So dauerte es zwar seine Zeit, bis Magdalena fertig war, aber das Ergebnis stellte sogar den Schmied zufrieden.

„Führ das Tier einmal im Kreis herum“, sagte er und

Thomas tat, wie ihm geheißen. „Wir müssen seine Fessel verbinden", befand der Schmied, als der Hengst vor ihm zum Stehen gekommen war. „Er hat sie sich auf der Innenseite aufgerieben."

Magdalena wartete, bis der Schmied mit einer Salbe zurückkam und die Wunde damit bestrich. Während sie weiter beruhigend auf das Tier einsprach, hielt der Hengst die Ohren steil aufgerichtet und schnaubte leise vor sich hin. Der Schmied legte einen Verband um die Fessel und befahl, das Tier noch einmal im Kreis zu bewegen.

„Müsste so gehen", sagte er und klopfte dem Pferd auf den Hals. „Kannst du wegbringen."

Magdalena nickte Thomas zu. Bevor der Junge sich jedoch in Bewegung setzen konnte, stand Junker Leonhart neben ihm. Er zog den Strick vom Hals des Pferdes und legte ihm stattdessen das geflickte Zaumzeug an. Dann ging er um das Tier herum, befühlte seine Fesseln, ließ es ein paar Schritte gehen, und holte dann tief Luft.

„Nichts verlernt seitdem", stellte er fest. Zum Schmied gewandt, sagte er: „Ich denke, du kannst eine tüchtige Hilfe gut brauchen, Jost."

Bevor der Angesprochene etwas erwidern konnte, zeigte Leonhart auf den Jungen, der unschlüssig zum Schmiedefeuer zurückgekehrt war.

Jost schloss kurz die Augen. Wie die Umstehenden hatte auch er das Schlimmste befürchtet: Dass dieses seltsame Weib an seine Seite gestellt werden sollte, das verschwitzt und dreckig dastand und aussah, als würde es mit dem Schmiedehammer gleich auf den Kerl losgehen, der sie beinahe vergewaltigt hätte. Die Geschichte hatte sich längst herumgesprochen, und alle warteten gespannt, was sich zwischen den beiden tun würde.

Leonhart winkte Magdalena an seine Seite, während

Thomas verlegen auf den Blasebalg starrte.

„Du kommst mit mir“, befahl er und bahnte sich, ohne sich nach ihr umzusehen, mit seinem Pferd einen Weg durch die wie erstarrt dastehende Wand aus Söldnern und Trossleuten. Magdalena folgte ihm, nachdem sie den Schmiedehammer zurückgelegt hatte.

„Beutefrauen gehören zuerst dem Hauptmann“, knurrte einer der Soldaten, als sie an ihm vorbeikam.

„Ich bin keine Beutefrau“, fauchte sie zurück. „Scher dich zum Teufel!“

„Das mit dem Teufel könnte stimmen“, knurrte der, der sie beinahe vergewaltigt hätte. „Wer sonst als eine verfluchte Hexe hätte den verdammten Gaul beschlagen können?“

In Magdalena brannte in diesem Augenblick ein Höllenfeuer, von dem sie glaubte, es wäre für alle sichtbar. Sollte es. Sie wandte sich um und ging langsam auf den Kerl zu.

„Ich“, sagte sie. „Weil ich weiß, wie man mit Pferden umgeht.“ Sie gab ihm einen Stoß, dass er fast nach hinten gefallen wäre. „Im Gegensatz zu dir: Du weißt nicht einmal, wie man mit Weiberleuten umgeht.“

Während Magdalena Leonhart und seinem Pferd folgte, blieb eine grölende Menge zurück, die den derart Gemaßregelten zwischen sich hin und her stieß. Sie wusste, dass sie sich in Zukunft vor ihm in Acht nehmen musste. Auf diese Weise zum Gespött der anderen gemacht zu werden, ließ ein Mann nicht ungesühnt über sich ergehen.

„Oswald ist einer der furchtlosesten Männer in meinem Trupp“, hörte sie Leonhart sagen. „Aber auch der ungezügeltste, unerbittlichste und gierigste, wenn es um Weiber oder darum geht, Beute zu machen.“ Er winkte Magdalena an seine Seite. „Da hinten am Waldrand ist ein Bach, da kannst du dich säubern. Wie ich dich kenne, hast du wieder einmal nicht mehr als das dabei, was du auf dem Leib trägst."

„Wie sollte ich?", blaffte sie zurück. „Wir wurden überfallen, mein Hab und Gut ist verbrannt. Ich bin unserem Herrgott dankbar, dass ich mit dem Leben davongekommen bin." Sie musterte ihn kurz mit zusammengezogenen Brauen. „Waren das Eure Leute?"

Leonhart schüttelte den Kopf.

„Nein. Es ist uns auch niemand begegnet außer dir und dem Jungen, den du mitgebracht hast."

„Der war einer unserer Trossbuben", erklärte Magdalena und ließ sich seufzend ins Gras fallen. Sie war todmüde. Rücken und Kopf schmerzten.

Leonhart band sein Pferd an einem Ast fest und blieb dann vor ihr stehen.

„Mit Pferden kannst du's nach wie vor", sagte er.

„Sieht so aus, ja."

„Mit Menschen eher nicht, oder?", fragte er und musterte sie kopfschüttelnd.

„Mit Männern nicht", korrigierte sie ihn. Nur mit einem, dachte sie wehmütig. Gregor. „Weshalb führt Ihr einen Trupp Katholischer an? Ihr wart Protestant, als wir uns zum ersten Mal begegnet sind. Was zum Teufel geht in einem einstmals so von seinem Glauben überzeugten Menschen vor, dass er gegen seine Glaubensbrüder in den Krieg ziehen muss?"

Leonhart setzte sich neben sie ins Gras, rupfte einen Stängel aus und schob ihn sich in den Mund.

„Ich bin immer noch Protestant und ziehe gegen niemanden in den Krieg", gab er ruhig zurück. „Wir sind auf dem Weg nach Aychstätt. Der Bischof dort hat den bairischen Kurfürsten um Schutz für seine Residenz und das Nonnenkloster dort gebeten."

Magdalena richtete sich auf und blitzte ihn böse an.

„Einen Bischofssitz und ein Nonnenkloster schützen? Vor den Angriffen Protestantischer? Ihr seid auf die Gegenseite übergewechselt. Warum?"

Leonhart nahm den Grasstängel wieder aus dem Mund und spuckte ein Stückchen davon neben sich auf den Boden.

„Es gibt viele sehr erfolgreiche Männer, die konvertiert oder weiterhin Protestanten geblieben sind und im kaiserlichen Heer ihren Lebensunterhalt verdienen. Das dürfte dir nicht entgangen sein", antwortete er.

„Ihr zählt Euch zu den erfolgreichen Männern, die mit Krieg ihren Lebensunterhalt verdienen?", brauste Magdalena auf. „Mit dem Abschlachten von Mensch und Tier, mit Vergewaltigen, Brandschatzen, Plündern verdienen Männer wie Ihr Euren Lebensunterhalt!", schrie sie ihn an. „Was seid ihr nur für Männer?" Sie holte tief Luft. „Ich habe Euch als ehrbaren Kaufmann kennengelernt, dessen Familie ihn protestantisch erzogen hat. Was zum Teufel ist in Euch gefahren, dass Ihr zur Gegenseite übergelaufen seid? Ihr, der Ihr damals darum gekämpft habt, dass Eure Familie nicht vor die Hunde geht, weil sich Eure Kunden katholisch machen ließen und nicht mehr mit Euch in Handel treten wollten? Ihr, der Ihr eine Protestantische davor bewahrt habt, an die Falschen zu geraten? Mich?"

Leonhart schloss kurz die Augen.

„Weib, du weißt nicht …", begann er, wurde aber sofort unterbrochen.

„Ich will es auch nicht wissen! Ich werde mich säubern, wie Ihr mir gesagt habt, und dann weiter meines Weges ziehen. Mit Leuten wie Euch will ich nichts zu tun haben."

Sie stand auf und schaute auf ihn hinunter.

„Euer Pferd habe ich beschlagen, mehr hatte ich hier nicht zu tun.“

Leonhart kniff die Augen zusammen, als er zu ihr aufschaute.

„Und wohin willst du gehen?“, fragte er ruhig. „Wohin du dich auch wendest: Hier in Baiern sind zurzeit keine protestantischen Trupps unterwegs, denen du dich anschließen könntest. Die Städte und Dörfer werden überdies von katholischen Söldnern gut bewacht, damit ja kein Protestant durch ihre Tore zieht oder gar mit Soldaten davorsteht und zum Angriff bläst.“ Er stützte sich mit einer Hand auf dem Boden ab und erhob sich ebenfalls. „Und das protestantische Württemberg ist weit. Du kannst mit uns ziehen. Weiberleute wie dich kann der Tross gut brauchen.“

„Ja, ich weiß. Einige Eurer Männer haben mir sehr deutlich gezeigt, wofür!“

„Es steht dir frei, bei uns zu bleiben oder allein weiterzuziehen.“

Mit diesen Worten wandte er sich um und ließ Magdalena stehen. Völlig aufgelöst schaute sie ihm nach. Dann stampfte sie mit dem Fuß auf und lief hinüber zum Waldrand.

„Hundsfott, elender!“, schimpfte sie vor sich hin, während sie die Fetzen vom Fuß zog, die einmal ihre Strümpfe gewesen waren. Ihre Schuhe bestanden auch nur noch aus durchlöcherten Sohlen und zerfransten Riemen, die sie gerade noch an ihren Füßen gehalten hatten.

Das Wasser des kleinen Baches war eisig kalt. Während sie Gesicht und Hände wusch, beruhigte sich ihre aufgebrachte Stimmung ein wenig. Was hinter Leonharts Worten steckte, hatte sie sehr gut verstanden. Sie musste trotz allem plötzlich leise lachen. Denn wie bei ihrer ersten Begegnung hatte sie auch jetzt kaum eine andere Wahl, als sich ihm anzuschließen. In diesem Fall ihm und seinen Leuten.

Katholischen.

Aychstätt.

Sie hatte nicht die geringste Ahnung, wo das liegen sollte.

In Baiern, hatte er gesagt.

Sie befanden sich also im Kurfürstentum Baiern.

Kopfschüttelnd sammelte sie ihre Sachen zusammen und machte sich auf den Weg zum Tross. Sie brauchte unbedingt Schuhe und Strümpfe, und natürlich etwas zu essen. Außerdem musste sie sich eine Schlafstelle suchen, denn nach einem lauten Seufzer gestand sie sich ein, dass sie zumindest für die kommende Zeit bei diesen Leuten bleiben musste.

Erschrocken blieb sie stehen und tastete ihren Rockbund ab. Gott sei Dank: Die eingenähten Münzen, ihr ganzes Hab und Gut, waren noch da.

Eilig machte sie sich auf den Weg über den Hügel und zu den Karren der Marketender.

# 17

Sie hatte schlecht geschlafen. Zwar hatte sie ein geschütztes Plätzchen zwischen zwei Fuhrwerken gefunden, aber da sie kaum etwas besaß, mit dem sie sich zudecken konnte, fror sie schon nach wenigen Minuten auf dem kalten Boden. Außerdem schmerzte ihr Kopf nach wie vor, und die Stelle, an der irgendein Ross bei jenem schrecklichen Überfall sie erwischt hatte, war dunkel angelaufen und tat ebenfalls fürchterlich weh. Sitzen und liegen war beinahe unmöglich. Also machte sie sich in der Morgendämmerung auf die Suche nach einem Händler, der ihr mehr bieten konnte als ein paar zerschlissene Schuhe und einem Paar schmutziger Socken wie jener am Abend zuvor, den sie danach gefragt hatte.

Es herrschte bereits reges Treiben im Lager, und Magdalena, deren Magen laut knurrte, ging mit schnuppernd erhobener Nase dem Duft nach frisch gebackenem Brot nach. Am Rand des Lagers fand sie dann auch genau das, was sie sich vorgestellt hatte. Zwei Frauen waren dabei, Brot aus einem kleinen Backofen zu ziehen.

„Verkauft ihr mir was davon?“, fragte sie und zeigte auf die Fladen, die knusprig braun vor ihr auf einem Tisch lagen.

„Wenn du Geld hast?“, kam die Antwort.

Magdalena war überrascht, so einfach an ein Frühstück zu kommen, und reichte der Bäckerin eine Münze. Die biss darauf und steckte sie dann ein.

„Wenn du sonst nichts zu tun hast“, sagte die zweite, die von Hand neue Fladen formte. „Kannst du uns ja helfen.“

Magdalena wollte gerade antworten, als der Trossführer kopfschüttelnd auf sie zukam.

„Du wirst zuerst den Scheißplatz säubern", befahl er und deutete zur anderen Seite des Lagers. „Wenn du damit fertig bist, kommst du zu mir, dann sage ich dir, was du weiter tun kannst, um bei uns bleiben zu dürfen."

Magdalena starrte den Mann mit offenem Mund an.

Den Scheißplatz säubern? Sie musste sich verhört haben.

Irritiert schaute sie zu den beiden Bäckerinnen, die mit in die Hüfte gestemmten Fäusten abzuwarten schienen, was sich aus dem Ganzen entwickelte.

„Ich werde einen Scheißdreck tun, das werde ich!", bellte Magdalena den Trossführer an. „Wer den dann wegräumt, werden wir noch sehen."

Sie wandte sich an die beiden Bäckerinnen.

„Was ist mit eurem Angebot?"

Bevor eine der beiden etwas antworten konnte, hatte sie der Trossführer am Arm gepackt und ein Stück mitgezogen.

„Wer hier was macht, bestimme immer noch ich", brüllte er Magdalena an.

Die riss sich los.

„Und was ich mache, bestimme immer noch ich!", brüllte sie zurück. „Fass mich nie wieder so an, sonst bereust du es."

Der Trossführer trat wütend einen Schritt auf sie zu.

„Wer bist du, Weib, dass du meinst, so mit mir umgehen zu können?", fragte er und spuckte ihr vor die Füße.

„Mir ist egal, wer sie ist", ließ sich da eine schneidende Stimme vernehmen. „Ich passe genau zwischen ihre Beine. Das habe ich bereits ausprobiert."

Der Trossführer drehte sich um und stand jenem Söldner gegenüber, der am Vortag versucht hatte, Magdalena zu vergewaltigen. Oswald.

„Ist das deine Hure?“, fragte der Trossführer und deutete mit dem Daumen über die Schulter zurück auf Magdalena.

„Meine?“, fragte der Söldner spöttisch grinsend zurück. „Die gehört allen, die sie haben wollen. Aber zuallererst mir. Ich habe da noch was zu Ende zu bringen.“

Er machte einen Schritt zur Seite und streckte die Hand nach Magdalena aus. Im selben Augenblick sauste etwas am Kopf der jungen Frau vorbei und traf den Arm des Söldners, der vor Schmerz laut aufschrie. Ein zweites Mal traf ihn ein heftiger Schlag knapp am Ohr vorbei auf die Schulter.

„Verschwinde, du gottverdammter Hurenbock, und lass die Weiber hier in Ruhe!“

Magdalena fuhr erschrocken herum. Der Kinnladen fiel ihr herunter. Eine der beiden Bäckerinnen stand mit erhobenem Schürhaken und vor Wut hochrotem Gesicht neben ihr.

„Wenn du deinen ungewaschenen Schwanz irgendwo hineinstecken willst, dann mach es doch wie gestern!“, hörte sie die andere Bäckerin sagen. „Brennnesseln gibt es dort drüben.“ Und, an den Trossführer gewandt: „Daneben ist auch gleich der Scheißplatz, Herbert, da passt er hin. Lass doch ihn den sauber machen.“

Schallendes Gelächter von den inzwischen zahlreich herbeigelaufenen Trossleuten war zu hören.

Herbert schaute mit zusammengezogenen Augenbrauen von einer der Frauen zur anderen, dann packte er den wütende Flüche ausstoßenden Oswald am Kragen und schob ihn durch die Menge Richtung Söldnerlager.

Er wandte sich noch einmal kurz zu den Frauen um.

„Wir reden später", sagte er. Es klang eher nach einer Drohung als nach einem Gesprächsangebot.

„Was ist?", fragte die erste Bäckerin ungerührt und reichte Magdalena die Hand. „Ich bin Anna, und das hier ist Irmtraud. Weiberleute wie dich können wir brauchen."

Magdalena warf einen prüfenden Blick auf die Umstehenden und nickte.

„Dann sagt mir, was ich tun soll", befand sie dabei.

„Du verkaufst zunächst einmal das Brot, das wir gebacken haben", antwortete Anna. „Leute, kauft Brot, bevor es altbacken wird! Aber versucht nicht, eines davon zu stehlen. Dieses streitbare Frauenzimmer hier wird euch zeigen, was mit Dieben geschieht!" Sie lachte fröhlich.

„Dasselbe wie mit Männern, die ihren Arsch nicht ruhig halten können!", kam es von einem der Weiber zurück. Schallendes Gelächter folgte. Herbert und Oswald mussten es noch gehört haben. Sie würden die Demütigung nicht einfach so über sich ergehen lassen.

Anna schubste Magdalena zu dem Tisch, auf dem die frisch gebackenen Brote lagen.

„Die stehlen wie die Raben", raunte sie ihr dabei zu. „Sei nicht zimperlich mit ihnen, verstanden? Aber wasch dir zuerst die Hände, die sehen aus, als hättest du tatsächlich den Scheißplatz sauber gemacht."

Magdalena nickte, wischte sich die Hände an einem feuchten Lappen ab und begann, die ausgelegten Brote anzubieten, während die beiden Bäckerinnen neue Fladen formten und in ihren kleinen Backofen schoben.

# 18

„Wir brauchen Mehl.“ Anna wies mit dem Kinn auf die leere Mehlkiste, die sie unter ihrem kleinen Fuhrwerk stehen hatte. „Vor Aychstätt gibt es eine Mühle. Nimm dir Geld aus der Kassette und den kleinen Karren da hinten und versuch, zwei oder drei Säcke Nachschub zu besorgen. Aber lass sie vor deinen Augen abfüllen und wiegen, und pass genau auf, wie der Müller das macht.“ Sie lachte wissend. „Da sind welche dabei, die mit gefälschten Gewichten arbeiten.“

„Oder Sägemehl darunter mischen“, ergänzte Irmtraud.

Magdalena schmunzelte. Betrügereien gab es überall, auch im Lager. Sie erinnerte sich an den Metzger, der ihr vor ein paar Tagen Fleisch verkaufen wollte, das von Fliegeneiern übersät war. Das wäre gerade noch in Ordnung gegangen. Die konnte man abwaschen. Aber der Geruch, der Magdalena in die Nase gestiegen war, ließ sie angewidert den Kopf schütteln. Außerdem hatte sie gesehen, dass der Metzger zweierlei Gewichte verwendete. Je nachdem, wer etwas bei ihm kaufte, holte er die einen oder die anderen unter seinem Tisch hervor.

An diesem Tag verzichtete sie auf Fleisch.

„Nimm den Thomas mit“, schlug Anna vor und hielt Ausschau nach dem Schmiedegehilfen. „Der ist bestimmt froh darüber, einen Tag lang nicht am Blasebalg stehen zu müssen.“ Sie verpasste Magdalena einen freundschaftlichen Stups mit dem Ellbogen in die Rippen. „Außerdem hat er ein Auge auf dich geworfen.“

Magdalena schüttelte den Kopf.

„Er ist ein wirklich guter und fleißiger Kerl“, antwortete sie. „Aber ich habe kein Verlangen nach egal welchem Mannsbild.“ Sie zuckte die Achseln. „Schau dich doch um! Die Männer sitzen den ganzen Tag über nur da, saufen, würfeln, lassen sich von ihren Frauen durchfüttern, besteigen sie wie die Böcke und scheren sich ansonsten einen Dreck um die Weiberleute und ihre Brut.“ Sie schüttelte sich. „Nein danke.“

Anna lachte und gab ihr einen Klaps auf die Schulter.

„Na ja, so ein junger Kerl ist ab und zu gar nicht zu verachten“, wandte sie augenzwinkernd ein. „Den kannst du dir noch biegen, wie du's brauchst. Die Alten sind so versaut, die machen's nur für sich. Du hast keinen Spaß mit denen.“

Das wusste Magdalena nur zu gut. Wie ihr auch bereits zu Ohren gekommen war, dass Anna hin und wieder mit einem der jungen Burschen im Gebüsch verschwand. Einen Korb Pilze sammeln, wie sie das nannte.

Anna war eine gut gebaute, recht ansehnliche Mittzwanzigerin, das Herz am rechten Fleck und einem Mundwerk wie ein Marktschreier. Männer wusste sie von sich fernzuhalten, und mit den Weibern stand sie wahrscheinlich gerade deshalb recht gut. Aber hin und wieder trieb sie es dann doch zu einem der jungen Kerle, die ihr nur zu gerne unter den Rock schlüpften.

Von den Trosshuren einmal zur Rede gestellt, sagte sie, sie werde doch wegen eines Liters Milch nicht gleich die ganze Kuh kaufen. Darüber lachten sogar die Huren und sprachen sie nicht wieder darauf an.

Der Trossführer hatte es ein einziges Mal bei Anna probiert, aber einen Korb bekommen, den er nie vergessen sollte. Sie hatte ihm mit aufreizendem Hüftschwung und bis zur äußersten Schamgrenze bloßgelegten Brüsten die

Hose aufgenestelt, als er vor allen Leuten zudringlich werden wollte. Dabei nahm er in Kauf, dass alle begierig darauf warteten, was da vor ihren Augen geschehen sollte. Nicht einmal die Trosshuren kamen den Aufforderungen der Mannsbilder vor aller Augen nach. Die verschwanden mit ihren Kerlen in einem der Zelte oder in ihren Karren, nachdem sie das Geld für ihre Dienste kassiert hatten. Dort mochten sie entblößen, was immer gesehen werden sollte, aber vor allen Leuten – das war einmalig und lockte ganz schnell viele Neugierige an.

Anna hatte einen Blick auf das geworfen, was die Hose preisgab, und dann gemeint, er möge sich sein Gemächt doch mal selber ansehen und ihr dann sagen, was daran für eine Frau wie sie begehrenswert sein sollte.

Als er beinahe atemlos auf die Größe seines Geschlechts hinwies, meinte sie, darauf komme es ihr nicht an. Das sei was für Männer, die untereinander mit nichts sonst angeben könnten. Frauen würden eher was anderes wollen. Und das, er möge ihr verzeihen, das habe er nun mal nicht vorzuweisen. Ihr ginge es nicht nur darum, einen Mann zwischen den Beinen zu haben, der nach ein paar Stößen auf ihr zusammenbrach. Sie wolle mehr, und dazu sei er ganz bestimmt nicht in der Lage.

Was auch immer sie damit meinte: Der Trossführer verzog wütend das Gesicht, nestelte über seinem inzwischen zusammengeschrumpften Mannesstolz die Hosen wieder zu und trollte sich. Begleitet wurde er dabei vom Gelächter hauptsächlich der Frauen, die gespannt abwartend um die beiden herumgestanden hatten.

Dass er Anna von da an in Ruhe ließ, hatte jedoch nichts mit Anstand oder Achtung zu tun. Eher damit, dass ihn Leonhart zurechtwies, von dem seither behauptet wurde, dass er selber gerne hin und wieder mit der Bäckerin Pilze sammeln ging.

Das war Magdalena ebenfalls zu Ohren gekommen. Sie beobachtete die Freundin daraufhin genau, wenn diese ihr und Irmtraud ein Zeichen gab, mal für ein Körbchen Pilze verschwinden zu wollen. Wer auch immer zusammen mit ihr verschwand: Leonhart war es nicht.

„Trotzdem, nimm den Thomas mit", bat Anna die Freundin jetzt. „Der hat gerade nichts zu tun, und das ist für so ein junges Mannsbild nicht gut." Sie musterte Magdalena stirnrunzelnd. „Vielleicht probierst du es ja doch mal mit ihm", schlug sie vor. „Damit du aufhörst zu glauben, alle Männer seien Tiere."

Magdalena zog überrascht die Augenbrauen hoch.

„Ach! Woher weißt du, dass er anders ist?", fragte sie mit spöttisch nach unten verzogenen Mundwinkeln.

„Och, vom Hörensagen."

„Also hast du mit ihm auch schon ein Körbchen Pilze gesammelt", stellte Magdalena mit in die Hüfte gestemmten Fäusten fest. „Und jetzt soll ich ihn haben!"

Anna lachte leise.

„Als du ihn aufgelesen hast, war er noch Jungfrau. Dass er das auch noch eine Zeit lang geblieben ist, lag an dir, glaubst du nicht?"

Magdalena schüttelte ratlos den Kopf.

„Ich weiß es", beantwortete Anna ihre eigene Frage. „Wie lange, denkst du, mag ein Bursche wie er das bleiben? Bevor ihn sonst jemand versaut, habe ich das in die Hand genommen."

Sie lachte erneut, als sie Magdalenas irritierten Gesichtsausdruck sah.

„Und jetzt such ihn und hau ab. Wir brauchen Mehl."

*

Es war im Herbst anno 1626. Die Truppe lagerte bereits seit einigen Tagen in Sichtweite der Stadt Aychstätt am Rande des Waldes, der die Altmühl an den Abhängen des Hasenbuck auf der Waschetten begleitete, und von wo aus sie einen beinahe uneingeschränkten Blick auf die Stadt hatten. Ihr Anführer hatte Befehl erhalten, vor allem den Bischofssitz hoch über der Altmühlschleife vor möglichen Angreifern zu schützen. Bereits 1620 waren Soldaten der Union in das Bistum eingefallen, hatten sich aber zurückgezogen, als Erzherzog Maximilian von Baiern ihnen mit über 30.000 Mann entgegentrat. Die Heere Mansfelds, der damals gegen Bamberg und Würzburg gezogen war und schließlich Aychstätt ins Visier genommen hatte, wurden von Tilly in die Flucht geschlagen. Man war auf der Hut und wollte weder die Stadt noch die beiden außerhalb ihrer Mauern liegenden Klöster Rebdorf und Marienstein einer Gefahr ausgesetzt wissen.

Sie waren zunächst über Neumarkt in der Oberpfalz Richtung Ulm, und dann zurück über Donawerda nach Aychstätt gezogen.

Als man sich in Neumarkt weigerte, die Truppe für ein paar Tage aufzunehmen, versorgte sich der Tross lediglich mit Nahrungsmitteln, die man am Markt und bei umliegenden Bauern kaufte. Nur zu gerne wäre Magdalena mit in die Stadt gegangen, nachdem sie inzwischen lange Zeit innerhalb des Trosses gelebt hatte. Aber der Trossführer erlaubte es nur wenigen, das Lager zu verlassen. Er wollte nach der ablehnenden Haltung der Stadtoberen nicht riskieren, dass man ihnen den Zutritt zur Stadt gänzlich verweigerte, wenn sich mehr als eine Handvoll Leute auf den Weg machten. Vor allem wollte er Magdalena die Freude nicht gönnen, die sie sich von einem Besuch in der kleinen Stadt erhofft hatte. Er ging ihr zwar so gut er konnte aus dem Weg, aber

Magdalena spürte beinahe täglich seine Wut auf sie. Er ließ sie in Ruhe, aber Magdalena blieb wachsam. Lieber ließ sie ihn den kleinen Triumph auskosten, den ihm die Seitenhiebe und Schikanen ihr gegenüber verschafften.

Also blieb sie beim Wagen der Bäckerinnen zurück und sah versonnen auf die mit vielen Wachtürmen bestückte Mauer der Stadt. Dahinter erhoben sich vereinzelte Türme, die zu den verschiedenen Kirchen Neumarkts gehörten. Zu gerne hätte sie gewusst, ob es sich dabei um evangelische oder katholische Bauwerke handelte, und wie die Bevölkerung zu den Religionen stand.

Diejenigen, die Zutritt zur Stadt bekommen hatten, interessierte diese Frage nicht, und so zogen sie kurz darauf weiter, ohne dass Magdalenas Wissensdurst gestillt worden wäre.

Von Ulm sahen sie wenige Tage später über die Donau hinweg nur den Hauptturm des Münsters, dessen Bau seit fast einhundert Jahren eingestellt worden war. Magdalena erfuhr von einem Soldaten, der die Stadt aus früheren Zeiten sehr gut kannte, dass man bereits im Jahr anno 1377 mit dem Bau dieser Kirche begonnen hatte, dass aber immer wieder missliche Umstände dazu geführt hatten, das Vorhaben auf spätere Zeiten zu verschieben. Unruhige Zeitläufte ließen den Bau stocken; zwischendurch fehlte auch das Geld oder die Architekten und Baumeister verstarben, wobei gleichwertiges Personal kaum oder nur teuer zu beschaffen war.

Hundert Jahre nach Baubeginn änderte einer der Baumeister die ursprünglichen Pläne, erfuhr Magdalena, kurz darauf mussten die Mittelschiffe abgerissen und niedriger als geplant wieder aufgebaut werden, weil die Wände zu stark belastet worden waren und Einsturz drohte. Auch später noch mussten erneut Teile der Seitenschiffe abgebrochen und mit leichteren Gewölben versehen werden.

Um 1531 herum wurde Ulm nach namentlicher Abstimmung protestantisch, und die Anhänger des neuen Glaubens zerstörten in einem nie zuvor dagewesenen Bildersturm Teile der Inneneinrichtung des Münsters. In der Folge stellte man den Weiterbau ein, weil das Geld dafür fehlte, und die immer wieder aufflammenden Auseinandersetzungen zwischen Anhängern des protestantischen und katholischen Glaubens nicht förderlich dafür waren, das Vorhaben zu vollenden.

Magdalena hatte mit offen stehendem Mund zugehört und wieder einmal kopfschüttelnd festgestellt, dass es so unglaublich viel gab, über das sie gern mehr erfahren hätte. Konnten tatsächlich nur Männer sich so etwas Großartiges ausdenken wie den Bau dieses Münsters? Waren Frauen dazu wirklich nicht imstande oder bekamen sie einfach keine Möglichkeit, sich wie diese Baumeister ausbilden zu lassen und ihre Vorstellungen zu verwirklichen? Bei genauerem Nachdenken musste sie zugeben, dass sie völlig andere Dinge im Kopf hatte, als dass sie sich Gedanken darüber machen wollte, wie man aus einem Haufen Steine ein Gebäude errichtete. Vielleicht waren die Gehirne von Frauen eben doch ganz anders als die von Männern.

An Franz und Rachel dachte sie, und an Regine. Es war allerdings aussichtslos, das alte Ehepaar irgendwo zu finden, da Magdalena nicht genau wusste, wo sie suchen sollte. Außerdem wollte sie nicht, dass die beiden dachten, sie wolle sich bei ihnen und ihrer Verwandtschaft einnisten.

Und Regine? Sie hatte zwar mitbekommen, wohin die Eheleute ziehen wollten, aber ob sie ihnen nach dem Überfall gefolgt war? Magdalena hoffte es. Aber gleichzeitig schien ihr dieser Gedanke doch zu abwegig, als dass sie daran glauben wollte.

Sie lagerten nur zwei Tage lang am Ufer der Donau, bevor sie sich über Donawerda Richtung Aychstätt auf den Weg machten.

In Donawerda, einem Städtchen, das ursprünglich protestantisch gewesen, inzwischen jedoch gewaltsam rekatholiziert worden war, machten sie einige Tage Rast. Nicht unbedingt zur Freude der Bewohner, die genug hatten vom Ein- und Durchmarsch gleich welcher Truppen. Deshalb vermied es der Trossführer, die Oberen der Stadt damit zu verärgern, dass zu viele Händler aus dem Tross auf den Markt drängten. Die Angst der städtischen Bevölkerung vor einer Besetzung durch Truppen war einfach zu groß, und man wollte kein Risiko eingehen.

Magdalena erfuhr, dass die Einwohner Donawerdas gute zwanzig Jahre zuvor gegen ein paar Benediktinermönchlein und eine Handvoll Katholiken protestiert hatten. Die hatten sich singend und ihre Fahnen schwenkend zu einer Markusprozession zusammengefunden, und waren in das naheliegende Dorf Auchsesheim gezogen, was die Protestanten weder verstanden noch dulden wollten. Sie fühlten sich von den Katholiken provoziert, die jahrelang friedlich mit den protestantischen Bürgern der kleinen Stadt zusammengelebt hatten. Man vermutete, dass die Benediktiner ein Exempel statuieren und die Bürger Donawerdas aus der Reserve locken wollten – wozu auch immer das gut sein sollte. Als die Katholiken an jenem Tag wieder von Auchsesheim zurückkamen, verweigerte man ihnen den Einlass in die Stadt. Das Ganze endete in einer Prügelei, und die Nachricht darüber landete kurz darauf vor dem Bischof von Augsburg, der den Vorfall nicht auf sich beruhen lassen wollte.

Die Bürgerschaft von Donawerda weigerte sich mit allen Mitteln, die eingeforderten Rechte der Katholiken zu respektieren, wie es im Augsburger Religionsfrieden festgesetzt worden war. Sie unterbanden deren erneuten Versuch, im folgenden Jahr eine Markusprozession zu veranstalten. Das hatte zur Folge, dass Truppen des bayrischen Herzogs vor die Stadt entsandt wurden, über die von Kaiser Rudolf II. wegen Religionsfriedensbruchs die Reichsacht verhängt wurde. Maximilian I. forderte von der Stadt eine so unglaublich hohe Summe für seinen Einsatz, dass Donawerda nicht bezahlen konnte. Das nahm der Kurfürst zum Anlass, die zum schwäbischen Reichskreis gehörende Stadt völlig zu Unrecht als Pfand zu behalten und damit quasi zu annektieren.

Von da ab schwelten auf das ganze Land übergreifend die ersten, folgenschweren Spannungen zwischen den beiden Religionen. Sie endeten wie viele andere Auseinandersetzungen ähnlicher Art schließlich in diesem Krieg, der Millionen Menschen betreffen, ganze Landstriche verwüsten und unzählige Dörfer und Städte in Schutt und Asche legen sollte.

Magdalena hatte wieder einmal nur verständnislos den Kopf geschüttelt. Waren nicht selbst in ihrem Tross Anhänger beider Religionen Tag und Nacht damit beschäftigt, einfach nur zu überleben? Sie hatte miterleben müssen, wie Katholiken katholische Klöster, Protestanten evangelische Dörfer überfallen, ausgeraubt, niedergebrannt hatten. Hatte gesehen, wie überall Menschen ums nackte Überleben kämpften, Bauern verzweifelt versuchten, wenigstens einen Teil ihrer Ernte zu retten, die entweder brandschatzenden Söldnerhaufen oder dem schlechten Wetter zum Opfer fiel.

Katholische wie protestantische Bauern, Arbeiter, Händler – sie alle hofften, irgendwie von Überfällen,

Auseinandersetzungen zwischen zwei Lagern, Hunger und Krankheiten verschont zu bleiben. Manche flüchteten, andere wiederum harrten in ihren Dörfern und Städten aus und warteten angsterfüllt von einem Tag zum anderen, was er ihnen bringen mochte.

Was bedeutete Religion denn in diesen Tagen überhaupt noch?

Die Menschen wollten nicht kämpfen, nicht für etwas sterben, das sie nicht mehr verstanden.

Auch Magdalena sehnte sich danach, irgendwo ein Zuhause zu finden, eine Familie zu haben, in Frieden leben zu können. Wobei sie ahnte, dass ihr das für immer verwehrt sein würde.

Völlig in sich gekehrt stolperte sie wenige Tage später neben dem Fuhrwerk der beiden Bäckerinnen her, als Truppe und Tross Richtung Aychstätt aufbrachen.

Drei weitere Tage später erreichten sie die Anhöhe über der Altmühl, auf der sie weisungsgemäß ihr Lager aufschlagen und auf weitere Befehle warten sollten.

Leonhart, der die Truppe nach wie vor anführte, machte sich zusammen mit vier anderen Offizieren auf den Weg zur bischöflichen Burg, um Meldung zu machen.

Magdalena half den beiden Frauen zunächst, die kleine Bäckerei aufzubauen, die sie für die Versorgung des Trosses und der Truppe mit sich führten. Sie hatte inzwischen einen Platz im Fuhrwerk der beiden Frauen zugewiesen bekommen, wo sie die Nächte verbringen konnte. Die Frauen bauten ein Zelt auf, das sie unterwegs erstanden hatten. Darin brachten sie ihre Habseligkeiten unter, um dann ebenfalls auf dem Fuhrwerk zu übernachten.

Am nächsten Tag setzten Anna und Irmtraud frischen Teig für ihre Brote an. Magdalena, die im angrenzenden Wald

Feuerholz sammelte, sah, dass Leonhart und seine Begleiter zurückkamen. Ein paar junge Burschen nahmen die Pferde der fünf Reiter in Empfang, nachdem die Männer abgestiegen waren. Sofort scharten sich Soldaten und Leute aus dem Tross um die Zurückgekehrten. Auch Magdalena gesellte sich dazu. Sie wollte nicht nur erfahren, was weiter geschehen sollte, sondern die seltene Gelegenheit nutzen, in die Nähe dieses Mannes zu kommen, der sie seit Jahren auf die eine oder andere Weise begleitete.

Er hatte sich sehr verändert, fand sie. War zu einem umsichtigen, aber auch strengen Truppenführer geworden, der seine Männer fest im Griff hatte.

Der hochnäsige Geschäftsmann, der vor Jahren bei ihrem Vater sein Pferd beschlagen ließ und sich weigerte, ihr den Lohn dafür zu bezahlen, war durch und durch Soldat geworden.

Er ließ seine Leute wissen, dass sie hierbleiben würden, bis Kurfürst Maximilian ihnen andere Befehle gab. Bis dahin waren sie dem Fürstbischof von Aychstätt unterstellt. Der hatte ihnen befohlen, das Kloster der Augustinerinnen im Westen der Stadt zu schützen, sollte es zu Angriffen auf die Anlage kommen. Vor allen Dingen aber lag ihm am Herzen, dass die bischöfliche Burg keinen Schaden litt. Die Stadt Aychstätt würde sich durch ihre wehrhaften Bürger und die imposante Stadtmauer schon selber zu schützen wissen.

Als sich die Menge wieder zerstreute, lief Magdalena zum Rand des Abhangs hinüber, von dem aus sie einen guten Blick über die Bischofsstadt hatte. Neugierig schaute sie sich um.

Auf der linken Seite thronte der stattliche Bischofssitz auf einer Anhöhe. Er ähnelte tatsächlich eher einer Burg als dem Zuhause eines Kirchenmannes, fand sie.

War nicht Jesus es gewesen, der als Sohn eines einfachen Zimmermanns auch im weiteren Leben eher bescheiden als in Glanz und Pracht unterwegs war? Zumindest hatte sie das aus der Bibel gelernt, die der Vater einst für seine Familie erstanden hatte. Lutherbibel hatte er sie genannt. Sein ganzer Stolz. Nur der Pfarrer hatte noch so ein Exemplar besessen. Durfte Magdalena die Bibel des Vaters bestenfalls ansehen, wenn er an heiligen Tagen daraus vorlas, so hatte der Pfarrer nichts dagegen gehabt, wenn sie seine Ausgabe ab und zu aus dem Schrank in der Sakristei nahm, um ehrfürchtig darin zu blättern.

„Die Lutherbibel ist in deutscher Sprache verfasst, damit alle, die des Lesens mächtig sind, verstehen können, was geschrieben steht", hatte der Vater oftmals gesagt, wenn die Sprache darauf kam. Dann hatte er auf die katholischen Pfaffen geschimpft, die in ihren Gottesdiensten in unverständlichem Latein den größten Mist verzapfen konnten, weil sie keiner verstand.

Und jetzt Bischofssitze wie der ihr gegenüber. Bescheidenheit sah anders aus. Es wäre ihrer Meinung nach besser gewesen, das Geld für diesen Prachtbau an die Armen zu verteilen, wie die Bibel lehrte. In Latein oder Deutsch. Auch der Bischof musste das gelesen haben. Nur verstanden hatte er es wohl nicht. Vielleicht hatten er und die anderen geistlichen Würdenträger auch nur den Teil davon verinnerlicht, in dem gesagt wurde, dass man dem Kaiser geben möge, was des Kaisers sei, und daraus ihre eigenen Schlüsse gezogen.

Außerdem schien ihr die Burg nicht gerade einladend mit ihren Mauern und Türmen. Sie stand da eher trotzig und selbstherrlich auf der Spitze des Hügels in der Altmühlschleife, und wirkte auf Magdalena, als beobachte sie argwöhnisch, was unter ihr geschah.

Und die galt es zu schützen?

Magdalena wandte beinahe zornig den Blick ab.

Auf der anderen Seite des Flusses waren hinter der Stadtmauer und zwischen eindrucksvollen Bürgerhäusern die Türme etlicher Kirchen und des Aychstätter Doms zu sehen. Magdalena wünschte sich nichts sehnlicher, als wenigstens einmal in die Nähe dieses Kirchenbaus gehen zu dürfen. Sie wusste, dass katholische Gottesdienste darin abgehalten wurden. Davon würde sie keinen besuchen. Aber sie wollte so gerne einmal einen Blick in eines dieser wundervollen Bauwerke werfen, um ihre Erhabenheit selber zu spüren, von der jener Soldat gesprochen hatte, der so viel über Ulm wusste.

Der Fürstbischof hatte ihnen diesen Platz am Rand des Altmühltales zuweisen lassen, aber angeblich verboten, dass die Leute wie die Schmeißfliegen über seine Stadt herfielen. Man werde ihre Berechtigung, sie durch eines der Tore zu betreten, wohlwollend prüfen. Als Grund für das Betreten der Stadt galt ausschließlich, dass sich der Tross mit dem Notwendigsten versorgte, aber nicht länger in der Stadt weilte, als dafür unbedingt notwendig war.

Offenbar wollte der Bischof zwar den Schutz der Truppe, aber nicht die Verantwortung für ihre Versorgung.

Magdalena musste Aychstätt nicht betreten, wenn sie das Mehl für die Bäckerinnen besorgte. Das tat ihr in der Seele leid. Zwei Mühlen lagen auf einer kleinen Insel mitten in der Altmühl: eine Getreide- und eine Sägemühle. Sie würden vom Lager des Trupps samt seinem Tross relativ einfach über einen einigermaßen gut befahrbaren Weg zu erreichen sein.

Nach einigem Suchen entdeckte sie Thomas in einem

der Zelte nahe der Schmiede, wo er sich zum Schlafen niedergelegt hatte. Magdalena rüttelte ihn so lange, bis er schließlich die Augen aufschlug und sie überrascht ansah. Was auch immer er als Grund für ihr Auftauchen an seiner Schlafstatt angenommen hatte – sie hieß ihn aufstehen und mitkommen.

Die beiden zogen kurz darauf mit Annas kleinem Karren Richtung Aychstätt. Da kein Zugtier zur Verfügung stand, hatte Magdalena die Deichsel übernommen, und Thomas schob den Karren von hinten an oder griff in die Speichen, wenn er abwärts zu schnell zu werden drohte.

Kurz bevor sie die Mühle über einen schmalen Steg erreichten, passierten sie eine Gruppe Leute, die aufgeregt miteinander redeten. Dabei fiel immer wieder der Name des Fürstbischofs, Johann Christoph von Westerstetten. Sie erinnerte sich daran, den Namen schon einmal gehört zu haben. Als sich die beiden näherten, verstummte das Geschwätz augenblicklich. Magdalena konnte ohnehin nicht so richtig verstehen, worüber sie so eifrig diskutiert hatten. Der Dialekt der Leute klang fremd in ihren Ohren.

Die beiden hatten reichlich Mühe, das notwendige Mehl zu besorgen, da ihnen der Müller erklärte, ohnehin nicht sehr viel Korn geliefert bekommen zu haben. Die Ernte sei sehr schlecht ausgefallen, die Preise für das Getreide enorm gestiegen, argumentierte er. Als Magdalena einen Blick in die Mehlkiste warf, die gerade befüllt wurde, fuhr sie erschrocken zurück.

„Hast du etwa Sägemehl darunter gemischt?“, fragte sie den Müller wütend und wies mit der Hand in die Richtung der Sägemühle, die sich genau gegenüber befand.

„Was soll ich machen?“, knurrte der Müller. „Die Leute wollen essen, aber die Ernte ist verdorben! Das Sägemehl schadet ihnen nicht.“

Magdalena schüttelte energisch den Kopf.

„Ich will gutes Mehl haben. Es ist für die Truppe, die der Erzbischof …"

Der Müller unterbrach sie barsch.

„Der Erzbischof? Der will nur das beste Mehl haben. Ihm gehören die Mühlen hier, wenn es dich interessiert. Wegen ihm ist es letztendlich, weshalb ich mich für die Bürger der Stadt mit Sägemehl behelfen muss." Er hatte die Hände zu Fäusten geballt. „Dort stehen zwei Säcke Mehl, die für seine Bäcker vorgesehen sind. Nehmt sie mit, aber sprecht nicht davon, was ihr gesehen habt, verstanden? Ich will nicht noch mehr Unfrieden stiften, als es ohnehin schon gibt."

Magdalena zog die Stirn in Falten.

„Ich habe schon gemerkt, dass die Leute aufgebracht sind. Was ist der Grund dafür? Wir sind zu eurem Schutz da, es wird niemand etwas geschehen."

Der Müller holte tief Luft.

„Zu unserem Schutz? Vor wem?" Er kniff zornig die Lippen zusammen und schaute Magdalena abwartend in die Augen. „Wenn du es schon nicht weißt?"

Magdalena hob die Schultern.

„Vor Überfällen?", fragte sie leise zurück.

„Vor Überfällen? Wenn du meinst."

Dann nannte er Magdalena den Preis für die beiden Säcke, ließ jedoch nicht mit sich handeln, als sie ihm sagte, dass er viel zu viel dafür verlange.

„Ich habe dir bereits gesagt, dass Getreide sehr teuer geworden ist, weil die Ernte schlecht ausgefallen ist. Außerdem: Wie sollen wir eine Ernte einfahren, wenn Leute wie ihr alles niederbrennt? Bezahlt den Preis oder verschwindet", knurrte er und streckte abwartend die Hand aus.

Zähneknirschend zählte Magdalena das verlangte Geld

ab und reichte es dem Müller. Dann gab sie Thomas ein Zeichen, die beiden Säcke auf den Karren zu verladen, und verließ die Mühle.

„Gschwerl!“, hörte sie den Müller hinterherschimpfen. „Von wegen schützen.“

Die beiden Bäckerinnen konnten sich zunächst nicht über den horrenden Preis beruhigen, den der Müller für das Mehl verlangt hatte. Deshalb erzählte Magdalena ihnen auch, wie es dazu gekommen war, dass er ihnen das Mehl überhaupt herausgerückt hatte. Die beiden Frauen standen mit offenen Mündern und in die Hüfte gestemmten Fäusten da und wussten nicht, was sie dazu sagen sollten.

„Der Müller scheint nicht gut auf den Erzbischof zu sprechen sein“, sagte Anna schließlich.

„Überhaupt nicht. Uns nennt er Gschwerl, und ich nehme an, es hat damit zu tun, dass wir den Bischofssitz beschützen sollen.“

„So, wie du das erzählt hast, setzt er uns mit dem Bischof gleich. Der hohe Herr scheint nicht bei allen hier beliebt zu sein“, meinte Irmtraud und schüttelte nachdenklich den Kopf.

„Da magst du recht haben“, sagte Magdalena, der die aufgeregt miteinander redenden Leute unterwegs wieder einfielen. Es hatte nicht gerade freundlich geklungen, was sie sagten. Außerdem hatten sie sich sofort schweigend abgewandt, als sie und Thomas in ihrer Nähe aufgetaucht waren. Sie hatten ganz offensichtlich Angst. Vor dem Bischof?

„Wir müssen den doppelten Preis für die Brote verlangen“, beschied Anna schließlich, und ließ den Blick über die vorbereiteten Laibe gleiten. „Das wird einen Aufstand geben.“

Während sie sich um ihre Arbeit kümmerten, entfachte Magdalena Feuer in ihrem kleinen Backofen und richtete den Tisch für den Verkauf der Brote her. Sie ahnte, dass sie einiges zu hören bekommen würden, wenn die Leute von dem fast doppelten Preis für ihr Brot erfuhren.

„Sag ihnen, dass das Mehl aufgrund der allgemeinen Teuerung und der schlechten Ernte so viel kostet. Wenn sie Sägemehl im Brot haben wollen, ist es billiger“, schlug Anna vor.

Magdalena zuckte die Schultern.

Egal, was sie sagen würde, sie musste aufpassen, dass man sie nicht für etwas bestrafte, für das sie nichts konnte.

„Wir helfen dir“, versprach Anna. „Du musst das nicht allein durchstehen.“

In diesem Augenblick tauchte der Trossführer auf. Er hatte erfahren, dass mit dem Brot etwas nicht stimmte und forderte die Frauen auf, ihn aufzuklären. Das übernahm Anna.

„So eine Unverschämtheit!“, schrie Herbert Magdalena an. „Seitdem du mit dabei bist, läuft alles aus dem Ruder.“ Er zog geräuschvoll Luft durch die Zähne und grinste sie dann mit zusammengekniffenen Augen an. „Vielleicht sollte jemand die Büttel in Aychstätt darüber informieren, dass sich hier ein Weibsbild aufhält, das dem Fürstbischof gefallen würde.“

Magdalena starrte ihn mit weit aufgerissenen Augen an.

„Wie meinst du das?“, wollte sie wissen, und trat einen Schritt auf ihn zu.

„Wie ich es gesagt habe“, antwortete der Trossführer und schob das Kinn vor. „Der hat gerade erst eine wie dich aufgreifen lassen. Du würdest ihm sicherlich auch in den Kram passen.“

„Lass die Weiber in Ruhe!“, donnerte Leonhart, der unbemerkt dazugekommen war. „Du weißt doch nicht, was du sagst.“

„Oh doch“, widersprach ihm Herbert. „Das weiß ich sehr wohl.“ An Magdalena gewandt, fügte er noch an: „Und der Fürstbischof auch.“

Damit drehte er sich um und schob sich durch die neugierig dazugekommene Menge in Richtung seines Zeltes davon.

„Was meint er damit?“, wollte Magdalena wissen, nachdem sie ihre Sprache wiedergefunden hatte. „Ich meine, was will er mit dem Bischof?“

Leonhart kniff kurz die Lippen zusammen.

„Johann Christoph von Westerstetten ist bekannt für zwei Dinge: Weibergeschichten und Hexenprozesse“, antwortete er. „Wobei ich das mit den Weibergeschichten eher als üble Nachrede sehe. In den letzten Tagen wurde eine Frau aufgegriffen, der man nachsagt, eine Hexe zu sein. Darauf hat der Trossführer angespielt.“ Er schüttelte traurig den Kopf. „Sie wird vom Stadtrichter und einigen Beisitzern verhört. Was dabei herauskommt, steht vorher schon fest: Sie wird auf dem Scheiterhaufen brennen.“

Magdalena starrte ihn entsetzt an.

„Aber was wirft man der armen Frau denn vor?“

Leonhart zog die Schultern hoch.

„Das weiß man anfangs nie so genau“, antwortete er. „Die stellen das erst während der Verhöre fest.“

Er schaute Magdalena eindringlich an.

„Du hältst dich besser zurück, bevor du auch noch in den Verdacht der Hexerei kommst“, sagte er. „Wäre nicht das erste Mal, dass man in dem Zusammenhang von dir spricht.“

„Was?“

Magdalena warf einen schnellen Blick um sich. Außer Anna und Irmtraud schien niemand weiter auf das Gespräch zu achten. Nachdem Herbert davongestapft war, hatten sich auch die Neugierigen zurückgezogen.

„Ich habe gehört, dass du mit einer Stummen unterwegs gewesen bist, die dem Geschwätz der Leute zufolge in der Lage war, schlechtes Wetter über Tross und Haufen zu bringen, und sonst noch einiges." Er schüttelte müde den Kopf. „Dass du sie geschützt hast, war nicht von Vorteil für dich. Und für deinen Tross auch nicht, wie du weißt. Erinnerst du dich? Bis auf wenige wurden alle niedergemacht. Es gibt Leute, die glauben, das Unheil wäre von der Stummen heraufbeschworen worden, die seitdem wie vom Erdboden verschluckt ist."

„Woher wisst Ihr das?", fragte Magdalena beinahe atemlos.

Leonhart wies mit dem Kinn dorthin, wo hinter den Zelten die Schmiede stand.

„Thomas", flüsterte Magdalena. „Aber der hat unmöglich gesagt, dass meine Begleiterin eine Hexe ist!"

„Nein, das hat er wirklich nicht gesagt. Aber die Leute haben sich aus dem, was er erzählt hat, einiges zusammengereimt."

Magdalena schloss kurz die Augen. Sie hatte in der letzten Zeit bewusst nicht auf das gehört, was um sie herum geredet wurde, sondern sich mit dem Verkauf der Brote und dem beschäftigt, was ihre beiden Gefährtinnen zu erzählen hatten. Sie wusste nicht, dass man über Regine redete, die außer ihr und Thomas niemand gekannt haben konnte. Hatte keine Ahnung davon, dass sie selber im Verdacht stand, womöglich eine Hexe geschützt zu haben.

„Dass du überlebt hast, will man nicht einfach nur als Glückssache abtun", fuhr Leonhart in ihre Gedanken hinein fort. „Gerade der Trossführer ist nicht gut auf dich zu sprechen. Der Kerl, der dich vergewaltigen wollte, wartet nur darauf, sich an dir zu rächen, und hat sich mit Heinrich zusammengetan. Der hat wohl auch noch ein Hühnchen mit dir zu rupfen."

Magdalena fror mit einem Mal. Holte sie dieser schreckliche Aberglaube wieder ein? Ganz abgesehen davon, dass sie genau wusste, wie die Rache dieser beiden Lumpen aussehen würde.

„Und Ihr?", fragte sie den jungen Offizier. „Glaubt Ihr an den Schwachsinn mit den Hexen?"

Leonhart lachte.

„Was ich glaube, ist nicht wichtig", antwortete er. „Pass auf dich auf. Ich kann nicht ständig auf dich achtgeben."

Damit wandte er sich um und kehrte zu seiner Truppe zurück.

Magdalena ließ sich erschöpft neben dem Fuhrwerk der Bäckerinnen auf einen Stapel leerer Säcke fallen. Anna kam zu ihr und legte einen Arm um ihre Schultern.

„Ich habe gelauscht", sagte sie. „Dieser Fürstbischof ist tatsächlich ein gefürchteter Hexenjäger. Er soll bereits über einhundert Frauen und Männer festgesetzt, verhört und schließlich dem Feuer übergeben haben." Sie zog Magdalena kurz an sich. „Als wäre dieser furchtbare Krieg nicht genug, müssen Männer wie der noch so viel Unglück über die Menschheit bringen!"

Magdalena warf ihr einen traurigen Blick zu.

„Christen", sagte sie leise. „Das sind Christen?! Nichts dergleichen sind die, nichts als verlogene, gottverdammte Hurensöhne sind das!"

Anna hielt ihr entsetzt den Mund zu, weil sie die letzten Worte laut geschrien hatte.

„Ist doch wahr!" Magdalena machte sich von der

Freundin los und stand auf. Sie klopfte den Staub aus ihrem Rock und schlang dann die Arme um ihren Oberkörper. „Du hast die Stumme nicht gekannt“, sagte sie dann. „Regine. Sie hatte als Kind so ein gutes Leben. Dann wurde ihre Familie brutal umgebracht, man hat sie als junges Mädchen geschändet, verschleppt …“ Sie erzählte Anna die Geschichte der jungen Frau, während sie zum Lagerfeuer hinübergingen, das Irmtraud inzwischen entfacht hatte. „Sie ist verstummt vor Kummer, aber sie ist doch deshalb keine Hexe!“

Anna legte ihr beschwichtigend die Hand auf die Schulter.

„Es geht nicht um sie, Magdalena. Es geht in erster Linie um dich. Leonhart hat recht: Pass auf dich auf. Der Trossführer hat es auf dich abgesehen, und dieser Oswald steht ihm dabei zur Seite. Die beiden mögen keine Frauen, die sich zur Wehr setzen.“

Magdalena lachte bitter.

„Euch beide lassen sie aber in Ruhe, nicht wahr?“

Anna ließ sich am Feuer nieder und bedeutete Magdalena, sich neben sie zu setzen.

„Das hat seine Geschichte“, sagte sie. „Die werde ich dir aber nicht erzählen. Nicht heute.“

„Du meinst die Geschichte mit dem offenen Hosenlatz?“, fragte Magdalena augenzwinkernd.

„Du kennst sie also schon.“

Magdalena kniff kurz die Lippen zusammen. Sie alle hatten eine Geschichte, über die sie nicht gerne redeten. Sie wandte sich zu Irmtraud um.

„Was sagen die Leute zu unserem neuen Brotpreis?“, fragte sie.

Irmtraud stocherte im Feuer, dass die Funken aufstoben.

„Begeistert sind sie nicht“, gab sie zurück. „Ich habe ihnen gesagt, dass sie gerne Holzmehlbrot haben können, aber nicht von uns. Zumindest heute nicht.“

„Deutliche Worte“, sagte Anna und legte ihr lachend eine Hand auf die Schulter.

Irmtraud wies mit dem Stock auf Magdalena. „Hab ich von ihr gelernt.“

## 19

Es war Oktober geworden. Magdalena hatte das Gefühl, der vergangene Winter habe sich sechs Monate lang verabschiedet und dann beschlossen, doch zu bleiben. Einen richtigen Sommer hatten sie jedenfalls nicht erlebt. Die Ernte war schlecht ausgefallen, das Korn erneut knapp geworden, viele mussten hungern. Das machte auch vor den Menschen nicht Halt, die ihr Lager oberhalb der Altmühl aufgeschlagen hatten. Zum Glück standen sie unter dem besonderen Schutz des Fürstbischofs, der aufgrund einer Beschwerde Leonharts die Müller angewiesen hatte, sie mit gutem Mehl zu versorgen.

Magdalena ahnte, dass die Aychstätter nicht gut auf sie zu sprechen waren.

Die meisten Menschen im Tross hatten ihre Gefährte und Zelte so gut es ging dem schlechten Wetter angepasst. Als die ersten Herbststürme das Altmühltal herauf und in das Lager fuhren, breiteten sie Felle oder wollene Decken über die Planen ihrer Zelte und Fuhrwerke und banden sie fest, damit der immer stärker werdende Wind sie nicht wegblasen konnte. Meistens saßen sie in kleinen Gruppen um die Lagerfeuer herum, die den ganzen Tag über brannten, und versuchten so, die feuchte Kälte aus den Kleidern zu vertreiben und selber ein wenig warm zu bleiben.

Die Tage nach dem Zwischenfall mit dem Trossführer verliefen für die drei Frauen relativ ruhig, und Magdalena hatte nicht den Eindruck, dass ihr jemand Übles wollte. Weder er noch Oswald ließen sich in ihrer Nähe blicken. Das Brot kaufte einer der Buben für ihn.

Als im Oktober das Mehl erneut zur Neige ging, und sie auch kein Salz mehr hatten und noch ein paar andere Lebensmittel knapp wurden, machte sich Magdalena wieder auf den Weg ins Tal. Dieses Mal kamen außer Thomas noch zwei Söldner mit, die Leonhart ihr zur Seite gestellt hatte.

In der Nacht hatte es geregnet, und als sie am Morgen aufbrachen, war der Weg ins Tal schlammig. In den Wagenspuren hatte sich Wasser gesammelt, das langsam in den Furchen den Berg hinunterrann. Es war beschwerlich, den Karren unbeschadet ins Tal zu bringen, weil Magdalena und ihre Begleiter immer wieder ausglitten und Mühe hatten, das Gefährt auf dem Weg zu halten. Über der Altmühl lag Nebel, der in Magdalenas Kleider kroch und sie schnell frösteln ließ. Sie war froh, als sie endlich die Mühle erreicht hatten. Über den Rückweg den Berg hinauf wollte sie erst gar nicht nachdenken.

Der Müller rückte mürrisch ein paar Säcke Mehl heraus, nachdem die beiden Soldaten ihn wissen ließen, dass sie sofort dem Erzbischof Meldung machen würden, bekäme das Weib nicht, was sie verlangte. Die Säcke wurden auf den Karren geladen, den einer der beiden Söldner bewachen sollte, bis Magdalena wieder zurückkam. Sie traute dem Müller nicht.

Salz und einige Dinge mehr musste Magdalena auf dem Markt in der Stadt kaufen.

Der Nebel verzog sich langsam, als leichter Wind aufkam. Magdalena zog die Decke um ihre Schultern, die Anna ihr mitgegeben hatte, und machte sich mit dem zweiten Söldner und Thomas auf den Weg in die Stadt. Sie sah ihnen an, dass sie lieber im Lager geblieben und sich die Hände über einem der Lagerfeuer gewärmt hätten. Es ging ihr nicht anders, und sie freute sich darauf, spätestens zu Mittag wieder beim Tross zu sein. Lieber half sie den beiden Frauen dabei, Brote vorzubereiten und unter einem mit Decken überdachten Stand zu verkaufen, als hier im Dreck herumzuwaten.

Magdalena überquerte nach kurzem Fußmarsch die Altmühl über eine steinerne Brücke, die ein Stück flussaufwärts neben dem eindrucksvollen Heilig-Geist-Spital die beiden Ufer miteinander verband. Der zweite Söldner begleitete sie bis zum Stadttor und sorgte dafür, dass sie eingelassen wurde. Dort wollte er auf sie warten. Thomas folgte ihr murrend in die Stadt.

Der Nebel hatte sich völlig verzogen und einer blassen Sonne Platz gemacht. Trotzdem war es noch ungemütlich frisch.

Staunend glitten Magdalenas Blicke an den Fassaden der stolzen Bürgerhäuser und Anwesen der Aychstätter Domherren empor, die die Straßen säumten, und blieben immer wieder an den Türmen der Kirchen hängen, die zwischen den Dächern zu sehen waren. Wie viele Sakralbauten diese Stadt doch hatte! Eine echte Bischofsstadt.

Beinahe hätte Magdalena über ihrem Staunen den Schmutz übersehen, der das Pflaster bedeckte. Dann stach ihr jedoch der üble Gestank in die Nase, den der leicht aufkommende Wind vor sich her durch die Gassen trieb. Sie war das nicht mehr gewöhnt. Seitdem sie Linz verlassen hatte, war sie so gut wie nicht mehr in einer größeren Stadt gewesen. Auch im Lager stank es nicht so erbärmlich wie hier. Wie auch immer der Trossführer sonst sein mochte, so achtete er doch darauf, dass der Scheißplatz wenigstens einmal in der Woche mit Erde bedeckt wurde. Den Abfall aus den Küchen bekamen die mitgeführten Schweine zu fressen. Hier in der Stadt liefen zwar ein paar Hühner und das eine oder andere Schwein zwischen den weniger ansehnlichen Häusern herum, aber sie konnten nicht verhindern, dass der Inhalt von ausgeschütteten Mistkübeln und entleertem Nachtgeschirr zu faulen und übel zu stinken begann. Ganz abgesehen davon, dass die Tiere selber entsetzlich riechende Haufen hinterließen.

Außerdem weichten langsam Magdalenas Schuhe auf, und sie hätte etwas darum gegeben, ein Paar dieser seltsamen Holztrippen mitgenommen zu haben, die ihr die Frau Meisterin in Krems gegeben hatte. Was wohl aus ihr geworden war?

Leonhart.

Der Gedanke an ihre alte Stelle ließ auch Erinnerungen daran hochkommen, wie sie zusammen mit ihm bis Krems gezogen war. Schnell wischte sie die Gedanken daran zur Seite. Denn da war plötzlich ein seltsames Gefühl der Verlassenheit, das ihr Tränen in die Augen trieb, was jetzt aber denkbar unpassend war.

Je näher sie dem Marktplatz kam, desto mehr Menschen bevölkerten die Gassen. Niemand kümmerte sich um die Marketenderin, die sich mit ihrer Kraxe auf dem Rücken kaum von den anderen Weibern unterschied. Wenn man davon absah, dass sie wohl die einzige unter ihnen ohne Trippen war. Ihre Füße waren inzwischen nass und eiskalt geworden.

Gerade als Magdalena den Platz erreicht hatte, hörte sie wütendes Geschrei hinter sich. Erschrocken drückte sie sich gegen die nächste Hauswand. Thomas war in der Menschenmenge verschwunden.

Ein Hasstiraden brüllender Mob strömte plötzlich aus der gegenüberliegenden Gasse auf den Platz. Ziel schien das Rathaus zu sein.

Magdalena reckte den Hals, um sehen zu können, was die Menschen so aufgebracht hatte, konnte jedoch nichts erkennen, geschweige denn so richtig verstehen, was die

Leute um sie herum brüllten. Da wurde sie unsanft angerempelt, dass sie beinahe ausgerutscht und gestürzt wäre.

„Heda, pass auf, wo du hinläufst, du Trampel!“, hörte sie eine Männerstimme sagen.

Bevor sie etwas darauf erwidern konnte, hatte sie der Kerl am Arm gepackt und ein Stück mitgezerrt. Sie riss sich wütend los.

„Bist du narrisch geworden?“, fauchte sie ihn an. „Ist es Sitte in dieser Stadt, unbescholtene Frauen zu belästigen?“

„Unbescholten?“ Der Mann ließ ein krächzendes Lachen hören. „So schaust du aus: unbescholten.“

„Lass mich in Ruhe! Sonst zeige ich dir, wie du mit Frauen umzugehen hast, du ungehobelter Klotz, du ungehobelter. Das ist ja eine feine Stadt hier. Eine Bischofsstadt. Dass ich nicht lache!“

„Hier ist noch so eine!“, schrie der Mann unbeeindruckt und schnappte blitzschnell wieder nach ihrem Arm, den er jedoch knapp verfehlte, da Magdalena bereits die Flucht ergriffen hatte.

Es gelang ihr, in der Menge unterzutauchen, bevor er sie doch noch erwischen konnte. Kurz überlegte sie, zum Stadttor zurückzulaufen und den Söldner zu bitten, sie beim Einkaufen zu begleiten, nachdem sie Thomas aus den Augen verloren hatte, verwarf den Gedanken aber wieder. Ohne ihn würde sie auf keinen Fall wieder zum Tross zurückkehren. Sie schaute sich suchend um, konnte den jungen Mann aber nirgends entdecken. Es würde nichts nützen, nach ihm zu rufen. Ihre Stimme hatte keine Chance gegen den Tumult, der um sie herum brandete.

Mühsam bahnte sie sich einen Weg durch die Menschenmenge und fand schließlich auch den Händler, den sie aufsuchen sollte. Sie hatte sofort das Gefühl, als habe er überhaupt keine Lust, ihr irgendetwas zu verkaufen, geschweige denn, dass er sie in eines der sonst üblichen Marktschreier-Gespräche verwickelt hätte. Im Gegenteil. Er bot ihr nicht einmal etwas von seinen anderen Waren an, packte stumm ein, was sie haben wollte und verlangte mürrisch sein Geld.

Da das Geschrei vor dem Rathaus nicht verstummen wollte, fragte sie ihn schließlich, was denn die Ursache dafür sei.

Der Händler schaute sie zuerst nur missgelaunt an und sagte dann ein Wort, das Magdalena fast das Blut in den Adern gefrieren ließ: Hexen.

Sie war gerade dabei, ihre Kraxe auf den Rücken zu hieven, und blieb wie versteinert stehen.

„Hexen?", fragte sie beinahe tonlos. „In Aychstätt glauben die Menschen tatsächlich an Hexen?"

Zwar hatte sie davon gehört, dass der Fürstbischof bereits mehrere Hundert Leute auf den Scheiterhaufen gebracht haben sollte. Aber so richtig geglaubt hatte sie es nicht.

Der Händler legte einen Finger auf die Lippen und beugte sich ein wenig zu ihr hinüber.

„Es werden bereits vier von ihnen im Rathaus verwahrt. Einer, der Bonschab Lorenz, der sitzt dort schon seit dem vergangenen Jahr, gesteht aber nichts. Was soll er auch sagen? Der hat so wenig mit Hexerei zu tun wie die anderen!" Er schnappte hörbar nach Luft. „Und die drei Weiberleute, die mit ihm dort einsitzen, hat man seit Wochen befragt, aber sie haben sich ebenfalls geweigert, die Vorwürfe gegen sie zuzugeben. Oder sie geben sie zu und widerrufen, sobald man sie vom Haken lässt oder die Daumenschrauben abnimmt." Er hielt inne und schaute Magdalena forschend an. „Kennst du eine davon?"

Sie schüttelte stumm den Kopf.

„Heute hat man zwei weitere aufgegriffen, denen man Hexerei und allerhand anderes vorwirft", fuhr der Krämer fort. Magdalena sah, dass sich auf seiner Oberlippe kleine Schweißperlen gebildet hatten. „Die Bittlmayrin und den Räbl Jakob."

Magdalena wandte den Kopf in Richtung des Rathauses, wo der Tumult langsam verebbte. Die Menschen strebten einem neuen Ziel zu.

„Nächste Woche bringen sie die Pföringerin und die Rotherin den Berg da rauf, wo sie verbrannt werden sollen. Zusammen mit einer, die ich gut kenne: die Beckhen Enderlin. Eine unbescholtene Frau, die keinem etwas zuleide getan hat", sagte er und nickte in die Richtung, in der wohl jener Richtplatz sein sollte.

„Verbrannt?"

Der Händler zuckte seufzend die Schultern.

„Es sind arge Zeiten", sagte er. „Arge, arge Zeiten."

Magdalena schüttelte verständnislos den Kopf, verabschiedete sich von dem Krämer, packte ihren Korb auf den Rücken und machte sich unverzüglich auf den Weg zurück zum Stadttor. Dabei gellten ihr die wütenden Rufe der Aychstätter in den Ohren, die offenbar die angeblichen Hexen vom Rathaus zum Büttelhaus begleiteten, wo sie auf ihre Hinrichtung warten sollten, wie sie dem Geschrei der Leute entnehmen konnte.

Man klagte auch Männer der Hexerei an? Das war ihr bislang noch nicht zu Ohren gekommen. Was warf man denn einem Mann vor, wenn es um Hexen ging? War es nicht schon schlimm genug, dass Weiberleute der unsinnigsten Taten bezichtigt wurden, so klang es in ihren Ohren noch weitaus seltsamer, dass man auch Männer wegen Hexerei anklagte.

Vielleicht war das der Grund dafür, weshalb der Krämer

so lustlos gewesen war. Vielleicht hatte er Angst, dass dieser Irrsinn weiter um sich griff, und auch die Männer in der Stadt nicht verschont blieben. Vielleicht gab es etwas, das er getan oder gesagt hatte, und das ihm jetzt Sorgen bereitete. Sie konnte das nur zu gut verstehen.

Grundgütiger! Was nur war mit den Menschen los? Reichte der Krieg nicht, der sie alle betraf und ins Unglück stürzte? Reichten die Gräuel nicht, von denen alle wussten und die sie alle ereilen konnten?

Ein kleiner Hoffnungsschimmer waren immerhin Leute wie der Krämer, der diesen Irrsinn zumindest nicht befürwortete. Dabei wusste Magdalena, dass er sich damit auf sehr dünnem Eis bewegte, das ganz schnell einbrechen konnte.

Hexen.

Auf ihrem Weg zurück zum Stadttor fiel ihr Regine ein und das Geschrei einiger Männer und Frauen aus ihrer Gruppe, die das Mädchen als Hexe bezeichnet hatten. Dabei war das arme Mädchen nur verstummt, weil man ihr so sehr zugesetzt hatte, dass sie keine Worte mehr fand. So jedenfalls sah es Magdalena. Eine Hexe war Regine ganz sicher nicht. So wenig wie sie selber. Sie hätte nie jemand etwas Böses antun können, ganz gleich, ob Mensch oder Vieh.

Sie wusste, wie man sich fühlte, wenn Menschen einen heimlich beobachteten, hinter vorgehaltener Hand über einen tuschelten und schließlich lauthals der Hexerei bezichtigten. Immerhin war selbst ihr Vater der Meinung gewesen, dass es mit dem, was ihren Brüdern geschehen war, unmöglich mit rechten Dingen zugegangen sein konnte. Dabei war er noch einer von denen, die solchen Unsinn zumindest öffentlich nicht guthießen.

Erleichtert sah sie den Söldner mit einem von der Stadtwache plaudern und winkte ihm schon von Weitem zu.

Hinter ihr hörte sie Thomas rufen, der völlig aufgelöst bei ihr ankam.

„Die machen hier tatsächlich Jagd auf Hexen!", sagte er atemlos. „Die wollen sie auf den Scheiterhaufen bringen!"

„Ich weiß", antwortete Magdalena. „Ich weiß. Lass uns sofort zu unserem Tross zurückkehren, ich möchte hier nicht länger bleiben."

Kurz darauf trafen sie auf den zweiten Söldner, der neben der Karre mit dem Mehl ausgeharrt hatte, und machten sich auf den Weg zu ihrem Lager. Schweigend half Magdalena den beiden Männern, den Karren den Berg hinaufzuschieben, der immer noch beschwerlich rutschig war.

Anna sah ihr sofort an, dass etwas nicht stimmte. Während sie mithalf, den Karren zu entladen, fragte sie nach dem Grund. Zögernd erzählte Magdalena, was sich in Aychstätt zugetragen hatte.

„Der Erzbischof ist ein übler Hexenjäger, das weißt du doch inzwischen", schimpfte Anna und spuckte auf den Boden. „Der hat schon in Ellwangen so übel unter den Leuten gewütet, als er dort Fürstpropst war."

„Woher weißt du das?", wollte Magdalena wissen, und reichte ihr das Salz.

„Och, das spricht sich herum", gab Anna zurück und verzog das Gesicht. „Wer mit so einem zu tun hatte, wird hellhörig und vergisst keinen Namen und keinen Ort mehr, der damit im Zusammenhang steht."

Magdalena hatte ihr mit offenem Mund zugehört.

„Heißt das …?"

Anna holte tief Luft.

„Ich will darüber nicht sprechen", sagte sie und wischte sich mit dem Handrücken über die Stirn. Trotz der Kälte war ihr bei der Arbeit warm geworden.

An diesem Abend suchte Magdalena Thomas auf. Sie hatte ihm angesehen, dass er sich hilflos fühlte, und wollte wissen, was ihn so verunsichert hatte.

„Ich kann es nicht glauben", sagte er leise. „Es gibt doch ohnehin schon so viel Elend ringsumher. Weshalb dann noch das mit diesen angeblichen Hexen?"

Tränen schimmerten in seinen Augen. Dann begann er stockend zu erzählen.

„In unserem Dorf gab es zwei Frauen, die sich mit Heilkräutern ihren Lebensunterhalt verdienten. Sie behandelten keine Kranken, verkauften nur, was sie gesammelt oder selber angebaut hatten. Bis eines Tages ein furchtbares Unwetter über uns hereinbrach. Der Blitz schlug in eines der Häuser ein, und bevor man das Feuer löschen konnte, hatte es bereits auf die Nachbarhäuser übergegriffen. Das halbe Dorf brannte an jenem Tag ab." Er schwieg einen Augenblick lang. „Das Häuschen der beiden Schwestern blieb verschont." Wieder schwieg er. „Es stand außerhalb, weil man den beiden im Dorf keinen Platz gegeben hat. Man hat sie beschuldigt, mit dem Teufel im Bund zu stehen. Es gab tatsächlich Leute die gesehen haben wollten, wie es die Frauen nachts auf dem Kirchhof mit einem Gehörnten getrieben hätten. Man hat sie gefangen genommen, in der nahe gelegenen Stadt ins Loch geworfen, verhört, übel misshandelt und dann unter dem Gegröle der Dorfbewohner und der Leute aus der Stadt auf dem Scheiterhaufen bei lebendigem Leib verbrannt. Man hatte sie Rücken an Rücken an einem Pfahl festgebunden."

Magdalena hatte tröstend nach seinen Händen gegriffen, die eiskalt geworden waren.

„Ich war damals zehn oder elf Jahre alt und musste mir das mitansehen, weil mein Vater es so wollte. Es sollte mich abhärten, hat er gesagt. Und ich müsse lernen, mich von solchen Leuten fernzuhalten, die nur Unglück über uns bringen.“ Er schluckte. „Von solchen Leuten … Ich werde nie die Schreie der beiden Frauen vergessen, und diesen grauenhaften Gestank, als die Körper der beiden langsam …“

Magdalena hatte ihren Arm um seine Schultern gelegt, die in den vergangenen Wochen breit und kräftig geworden waren. Als er sich zu ihr umwandte, stand so viel Schmerz in seinem jungen Gesicht, dass sie ihn in einem plötzlich aufkommenden Gefühl von Zuneigung an sich zog und auf den Mund küsste. Einen Augenblick lang blieb ihr Kuss unerwidert, und Magdalena bereute schon, ihm ausgerechnet in diesem Augenblick zu nahe gekommen zu sein. Doch dann spürte Magdalena seine Hände um ihren Kopf und seine Zunge, die zärtlich über ihre Lippen glitt. Er fasste sie an den Händen, zog sie hoch und führte sie in sein Zelt. Magdalena sank auf sein Lager und half ihm, einen Weg in ihren Schoß zu finden.

Sie liebten sich die halbe Nacht lang und fanden immer wieder neue Möglichkeiten, sich gegenseitig zu erkunden und Lust zu bereiten. Mochten die anderen vor dem Zelt hören, was drinnen geschah. Es war ihnen völlig gleichgültig. Diese Nacht gehörte ihnen.

„Du hast mit Anna auch schon das eine oder andere Körbchen Pilze gesammelt“, stellte Magdalena irgendwann fest und strich ihm eine vorwitzige Strähne aus der Stirn.

„Hat sie das gesagt?“

„So ungefähr, ja.“

Er küsste sie auf die Nasenspitze und kuschelte sich dann neben sie unter das wärmende Fell.

„Aber so wie wir beide haben wir es nicht gemacht“, sagte er und begann erneut, sie zu liebkosen. „So nicht.“

‚Ich habe das in die Hand genommen', hörte sie Annas Stimme sagen. Jetzt wusste sie auch, was sie der Freundin zu verdanken hatte und lachte leise vor sich hin.

Erschöpft und glücklich wie nie zuvor schlief sie gegen Morgen in Thomas' Armen ein.

Auch in den darauffolgenden Nächten schlüpfte Magdalena in Thomas' Zelt. Anna hatte Magdalena bereits am Morgen nach ihrer ersten Liebesnacht beiseite genommen.

„Hast du deinen Kampf gegen die Männer also aufgegeben", stellte sie fest und grinste verschwörerisch.

„Nicht gegen alle", erwiderte Magdalena mit einem breiten Lächeln.

# 20

Zwei Tage später brachte ein Bote die Nachricht, dass die Exulanten, die mit Otmar Richtung Ulm weitergezogen waren, gut dort angekommen seien. Rachel und Franz hatten tatsächlich Unterkunft bei ihren Verwandten gefunden, ließ er Magdalena wissen, die ungeduldig nachgefragt hatte.

„Und Otmar?“, fragte sie weiter.

„Ist weitergezogen. Er wollte so schnell wie möglich zu seiner Familie zurückkehren.“

Die neugierig herbeigelaufenen Trossleute und Söldner, die sich um den Boten geschart hatten, wollten wissen, wie es unterwegs bestellt gewesen war mit Scharmützeln oder anderen Ungelegenheiten.

„Im Württembergischen ist es wohl zum großen Teil noch ruhig“, gab er zur Auskunft. „Aber so ist es nicht überall. Der Krieg zieht von Norden her ins Land. Hoffen wir, dass er sich ausgetobt hat, bevor er Baiern erreicht.“

Von einer Stummen, die den beiden gefolgt sein könnte, wusste er nichts.

Es war wieder einmal sehr kalt geworden in den vergangenen Tagen. Die drei Frauen hatten Mühe, ihren Ofen für das Brotbacken anzuheizen, da ihnen langsam das Brennholz ausging. Anna zog mit Magdalena ein Stück weit in den Wald, um alles aufzusammeln, was für ein Feuer zu brauchen war. Da hörten sie Axtschläge ganz in der Nähe.

„Jemand schlägt Holz“, stellte Anna fest. „Lass uns zusehen, ob für uns was abfällt.“

„Das können wir aber doch nicht brauchen“, wandte

Magdalena ein, folgte der Freundin aber eilig, die bereits vorausgelaufen war. „Es ist zu nass."

Anna zuckte die Schultern.

„Es sind immer trockene Äste dabei", erklärte sie Magdalena über die Schulter zurück. „Das nehmen wir mit."

„Aber wollen nicht die Aychstätter oder die Leute von der Burg oder dem Kloster das Holz haben?", fragte Magdalena. „Wir werden Ärger bekommen."

„Wir werden sehen."

Sie erreichten kurz darauf eine kleine Lichtung, die dadurch entstanden war, dass jemand mehrere Bäume gefällt und in der Mitte zum Abtransport bereitgelegt hatte. Mehrere Männer waren damit beschäftigt, zwei kräftige Gäule anzuschirren, die die Stämme wegschaffen sollten. Mit einem Blick erkannte Anna, dass sogar sehr viel trockenes Holz herumlag, das sie brauchen konnten.

Sie ging auf die Männer zu und erklärte ihnen, was sie von ihnen wollte. Magdalena, die etwas abseits stehen geblieben war, konnte nicht die ganze Unterhaltung verstehen, lief aber sofort herbei, als Anna ihr zuwinkte.

„Wir können alles mitnehmen, was wir zwischen den Bäumen dort drüben finden", sagte sie zu ihr. „Am besten, wir holen noch ein paar von unseren Männern dazu, dann geht es schneller. Ich laufe zum Tross zurück, und du kannst schon mal damit anfangen, Reisig zusammenzutragen."

Magdalena schaute zweifelnd zu den Männern hinüber, die mit einem der beiden Gäule bereits den ersten Stamm aus der Lichtung zogen.

„Die tun dir nichts", beschwichtigte Anna sie. „Die müssen sich beeilen, haben sie gesagt. Da bleibt keine Zeit für so Sachen."

Mit diesen Worten ließ sie Magdalena stehen und machte sich auf den Rückweg.

Sie schaute noch einmal zu den Männern hinüber, die offenbar genug damit zu tun hatten, die Stämme von Ästen und Rinde zu befreien und sie dann von den Pferden aus dem Wald ziehen zu lassen.

Magdalena drehte sich um und begann, Reisig zu sammeln und auf einen Haufen zusammenzutragen. Sie fand auch ein paar dicke trockene Äste, die sie aus dem Wald schleppte und neben dem Reisig stapelte.

Es dauerte nicht lange, dann kam Anna mit fünf kräftigen Männern zurück, die sich sofort daranmachten, das Holz zusammenzuschnüren und teils auf dem Rücken, teils hinter sich herziehend zum Tross zu bringen. Einer der Holzfäller gesellte sich zu ihnen und fragte, wofür sie das Holz brauchten.

„Du fragst vielleicht daher!“, rügte Anna ihn. „Wofür werden wir's wohl brauchen? Wir wollen uns ein warmes Bad gönnen, bevor wir uns in unsere warmen Stuben zurückziehen! Dummkopf.“

„Warm wird es denen auch werden, für die unser Holz bestimmt ist“, gab der Mann ungerührt zurück. „Am nächsten Montag ist wieder Richttag, da werden sie ein paar menschliche Fackeln anzünden drüben auf dem Berg.“

„Menschliche ...“ Magdalena riss entsetzt die Augen auf. Der Tumult in Aychstätt kam ihr wieder in den Sinn, an den sie nicht mehr gedacht hatte.

„Hexen“, sagte der Holzfäller und spuckte vor sich auf den Boden. „Denen gehört's nicht anders. An den Stämmen dort werden sie festgebunden, nachdem man sie auf den Scheiterhaufen gestellt hat. Als ob sie noch davonlaufen könnten, nachdem der Scharfrichter ihnen den Kopf abgeschlagen hat. Aber bei denen weiß man ja nie. Schließlich sind es Hexen.“ Er ließ ein krähendes Lachen hören. „Also seht's zu, dass ihr wieder wegkommt's mit eurem Holz, bevor jemand einfällt, dass es unrecht ist, was ihr tut."

„Unrecht?", fragte Magdalena entsetzt. „Aber ..."

Sie warf Anna einen strafenden Blick zu. „Ich habe dir gesagt, dass wir Ärger bekommen werden", knurrte sie. „Wenn die Leute unten im Tal mitbekommen, was wir hier machen, werden wir nicht mehr unter dem Schutz des Erzbischofs stehen, glaube mir! Das ist Diebstahl!"

„Lass es gut sein", gab Anna zurück. „Lass es gut sein."

„Ihr werdet schon wissen, was ihr tut", mischte sich der Holzfäller ein. Er verabschiedete sich mit einem breiten Grinsen von den beiden Frauen und ging zu den anderen Männern hinüber, die gerade den letzten Stamm aus der Lichtung ziehen ließen.

Magdalena nahm die Kraxe auf, in die sie ihr Reisig geladen hatte, und wandte sich zum Gehen. Anna stand wie versteinert da.

„Was ist mit dir?", fragte Magdalena und kam wieder ein paar Schritte zurück. „Doch Bedenken wegen unseres Holzdiebstahls?"

Anna schüttelte wortlos den Kopf. Sie war leichenblass geworden.

„Anna! Was ist mit dir?", fragte Magdalena noch einmal und berührte die Freundin vorsichtig an der Schulter.

Die holte tief Luft und wandte ihr dann das Gesicht zu, in dem das helle Entsetzen stand.

„Anna?"

„Ellwangen", hörte sie die Freundin heiser flüstern.

„Was?"

Anna schloss kurz die Augen und holte erneut tief Luft.

„Gehen wir."

Sie hatten genügend Holz gesammelt, um für die nächsten Tage ihren Backofen beheizen und Brot backen zu können. Niemand hatte sie deshalb belangt. Allerdings war Anna sofort unter der Plane ihres Karren verschwunden, nachdem sie das Lager erreicht hatten.

„Was ist denn mit ihr?", wollte Irmtraud wissen, die ihr ratlos nachgeschaut hatte. Magdalena erzählte ihr, was im Wald geschehen war, und Irmtraud legte ihr eine Hand auf den Arm, nachdem sie geendet hatte.

„Ellwangen", sagte sie leise. „Ich verstehe."

„Was verstehst du?" Magdalena war der Verzweiflung nahe. „Was hat Ellwangen mit Aychstätt zu tun?"

Irmtraud neigte ihr mit einem tiefen Seufzer den Kopf zu.

„Nichts. Wenn man davon absieht, dass derselbe Fürstbischof, der jetzt in Aychstätt sein Unwesen unter den mutmaßlichen Hexen treibt, dasselbe bereits vor Jahren in Ellwangen getan hat. Es heißt, dass die Bischöfe innerhalb weniger Jahre über vierhundert Frauen, Männer und Kinder in die Flammen werfen ließen, die Hundsfotte, die elenden! Einer davon war dieser Fürstbischof von Westerstetten, der in Aychstätt ganz offensichtlich dort weitermacht, wo er in Ellwangen aufgehört hat."

Magdalena schüttelte verständnislos den Kopf.

„Aber warum …"

„Anna ist ganz knapp mit dem Leben davongekommen", sagte Irmtraud leise. „Man hat sie, ihre Mutter und ihre beiden Schwestern der Hexerei beschuldigt, nachdem eines der verhafteten Weiber sie unter der Befragung angezeigt hat. Einer der Gefängnisaufseher hat Anna zur Flucht verholfen, bevor man sie ebenfalls peinlich befragen konnte. Ihre Mutter und die Schwestern wurden wenige Tage später geköpft und dann verbrannt, weil man ihnen nachgesagt hat, sie hätten Anna aus dem Gefängnis gehext. Was natürlich Unsinn war. Anna ist aus Ellwangen geflüchtet und irgendwann zu einem Tross gestoßen, mit dem sie gezogen ist." Irmtraud wischte sich eine Haarsträhne aus der Stirn und betrachtete dann nachdenklich ihre Hand. „Der Ankläger in Ellwangen war Johann Christoph von Westerstetten. Anna zählte damals noch nicht einmal zehn Lenze. Sie hatte Glück, dass sich in jenem Tross jemand um sie kümmerte, dem sie förmlich zugelaufen ist."

Magdalena verstand. Was der Holzfäller ihnen erzählt hatte, musste schreckliche Erinnerungen in der jungen Frau geweckt haben. Die Vorstellung, dass wieder unschuldige Menschen umgebracht und auf dem Scheiterhaufen verbrannt werden sollten, hatte sie unendlich tief getroffen. Zu wissen, dass man dagegen nichts tun konnte, dass dieser Wahnsinn nicht aufzuhalten war, dass ein geistlicher Würdenträger dahintersteckte, der eigentlich eher dafür sorgen sollte, dass gerade so etwas nicht geschah, warf Anna für den Rest des Tages völlig aus der Bahn.

Die beiden Frauen ließen sie den weiteren Tag über in Ruhe und kümmerten sich schweigend darum, dass es im Tross genügend Brot zu essen gab.

# 21

„Die Verhöre in Aychstätt finden vor einer Malefizkommission statt, die man extra dafür eingerichtet hat“, erklärte Thomas ihr am Tag darauf. Magdalena erfuhr von ihm weiter, dass man die der Hexerei Angeklagten zunächst befragte, ob sie sich der Vorwürfe schuldig befänden, die man gegen sie erhob. Dazu gehörten neben Hexerei unter anderem die Verleugnung Gottes, Gotteslästerungen, Buhlschaft mit dem Teufel und Schadenszauberei an Mensch und Tier. Auch Einfluss auf das Wetter gehörte zu den Anklagepunkten, über die Magdalena ein ums andere Mal den Kopf schüttelte.

„Wenn die Angeklagten nicht gestehen wollen, zeigt man ihnen, womit sie rechnen müssen, sollten sie weiter so verstockt sein“, berichtete Thomas weiter. „Wenn das auch nicht hilft, werden sie ausgepeitscht, man setzt Daumenschrauben an und Schlimmeres.“

„Woher weißt du das alles?“

„Der Schmied war vor ein paar Tagen in einem Wirtshaus in der Stadt, da wurde darüber geredet, und er hat es mir erzählt.“

„Aber – wie kann man etwas gestehen, das man nicht gemacht hat?“, fragte Magdalena entsetzt.

Sie dachte an Regine, aber auch an das alte Weib, das man in ihrem Heimatdorf eingesperrt und der Hexerei bezichtigt hatte. Sie wusste außerdem aus eigener Erfahrung sehr gut, wie man sich fühlte, wenn einem so viel Unsinn unterstellt wurde, mit dem man absolut nichts zu tun hatte. Allerdings wusste sie eben auch, dass es unmöglich war, jemandem das Gegenteil zu beweisen. Wie auch?

„Wenn du so gequält wirst, sagst du alles, was man von dir hören will“, antwortete Thomas seufzend. „Die Ärmsten wollen einfach nur, dass es aufhört. Es nützt ihnen aber nichts. Wenn sie gestehen, kommen sie unweigerlich auf den Scheiterhaufen. Tun sie es nicht, wird so lang weitergemacht, bis sie gestehen. Im wahrsten Sinne des Wortes ein Teufelskreis. Ich denke, dass viele irgendwann alles zugeben, was man ihnen vorwirft, weil sie lieber sterben wollen als sich weiter quälen zu lassen.“ Er schaute nachdenklich vor sich hin. „In Aychstätt werden zurzeit drei Frauen und ein Mann festgehalten. Die Weiberleute will man am kommenden Montag auf den Scheiterhaufen bringen“, sagte er weiter. „Angeblich haben sie sich der Hexerei schuldig bekannt. Ich nehme an, sie haben die Folter nicht mehr ausgehalten.“

Magdalena lehnte den Kopf an seine Schulter.

„Was sind das nur für Menschen, die so etwas zulassen?“, fragte sie. „Die sich das alles ausdenken? Die Menschen solche Schmerzen zufügen wegen etwas, das sie nicht einmal beweisen können?“

„Der Fürstbischof von Aychstätt ist weithin als Hexenbischof bekannt. Niemand traut sich, seinen Anweisungen zu widersprechen. Tut man es, wird man beschuldigt, selber was mit der Hexerei zu tun zu haben, oder gar mit dem Teufel im Bunde zu stehen. Da macht man lieber, was er befiehlt.“

„Nochmal: Ich frage mich, was das für Menschen sind, die sich so etwas ausdenken.“

„Ich frage mich etwas ganz anderes: Warum beschützen wir diesen Fürstbischof eigentlich und vor wem?“, überlegte Thomas laut.

„Das kann ich beantworten“, sagte jemand, der sich zu ihnen in den schützenden Unterstand gesetzt hatte.

Magdalena fuhr ein leichter Schauer über den Rücken, als sie erkannte, wer das war.

Leonhart.

„Wir beschützen ihn, weil uns Kurfürst Maximilian darum ersucht hat. Von ihm bekommen wir unseren Sold und müssen nicht wie viele andere Trupps auf recht schäbige Weise dafür sorgen, dass wir überleben können. Der Fürstbischof ist zwar hier sein eigener Herr, aber mit dem Kurfürsten befreundet. Der war ihm wohl einen Gefallen schuldig. Uns kann das alles egal sein." Er deutete auf das Feuer, das wenige Meter vor ihnen brannte. „Gibt es bei euch etwas zu essen?"

„Etwas zu essen und guten Wein", antwortete Thomas und erhob sich. „Gestern in Aychstätt gekauft. Ist hier aus der Gegend."

Als er aus dem Sichtfeld der beiden verschwunden war, wandte sich Leonhart an Magdalena. Sie hatte gedacht, er würde sie auf das Holz ansprechen, das sie aus dem Wald geholt hatten. Aber seine tatsächliche Frage trieb ihr die Röte bis unter die Haarwurzeln.

„Er ist dein Liebster, nicht wahr?"

„Ich wüsste nicht, was Euch das angeht", sagte sie, erleichtert darüber, dass er nicht das Holz ansprach. Vielleicht wusste er auch nichts darüber.

„Es geht mich nichts an", antwortete er ruhig. „Ich freue mich, wenn es dir gut geht. Dazu gehört wohl auch ein Beschützer, und der junge Schmiedsgeselle ist ein braver Kerl."

„Ihr seid nicht für mich verantwortlich", blaffte sie ihn forscher an, als sie gewollt hatte. Aber da war es schon gesagt, und es half auch nichts, dass sie sich sofort auf die Zunge biss.

„Ich fühle mich auch nicht für dich verantwortlich,

Magdalena. Dazu brauchst du wahrhaftig niemand." Er warf ihr einen schnellen Blick zu. „Für alles andere hast du ihn", fuhr er fort und deutete auf Thomas, der mit einem Schlauch voll Wein zurückkam.

Magdalena spürte, wie sich ihr Innerstes verkrampfte. Was um alles in der Welt war das? Anna kam ihr in den Sinn, während Thomas drei Becher mit Wein füllte und einen davon Leonhart, einen ihr reichte und ihnen mit dem seinen zuprostete. Er freute sich offenbar über den Besuch des Truppführers und darüber, ihm zeigen zu können, wessen Herz er erobert hatte. Immerhin wusste er, dass Magdalena ziemlich gut angesehen war unter den Trossleuten. Seinem Gesichtsausdruck nach zu urteilen, war er stolz darauf, ihr Gefährte zu sein.

Sie hob kurz ihren Becher, ohne einen der beiden Männer anzusehen.

Anna. Was sie wohl tun würde, wenn sie jetzt in dieser Situation wäre?

„Es gibt Hexenverbrennungen in der Stadt", hörte sie Thomas neben sich sagen. „Was haltet Ihr davon?"

Leonhart zuckte die Schultern.

„Was auch immer ich davon halte: Wir können nichts dagegen tun und wir werden auch nichts dagegen tun", sagte er. „Ich will auch nicht, dass jemand von meinen Leuten hingeht."

Magdalena schaute ihn betroffen an.

„Hingeht? Ihr meint zu den Hinrichtungen?"

Warum glaubte er, dass sich jemand aus dem Tross so etwas ansehen wollte? Die Leute hatten viel zu viele Gräuel gesehen, als dass sie sich dafür noch interessieren könnten.

„Es ist zu gefährlich."

„Weshalb gefährlich?" Magdalena hob fragend die Augenbrauen. Sie wusste zu wenig über solche Dinge, als dass sich ihr erschließen konnte, was den jungen Offizier so vorsichtig werden ließ.

„Weil ständig jemand Ausschau nach neuen Opfern hält. Die findet man ganz leicht unter denen, die der Hinrichtung beiwohnen. Besonders, wenn sie fremd in der Stadt sind und schon dadurch Aufmerksamkeit erregen. Zu denen gehören wir zuallererst.“ Er tippte sich an die Stirn. „Es gibt Berichte darüber, dass manche noch vor ihrer Hinrichtung wahllos in die Reihen der Zuschauer gedeutet und behauptet haben, noch andere Hexen unter ihnen zu erkennen.“ Er zuckte die Schultern. „Aus Rache vielleicht, weil ihnen niemand geholfen hat? Oder weil sie ihrer Sinne nicht mehr mächtig waren? Wer weiß das schon.“

Thomas hatte einen Laib Brot und ein Stück Geräuchertes aus einem Beutel gezogen. Von beidem schnitt er drei großzügige Stücke ab und verteilte sie an Magdalena und den jungen Hauptmann.

Während sich die beiden Männer weiter unterhielten, verkroch sich Magdalena in ihr Innerstes. Sie dachte an Regine, die sie schmerzlich vermisste und um die sie sich immer wieder Sorgen machte. Wohin sie nur verschwunden war?

Rachel und ihr Mann Franz fielen ihr ein. Es war einesteils gut gewesen, dass Regine nicht mit den beiden und jenen Leuten gezogen war, die in ihr schon längere Zeit eine Hexe sehen wollten. Sie hätte bestimmt irgendwann das furchtbare Schicksal jener Menschen geteilt, die im Aychstätter Rathaus auf ihre Hinrichtung warten mussten.

Die Ungewissheit darüber, was mit dem armen Mädchen geschehen sein mochte, quälte sie an jenem Abend mehr als je zuvor.

Plötzlich kam ihr der Vorfall mit dem Kerl in den Sinn, der sie in Aychstätt so grob angegangen hatte. Hätte sie sich nicht von ihm losgerissen, wer weiß, was mit ihr geschehen wäre?

Die beiden Männer sprachen Thomas' Wein so lange gut zu, bis der Schlauch geleert war und Leonhart zu seinem eigenen Lager aufbrach. Magdalena winkte ihm erschöpft nach, als er sie beide verließ. Die Gedanken an Regine und die unglaublichen Vorgänge in Aychstätt hatten sie sehr mitgenommen. Auch die Nähe Leonharts an diesem Abend machte ihr zu schaffen. Es war so schön wie verwirrend, ihn so lange nah bei sich zu wissen, aber auch seltsam, gleichzeitig seine und Thomas' Nähe zu teilen. Wobei sie einfach nicht ganz mit sich darüber ins Reine kam, warum sie das störte.

Wie stand sie denn eigentlich zu dem jungen Offizier? Sie musste unbedingt mit Anna darüber sprechen.

# 22

Magdalena hatte die halbe Nacht damit verbracht, mit Anna über die vielen Dinge zu reden, die sie bewegten. Sie erzählte ihr von Regine und ihren eigenen Ängsten, anders zu sein, die seit ihrer Kindheit immer wieder den Weg zu ihr fanden. Von der Sorge um Menschen, die unschuldig im Gefängnis saßen, weil ein paar Fehlgeleitete sie für Hexen hielten. Sie erzählte von Gregor und ihren toten Kindern. Davon, wie geborgen sie sich bei Thomas fühlte und wie sehr sie seine Nähe liebte.

„Aber du liebst einen anderen", unterbrach Anna sie, und Magdalena sank weinend an ihre Schulter. „Leonhart."

Mehr musste die Freundin nicht sagen. Was Magdalena sich selber gegenüber nie zugegeben hätte, brach plötzlich aus ihrem Innersten hervor.

Leonhart.

„Ich habe bis heute nicht verstanden, weshalb er mich damals mitgenommen hat", gab Magdalena zu, nachdem sie sich wieder beruhigt hatte. „Warum er sich immer darum bemüht hat, dass es mir gut geht."

Anna runzelte die Stirn.

„Und deshalb hast du dir immer vormachen können, er würde dich lieben, weshalb du alte Kratzbürste ihn dir mit ausgefahrenen Krallen vom Leib halten musst?" Sie lachte leise. „Es ist anders herum: Du liebst ihn. Er", sie machte eine kleine Pause. „Er ist einer, der genau weiß, was er will und was er tut, glaub mir. Es gibt viele Weiberleute hier, die sofort den Rock heben würden, gäbe er ihnen einen entsprechenden Wink. Aber es wird gemunkelt, dass er mit

Weibern nichts anfangen kann oder will. Vielleicht kriegt er einfach keinen hoch, vielleicht stößt er seinen Schwanz lieber in Männerärsche – ich weiß es nicht.“

Als sie Magdalenas entsetztes Gesicht sah, lachte sie laut auf und gab ihr einen Klaps auf die Schulter.

„Denkst du, das macht hier keiner?“, fragte sie amüsiert. „Wenn der Bischof wüsste, was drüben in den Zelten der Söldner nachts so alles geschieht – der Trupp hätte ganz schnell ein paar Männer weniger.“

Magdalena schloss entsetzt die Augen. Sie wagte nicht, sich auszumalen, was Anna mit all dem meinte. Vor allen Dingen fiel es ihr schwer, Leonhart vor ihrem inneren Auge bei einem Mann liegen zu sehen.

„Du meinst also, ich mache mir zu viele Gedanken um Dinge, an denen ich nichts ändern kann?“, fragte sie zögernd.

„Wenn du wissen willst, ob dieser Leonhart was von dir will – warum forderst du ihn nicht einfach heraus?“ Sie zupfte an Magdalenas Hemd, bis deren Brustansätze zu sehen waren. Dann runzelte sie nachdenklich die Stirn. „Bist du den Thomas inzwischen leid?“, wollte sie wissen. „Ich hätte nichts dagegen, mal wieder ein Körbchen Pilze mit ihm zu sammeln.“

Magdalena schüttelte seufzend den Kopf.

„Lass uns noch ein wenig schlafen“, befand sie und machte sich auf den Weg zu Thomas’ Zelt.

# 23

„Wir sollen eine Fuhre Brote zur Burg bringen."

Irmtraud hatte Magdalena mit diesen Worten mehr aufgeschreckt als aufgeweckt.

„Zum Fürstbischof?", fragte sie überrascht und schälte sich aus ihrer Decke.

„Genau zu dem. Er hat wohl Gäste auf die Burg geladen, und die Aychstätter Bäcker können nicht so viel Brot beibringen, wie bestellt wurde. Das Mehl ist knapp!", gab Irmtraud zurück. „Außerdem haben ein paar der Domherren in Aychstätt ebenfalls hohen Besuch und wollen den nicht hungern lassen."

„Aber wir können doch unsere Leute kaum zufriedenstellen mit dem, was wir haben!", wandte Magdalena ein. „Bei uns ist das Mehl auch knapp."

Irmtraud schüttelte seufzend den Kopf.

„Das weiß ich. Aber wir haben den Befehl bekommen, fünfzig Brote zu backen und an die bischöfliche Tafel zu liefern."

„Fünfzig? Und was, denkst du, sagen unsere Leute dazu, wenn sie in den kommenden Tagen kein Brot bekommen?" Magdalena war aufgestanden und lief mit wutrotem Kopf ein paar Schritte auf und ab. „Wo sollen wir denn so viel Mehl herbekommen? Soll er doch selber dafür sorgen, dass er genügend Brot für seine Gäste hat!"

„Wie soll er das denn machen?"

„Hände heben, frommes Sprüchlein sagen, Speisung der fürstbischöflichen Gäste!"

„Pass auf, was du sagst", zischelte Irmtraud. „Sowas kommt schnell mal an die Falschen."

„Ist doch aber auch wahr!"

Magdalena verschränkte schmollend die Arme vor der Brust, schürzte die Lippen und schaute sich dann doch vorsichtig um.

„Das Mehl stellt der Hof", sagte Irmtraud in der Hoffnung, die Situation etwas entschärfen zu können. „Wir müssen nur backen."

„Nur backen. Da bin ich ja beruhigt."

In Magdalenas Kopf rumorte es, während sie missmutig hinter der Freundin zu ihrer inzwischen recht ansehnlich gewordenen Bäckerei trottete. Bislang hatten sie Glück gehabt, weil sie unter dem besonderen Schutz des Kurfürsten standen und der Fürstbischof darüber hinaus angeordnet hatte, dass sie bekamen, was sie verlangten. Aber das hatte ihnen inzwischen auch etliche böse Worte vonseiten der Aychstätter Bevölkerung eingebracht. Die wollten nicht einsehen, weshalb der ihrer Meinung nach verkommene Haufen oberhalb der Altmühl besser versorgt wurde als sie. Wofür waren die eigentlich da? Um den Bischof zu schützen? In dieser kaum einnehmbaren Burg? Und wovor? Weit und breit gab es keine feindlichen Lager. Die Stadt fühlte sich nicht bedroht. Wer sollte es auf den Bischof abgesehen haben oder auf ihre Stadt? Einige mutmaßten sogar, dass die Anwesenheit der Söldner und ihres Trosses die gegnerische Seite eher auf den Plan bringen würde als sie abzuschrecken.

Magdalena verstand die Leute nur zu gut.

Was sie jedoch richtig zornig machte, war die Tatsache, dass dieser Mann, der unschuldige Frauen und Männer auf die grausamste Weise foltern und schließlich hinrichten ließ, zusammen mit seinen Gästen ihr Brot essen sollte. Ihr Brot! Das ging einfach zu weit. Für diesen Unmenschen sollte sie Brot backen und damit Leuten das Essen vom

Mund nehmen, die es dringender brauchten als er und seine Gäste?

Irmtraud legte ihre Hand auf Magdalenas Arm.

„Ich verstehe deinen Unmut, Magdalena. Aber du musst vorsichtiger sein. Du redest zu viel darüber, dass du das mit der Hexerei nicht glaubst“, sagte sie, als hätte sie die Gedanken der Freundin erraten. „In den Köpfen von manchen könnte der Gedanke entstehen, du zweifelst die Existenz des Teufels an. Und das, meine Liebe, könnte dich …“

Magdalena fuhr erschrocken zu ihr herum.

„Was sagst du da? Ich zweifle doch die Existenz des Teufels nicht an!“

Irmtrauds Griff wurde fester.

„Aber die von Hexen. Und das sind nach Ansicht der Kirche Buhlen des Teufels. Demnach verleugnen diejenigen die Existenz des Teufels, die die Hexen verleugnen, und das gilt als Beweis dafür, dass sie selber Teufelsbuhlen sind. Verstehst du?“

Magdalena entzog sich Irmtrauds Griff.

„Nein.“

Die Freundin schenkte ihr einen mitleidigen Blick.

„Bitte sei vorsichtig.“

„Danke für deine Mahnung. Ich werde trotzdem an meiner Meinung festhalten.“

„Kannst du ja auch“, gab Irmtraud klein bei. „Aber sprich nicht mehr darüber.“

Magdalena holte tief Luft und nickte dann ergeben.

„Wir werden hier backen“, hörte sie Anna in diesem Augenblick sagen.

Magdalena hatte sie zunächst nicht wahrgenommen, weil diese sich an einem kleinen Fuhrwerk zu schaffen gemacht hatte, das vor ihrer Bäckerei stand.

„Wem gehört der denn?", wollte sie wissen und deutete auf den Wagen. Sie war froh, das Gespräch mit Irmtraud beenden zu können, das sie mehr aufwühlte, als sie zugeben wollte.

„Den habe ich hierhergestellt", ließ sich Oswald vernehmen, der hinter dem Gefährt hervorgetreten war und sich breitbeinig vor ihnen aufstellte. „Ihr werdet damit euer Mehl abholen und später die fertigen Brote zur Burg bringen. Gibt es daran irgendetwas auszusetzen?" Er fletschte grinsend die Zähne. „Oder wollt ihr Mehl und Brote auf dem Rücken schleppen?"

Magdalena starrte ihn mit offenem Mund an.

„Hast du das mit dem Backen beim Bischof eingefädelt?", wollte sie wissen.

„Ich habe seinen Befehl, diese Brote hier backen zu lassen, entgegengenommen, jawohl." Bevor Magdalena etwas entgegnen konnte, fügte er noch an: „Solange unser Obrist nicht da ist, bestimme ich, was gemacht wird!"

Was den Tross anging, hatte Oswald inzwischen das Sagen. Herbert hatte ihm nach einer üblen Schlägerei zwischen ein paar Männern aus dem Tross entnervt den Posten überlassen und war angeblich mit unbestimmtem Ziel weitergezogen. Was kaum jemand glauben wollte. Sie vermuteten eher, dass Oswald etwas mit dem Verschwinden des ehemaligen Trossführers zu tun hatte.

Leonhart wiederum mischte sich so gut wie nie in Vorfälle ein, die den Tross betrafen. Es sei denn, es gab Ärger zwischen den Trossleuten und den Söldnern.

„Wie kommst du darauf, dass wir für den Fürstbischof und seine Gäste backen sollen?", wollte Magdalena wissen, die sich nicht mit seinen Ausführungen zufriedengeben wollte. „In Aychstätt gibt es genug Leute, die Brot backen können und mit Sicherheit gerne ein paar Münzen dazuverdienen würden. Was glaubst du, was da losbricht, wenn die mitbekommen, dass wir ihnen das Geschäft wegnehmen?“ Sie verschränkte die Arme vor der Brust und schaute Oswald herausfordernd an. „Vor allem: Woher sollen wir das Mehl dazu nehmen? Es ist knapp geworden, wie du weißt. Die Bauern hatten Mühe, ihre Ernte einzufahren. Es war einfach zu kalt und zu nass in diesem Sommer. Das dürfte dir nicht entgangen sein.“ Sie hob herausfordernd das Kinn. „Unser Mehl werden wir jedenfalls nicht dafür verwenden.“

Oswald kniff die Augen zusammen.

„Was denkst du dir eigentlich, wer du bist?“, knurrte er sie an. „Ihr werdet das Mehl dort abholen, wo es auf euch wartet.“

„Und wo soll das sein?“, fragte Magdalena zurück. „Glaubst du an die wundersame …“

Irmtraud hielt sie am Oberarm fest.

„Sag nicht, was du denkst!“, raunte sie ihr warnend ins Ohr. „Bitte.“

„Du hast nicht zu fragen, Weib, du hast zu gehorchen!“ Oswald hatte zum Glück offenbar nicht genau hingehört. „Und zwar mir!“

„Und was denkst *du* dir eigentlich, wer *du* bist?“, zischte Magdalena zwischen zusammengebissenen Zähnen zurück. „Ich werde den Teufel tun und dir gehorchen, du aufgeblasener Stinkstiefel, du aufgeblasener! Den Weibern hinterherschleichen und sie dir gewaltsam nehmen, weil keine was mit dir zu tun haben will, das kannst du! Und alle herumkommandieren, als wärst du was Besonderes! Dabei bist du ein stinkender, nichtsnutziger Niemand. So jemandem gehorche ich nicht, verstanden?“

Oswalds Gesicht war dunkelrot angelaufen, die Knöchel seiner geballten Fäuste traten weiß hervor. Er pumpte sich auf wie ein Maikäfer, und bevor sie sich's versah, spuckte er ihr ins Gesicht. Für den Bruchteil einer Sekunde stand Magdalena da wie gelähmt. Dann knallte sie ihrem Gegenüber ein Knie mit solcher Wucht zwischen die Beine, dass der Mann mit einem lauten Aufschrei zusammensackte.

„Schluss jetzt!", schrie Anna und zerrte Magdalena zur Seite, die sich angeekelt die Spucke aus dem Gesicht wischte. „Wir haben zu tun."

„Oh nein." Oswald hatte sich mühsam aufgerichtet und packte Magdalena mit einer Hand am Arm, während er die andere auf seinen Unterleib drückte. „Dieses Weibsstück bleibt hier. Wir haben noch eine Rechnung offen." Er schob den Kopf nach vorne und kam Magdalenas Gesicht mit gefletschten Zähnen so nah, dass sie schon befürchtete, er würde sie beißen. „Du weißt schon: Ich bin der, der die Weiber nimmt, ohne sie zu fragen. Ich hatte schon lange keine so wilde Katze wie dich mehr unter mir liegen. Es wird Zeit, dass das wieder passiert."

Magdalena riss sich los und stieß Oswald mit beiden Händen ein Stück von sich weg.

„Verschwinde, und lass mich ein für alle Mal in Ruhe", zischte sie ihn an.

„Oder?"

„Oder du wirst es dein restliches Leben lang bereuen, mir jemals begegnet zu sein."

Weiter kam sie nicht. Oswald holte aus und schlug ihr mit einer solchen Wucht ins Gesicht, dass sie nach hinten taumelte und schließlich rücklings auf dem Boden landete.

„Ich mag es, wenn die Weiber sich wehren", hörte sie ihn heiser sagen, während er sich zu ihr hinunterbeugte. „Nur sollten sie mir nicht ins Gemächt treten. So etwas vergesse ich nicht. *Du* wirst es sein, die ihr Leben lang bereut, *mir* jemals begegnet zu sein."

Beinahe im selben Augenblick traf ihn von hinten ein Schlag, dass er nach vorne kippte und auf die am Boden Liegende fiel.

Inzwischen waren andere aus dem Tross auf sie aufmerksam geworden und näher gekommen. Niemand mochte Oswald, aber es hatte sich bislang auch niemand getraut, sich ihm in den Weg zu stellen.

Jemand schob den Trossführer zur Seite und half Magdalena auf die Beine. Einen Augenblick stand sie nur da, unfähig, sich zu rühren oder etwas zu sagen.

„Ihr habt zu tun."

Es war die Stimme des Schmieds. Neben ihm stand Thomas, der sich nach unten beugte und Oswald prüfend die Finger an die Halsschlagader legte.

Magdalena wischte sich mit dem Handrücken über den Mund. Die Lippen waren aufgeplatzt und fühlten sich pelzig an, ein Schneidezahn wackelte ein wenig und blutete. Zum Glück hatte der Schlag nicht ihre Nase getroffen, aber die ganze linke Gesichtshälfte brannte.

„Danke."

Das galt dem Schmied, der ihr zunickte und sich dann dem Trossführer zuwandte.

„Verschwindet und macht euch an eure Arbeit", sagte er dabei zu den Frauen. Und, da sich keine von ihnen vom Fleck rührte: „Los, macht schon!"

Was Oswald brüllte, den der Schmied und Thomas hochzogen und zwischen den Gaffern hindurch wegführten, verstand Magdalena nicht. In ihrem Kopf rasten die Gedanken, die alles aussperrten, was um sie herum weiter geschah.

Anna und Irmtraud halfen ihr auf den Wagen und ließen das Maultier anziehen.

„Pass auf dich auf", sagte eine Frau zu Magdalena, die

ein paar Schritte nebenhergelaufen war. „Der lässt dich nicht mehr in Ruhe. Glaub mir, der vergisst dir das niemals."

„Sie hat recht." Anna warf einen schnellen Blick auf Magdalena, die zusammengesunken dasaß und vor sich hin starrte. „Der hat sich so etwas noch nie gefallen lassen. Und jetzt, wo Leonhart nicht da ist, wird er machen, was ihm in den Kram passt."

„Wo ist Leonhart eigentlich?", wollte Irmtraud wissen, die Magdalena kopfschüttelnd beobachtete.

„Nach München aufgebrochen. Der Kurfürst hat ihn hinbeordert", gab Anna zurück.

Magdalena schaute ihr forschend ins Gesicht.

„Woher weißt du das?"

Anna kniff kurz die Lippen zusammen.

„Er hat es mir gesagt."

Vier Söldner hatten sich zu ihnen gesellt, die sie zu den Mühlen begleiten sollten. Das Gespräch der drei Frauen war ihnen nicht entgangen.

„Beim Pilzesammeln", sagte einer von ihnen und pfiff vergnügt vor sich hin.

Magdalena schluckte.

„Stimmt das?", wollte sie wissen. „Ich dachte …"

„Denk dir, was du willst", antwortete Anna. „Kümmere dich lieber um den jungen Schmied. Was der in der Hose hat, ist auch nicht zu verachten." Sie stieß die Freundin kameradschaftlich mit dem Ellbogen an. „Und hör nicht auf das Geschwätz der Männer."

Sie waren am Fuß des Bergrückens angekommen und saßen schweigend auf dem Wagen, den sie in Richtung der Mühlen lenkten, in denen das Mehl auf Befehl des Fürstbischofs für sie bereitgestellt worden war.

# 24

Wie Magdalena es vorausgesagt hatte: Sowohl die Menschen in der Stadt als auch die Leute aus dem Tross und der Truppe zeigten deutlich ihren Unmut darüber, dass die Frauen das ohnehin schon knappe Mehl für den Hof des Fürstbischofs verbacken sollten. Da die Ausführung des bischöflichen Befehls jedoch von Oswald überwacht wurde, traute sich zumindest im Lager niemand, die drei anzugreifen. Sie konnten in Ruhe ihre Arbeit machen, auch wenn ihnen dabei keinesfalls wohl zumute war.

Alle drei behielten den Trossführer ständig im Auge, der jedoch so tat, als wäre die Sache für ihn erledigt. Trotzdem trauten sie ihm nicht über den Weg.

Zwei Tage brauchten sie, bis die bestellten 50 Laibe fertig waren. Dann luden sie ihr Backwerk auf den bereitstehenden Wagen und machten sich, begleitet von einer Handvoll Söldnern, auf den Weg zur fürstbischöflichen Burg.

Magdalena traute ihren Augen kaum, als sie die mächtigen Mauern der trutzigen Bischofsresidenz vor sich auftauchen sah. Von dort aus, wo sie lagerten, war ihnen der Blick auf die Burg durch den Wald verwehrt gewesen, und von unten, von Aychstätt aus, wirkte sie zwar äußerst beeindruckend und trutzig, aber keinesfalls so gewaltig wie aus der Nähe.

Am Burgtor wurden sie von Wachleuten aufgehalten. Nach einem kurzen Gespräch mit ihnen, und nachdem die Wagenladung kontrolliert worden war, ließ man sie passieren.

Der Wagen holperte durch einen langen Gang noch ein Stück bergauf, bevor er schließlich in einem geräumigen Vorhof erneut angehalten wurde.

Frauen und Männer kamen angelaufen, die halfen, das Brot vom Wagen zu laden und in die angrenzenden Wirtschaftsräume zu tragen.

„Seid's ihr von da drüben?“, fragte eine der Frauen und wies mit dem Kinn in die Richtung, in der ihr Lager stand.

„Ja.“ Magdalena wischte sich den Schweiß von der Stirn.

„Ich hab schon von euch gehört“, sagte die Frau und musterte Magdalena von oben bis unten. „Ihr seht's gar ned so runtergekommen aus, wie man euch beschrieben hat.“

„Heruntergekommen?“ Magdalena schaute zuerst an sich, dann an der Frau vor sich hinunter. „Wer beschreibt uns denn so?“

„Es wird so allerhand über die Weiber g'red, die auf dem Hasenbuck hausen“, sagte sie und streckte zwei Finger in ihre Richtung.

„Hasenbuck?“, fragte Magdalena irritiert.

„So heißt das, wo ihr euer Lager drauf errichtet habt's. Ist was, wo rechtschaffene Weiberleute nicht hingehen. Passt's bloß auf! Wer hat euch denn dorthin befohlen?“

„Lasst's den Wagen da, und seht's zu, dass ihr wieder weg kommt's“, mischte sich einer aus der Wachmannschaft ein, und schob die Frau beiseite, bevor Magdalena antworten konnte.

„Und wer bezahlt unsere Arbeit?“, wollte Anna wissen, die mit in die Hüfte gestemmten Fäusten zu ihnen getreten war und die nach wie vor ausgestreckte Hand der Frau nach unten drückte.

„Das machen wir mit eurem Trossführer aus“, antwortete der Angesprochene. „Und jetzt geht's, bevor wir euch Beine machen!“

Magdalena berührte die Freundin kurz am Arm und gab ihr zu verstehen, dass sie sich besser zurückzogen. Nach einem letzten Blick auf die Gebäude und Mauern ringsumher verließen sie die Burg und machten sich schweigend auf den Weg zurück zum Lager.

Unterwegs kam ihnen Oswald entgegen, der mit hochrotem Kopf den Berg heraufkeuchte. Schon von Weitem gab er den Söldnern, die bislang die Frauen begleitet hatten, ein Zeichen, umzukehren und mit ihm zu kommen. Als er an den dreien vorbeiging, warf er Magdalena einen Blick zu, der ihr durch Mark und Bein fuhr.

„Dieser Saukerl lässt sich jetzt unser Geld auszahlen", raunte sie den Freundinnen zu.

Anna drehte sich nach dem Trossführer um, der zielstrebig der Burg entgegenstapfte, eifrig auf die Söldner einredend.

„Der führt was im Schilde."

„Das befürchte ich auch", stimmte Irmtraud ihr zu und legte ihren Arm um Magdalenas Schultern. „Und es hat nicht nur mit unserem Geld zu tun."

Obwohl Junker Leonhart ausdrücklich davor gewarnt hatte, am Richttag nach Aychstätt zu gehen, machten sich einige aus dem Tross am Nachmittag auf den Weg in die Stadt. Magdalena wollte sich ihnen ursprünglich nicht anschließen, folgte dann aber doch ein paar Frauen und Männern, die sie aufgefordert hatten, mitzukommen. Es gehe nicht darum, sich dieses Spektakel näher anzusehen und daran zu ergötzen, wie viele das taten, sagten sie. Es gehe darum, mit eigenen Augen zu sehen, ob die Berichte darüber stimmten oder arg überzogen weitergegeben wurden. Man bekam ja so viel erzählt, aber ob das alles so stimmte? Niemand unter ihnen hatte jemals einer Hexenverbrennung beigewohnt, wie sie sagten. Magdalena war es ähnlich gegangen: Sie konnte nicht fassen, dass solche Gräueltaten tatsächlich stattfanden, und wollte sich nicht länger aufs Hörensagen verlassen. Auch wenn ein Besuch in der Stadt für sie im wahrsten Sinne des Wortes brandgefährlich war.

Anna und Irmtraud blieben bei ihrer Bäckerei, und Magdalena verstand ihre Gründe dafür.

Als sie über die Spitalbrücke in die Stadt kamen, befanden sie sich bereits mitten in einem Pulk aus Menschen, die allesamt der öffentlichen Hinrichtung der als Hexen Überführten zuströmten. Sie zogen grölend und üble Verwünschungen gegen die angeblichen Hexen schreiend an den prachtvollen Anwesen der Domherren vorbei zum Rathaus, von wo aus Büttel und Nachrichter sich bereits auf den Weg zum Richtplatz gemacht hatten. Die drei Delinquenten hatte man aus dem Amtshaus geholt, wo sie nach dem Verhör auf ihre Verurteilung warten mussten. Jetzt wurden sie auf eine Karre gezerrt, auf der sie unter dem Gegröle der Umstehenden am Haus des Nachrichters vorbei den Berg hinaufgezogen werden sollten. Um ihre Pein noch zu verschärfen, warf der Mob mit allerlei Unrat nach ihnen, und der Nachrichter, der vor seinem Haus auf sie gewartet hatte, traktierte sie abschließend mit heißen Eisen.

„Was geschieht jetzt mit ihnen?“, fragte Magdalena, die mit vor den Mund geschlagener Hand einen entsetzten Blick auf die drei Verurteilten geworfen hatte. Man hatte ihnen grob die Köpfe geschoren, sie in härene Kleider gesteckt und ihnen die Hände auf den Rücken gebunden. Zurück auf die Karre wurden sie getragen, weil sich keiner mehr auf den Beinen hatten halten können. Ihre Gesichter waren ein einziger Ausdruck des Schmerzes und der Hilflosigkeit, und ihre Augen suchten verzweifelt nach

Hilfe oder zumindest etwas Mitleid unter dem Mob, wohl wissend, dass es beides nicht gab.

„Sie werden oben auf dem Richtplatz wieder abgeladen. Dann hackt ihnen der Henker die Köpfe ab und wirft sie auf den Scheiterhaufen.“ Die Frau, die ihr diese Antwort gegeben hatte, musterte Magdalena neugierig. „Bist nicht von hier?“

„Nein, ich gehöre zum Trupp der Söldner oben auf dem – auf dem Hasenbuck“, gab Magdalena zurück und drängte sich dann an ihr vorbei durch die Menschenansammlung zurück zum Rathausplatz. Sie hatte genug gesehen, wollte nur noch zurück zu ihrem Zelt. Ihr war speiübel geworden, und sie konnte die Menschen nicht verstehen, die dem allem auch noch mit Hohn und Spott gegen die Delinquenten beiwohnten. In deren Gesichtern hatte sie nicht nur Wut und Hass gesehen, sondern auch die Lust am Gaffen und die Freude darüber, nicht selber dort stehen und das alles über sich ergehen lassen zu müssen.

„Von euch hört man ja auch so allerhand!“, hörte sie die Frau noch hinter ihr her geifern. „Fresst den Aychstättern das Mehl weg und lasst es euch gut gehen da oben, während wir hier …“

Mehr verstand Magdalena nicht. Sie konnte sich denken, was die Frau ihr weiter hinterherrief. Sie wollte nur noch weg.

Da sie ihre Begleiter nirgends sehen konnte, machte sie sich allein zurück auf den Weg zur Bäckerei und ihren beiden Freundinnen.

Sie nahm Anna in die Arme, als sie bei der Bäckerei angekommen war, und teilte schweigend den Schmerz mit ihr.

# 25

„Du musst sofort von hier verschwinden!"

Thomas rüttelte Magdalena an den Schultern. Er war am Abend zurückgekommen, nachdem er mit dem Schmied ein paar Tage lang unterwegs gewesen war, um neues Material zu besorgen. Magdalena hatte sich an diesem Abend todmüde in sein Zelt zurückgezogen, und war sofort eingeschlafen.

„Wieso?"

Sie richtete sich schlaftrunken auf und versuchte, im matten Schein des Lagerfeuers sein Gesicht zu sehen.

„Weil du in Gefahr bist."

Thomas zog Magdalena hoch.

„Ich bin in Gefahr? Warum das denn?"

„Ja, verdammt noch mal! Frag nicht so viel, steh auf, pack dein Zeug zusammen und verschwinde von hier!"

„Aber wieso denn?"

„Ich habe ein Gespräch mit angehört, das Oswald mit einem der Söldner geführt hat. Er brüllte rum, dass du nicht nur Holz gestohlen hast, das eigentlich für die Hexenverbrennung gedacht war ..."

„Ich wusste, dass das Ärger gibt!", stöhnte Magdalena und schlug entsetzt die Hände vors Gesicht. Thomas unterbrach sie.

„Das war nicht das Schlimmste. Er meinte, du warst in Aychstätt, um die Hexen zu sehen." Als sie etwas sagen wollte, schnitt er ihr mit einer Handbewegung das Wort ab. „Jemand dort hat wohl behauptet, er habe dich auf der Hinteren Waschette gesehen ..."

War Oswald auch in der Stadt gewesen? Sie hatte ihn nicht gesehen. Sie konnte sich keinen rechten Reim auf alles machen.

„Auf der Hinteren Waschette – wo ist das denn?"

„Hinter dem Wald, wo ihr das Holz rausgeholt habt."

„Dieses verdammte Holz! Aber womit sonst hätten wir denn die Brote backen sollen?" Sie stutzte. „Das ist nicht der Grund, weshalb ich von hier verschwinden soll. Was ist das mit dieser Waschette?"

„Die Hintere Waschette ist – wie soll ich sagen? Es gab ein paar Frauen, die angeblich unter der Befragung behauptet haben, das sei ein ganz spezieller Treffplatz. Ein Hexentanzplatz, um genau zu sein."

Magdalena schüttelte ratlos den Kopf. „Da war ich noch nie, ich weiß nicht einmal, wo das sein soll."

Thomas schüttelte sie erneut an den Schultern.

„Magdalena, das ist völlig gleichgültig! Verstehst du nicht? Der Trossführer hat das nicht einfach so gesagt, der hat vor, dich beim Büttel in Aychstätt zu denunzieren."

Endlich begriff Magdalena. Sie sprang auf, plötzlich hellwach und mit weit aufgerissenen Augen.

„Hexentanzplatz, sagst du?" Sie strich sich mit einer fahrigen Bewegung die vom Schlafen wirren Haare aus dem Gesicht. „Jetzt verstehe ich, was die Frau auf der Burg gemeint hat."

Aber so ganz verstand sie wohl immer noch nicht, denn Thomas verdrehte ächzend die Augen.

„Du musst sofort verschwinden, hast du gehört? Der wird morgen nach Aychstätt gehen, hat er gesagt, und dort erzählen, du …" Er holte tief Luft. „Du seist eine Hexe."

In diesem Augenblick tauchte der Kopf von Anna am Zelteingang auf.

„Ich gehe mit."

„Aber …“ Magdalena schüttelte widerwillig den Kopf.

„Kein Aber. Beeil dich“, drängte Thomas. „Ihr müsst noch vor Sonnenaufgang weg sein.“

Magdalena rappelte sich langsam auf, Tränen rannen über ihr Gesicht. Sie stopfte ihre Habseligkeiten in einen Korb, ließ sich von Thomas einen Fellmantel umhängen und kroch schließlich an den beiden vorbei ins Freie. Das Feuer, um das herum die meisten Zelte standen, war fast heruntergebrannt und verbreitete nur noch einen schwachen Schein. Zwei Männer saßen davor und unterhielten sich angeregt, während sie ganz offensichtlich schon etwas länger dem Wein zugesprochen hatten. Einer davon war Oswald, der andere Jobst, der Schmied. Sie hatten den dreien den Rücken zugekehrt. Jobst warf einen schnellen Blick über die Schulter zurück, stieß Oswald dann mit dem Ellbogen an und deutete auf etwas jenseits der Feuerstelle. Oswald brach in schallendes Gelächter aus und schlug mit einem Ast in die Glut, dass Funken wie ein glühender Mückenschwarm aufstoben.

Thomas schob Magdalena um das Zelt herum. Anna folgte ihnen lautlos. Irmtraud tauchte aus dem Schatten eines der seitlich abgestellten Karren auf. Sie hielt einen Zeigefinger vor den Mund, als Magdalena etwas sagen wollte. Vorsichtig und schweigend schlichen sie hinter dem jungen Mann her, der sie ein Stück weit in den Wald hinein und kurz darauf über eine Lichtung bergab führte.

„Die Hintere Waschette“, flüsterte Anna heiser.

„Du kennst diesen Ort?“

„Haltet den Mund!“, raunzte Thomas die beiden an. „Wollt ihr, dass man uns entdeckt?“

Wolken schoben sich vor den Mond, dessen Licht ihnen bislang noch ein wenig geholfen hatte, ihren Weg zu finden.

Kurze Zeit später erreichten sie einen schmalen Pfad, der parallel zum Bergrücken verlief. Thomas blieb stehen.

„Wenn ihr diesem Weg folgt, kommt ihr auf eine Straße, die nach Donawerda und weiter nach Ulm führt." Als er Magdalenas leise gemachten Einwand gegen diese Stadt hörte, sagte er: „Vergesst von mir aus Donawerda, aber versucht auf jeden Fall, nach Ulm zu kommen."

„Warum kommst du nicht mit?", wollte Magdalena wissen.

Thomas gebot ihr erneut, still zu sein. Er lauschte angestrengt in die Richtung, aus der sie gekommen waren, und schob die drei Frauen dann energisch auf den Weg.

„Frag nicht lang, geh!"

Damit wandte er sich um und verschwand in der Dunkelheit.

Anna packte Magdalena am Arm und zog sie ein Stück mit sich fort, während Irmtraud ihnen schweigend folgte.

„Lass ihn. Er wird sie auf eine falsche Fährte schicken."

Magdalena schüttelte die Hand der Freundin ab.

„Ich verstehe überhaupt nichts mehr", sagte sie und wischte sich mit dem Ärmel übers Gesicht. „Wo sind denn die Wachen, die sonst aufpassen wie die Schießhunde? Denen müssten wir doch längst aufgefallen sein!"

„Um die hat sich Thomas gekümmert." Sie seufzte. „Wein und Weiber."

„Was?" Magdalena traute ihren Ohren nicht. „Aber warum denn?"

„Weil er nicht will, dass du auf dem Scheiterhaufen landest, du Dummerchen", antwortete Anna leicht gereizt. „Er muss wieder zu ihnen zurückkehren, um uns nicht zu gefährden. Solange er bei ihnen ist, kann er aufpassen, dass uns keiner folgt. Und jetzt lass dich nicht dauernd anschieben, wir müssen hier weg!"

„Woher weißt du das alles?“, wollte Magdalena wissen, die sich seltsam betrogen fühlte und noch immer dagegen sperrte, von der Freundin vorwärtsgeschoben zu werden.

„Er hat es mir nicht gesagt, falls du das meinst“, antwortete Anna. „Der Söldner, mit dem Oswald gesprochen hat, ist ein Freund des Schmieds. Als er und Thomas von ihrem Ritt zurückkamen, hat er sie abgefangen und ihnen von dem berichtet, was der Trossführer zu ihm gesagt hat. Die beiden haben daraufhin beraten, was zu tun sei. Das wiederum habe ich zufällig mitbekommen, weil ich ganz in der Nähe mit ein paar Frauen gesprochen habe, die wie ich nicht schlafen konnten.“ Sie tätschelte Magdalenas Arm. „Ich habe keine Pilze mehr mit ihm gesammelt, seitdem du das Lager mit ihm teilst.“

Es war nicht einfach, dem Pfad zu folgen, auf den Thomas sie geführt hatte, da sich der Mond nur hin und wieder zwischen abgerissenen Wolkenfetzen sehen ließ, gespenstische Schatten werfend. Magdalena glaubte, leises Wispern und Schnauben zu vernehmen, das der Wind vom Lager zu ihnen herübertrug. Oder konnte man das hier gar nicht mehr hören? Woher kamen dann die Geräusche? Ihr kam in den Sinn, was Thomas über diese unheimliche Waschette gesagt hatte, an der entlang der Pfad verlief.

Hexentanzplatz.

Sie spürte, dass ein eiskalter Luftzug ihr Gesicht streifte und nahm gleichzeitig einen eigenartigen Geruch wahr. War das nur Moder, oder krochen nicht vielleicht doch giftige Dämpfe aus dem Untergrund?

Ein Schauer lief ihr über den Rücken. Auch wenn sie nicht an Hexen glaubte, so flößte ihr die unheimliche Umgebung doch einen gehörigen Schrecken ein.

„Da ist die Straße!“, raunte Irmtraud den beiden

anderen zu und deutete nach vorne. Magdalena schrak aus ihren Gedanken auf.

„Dann nichts wie los! Wir müssen ein gutes Stück vom Lager weg sein, bevor es hell wird“, befand Anna und beschleunigte ihren Schritt. Hatten die beiden denn nichts bemerkt?

„Was ist?“, fragte sie, weil Magdalena wie angewurzelt stehen geblieben war.

„Hört ihr das nicht?“

Eigentlich meinte Magdalena das leise Wispern und Schnauben, aber in diesem Augenblick war plötzlich auch Hufgetrappel zu hören.

Wer um alles in der Welt ritt denn um diese Zeit hier entlang? Bilder tauchten vor Magdalenas Augen auf, die sie auf Grabsteinen und an Kirchenwänden gesehen hatte. Der berittene Tod. Und der Gottseibeiuns. Hatte der nicht einen Pferdefuß?

„Doch, jetzt höre ich es auch“, gab Anna leise zurück. „Weg hier!“

Die drei Frauen drückten sich seitlich hinter ein Gebüsch.

„Schließt die Augen“, raunte Magdalena ihnen zu. „Man kann sie im Dunkeln leuchten sehen.“

„So ein Unsinn!“, gab Irmtraud zurück. „Hexenzeug!“

„Nein, sie hat recht“, wandte Anna ein. „Das Mondlicht reicht …“

Sie schwieg abrupt. Der Hufschlag war näher gekommen und wurde langsamer. Die drei Frauen hatten sich auf den Boden geduckt und hielten die Augen fest geschlossen, um sich nicht zu verraten. Sie hörten, wie eines der Pferde direkt vor ihrem Versteck anhielt, während die anderen zwei langsam daran vorbeizogen. Von keinem der Reiter war auch nur ein Wort zu hören. Wahrscheinlich verständigten sie sich durch Handzeichen. Sie hatten auch keine Fackel dabei, um den Weg vor sich auszuleuchten. Ihnen genügte offenbar der matte Schein des Mondes, der sich hinter Wolkenschleiern verborgen hielt, oder sie kannten sich einfach nur sehr gut aus. Oder …

Magdalena wagte nicht, sich weiter Gedanken in die Richtung zu machen, die sich in ihrem Kopf formte.

Nach einer endlos scheinenden Zeit setzte der dritte Reiter mit leisem Schnalzen sein Pferd wieder in Bewegung. Die Hufschläge entfernten sich.

Magdalena traute sich noch eine Zeit lang nicht, die Augen zu öffnen. Ihr Herz schlug bis zum Hals, ihre Hände zitterten. Auch wenn sie nicht an diesen ganzen Hexenwahnsinn glaubte, war doch um diese Waschette etwas Unheimliches. Kein Wunder, dass die einfachen Menschen sich Dinge über diesen Ort erzählten, der jetzt auch Magdalena einen Schauer nach dem anderen über den Rücken jagte.

Schließlich war es Anna, die den beiden anderen Frauen ein Zeichen gab, aufzubrechen. Sie mussten noch vor Tagesanbruch die Gegend hinter sich gelassen haben, wenn sie nicht Gefahr laufen wollten, dass man sie aufgriff und einem unbestimmten Schicksal übergab.

Keine von ihnen war imstande, auch nur ein Wort zu sagen. Zu sehr waren sie damit beschäftigt, mit allen Sinnen ihr Umfeld zu prüfen, als dass ihnen zum Reden zumute gewesen wäre. Brauchten sie auch nicht. Jede wusste auch so, wie es den anderen beiden ging. Alle drei hatten die unheimliche Stimmung wahrgenommen, die sie umgab. Und alle drei waren dankbar dafür, dass die Reiter sie nicht entdeckt hatten, über die sie auch auf ihrem weiteren Weg kein Wort verloren.

# 26

Es gelang den drei Frauen, sich bis kurz vor Ulm durchzuschlagen. Dann trennten sich ihre Wege. Anna schloss sich einer Gruppe Exulanten an, die sich auf den Weg Richtung Bodensee gemacht hatte, Irmtraud hatte unterwegs ein Bauernhaus entdeckt, das von einer alten Frau und ihrem Sohn bewirtschaftet wurde. Dort wollte sie bleiben und sich zusammen mit dem Bauern, der sich ihr sehr zugetan gezeigt hatte, ein neues Leben aufbauen.

Magdalena suchte in Ulm vergeblich nach dem alten Ehepaar, mit dem zusammen sie ein Stück des Weges gezogen war, und gab irgendwann auch die Hoffnung auf, etwas über Regine herauszufinden. Sie hatte immer noch gehofft, dass sie den beiden Alten gefolgt sein könnte. Aber niemand wusste etwas über die drei zu sagen. Hinter Ulm traf sie auf eine kleinere Gruppe Händler, die westwärts zogen, um eine Ladung Stoffe nach Württemberg zu bringen, die der Herzog für seinen Hof geordert hatte.

Eines Tages hörte sie, wie jemand sich über eine Frau lustig machte, die in Ludwigsburg aufgetaucht war und versuchte, mit wilden Gesten, wie man sagte, Aufmerksamkeit zu erlangen. Man habe sie unter Gelächter und Gespött durch die Stadt getrieben und schließlich vor die Tore gesetzt. Dem Ruf nach Verhören, da es sich bei ihr um eine Hexe handeln könnte, war zum Glück niemand gefolgt.

Magdalena machte sich sofort auf den Weg nach Ludwigsburg, in der Hoffnung, die Frau dort in der Nähe noch anzutreffen. Der Beschreibung nach musste es Regine sein.

Aber keiner wusste, was aus dem armen Ding geworden war. Ihr weiteres Schicksal interessierte hier niemand. Es hatte gereicht, dass sie dem Pöbel einen Tag lang zur Unterhaltung diente, und sie konnte froh sein, dass man nicht wie andernorts an Hexen glaubte und sie verfolgte.

Magdalena zog weiter. Sie verdingte sich hier und da als Schankmagd oder half Bauern bei der Ernte, die jedoch auch in Württemberg recht dürftig ausfiel. Noch immer war es im Sommer viel zu nass und zu kalt. Das Getreide verfaulte noch auf den Äckern, Mensch und Vieh litten Hunger. Außerdem verbreiteten sich auch hier unaufhaltsam die tödlichen Krankheiten, die Söldner und Flüchtende mitbrachten.

Schließlich stieß sie auf einen Trupp protestantischer Soldaten, deren Tross sie sich anschloss und zusammen mit ihnen durch das Land zog.

Die Jahre vergingen. Magdalena wusste manchmal nicht einmal, wo sie sich gerade befand. Wenn sich ihr eine günstige Gelegenheit bot, wechselte sie auch hin und wieder den Tross. Als sie im April des Jahres 1632 mit einem der protestantischen Regimenter unter dem schwedischen König Gustav Adolf vor Rain am Lech stand, konnte sie nicht ahnen, mitten in die militärischen Auseinandersetzungen zwischen den zur Katholischen Liga gehörenden Truppen des Kaisers und den protestantischen Schweden geraten zu sein. Sie hatte bislang einfach nur versucht, am Leben zu bleiben, und das Glück gehabt, von größeren Schlachten nur gehört, aber nicht selber in sie verwickelt gewesen zu sein. Jetzt stand ihr Regiment den Truppen Tillys gegenüber, dessen Ruf in sämtlichen Einheiten beider Seiten ein beachtliches Echo fand.

Hatte Tilly Rothenburg inzwischen erstürmt, so bot

ihm Nürnberg unüberwindbaren Widerstand: Er war zu schwach, um diese Stadt anzugreifen. Dafür nahm er die Wülzburg bei Weißenburg ein, und zog dann weiter nach Nördlingen, um das Eintreffen Wallensteins abzuwarten und den Schweden Einhalt zu gebieten.

Magdalena war erst später zum Regiment der Schweden gestoßen, in dem sie sich jetzt befand, und wusste nur vom Hörensagen, dass sie sich immer wieder durchaus erfolgreich gegen die Katholischen zur Wehr gesetzt hatten. Es machte sie ein wenig stolz, zu Söldnern zu gehören, deren oberster Heerführer in Nürnberg noch als Held und Verteidiger der protestantischen Lehre gefeiert worden war.

Die Schlacht, die im April 1632 um Rain am Lech tobte, brachte Gustav Adolf in mehrfacher Hinsicht den ersehnten Sieg über seinen Erzrivalen Tilly. Dieser war nach seiner Kapitulation vor den Truppen des Schwedenkönigs schwer verletzt nach Ingolstadt gebracht worden, wo er trotz ärztlicher Behandlung kurz darauf starb.

Während die Söldner um den schwedischen König in der Nähe von Rain Dörfer niederbrannten und die Bevölkerung durch Plünderungen und Morden beinahe auslöschten, fand Magdalena einen Weg heraus aus diesem Elend. Sie hatte mitansehen müssen, wie die Menschen verzweifelt über alles herfielen, was essbar schien. Die Söldner hatten alles beschlagnahmt: Pferde, Schweine, Kühe und Hühner genauso wie die Vorräte der wehrlosen Bewohner der kleinen Dörfer. Die Felder waren niedergebrannt und damit auch künftige Ernten zerstört. Es hieß, dass die Menschen sogar anfingen, sich an den Toten zu schaffen zu machen.

Der Krieg hatte Formen angenommen, die kaum noch auszuhalten waren und die Menschen in nicht vorstellbares Leid und Elend stürzten.

# 27

Magdalena schaffte es irgendwie bis zu diesem kleinen Flecken an der Enz, der sich bis in die heutige Zeit Dürrmenz nennt. Sie bezog ein baufälliges kleines Haus und versuchte, sich durch betteln über die Runden zu bringen. Ihr Augenlicht wurde immer schwächer, bis sie schließlich überhaupt nichts mehr sehen konnte, und vermutlich irgendwo, von anderen unbemerkt, ihr Leben ausgehaucht hätte. Doch es war anders gekommen.

Eines Tages saß sie völlig teilnahmslos vor der Kelter im nahegelegenen Weiler Mühlacker, als sich ein Mann neben ihr niederließ und sie fragte, wo sie denn wohne und wer sie sei. Zuerst wollte sie überhaupt nicht reden. Alles war ihr zu viel geworden. Sie war völlig ausgehungert und am Ende ihrer Kräfte. Aber dann erzählte sie ihm doch ein wenig von sich und merkte, wie der Mann neben ihr immer unruhiger wurde.

„Regine, sagt Ihr, hieß die Frau, die Ihr vor Linz kennengelernt habt?“, wollte er wissen.

„Regine, ja. Ich hätte sie so gerne wiedergesehen und den Leuten erklärt, was für eine besondere Frau sie war und dass es unrecht ist, solche Menschen zu verspotten oder sie gar dem Büttel zu übergeben, damit er sie quält und zu unsinnigen Geständnissen bewegt. Sie war ein so gutes Kind, ich hätte sie gerne weiter als Freundin gehabt.“ Sie hielt einen Augenblick lang inne. „Es gibt keine Hexen, Herr. Es gibt nur Menschen, die ihre Freude dran haben, anderen wehzutun und sie auf grausamste Weise Dinge sagen zu lassen, die nicht in deren, sondern in den Köpfen ihrer Peiniger gewachsen sind.“

„Ich weiß, wer diese Frau ist“, sagte der Mann neben ihr leise.

Magdalena griff nach seiner Hand.

„Was? Wo ist sie? Ich muss zu ihr!“, rief sie aufgeregt. Sollte sie ihre ehemalige Weggefährtin hier wieder treffen können? Unbändige Freude überfiel sie. Mochte die Welt auch in unsäglichem Leid und Elend stecken, so gab es doch immer wieder kleine Lichtblicke. „Ich kenne die Sprache, die sie mit ihren Händen spricht. Ich habe sie ihr beigebracht! Auch wenn ich inzwischen blind bin, kann ich mich sicherlich mit ihr verständigen. Bitte, wo ist sie?“

„Sie ist tot.“

„Tot?“

Jetzt, wo sie Regine endlich wiedergefunden zu haben glaubte? Das konnte einfach nicht wahr sein.

Die Stimme des Mannes klang brüchig, als er fortfuhr: „Sie ist Ende der Zwanziger bis ins Badische gekommen, wo man sie aufgegriffen und eingesperrt hat. Man hat sie beschuldigt, eine Hexe zu sein, das Wetter beeinflusst zu haben, und mit ihrem Amulett …“

„Das Amulett.“ Magdalena fror mit einem Mal. „Sie hatte das Amulett noch bei sich? Großer Gott! Sie war doch keine Hexe, und das Amulett …“

Dann erzählte sie dem Unbekannten stockend die Geschichte der jungen Frau, soweit sie diese kannte, und er hörte zu, ohne sie zu unterbrechen. Als sie geendet hatte, blieb er noch lange Zeit still neben ihr sitzen.

„Warum nur musste sie so sterben?“, fragte sie ihn plötzlich schluchzend. „Sie hat doch niemandem etwas getan! Sie war keine Hexe, weil es keine Hexen gibt!“

„Sie ist nicht auf dem Scheiterhaufen gestorben“, beruhigte er sie. Er erzählte ihr, dass ein alter Freund, der sie eher zufällig wiedergefunden hatte, sie durch ein unglaubliches Spektakel gerettet habe, und dass ein paar mutige Leute sie nach Maulbronn in Sicherheit brachten. „Dort ist sie trotz aller Bemühungen an den Verletzungen gestorben, die man ihr unter der peinlichen Befragung zugefügt hatte."

„Ein alter Freund?", fragte Magdalena stirnrunzelnd. Sie wusste nichts von einem alten Freund.

„Es war ein Mönch, der sie noch aus ihrer Heimat im Ennstal kannte. Er hat die Leute in Knittlingen glauben gemacht, selber mit dem Teufel im Bunde zu stehen, und während er den Mob und die Schergen ablenkte, konnten seine Begleiter das Mädchen heimlich entführen."

Magdalena schüttelte ungläubig den Kopf. Sie hatte davon gehört, dass in Knittlingen, einem Ort im Badischen, eine Delinquentin in Schwefeldampf und mit lautem Getöse vom Teufel geholt worden sei, aber diesen Erzählungen keinen Glauben geschenkt. Sie hielt es für eine der Geschichten, die immer wieder unter den Leuten kursierten, die sich und andere das Gruseln lehren wollten. Dass die Geschichte wahr sein und es sich bei der angeblichen Hexe um Regine gehandelt haben könnte, wäre ihr nie in den Sinn gekommen.

„Sie hieß nicht Regine", schloss der Mann. „Sie hieß Elisabeth."

„Elisabeth. Das hat sie mir nie verraten."

Der Fremde führte Magdalenas Hand an seinen Mund und drückte seine Lippen darauf. „Ich danke Euch für alles, was Ihr für sie getan habt. Wie heißt Ihr eigentlich?"

„Magdalena. Aber woher wisst Ihr das alles, und wer seid Ihr?"

Der Unbekannte legte behutsam seinen Arm um sie und zog sie hoch.

„Kommt, ich bringe Euch in eine Unterkunft, in der

Ihr anständig wohnen könnt“, sagte er und führte sie zu einem Wagen, der in der Nähe stand, und dessen Zugpferd sie schnauben hörte, als sie näher kamen.

„Danke. Aber Ihr habt meine Frage nicht beantwortet: Woher wisst Ihr das mit ihrem richtigen Namen und wer seid Ihr?“

Er jedoch schnalzte nur mit der Zunge und ließ das Pferd anziehen. Magdalena runzelte die Stirn. Das Schnalzen erinnerte sie an etwas tief in ihrem Inneren Verborgenes, löste ein längst vergessenes Gefühl in ihr aus. Aber bevor sie ein Bild dazu in ihrem Kopf finden konnte, hörte sie den Mann neben sich sagen: „Sie hieß Elisabeth und war ein munteres, gescheites Mädchen, das in einem Seitental der Enns geboren wurde und lebte, bis sie zwölf Jahre alt war. Es ging ihr gut dort, sie hatte eine wundervolle Familie, sie durfte eine kleine Schule besuchen und wäre mit Sicherheit zu einer Schönheit herangewachsen, die eine gute Zukunft vor sich hatte.“ Er hielt kurz inne. „Bis zu dem Tag, an dem eine Horde mörderischer Baiern über das Tälchen hereinbrach und alles Leben darin zerstörte. Ihre Eltern wurden umgebracht, die Nachbarn lebendig in ihrem Haus verbrannt. Ein Nachbarsjunge, der das Massaker durch einen Zufall überlebte, fand das völlig verstörte Mädchen, das sich vor den Männern, die sie brutal vergewaltigt hatten, in den Bach hinter der Mühle ihrer Eltern flüchtete. Er gab an, sie sei seine Liebste, und er würde sich ihnen mit Freuden anschließen. So hat man die beiden mitgenommen. Den Rest kennt Ihr.“

„Der Junge mit der Verletzung im Gesicht …“

„Ja. Er hieß Jakob.“

Sie waren vor dem Haus angekommen, in das der Unbekannte Magdalena bringen wollte, und er half ihr beim Absteigen.

„Wir sind da."

Er führte sie in eine kleine Kammer, in der sie ab sofort wohnen konnte, und stellte sie den anderen Mitbewohnern vor.

„Ich habe kein Geld", sagte Magdalena leise, nachdem sie mit den Händen alles ertastet hatte.

„Ich kümmere mich darum, macht Euch keine Sorgen", versprach der Mann.

Als er gehen wollte, hielt sie ihn an der Hand zurück, die er ihr zum Abschied reichte.

„Geht nicht. Sagt mir, was Ihr über Regine wisst."

„Ein andermal", antwortete er freundlich. „Ich komme wieder."

Magdalena musste nicht lange warten. Als er am gleichen Tag zurückkam, brachte er Brot und Milch mit, außerdem ein wenig gekochtes Gemüse und ein paar Äpfel.

„Äpfel!" Magdalena polierte die Früchte andächtig mit ihrem Kopftuch. „Da gab es einmal eine Frau, die mir ein paar Apfelkerne geschenkt hat. Die sind mir leider im Laufe der Zeit verloren gegangen."

„Es sind Leute aus dem Mostviertel hier in der Gegend untergekommen", sagte der Mann. „Die haben angefangen, Apfelbäume aus mitgebrachten Kernen zu ziehen. Vielleicht ist die Frau ja unter ihnen."

„Es wäre ihr zu wünschen", gab Magdalena zurück. „Aber Ihr habt mir immer noch nicht gesagt, woher Ihr Regine kennt."

„Das ist eine lange Geschichte", antwortete der Mann. „Ich erzähle sie Euch ein anderes Mal. Ihr könnt hierbleiben, und wenn Ihr irgendetwas braucht, lasst es mich wissen. Ich werde einen Jungen vorbeischicken, der sich um Euch kümmert."

„Geht nicht weg“, bat Magdalena und hielt den Mann verzweifelt am Arm fest. „Lasst mich Euer Gesicht sehen.“ Sie tastete mit den Händen danach und berührte es vorsichtig. „Es ist ein gutes Gesicht.“

Was sie nicht finden konnte, war eine Narbe, die sich quer darüberzog. Sie hatte gehofft, denjenigen vor sich zu haben, der ihr damals vor Linz mit der verstörten Regine begegnet war. Jetzt wäre der Zeitpunkt gewesen, sich bei ihm dafür zu entschuldigen, dass sie ihm seine Bitte hatte abschlagen müssen. Aber er war es nicht.

An einem der darauffolgenden Tage erzählte ihr einer der Alten, die mit ihr zusammen das Häuschen an der Enz bewohnten, dass es sich bei ihrem Gönner um einen Apotheker handelte, der sich in der Nähe der Kelter niedergelassen hatte. Sie erfuhr, dass er von einem alten Heiler ausgebildet worden war, der in Knittlingen zusammen mit dem Teufel eine junge Frau vom Scheiterhaufen entführt und dabei selber ums Leben gekommen sei. Es gäbe sie also doch, die Hexen und Zauberer, vor denen auch der Herr Luther in seinen Schriften gewarnt habe.

Magdalena sagte nichts darauf. Sie hatte aufgegeben, sich gegen diesen Wahn zu stellen. Sie war nun um die fünfzig Jahre alt, verhärmt, bettelarm und blind. Sie wollte einfach nur noch in Ruhe gelassen werden. Wobei ihr klar war, dass auch Blinde schon im Verdacht standen, mit dem Teufel im Bunde zu sein. Wie all jene, die nicht waren wie die anderen. Sie war sich inzwischen sicher: Man wollte diese und alle unbequem gewordenen Menschen loswerden, und hatte mit den Hexenverfolgungen ein legales Mittel gefunden, um sie massenhaft auszulöschen.

Etwas an dem, was der Alte ihr erzählt hatte, beschäftigte sie. Ihr Gönner hatte zwar dieselbe Geschichte erzählt, aber mit keinem Wort angedeutet, dass er jenen Mann kannte, der Regine – oder Elisabeth, wie sie ja wohl in Wahrheit geheißen hatte – vor dem Verbrennungstod bewahrt hatte.

Der Apotheker ließ sich in der kommenden Zeit nur selten bei ihr blicken, sorgte aber dafür, dass sie genügend zu essen und auch sonst alles bekam, was sie brauchte, um ein einigermaßen anständiges Leben führen zu können.

Magdalena redete mit niemand darüber, woher sie kam und wie es ihr unterwegs ergangen war. Es interessierte auch niemand, weil alle mit sich selber zu tun hatten und sich nicht auch noch mit dem Schicksal anderer befassen wollten. Die Tage vergingen, aber immer umgab Magdalena eine Spur von Traurigkeit, die sie vor allem dann überfiel, wenn sie Durchziehende im Wiener Dialekt reden hörte. Sie hoffte wohl darauf, eines Tages die Stimme des Mannes zu hören, dessen Pferd sie einst beschlagen hatte, und dem sie auf ihrem weiteren Weg immer wieder begegnet war. Sie wusste es nicht sicher, aber sie vermutete, dass Junker Leonhart es gewesen war, der ihnen damals mit seinen Begleitern auf jener Straße entgegengeritten kam, auf der sie mit ihren beiden Freundinnen flüchtete. Sie war längst zu dem Schluss gekommen, dass er sie sehr wohl entdeckt, aber in Ruhe gelassen hatte. Offensichtlich hatte er auch den Söldnern, die sie bestimmt am nächsten Tag zu suchen begannen, keinen Hinweis gegeben, denn sie waren völlig unbehelligt ihren weiteren Weg gegangen.

„Ich kann mich nicht immer um dich kümmern", klang seine Stimme in ihrem Kopf, und in solchen Augenblicken sehnte sie sich danach, er hätte sie wenigstens einmal in die Arme genommen. Ja, sie hatte ihn geliebt, auch wenn sie ihm das niemals gestanden hatte.

Es schien ihr wahrscheinlicher, dass er sie abgewiesen, als dass er sie zu seiner Liebsten gemacht hätte. Sie fragte sich nicht, warum ihr Instinkt ihr das sagte. Vielleicht hatte sie sich einfach nur den Schmerz einer Ablehnung ersparen wollen. Es gab genügend anderes, das ihr in ihrem Leben Kummer bereitet hatte, das hatte nicht auch noch dazugehören müssen.

Vergessen hat sie ihn nie.

Auch von Thomas hat sie nichts mehr gehört, und weder Anna noch Irmtraud jemals wiedergesehen.

# Epilog

*Lange Zeit blieb Magdalena ein Rätsel, weshalb der Apotheker sich um sie kümmerte. Bis sie sich eines Tages auf diese Bank vor dem alten Häuschen setzte und mir ihre Geschichte anvertraute.*

*„Wer ist er?", wollte sie wissen und griff am Schluss ihrer Erinnerungen wieder nach meiner Hand. „Er kommt aus Österreich, das höre ich an dem Dialekt, den er noch immer spricht."*

*„Ich komme aus einem Seitental der Enns, aus dem ich vor vielen Jahren geflohen bin", ließ sich in diesem Augenblick eine Stimme neben ihr verlauten. Der Apotheker hatte sich unbemerkt neben sie gestellt und legte jetzt eine Hand auf ihre Schulter. „Mein Name ist Johannes. Ich bin der Bruder jener Frau, die du unter dem Namen Regine kennengelernt hast. Ein alter Mönch hat mir einstmals alles beigebracht, was es mir jetzt ermöglicht, als Apotheker meinen Lebensunterhalt zu bestreiten. Er hat sich für Elisabeth in einem unglaublichen Schauspiel geopfert, wie ich Euch schon erzählt habe. Ich bin Euch dankbar für alles, was Ihr für meine Schwester getan habt. Ihm und Euch." Als Magdalena ihn unterbrechen wollte, drückte er leicht ihre Schulter. „Lasst. Ich weiß, dass niemand ihr helfen konnte. Der Krieg hat sie und viele andere zerstört, und Männer wie jener Fürstbischof in Aychstätt, vor dem Ihr geflohen seid, tun ihr Übriges dazu, dass die Menschen noch lange keine Ruhe finden werden."*

*Einige Wochen später fand ich Magdalena tot auf ihrem Lager, als ich ihr wieder einmal ihre Arzney bringen wollte. Sie war über Nacht friedlich eingeschlafen, mit einem Lächeln im Gesicht.*

*Mit ihrer rechten Faust hielt sie eine Handvoll Apfelkerne umklammert, die ich behutsam von ihrer schrumpeligen Haut löste und zunächst in einer kleinen Schachtel aufbewahrte.*

*Der Apotheker und ich begruben Magdalena auf dem kleinen Friedhof um die Ruine der Peterskirche des Weilers Löffelstelz, von den alten Ortsansässigen auch noch Untermberg genannt. Möglich war das nur, weil der Apotheker für die Grablege bezahlte. Die Armen werden bis heute noch am Rand der örtlichen Gottesäcker verscharrt. Ohne viel Aufhebens, meist auch ohne die Aussegnung durch einen Pfarrer, der nur gegen ein wenn auch noch so kleines Entgelt seinen Dienst verrichtet. Doch die Ärmsten unter den Armen können nicht einmal das aufbringen.*

*Magdalena bekam also ein christliches Begräbnis, für das der Apotheker den Pfarrer, der zu jener Zeit in der Andreaskirche zu Dürrmenz sein Amt verrichtete, zur Aussegnung verpflichtet hatte. Zunächst hatte der sich geweigert, die Tote auf dem Gottesacker bei der Peterskirche zu beerdigen, da sie zum Weiler Untermberg gehöre, mit dem er wiederum nichts zu tun habe. Oder haben wollte. Auf dem Friedhof seiner Kirche wollte er die Tote jedoch auch nicht begraben lassen. Über seine Gründe dafür schwieg er sich beharrlich aus. Es waren in meinen Augen ohnehin alles Ausreden, die ich nicht verstand und bis heute nicht verstehe. Aber noch mancher Pfaffe ließ mich im Laufe meines Lebens darüber nachdenken, warum er seinen Schäfchen vorwarf, sie seien schlechte Christen, wenn er doch selbst kein besserer war. Jedenfalls: Das Geldstück, das ihm der Apotheker schließlich in die Hand drückte, änderte seine Meinung sehr schnell.*

*Das Grab ist inzwischen nicht mehr zu finden. Die Natur hat es mit allerhand Gewächs bedeckt und Magdalena auf ihre Weise dem ewigen Frieden anheimgestellt.*

*Jahre später, als ich selber schon silberne Fäden im Haar hatte und eine kleine Schar neugieriger Enkel mich mit Fragen zu jener Zeit belagerte, zu der der Große Krieg das Land verwüstete, fiel mir ihre Geschichte wieder ein. Ich nannte inzwischen ein kleines Kontor mein Eigen, in dem ich Schreibarbeiten für Leute erledigte, die des Lesens und Schreibens nicht mächtig waren. Hin und wieder kümmerte ich mich auch um die Bücher kleinerer Händler und Handwerker, die dafür kein Geschick hatten. Eine einträgliche Arbeit, die mich und meine Familie redlich ernährte und mir darüber hinaus Freude bereitete. Immerhin erfuhr ich sehr viel über die Leute in meinem Heimatdorf und einige der umliegenden Ortschaften, behielt aber immer alles fein säuberlich für mich. So wie es auch der Herr Apotheker gehalten hatte, der in vielerlei Hinsichten zeitlebens ein Vorbild für mich blieb. Inzwischen sind übrigens aus den Apfelkernen, die ich als eine Art Abschiedsgeschenk von dieser wundervollen Frau behalten habe, etliche kräftige Bäume gewachsen, die jeden Herbst reichlich Früchte tragen.*

*Das Haus, in dem Magdalena und die beiden Alten gehaust hatten, ist längst verfallen. Die Erinnerung an die Menschen, die dort ihr Leben gefristet haben, ist so gut wie ausgelöscht.*

*Nachdem mir eines Tages wieder in den Sinn kam, was Magdalena mir viele Jahre zuvor erzählt hatte, setzte ich mich an mein Pult und begann, ihre Geschichte aufzuschreiben. Anfangs fiel es mir ein wenig schwer, mich an alles zu erinnern, was sie mir anvertraut hatte. Je länger ich jedoch die Feder übers Papier gleiten ließ, desto deutlicher sah ich sie vor mir, hörte ihre Stimme, schrieb, was diese mir in Erinnerung brachte. So entstand dieses Buch, das ich im hintersten Winkel meines Bücherschrankes aufbewahren werde, wie es meine Art ist, Stillschweigen über das zu wahren, was mir anvertraut wurde.*

*Es soll das Andenken an diese Frau sein, an ihr Leben, wie sie es mir beschrieben hat. Wer meine Aufzeichnungen jedoch eines Tages findet, hat meine Erlaubnis, sie zu lesen und die Geschichte weiterzuerzählen. Denn ich glaube, dass darin etwas verborgen liegt, das man findet, wenn man ihre Geschichte nicht nur mit den Augen, sondern vor allem mit dem Herzen liest. Viele Frauen ihrer Zeit hätten ähnliche Geschichten zu erzählen gewusst. Doch das hier ist die Lebensgeschichte von Magdalena, wie ich sie von ihr gehört habe und bis zu meinem Tod niemals wieder vergessen werde.*

Liebe Leserinnen und Leser,

mein erster Roman über den Dreißigjährigen Krieg mit dem Titel ‚Das Awaren-Amulett' hat zwei Fragen offengelassen, die mir immer wieder gestellt wurden: Wie ging es denn mit Johannes weiter, und was genau ist mit seiner Schwester Elisabeth passiert, nachdem sie aus dem kleinen Seitental der Enns entführt wurde? Also habe ich beschlossen, einen zweiten Roman über diese schreckliche Zeit zu schreiben, die Europa dreißig Jahre lang in ihren Fängen hielt – dieses Mal allerdings aus der Sicht einer Frau. Einerseits ein ausgesprochen interessantes Thema. Andererseits unvergleichbar schwieriger anzugehen, da es fast ausschließlich Männer aus jener Zeit waren, die Erlebtes in ihren Aufzeichnungen für die Nachwelt festgehalten haben – und über die in unseren Geschichtsbüchern geschrieben wurde. Frauen hatten in jener Zeit oftmals keine Schulbildung und konnten teilweise bestenfalls ihren Namen schreiben. Außerdem hatte man ihnen andere Rollen zugedacht, da wären Lese- und Schreibkenntnisse aus männlicher Sicht einfach hinderlich gewesen. Nur über Hexenprozesse gibt es ausführliche und teilweise bis ins kleinste Detail beschriebene Überlieferungen – von Männern verfasst. Da der Großteil der angeklagten Hexen Frauen waren, liefern diese Berichte traurige Dokumentationen über den Stand der Frauen zur damaligen Zeit. Auch über Marketenderinnen weiß man nur, was in den Berichten ihrer männlichen Begleiter steht. Von Frauen verfasste Berichte über ihr Leben im Tross gibt es so gut wie keine. So war es eine Herausforderung, mein Romanprojekt auf die Weise zu verwirklichen, die ich mir vorgenommen hatte.

Dabei hatte ich jedoch Hilfe, für die ich sehr dankbar bin.

Ein herzliches Dankeschön geht zunächst an meinen Erstleser und Mitdenker Gunter Hackel, der mir mit seinem schier unerschöpflichen Wissen zum Thema ‚Militär', aber auch bei der Überarbeitung meines Manuskripts wieder eine große Hilfe war.

Vielen Dank auch an den ‚Dürrmenzer Nachtwächter' Rainer Wallinger, der sein Wissen um jeden Winkel, jedes Haus, jede Gasse und so gut wie jeden Stein des ehemaligen Weilers Dürrmenz mit mir geteilt hat. Wer in die Gegend von Mühlacker kommt: Lasst euch von ihm diese liebenswerte Ortschaft und die Burgruine Löffelstelz auf seine ganz eigene Weise zeigen. Buchungen sind über das Fremdenverkehrsbüro Mühlacker möglich.

Besonders erwähnen möchte ich auch Alexander Exner und Andrea Eberlein vom GVIUS Ingolstadt. Dankeschön für einen interessanten Nachmittag, in dem ich einen unvergesslichen Einblick in das Leben Gehörloser bekommen habe. Ihr wart mir eine große Hilfe.

Was wären Recherchen für historische Romane ohne Dokumente aus der Zeit, über die man schreiben möchte? Dass ich Zugriff auf alte Schriften bekam und darin einiges von dem fand, was ich gesucht habe, verdanke ich dem überaus freundlichen und hilfsbereiten Serviceteam der Unibibliothek Eichstätt. Ihr seid einfach großartig!

Vielen Dank auch an den Historischen Verein Eichstätt und Herrn Albert J. Günther, der sein umfangreiches Wissen zur Stadtgeschichte mit mir geteilt hat, sowie an Manfred Bauer, dessen eindrucksvolle Führung zum Thema ‚Teufelspakt und Hochgericht' manche Szene in diesem Buch erst ermöglicht hat. Es soll nicht die letzte Führung gewesen sein, die wir mit ihm gemacht haben. Man kann sie über die Tourist-Information Eichstätt buchen.

Nicht zu vergessen meine KollegInnen von der

Autorenvereinigung HOMER e. V. mit ihren Büchern und Gesprächen, die mich motiviert und darin unterstützt haben, diesen Roman zu schreiben. Da vor allem vielen Dank an Jørn Precht, der mich mehrmals ermuntert hat, weiterzuschreiben, als mir eine Zeit lang die Motivation dazu abhandengekommen war.

Außerdem bedanke ich mich ganz besonders herzlich bei meinem Mann Rudi dafür, dass er geduldig jede Reiseroute meiner Protagonisten mit mir abgefahren und abgegangen ist, und unterwegs immer wieder die richtigen Kontakte geknüpft hat.

Last but not least: Vielen herzlichen Dank an Petra Mattfeldt und das wundervolle Team des Verlags MAXIMUM. Sie haben mir die Möglichkeit gegeben, Magdalena, ihre Weggefährten und ihre Zeit auf eine Weise darzustellen, die man so vielleicht nicht kennt.

Ein nicht weniger herzliches Dankeschön an meine Lektorin Bernadette Lindebacher, die mich mit kritischem Blick und viel Geduld unterstützt und diesem Buch den Feinschliff gegeben hat, den ich mir dafür gewünscht habe.

Ich gestehe, dass mich meine literarische Zeitreise zurück ins 17. Jahrhundert auf eine Weise beeindruckt hat, die ich mir vorher kaum vorstellen hätte können. Denn die Informationen, die der Geschichtsunterricht mir während meiner Schulzeit bot, bestanden hauptsächlich aus Jahreszahlen, Aufzählungen von Schlachten und Namen von Männern, die mir allesamt nichts sagten. Es war jedoch eine grausame, düstere Zeit voller Not und Elend, über die es weit mehr zu berichten gibt als die wenigen Fakten, die mir damals vermittelt wurden. Es war über dies alles hinaus eine Zeit, aus der mutige Männer und Frauen hervorgegangen sind, die nicht aufgegeben haben, sich zu wehren und dem

Schicksal zu trotzen, und über die ich in der Schule leider nichts erfahren habe.

Magdalena und ihre Gefährten und Gefährtinnen hat es nie gegeben. Aber Menschen wie sie gab es. Sie haben nicht nur Apfelkerne von zu Hause mitgenommen und in der Fremde zu neuem Leben erwachen lassen. Sie haben ihre Samen überall in Deutschland ausgestreut und dafür gesorgt, dass ihre Nachkommen ein besseres, freies Leben finden konnten. Unter ihnen übrigens meine eigenen Vorfahren, die in jener Zeit aus dem Land ob der Enns nach Württemberg geflüchtet sind.

Seien wir ihnen dankbar und zeigen wir nicht mit Fingern auf diejenigen, die zu späteren Zeiten auf der Flucht vor Leid und Elend in unser Land gekommen sind und weiterhin kommen.

Ich freue mich, wenn die Geschichte der Magdalena Sie berührt, beschäftigt, vielleicht sogar dazu gebracht hat, sich näher mit jener Zeit und den Vorkommnissen damals, vielleicht sogar mit Ihrem eigenen Stammbaum zu beschäftigen. Und wenn nicht, freue ich mich, wenn ich Ihnen ein paar unterhaltsame Stunden bereiten konnte.

Es gibt noch vieles in der Vergangenheit, über das es sich zu schreiben und zu lesen lohnt. Wir lesen uns wieder!

Herzliche Grüße!
Ihre Carmen Mayer

Besuchen Sie mich doch auch auf meiner Homepage:
https://www.autorin-carmen-mayer.com

# Glossar

**Aychstätt** – heutige Schreibweise Eichstätt, große Kreisstadt in Oberbayern, unter anderem Bischofssitz des Bistums Eichstätt und Hauptsitz der katholischen Universität Eichstätt-Ingolstadt.
https://www.eichstaett.de

**Donawerda** – heutige Schreibweise Donauwörth, große Kreisstadt im schwäbischen Landkreis Donau-Ries.
https://www.donauwoerth.de

**Dürrmenz** – Stadtteil des einstmaligen Weilers und der heutigen großen Kreisstadt Mühlacker in Baden-Württemberg.
http://www.pfenz.de/wiki/D%C3%BCrrmenz

**Eggenburg** – Stadtgemeinde im Bezirk Horn in Niederösterreich.
https://www.eggenburg.at

**Hasenbuck** – alte Bezeichnung des Bergrückens entlang der Altmühl, auf dem sich bis heute die 1353 von Bischof Berthold Burggraf von Zollern errichtete Willibaldsburg befindet, die bis 1725 als Bischofssitz diente.
https://www.eichstaett.de/poi/willibaldsburg-1761

**Horn** – Bezirkshauptstadt im östlichen Waldviertel (Niederösterreich).
https://horn.gv.at/de

**Knittlingen** – Stadt in Baden-Württemberg, bekannt geworden als Faustsadt im Herzen des Naturparks Stromberg-Heuchelberg.
https://www.knittlingen.de

**Krems** – fünftgrößte Stadt Niederösterreichs, ca. 70

Kilometer westlich von Wien gelegen.
http://www.krems.gv.at

**Marketender** – Leute, die militärische Truppen begleiten und Soldaten mit Waren und Dienstleistungen des täglichen, privaten Bedarfs versorgen.
https://de.wikipedia.org/wiki/Marketender

**Pfortzheim** – heutige Schreibweise Pforzheim, Großstadt im Nordwesten Baden-Württembergs, am Nordrand des Schwarzwalds gelegen.
https://www.pforzheim.de

**Rosenburg** – ehemaliges Zentrum des Protestantismus in Österreich.
https://www.rosenburg.at

**Tross** – ist die Bezeichnung der rückwärtigen Teile einer Militäreinheit, die den Versorgungs- und Transportbereich übernahmen.
https://de.wikipedia.org/wiki/Tross#Drei%C3%9Figj%C3%A4hriger_Krieg

**Waschette** – alte Bezeichnung des Bergrückens oberhalb Eichstätts vermutlich römischer Herkunft. Wurde zusammen mit einigen anderen Stellen rund um die Stadt bei sogenannten peinlichen Befragungen als Hexentanz- oder Treffplatz benannt.
https://geoportal.bayern.de/bayernatlas/?lang=de&topic=ba&catalogNodes=11,122&bgLayer=atkis

**Willibaldsburg** – ist eine um 1353 errichtete Spornburg im oberbayerischen Eichstätt. Sie war bis ins 18. Jahrhundert repräsentative Burg und Sitz der Eichstätter Fürstbischöfe und beherbergt heute unter anderem ein Museum für Ur- und Frühgeschichte.
https://de.wikipedia.org/wiki/Willibaldsburg

# Im Buch benannte reale Personen

**Ferdinand II.** – in Ingolstadt von den Jesuiten erzogen, von 1619 bis 1637 Kaiser des Heiligen Römischen Reiches, kompromissloser Protestantenverfolger, Kriegsherr und Betreiber des Dreißigjährigen Krieges.

https://www.heraldik-wiki.de/wiki/Ferdinand_II._(HRR)

König **Gustav Adolf II.,** König von Schweden, geboren 1594 in Stockholm, gestorben 1632 in der Schlacht bei Lützen, war ein eifriger Verfechter des Protestantismus. Er stand im Dreißigjährigen Krieg gegen die Pläne und letztendlich auch gegen die Heere Kaiser Ferdinands II., die er mehrmals in harten Auseinandersetzungen besiegte.

https://de.wikipedia.org/wiki/Gustav_II._Adolf_(Schweden)

**Maximilian I.** – zunächst Herzog, ab 1623 Kurfürst von Bayern, wie Kaiser Ferdinand an der jesuitisch geprägten Universität in Ingolstadt erzogen, Gründer der Katholischen Liga, Unterstützer der Gegenreformation und Begründer der absolutistischen Herrschaft in Bayern.

https://de.wikipedia.org/wiki/Maximilian_I._(Bayern)

Graf **Johann T'Serclaes von Tilly**, geboren 1559 in Brabant, gestorben 1632 in Ingolstadt, war während des Dreißigjährigen Krieges oberster Heerführer der Katholischen Liga sowie ab 1630 der kaiserlichen Armee.

https://de.wikipedia.org/wiki/Johann_T%E2%80%99Serclaes_von_Tilly

Albrecht Wenzel Eusebius von Waldstein, bekannt als **Wallenstein,** geboren am 24. September 1583 in Hermanitz an der Elbe, gestorben am 25. Februar 1634 in Eger, war während des Dreißigjährigen Krieges ein erfolgreicher böhmischer Feldherr, der auf der Seite des Kaisers gegen die protestantischen Mächte Europas kämpfte.

https://de.wikipedia.org/wiki/Wallenstein

**Peter Ernst II. von Mansfeld**, geboren 1580 vermutlich in Luxemburg, gestorben 1626 in Rakovica (in der Nähe von Sarajevo), Söldner- und Heerführer, der als privater Kriegsunternehmer großes Interesse daran hatte, den 1618 entflammten, später Dreißigjährigen Krieg genannten Kampf zwischen Protestanten und Katholiken zu einem europäischen Krieg auszuweiten. Seine Zugehörigkeit zur protestantischen Religion ist nicht eindeutig belegt, er stand allerdings immer auf der Seite verschiedener Gegner des Kaisers.

https://www.deutsche-biographie.de/sfz57867.html

**Fürstbischof Johann Christoph von Westerstetten** – wurde 1612 zum Bischof von Eichstätt gewählt und ist als gnadenloser Rekatholisierer und Hexenverfolger zu einer unrühmlichen Gestalt jener Zeit geworden.

https://de.wikipedia.org/wiki/Johann_Christoph_von_Westerstetten

**Kaspar Höckher**, protestantischer Bürger und Hufschmied in Krems, wurde nach dem Angriff auf Krems als Verräter verhaftet und zu einer Geldstrafe verurteilt, weil er das zu seinem Haus gehörige ‚Türl' für den anrückenden Feind offen gelassen hat, und unbestätigten Berichten zufolge auch Waffen in seinem Haus aufbewahrt haben soll.

# Quellennachweis


**Auer, Josef und Stürzl, Heinrich** – Hinrichtungen wegen Hexerei in Eichstätt von 1585–1723

**Friesenegger, Maurus** – Tagebuch aus dem 30-jährigen Krieg

**Grimmelshausen, Hans Jakob Christoffel von** – Der Abentheuerliche Simplicissimus Teutsch

**Heberle, Hans** – Zeytregister

Kramer, Heinrich (lateinisch Henricus Institoris) – Der **Hexenhammer** (lateinisch **Malleus maleficarum**)

**Knöller, Karl** – Unser Dürrmenz-Mühlacker

**Löffelstelz und Drumherum** – Jahrbücher der Löffelstelzer Scherbabuzzer 2005-2007

**Mann, Harald Johannes** – Die Stadt Rain und der Dreißigjährige Krieg

**Rusam, Georg** – Österreichische Exulanten in Franken und Schwaben

**Sax, Julius** – Geschichte der St.-Willibalds-Burg und der Kirche und des Frauenklosters Marienstein bei Eichstätt in Mittelfranken

**Schiller, Johann Christoph Friedrich** – Die Geschichte des Dreissigjährigen Krieges

**Spee, Friedrich von** – Cautio Criminalis. Sev De Processibus Contra Sagas Liber. Das ist, Peinliche Warschawung von Anstell: vnd Führung deß Processes gegen die angegebene Zauberer, Hexen vnd Vnholden. An die Obrigkeit Teutscher Nation, So wohl auch Deroselben Rhäten, Beichtvättern, Commissarien, Inquisitoren, Richteren, Advocaten, Priestern vnd Predigern, vnd andern sehr nützlich vnd nötig.

**Stürzl, Heinrich** – Zur Hexenverfolgung im Oberen Stift des Hochstifts Eichstätt; Nachtrag zu: Hinrichtungen wegen Hexerei in Eichstätt.
**Wedgwood, C. V.** – Der Dreißigjährige Krieg
**Würfelspielgemeinde Frankenburg** https://www.wuerfelspiel.at/de/schauspiel.htm
**400 Jahre Andreaskirche Dürrmenz**, eine Festschrift der Evangelischen Andreasgemeinde in Mühlacker-Dürrmenz

## Carmen Mayer

Carmen Mayer (1950 geboren) lebt als zugereiste Württembergerin in Bayern. Nach Abschluss ihrer kaufmännischen Ausbildung arbeitete sie in der Geschäftsleitung verschiedener Industrie- und Handelsbetriebe, und war mehr als zwanzig Jahre lang als Einkäuferin für deutsche Firmen in Nordamerika und Asien unterwegs.

Ihre literarische Laufbahn begann Carmen Mayer auf verschiedenen Literaturforen im Internet, von wo aus sie mit ihren Kurzgeschichten den Sprung in die Welt des gedruckten Wortes startete.

Sie ist Mitglied bei den Mörderischen Schwestern und bei HOMER.

## Zehn Fragen an … Carmen Mayer

1. Was inspiriert Sie als Autor im Alltag am meisten?

*Interessante Artikel in den Medien, aber auch das Abenteuer ‚Buch schreiben' und die Recherchen dazu.*

2. Welches Genre lesen Sie am liebsten und warum?

*Historische Romane, weil ich gerne in alte Zeiten abtauche, und Krimis, weil ich ab und zu auch den Nervenkitzel mag und gespannt bin, wie meine KollegInnen einen Fall lösen.*

3. Mit welcher Figur aus Ihrem Roman/Ihren Romanen würden Sie am liebsten tauschen und wieso?

*Mit keiner. Weil in manchen von ihnen schon einiges von mir steckt, ich aber ihr Schicksal nicht unbedingt teilen möchte.*

4. Wenn Sie in einer beliebigen Zeit leben könnten (egal ob Zukunft oder Vergangenheit), wann wäre dies?

*Oh, mir gefällt es in der Gegenwart ganz gut.*

5. Wer sind Ihre drei liebsten Autoren und warum?

*Marion Zimmer-Bradley, weil ich ihren Schreibstil und ihre Themen mag.*

*Oliver Poetzsch, weil seine Bücher spannend geschrieben sind.*

*Ellin Carsta, weil ich sowohl ihren Schreibstil, als auch ihre Geschichten mag und die Zeit, in der sie angesiedelt sind.*

6. Mit welcher Romanfigur, die nicht aus Ihren Büchern stammt, würden Sie am liebsten zu Abend essen und warum?

*Das sind zwei: Einmal mit Dr. Alzheimer aus Joern Prechts ‚Das Geheimnis des Dr. Alzheimer', weil mich sein Leben interessiert und ich mehr darüber erfahren möchte, und dann mit Winnetou, weil er in meiner Jugend halbe Nächte mit mir und meiner Taschenlampe unter meiner Bettdecke verbracht hat, und ich seine edle Art sehr mochte.*

7. Was ist Ihr Lieblingsbuch und warum?

*Marion Zimmer-Bradley, Die Nebel von Avalon, weil es das erste historische Buch war, das ich gelesen habe, und bei dem ich das Gefühl hatte, mitten im Geschehen zu sein. So wollte ich mal schreiben können.*

8. Was ist Ihre liebste Buchverfilmung und warum?

*Die Verfilmung der Wanderhure, weil sie recht nah am Buch ist. Zumindest so, wie ich es gelesen habe.*

9. Was ist für Sie die optimale Ausgangslage zum Schreiben?

*Ich schreibe am liebsten, wenn ich alle anstehenden Arbeiten erledigt, alle Termine eingehalten und den Schreibtisch aufgeräumt habe. Außerdem mag ich, wenn es ruhig im Haus ist, ich das Fenster vor meinem Schreibtisch aufmachen und mich voll auf meinen Text konzentrieren kann. Dabei kann es Tag oder spät abends, Sommer oder Winter sein, Hauptsache, es ist warm und ruhig im Büro. Wenn nix mehr geht, gehe ich: In den Garten, um Unkraut zu jäten oder was auch immer zu gießen oder einfach rumzulaufen und die aktuelle Szene Revue passieren zu lassen. Dazwischen brauche ich auch ein bisserl Doping: einen Espresso.*

10. Wer oder was hat Sie zum Schreiben bewegt?

*Ich habe mir schon während meiner Schulzeit Geschichten ausgedacht – das hat meinen lang(weilig)en Schulweg etwas interessanter gestaltet. Außerdem haben mir meine Deutschlehrer mit den Einsern für ‚Aufsatz und Rechtschreibung' bestätigt, dass ich schreiben kann. Ich wollte die jüngste Autorin der Welt werden, was dann aber doch noch ein paar Jahre gedauert hat. Nachdem einige Ideen, die ich im Kopf hatte, irgendwann unbedingt geschrieben werden wollten, habe ich es probiert. Es hat geklappt.*

## Seit Oktober im Handel

Die Edelprostituierte Jackie wird im Stockholmer Grand Hôtel tot aufgefunden. Die Todesumstände sind rätselhaft. Greger Lind, ein 130 Kilo schwerer Schauspieler, könnte sie erdrückt haben. Aber hat vielleicht jemand falsche Spuren gelegt, um ihm den Mord in die Schuhe zu schieben und auf diese Weise seine Karriere zu zerstören? Und was hat Fatty Arbuckle, ein Stummfilm-Star der 1920er-Jahre, mit Jackies Tod zu tun?

Kommissar Casper Munk nimmt die Ermittlungen auf. Bald gibt es einen zweiten Toten. Und einen dritten, beide grässlich zugerichtet. Munk sucht den Mörder unter Staranwälten, Pantomimen und Zuhältern. Und während er in diesem immer mysteriöser werdenden Fall ermittelt, findet er sein privates Glück – in einer Hypochonder-Klinik in Norwegen …

ISBN 978-3-948346-02-7
Preis Taschenbuch: 9,99 €

## Seit November im Handel

Fünfundzwanzig Jahre ist es schon her, dass Sophie sich im Streit von ihrem ersten „richtigen“ Freund getrennt hat. Dabei war Michael, den alle nur „Helli“ nannten, doch ihre ganz große Liebe. Mittlerweile ist Sophie eine verheiratete Frau, hat zwei erwachsene Kinder und einen Nachzügler. Aber um ihre Ehe steht es nicht zum Besten. Also trifft Sophie einen Entschluss: Sie will sich von ihrem Ehemann trennen. Dumm nur, dass dieser ihren Wunsch vollkommen ignoriert und überhaupt nicht daran denkt, aus dem gemeinsamen Haus auszuziehen. Egal was Sophie auch sagt und tut – Julians Ohren sind auf Durchzug geschaltet. Warum kann sie nicht ein bisschen mehr wie ihre Freundin Karla sein, die lieber solo durchs Leben geht und sich aus der Männerwelt nur die Rosinen herauspickt?

Sophies Welt gerät noch mehr ins Wanken, als Karla ihr von dem neuen Mitarbeiter der Werbeagentur erzählt und ihr ein Bild zeigt: Das ist doch Helli, Sophies erste große Liebe! Und dann erreicht sie auch noch eine Nachricht über Facebook, die Sophie komplett den Boden unter den Füßen wegzieht …

ISBN 978-3-948346-04-1

Preis Taschenbuch: 9,99 €